KB161508

뉴 리버티 호의 항해

뉴 리버티 호의 항해

초판 1쇄 발행일 2015년 6월 15일

지 은 이 손석춘
펴 낸 이 이정원

출판책임 박성규
기획실장 선우미정
편 집 김상진 · 유예림 · 구소연
디 자 인 김지연 · 김세린
마 케 팅 석철호 · 나다연
경영지원 김은주 · 이순복
제 작 송세언
관 리 구법모 · 엄철용

펴 낸 곳 도서출판 들녘
등록일자 1987년 12월 12일
등록번호 10-156
주 소 경기도 파주시 교하읍 회동길 198번지
전 화 마케팅 031-955-7374 편집 031-955-7381
팩시밀리 031-955-7393
홈페이지 www.ddd21.co.kr

I S B N 978-89-7527-701-6(03810)

값은 뒤표지에 있습니다. 잘못된 책은 구입하신 곳에서 바꿔드립니다.

이 도서의 국립중앙도서관 출판예정도서목록(CIP)은 서지정보유통지원시스템 홈페이지(http://seoji.nl.go.kr)와 국가자료공동목록시스템(http://www.nl.go.kr/kolisnet)에서 이용하실 수 있습니다.(CIP제어번호: CIP2015014284)

뉴 리버티 호의 항해

손석춘 장편소설

들녘

들어가는 문

적막한 밤하늘을 비행하노라면 창문 밖 천길만길 아래로 별빛처럼 반짝이는 곳이 드문드문 나타난다. 인류가 옹기종기 모여 사는 도시다. 총총한 별 무리와 견주면 대체로 처연하지만 때때로 오순도순 다가올라치면 눈 슴벅이며 시울마저 붉게 물든다. 그 순간 도시는 별보다 찬란하다.

지구촌에는 저마다 국민을 주인으로 섬긴다는 230여 나라가 있고, 나라 수만큼 수도가 있다. 스톡홀름은 바다로 이어진 호수와 섬들을 다리로 연결한 미항이다. 마천루를 거부한 아담한 도시로 지구촌 복지국가의 대명사 스웨덴의 수도다. 평양은 고조선 이래 수천 년 역사가 농축된 웅장한 도시다. 대동강으로 바다와 잇닿은 평양은 조선민주주의인민공화국에서 '혁명의 수도'로 불린다.

독자가 펴든 이 책은 스톡홀름에서 살아온 여자와 평양에서 교사로 생활한 남자의 이야기다. 흔히 '달관'한 사람들은 "인생에 의미란 없다, 다만 인간이 의미를 부여할 뿐"이라고 단언한다.

과연 그럴까. 평양 남자와 스톡홀름 여자는 값싼 달관을 사양한다. 두 사람은 대한민국 서울에서 자동차로 반시간 남짓 거리인 비무장지대 앞에서 만났다. 두 강이 살 섞어 바다로 흘러드는 그 곳에서 두 사람은 인생을 새롭게 항해할 꿈에 뒤설레고 있었다.

차례

1부

안개에 잠긴 항구

1

새로운 생명을 풋풋하게 길러내는 원초적 힘을 지녀서일까, 영면의 무덤들처럼 젖무덤도 봉긋봉긋해서일까. 가슴은 싱그럽고 포근하다. 권력이나 자본깨나 거머쥔 부라퀴들은 그마저 돈으로 싯누렇게 물들이지만, 뭇 민초의 가슴은 풀숲처럼 그윽하며 상큼하다. 자유, 평등, 우애의 혁명을 화폭에 담은 들라크루아가 민중을 이끄는 힘을 형상한 가슴은 거룩하다.

차갑게 웅그려진 상준의 얼굴도 보드랍고 포실한 가슴 감촉으로 금시 풀렸다. 상준은 연화를 놓칠 수 없다는 듯 남우세스레 매끄러운 몸을 부둥켜안았다. 연화가 서그럽게 포옹할 때는 홉뜬 눈마저 감았다. 그 순간 망막으로 지금까지 살아온 주요 길목이 빛바랜 사진처럼 빠르게 나타나고 사라졌다. 반드시 시간 순은 아니었지만, 마치 '빅뱅'처럼 짧은 찰나에 거의 모든 장면이 산뜩산뜩 출몰했다. 더구나 그 순간마다 상준에게 떠오른 생각까지 생동생동 솟아났다.

서해와 접속하는 자못 긴 강 들머리가 가장 먼저 나타났다. 거슬러 오르면 서울을 가로질러 충주를 지나 태백의 고목나무 샘으로 백두대간에 이른다. 검푸른 바다를 오가다 집으로 돌아갈 때 한강과 나란히 난 자유로를 달리는 광역버스 차창이 이윽고 북녘 땅을 담으면, 상준의 가슴노리는 종종 울렁거렸다. 대한민국 수도에서 버스로 겨우 20여 분 걸리는 지점에 남과 북을 동강 낸 철책선이 박혀 있는 사실이 마냥 신기해서는 아니었다. 한강과 임진강이 만나는 너머로 아들 두산의 탯줄을 묻은 북녘이 보여서도 아니었다. 가슴이 메슥메슥한 까닭은 남과 북으로 갈라져 소통조차 못 하고 살아가는 사람들의 무지와 몽매를 먹이로 무장 커가는 괴물을 눈앞에 두고도 버스에 가득 찬 남녘 사람들이 생먹기 일쑤여서다.

강 건너 북녘 땅이 황량하게 나타나고 조국의 허리를 동강 낸 괴물이 피 묻은 발톱을 세워 좇아오듯 철책가시가 뾰족뾰족 이어지는데도, 창밖을 외면하고 저마다 똑똑전화에 애오라지 몰입하는 젊은이들을 볼 때마다 그 무딘 감성에 상준은 가슴 저몄다. 역사의식이나 그 현재적 의미인 정치의식 따위는 경쟁체제에서 살아가는 데 도통 도움이 안 된다고 지레 판단해서일까. 자기 삶을 틀 지우고 있는 현실을 직시할 섟에 가상공간에서 시시콜콜한 영상이나 게임을 즐기는 젊은이들이 눈에 들어오면 저도 모르게 짙은 두 눈썹이 굵은 쌍꺼풀 안쪽으로 모아지며 찌푸려졌다. 연인들이 한껏 몸을 밀착한 채 프로야구 중계를 보다가 두 주먹 들고 득의의 눈방울 굴릴 때는 울뚝밸마저 치밀었다.

"잠깐! 모두 멈추시오. 그리고 저 밖을 보시오. 외눈박이 괴물이 시뻘건 혓바닥을 날름날름거리잖소?"

벌떡 일어나 외치고 싶을 때가 한두 번이 아니었다. 하지만 그 순간 미국에 두고 온, 아니 워싱턴에서 사뭇 잘 적응하고 있는 아들이 어룽거려 하릴없이 깊은 한숨만 내뱉곤 했다.

모든 걸 자본주의 체제나 시대 탓으로만 돌리기엔, 제 인생을 어엿한 주체로 항해하려는 자세가 내 자식이든 남의 자식이든 도무지 보이지 않았다. 개중에는 역사나 정치에 무관심한 게 마치 순수함의 증거라도 되는 듯이 과시까지 한다. 어쩌면 그 모든 것은 상준의 가슴에 누구에게도 쉽게 열어 보이지 못할 한이 켜켜이 쌓여서 굳어가는 편견일 수도 있다. 상준 자신은 그것이 편견이길 간절히 기도할 정도로 되우 씁쓸했다. 아무튼 아들 두산을 떠올릴 때마다 가슴에 은결든 피멍이 아려와서일까. 그런 날일수록 아버지가 꿈에 나타나곤 했다.

바다로 마지막 출근을 위해 상준이 이른 아침 통일동산을 떠날 때, 안개가 자욱했다. 버스를 타고 통일전망대를 지나자 오른쪽 차창으로 한강 물안개가 무장 짙어지더니 이윽고 철책선만 보이고 강물은 하얀 백지로 사라졌다. 차창 왼쪽으로는 이미 떠오른 해가 짙은 안개로 마치 붉은 달처럼 슬펐다. 그 순간 잊었던 간밤의 꿈이 선득 떠올랐다.

물안개가 아지랑이로 피어나는 강변 언덕, 구불구불한 소나무 아래 하얀 홑두루마기 걸친 아버지 이진선이 홀로 앉아 거문고를 타고 있었다. 생전에 단 한 번도 '아버지'로 부르지 못한 아버지, 자신에게 아들이 있는 줄도 모르고 이승을 떠난 당신의 뒷모습은 산신처럼 고요했고 괴괴한 풍광에 거문고 소리는 더없이 맑았다. 지남철에 쇠붙이 끌리듯 상준이 다가서자 거문고 타며 아버지가 나직하게 부르는 슬픈 노래가 귓바퀴로 소용돌이처럼 빨려왔다.

"공무도하 공경도하 타하이사 당내공하(公無渡河 公竟渡河 墮河而死 當奈公何)."

아, 아버지는 생전에 전혀 대화를 나누지 못했는데도 아들이 좋아하는 노래를 어찌 알았을까, 상준은 감읍했다. 거문고 선율 타고 오는 목소리는 심장이 에이도록 애통했다. 아버지의 노래를 혹 가리틀까 싶어 까치발로 등 뒤까지 바투 다가갔다. 애타는 심경에 소리 내지 않고 입술로만 그 이름을 불러보았다.

'아·버·지.'

순간, 거문고 줄이 멈췄다. 상준은 흠칫했다. 이진선이 천천히 돌아보았다. 하얀 얼굴에 핏물 가득 괸 슬픈 눈, 상준은 심장에 오싹 소름이 돋는 섬뜩함으로 눈을 떴다. 아버지가 손사래 치던 손가락이 올근볼근 잔상으로 남았다.

깨어 뒤척이다가 다시 잠들었고 붉은 눈물이 너무 무서워 지우고 싶어서였을까. 까맣게 잊고 있다가 붉은 달로 향연처럼 퍼져가는 안개를 보며 산득 상기한 꿈을 싸목싸목 톺아보았다. 눈을 감고 해쓱한 아버지가 노래하던 강변을 샅샅이 더듬어 가던 중에, 그곳이 충주 탄금대라는 확신이 들면서 불안감은 말끔히 가셨다. 꿈에 담긴 의미가 술술 풀렸기 때문이다. 저승의 아버지는 누이, 그러니까 상준의 고모와 그 아들이 당신의 자식을 박대하는 현실이 너무 애달파 마침내 꿈으로 나타났으리라 짐작했다.

애초 상준은 대한민국에 들어올 때 피받은 누군가를 만나리라고는 상상조차 못 했다. 그런 상준에게 어쩌면 물려받을 재산이 있을지 모른다는 사실을 마치 '1급 비밀'이라도 되는 듯이 소곤소곤 들려준 사람은 다름 아닌 국가정보원 심문관이었다. 영종도 공항에서 처음 본 목사와 함께 기다리고 있던 그는 검은 선글라스를 딩딩한 콧잔등에 낀 채 말없이 상준의 팔짱을 꼈다. 입국 수속도 없이 공항을 나온 '선글라스'는 상준을 검은 승용차에 태운 뒤 까만 안대로 다짜고짜 눈을 가리고 어디론가 한참을 달렸다. 미국이나 일본에 입국할 때는 없었던 일이라 상준은 내심 긴장했다.

안대가 풀린 곳은 창문 하나 없이 백열전구만 대롱대롱 매달린 밀실이었다. 그럼에도 공항에서 처음 보았을 때처럼 여전히 선글라스 낀 심문관은 상준에게 일본과 미국을 거쳐 한국으로 온 까닭을 되풀이 말하게 했다. 애면글면 쓴 자술서도 북북 찢고 또 찢었다. 이튿날 오후에는 선글라스를 벗고 나타났다. 노르께한 얼굴에 송곳눈이 시퍼런 칼날처럼 다가왔다. 아버지 이진선의 일기가 담긴 책을 들춰보며 평양에서의 행적을 몇 차례에 걸쳐 심문한 뒤, 선친이 김정일에게 쓴 편지를 집중적으로 딱장뗐다.

그러던 어느 날, 아무래도 어색하기만 한 눈웃음을 지으며 들어온 송곳눈 심문관은 충주에 당신 고모와 사촌이 살고 있다고 깐에는 선심 쓴다는 듯이 소락소락 알려주었다. 상준은 처음 그 소식을 들었을 때 믿어지지 않았지만 조금씩 설렜다. 왜 자신이 미처 피붙이 생각을 못 했는지 되레 신기했다. 상준의 다소 들뜬 표정을 주시하던 심문관은 송곳눈을 실룩거리며 자기가 큰 선물을 줄 수 있노라고 언구럭 부렸다.

상준은 내심 뭔 수작일까 의심하며 시큰둥했다. 상준을 정면으로 응시하고 잔뜩 뜸을 들인 심문관은 갑자기 다가와 귓속말로 사촌이 어마어마한 부자인데 자신이 알아본 결로는 스스로 일군 게 아니라 외할아버지로부터 물려받은 토지 때문이라고 귀띔해주었다. 그래도 별 반응이 없자 송곳눈은 손으로 상준의 어깨를 가볍게 툭툭 치며—그 전까지는 내내 옆머리나 이마를 손에 들고 있던 볼펜이나 수첩으로 탁탁 쳤다—다시 느물느물 속삭였다.

"하여튼 그놈의 빨갱이 짓이 문제야. 그 짓만 하지 않았다면, 그 재산은 모두 당신 아비가 물려받았겠지?"

"……."

"허, 이거 보기와 달리 숙맥일세. 무슨 말인지 아직도 모르겠어?"

밤낮 걸친 심문에 지친 상준이 '그래서 뭐?'라는 투로 바라만 보자 심문관은 아예 귓바퀴에 입술을 대고 낮은 목소리로 느끼하게 쏘삭거렸다.

"좋아, 좋아. 자네에게 내가 농담 한마디 하지. 잘 들어, 내가 당신 몫 찾아주면, 어쩔래? 나한테 얼마나 줄 생각이야?"

귀에서 입을 뗀 감발저뀌 심문관의 살살한 눈을 바특이 마주한 순간, 상준은 어디선가 본 듯하다고 줄곧 생각했던 국정원 심문관의 얼굴이 평양의 인민학교 교실에서 자신을 체포했던 보위부 요원의 얼굴과 닮았다는 생각에 등골이 돌연 써늘해왔다.

바로 다음날, 상준은 국정원 심문관이 모는 검은 승용차를 타고 아버지의 고향 충주를 처음 찾아갔다. 그는 '탄금대'로 안내판 쓰인 곳에 먼저 들러 산책부터 하자고 제안했다. 소나무 숲이 가지런히 정돈된 언덕을 이름 모를 강이 포옹하듯 휘감고 있었다. 심문관은 저 강이 한강 상류라며 임진왜란 때 조선의 육군이 함부로 배수진을 쳤다가 일본군에게 몰살당한 곳이라고 설명했다. 이어 오른손으로 산 아래 큰 길을 중심으로 큰 원을 그리더니 저 일대 모두 당신 할아버지가 대지주로 소유했던 땅이라고 일러주었다.

할아버지는 '지주 반동'이었을까, 궁금증이 들었지만, 국물재비 심문관에게는 '고모와 사촌이 여기 사느냐'고 물었다. 선글라스를 쓰고 있어 '송곳눈웃음'은 볼 수 없었지만, 너부죽한 입술로 능글능글 미소 피운 심문관은 당신 고모부가 오래전에 다 처분해 충주시청 앞에 있는 땅을 매입했고 그 아들이 지금 그곳에 여러 빌딩을 소유하고 있다고 묻지도 않은 정보까지 보탰다. 이어 선글라스를 벗더니 살살 눈웃음치며 말했다.

"이걸 알아내는 데 내가 정말 힘들었다는 거 잊어서는 안 되네."

"물론입니다."

상준은 진심으로 답하면서도 어딘가 씁쓸했다. 하지만 더 쓰디쓴 잔이 상준을 기다리고 있었다.

송곳눈을 따라 충주 시청 맞은편 제법 높은 건물로 들어간 상준은 짧은 분홍치마에 입술을 새빨갛게 칠한 여비서가 안내하는 대로 '회장실' 앞에 섰다. 상준은 곧 고종사촌 형을 만난다는 설렘과 기대감에 벅찼다. 하지만 이윽고 들어가 처음 얼굴을 맞댄 사촌은 악수는커녕 거드름 피우고 다가와 뒤룩뒤룩 눈방울 굴리더니 대뜸 새된 목소리를 건넸다.

"거기가 이진선 씨 아들이라는 증거가 있소?"

작심한 듯 다짜고짜 무례한 언동에 눈깜쟁이 심문관도 눈살을 찌푸려 아예 눈방울이 안 보일 정도였다.

상준 또한 사촌의 흰수작이 황당해서 그저 멀뚱멀뚱 바라보는데, 사촌은 바투 다가와 언성을 한층 높여 태깔스레 다그쳤다. 대낮인데 문뱃내마저 풍겼다.

"아, 그러니까 당신이 친자관계를 증명할 유서나 사진 따위라도 갖고 있는가 묻는 거요! 당신, 이씨도 아니라 백씨라며?"

상준보다 나이가 다섯 살 위라고 심문관이 사전에 알려줬지만, 이악스러운 가살쟁이로 보여서일까. 자신보다 한참 어려 보였다. 그의 느닷없는 뜸베질에 상준은 봉변을 당한 느낌이었고, 마치 아버지를 팔아 동냥을 구하는 거지 취급을 받는 치욕감을 도시 참을 수 없었다.

"내래 그만 먼저 일어나갔소!"

사촌의 상판은 쳐다보지도 않은 채 아직도 웅그리고 있는 심문관에게 내뱉었다. 오랜만에 북쪽 말씨가 나왔다. 설레며 아버지 고향을 찾았지만 서로 다독여주는 포근함은커녕 돈 탓에 인간성이 사막처럼 메마른 삭막함을 느꼈을 따름이다. 그날의 주체스러운 기억이 단숨에 스쳐가면서 상준은 이미 꿈에서 깨어났을망정 가슴 속 아버지에게 속삭였다.

'아버님, 더는 걱정 마십시오. 저, 대한민국에서 잘 살아갈 자신이 있습니다. 아버님의 뜻을 구현해나갈 진지도 통일동산에 마련했습니다. 그러니 이제 아들 걱정은 마시고 마음 편히 쉬십시오.'

가선진 눈을 감자 눈시울이 뜨거워왔다.

자유로에서 서울 시내로 들어가는 길목인 합정동에서 내려 지하철 전동차로 갈아타고 한강을 건널 때 꿈에서 아버지가 부른 노래가 다시 떠올랐다. 이제는 바다를 떠나 대지에 뿌리를 내리라며 통일동산으로 들어오라는 한민주 교수—그는 상준의 아버지 이진선이 평양에서 피로 써내려간 일기를 남쪽에서 출간하는 데 다리를 놓아주었다—의 곡진한 제안이 새삼 고맙게 다가왔다.

상준은 민주의 권고를 받아들여 노상 오가던 서해와 작별을 결심했다. 인생의 새로운 탐험을 눈앞에 둔 만큼, 저녁에 시작할 마지막 항해에서 반세기 넘게 걸어온 삶을 차근차근 되새김질해보고 싶었다. 난바다가 사고의 지평을 단숨에 수평선까지 넓혀주는 체험을 했기에 더욱 그랬다.

바로 석 달 전에 상준은 겨울바다를 건너며 몸을 던지려던 강렬한 충동을 가까스로 이겨냈다. 삶에 덕지덕지 붙어 있던 미련을 모두 비워 일렁이는 초록 파도에 실어 보내면서, 가득 찬 그릇은 아무것도 담을 수 없음을 실감했다. 그럼에도 가슴 깊숙한 곳에 무엇인가 응어리가 남아 있다는 생각을 지울 수 없었다. 바다를 떠나기 전에 바다에서 남김없이 배우자고 윽벼른 까닭이다.

2

바릇대는 '구도자'를 가슴에 품었다. 상준의 휘젓던 두 팔이 숙지근하더니 곧 연화의 몸을 감싸 안았다. 상준이 옴포동이처럼 사랑스럽게 느껴온 순간, 연화의 망막에 지나온 시간들이 선뜩선뜩 나타나기 시작했다.

절체절명의 순간에 공감 능력이 무장 확장한 탓일까. 아니면 서로 깊숙이 포옹해서일까. 상준이 꿈결처럼 한강을 더듬고 있을 때, 푼더분한 연화의 반달눈 망막에도 처음 그 강을 보았던 감상이 펴져갔다.

한강을 깔보며 파리의 센 강이나 워싱턴의 포토맥 강을 들먹이는 윤똑똑이들이 적지 않지만, 두 강에 견주어 한강이 부족하다면 애오라지 하나다. 한강을 보듬고 살아가는 사람, 아니 한강이 보듬은 사람들의 사랑이다. 이미 장편소설을 한 편 발표한 연화는 600년 넘은 고도 서울을 가로지르는 한강에 서린 사랑과 진실을 차근차근 모아가고 있었다. 한강과 더불어 기다랗게 이어진 자유로를 따라 출퇴근할 때마다 강변을 여행하는 즐거움에 젖어들었고, 더러 물안개가 굼실굼실 퍼져가거나 노을이 강심을 보라색으로 물들이는 장관과 만날라치면 정신마저 아득해왔다. 그 강을 아침, 저녁으로 노상 볼 수 있어 행복했다.

무릇 유장하게 흐르는 장강의 물결이 내내 은빛 햇살로 반짝일 수는 없다. 만일 그렇다면 그 강은 제아무리 길고 넓더라도 사랑받지 못할 터다. 때로는 달빛의 슬픔이 흐린 장강에 윤슬로 어리게 마련이다.

연화 또한 출퇴근길에 한강을 그저 감상하려고 통일동산에 터 잡은 것은 결코 아니다. 한강을 따라가다가 통일동산이 다가오면 종종 애잔하게 젖어들었고, 그때마다 빈 가슴으로 슬픈 물비늘이 반짝이며 밀려왔다. 백두대간 고목나무 샘에서 솟아나 골골샅샅을 거치며 물살을 이루고 오두산에 다다를 즈음, 한강은 한껏 폭을 넓혀 호기를 부린다. 멀리 북녘에서 조신조신 흘러오는 임진강과 몸을 섞고는 탕탕히 바다로 흘러든다.

연화는 다가오는 임진강을 볼 때마다 강폭과 강가의 처연한 산색이 두루 섬진강과 비금비금하다는 느낌을 지울 수 없었다. 하얀 가루로 섬진강과 하나 된 아버지 홍기수가 사물댈라치면 울컥 비애에 젖어들었다. 아버지의 새하얀 유골이 20대 싱그러운 나이에 자신을 낳으며 숨졌던 어머니 금연화의 눈빛 영혼과 하나가 되었기를 연화는 기도하고 또 기도했다. 물론, 연화는 안다. 그런 생각이 얼마나 부질없는가를. 아니 연화의 한낱 자기위안에 지나지 않음을.

삶의 꾸밈없는 현실은 착한 사람에게 지나치게 강파르고 심지어 잔인하다. 똑똑한 훈남 홍기수는 지리산에서 '피새영감' 소리를 들을 만큼 숭악한 얼굴로 늙어갔고, 금연화는 빨치산으로 겪은 시련에 더해 미군 장군에게 능욕까지 당했다.

김일성대학을 다녔던 총명한 두 젊은이 홍기수와 금연화—지리산에서 불렸던 이름으로는 최천민과 민들레—는 만일 20대를 1940년대가 아닌 2010년대에 맞았다면 작가와 예술인으로 괄목할 성취를 이루지 않았을까. 그런 생각이 들라치면 연화의 봉긋한 가슴으로 쓰라림이 사무쳐왔다.

그렇다고 연화가 노상 감상의 늪에 빠지거나 눈물의 골짜기에 매몰된 채 세월을 허투루 보낸 것은 아니다. 거기에는 연화가 의식하든 못 하든 언덕처럼 기대고 있는 두 사람의 힘이 컸다.

한민주와 백상준.

민주는 20년 넘게 알고 지냈지만 그의 성격처럼 늘 미지근했고, 상준은 만난 지 겨우 두 달 넘었지만 그의 품성처럼 웅숭깊어 어느새 친밀감은 어금버금했다.

달포 전이었던가. 연화가 포도주 힘을 빌려 아버지와 어머니를 그리는 슬픈 감상을 살살 털어놓았을 때, 두 사람은 따끔한 비판—어쩌면 따뜻한 위로일까—을 아끼지 않았다. 민주가 먼저 사뭇 정색하며 말했다.

"그건 아닌 것 같군요. 홍 형 마음은 충분히 이해하지만, 홍 형이 처량한 연민에 젖는 것을 돌아가신 부모님이 아신다면, 어떻게 여길까요?"

그 순간 상준이 참견할 기회를 잡았다는 듯이 숱 눈썹 아래 열정 넘치는 눈빛으로 거들었다.

"아, 청승맞은 내 딸아 고맙다, 그러겠습니까?"

상준의 부리부리 눈과 연화의 반달 샛별눈이 마주쳤다. 연화가 곧장 대꾸를 못 하고 여싯여싯할 때, 상준은 마치 답변을 기대하지 않았다는 듯이 대차게 자답했다.

"천만에! 그럴 리가 있겠습니까?"

연민일까, 열끼일까. 촉촉한 눈으로 연화를 바라보며 상준이 숭굴숭굴 말끝을 달았다.

"연화 씨 아버님은 분명 이렇게 말했을 겁니다. 사랑하는 내 딸아, 아비의 삶을 더는 모독하지 말아다오."

이성적이고 냉철한 민주의 질문과 격정적이고 미쁜 상준의 질책을 연화는 기꺼이 받아들였다. 실제로 연화는 그날 이후 한강과 임진강이 만나는 물들이를 지나가며 더는 눈을 슴벅이지 않았다. 민주와 상준이 더불어 한 지붕 아래 살고 있어 얼마나 든든한지 모른다는 행복감이 그때마다 밀물이었다. 더구나 몸으로 낳은 딸도 이미 성숙했다. 자신을 믿고 선뜻 스웨덴을 떠나 온 나미가 새삼 살갑고 고마웠다. 정말이지 눈에 넣어도 아프지 않을 나미를 위해서라면 목숨까지 아무 망설임 없이 바칠 수 있다고 몇 차례나 장담했다.

나미가 귀국하기 전, 민주와 더불어 통일전망대에 오른 날도 흐릿해지는 연화의 망막에 스쳐갔다. 그날 두물머리의 뜻, 한강과 임진강이 만나는 이야기를 처음 들었다.

두 강이 서로 몸 섞여 흘러가는 물결 그 바로 앞이 바다, 서해라는 말을 들었을 때는 물살 따라 흘러가 이윽고 바다와 영원히 하나 되고 싶다는 막연한 망상마저 들었다. 어쩌면 그것은 연화가 낳자마자 입양되어 삶의 대부분을 보낸 스톡홀름이 자그마한 섬들을 이어 만든 도시였기에 자연스레 피어나는 향수일지도 모른다. 그게 아니라면 동가슴 깊은 곳에 어머니 몸에 대한 그리움이 숨어 있어서일 수도 있다. 자궁의 양수가 바닷물과 성분이 같다고 하지 않던가. 아무튼 연화는 출퇴근길에 두물머리 너머 꽃핀 서쪽 놀을 볼 때마다 붉은 바다가 무장 그리웠다.

더구나 스웨덴에서 귀국해 10년 남짓 다닌 대사관에 사표를 내고, 민주와 상준, 두 남자와 새로운 일을 구상하면서 바다가 그리워지는 순간이 부쩍 늘었다. 그 마음을 정확하게 읽은 듯이, 나미가 바다로 여행을 가자고 제안했다. 말이 제안이지 이미 나미는 대형 여객선 예매표까지 두 장을 구입해 강다짐으로 내밀었다. 아마도 상준의 도움을 받았으리라 짐작했다. 나미는 자신의 안전을 늘 과도하게 걱정하는 연화에게 "공룡 같은 여객선이라 전혀 위험하지 않고 승용차도 승선이 가능할 정도"라고 호언했다. 연화는 못이기는 척 나미의 청을 들어주었지만, 자신 또한 여행이 절실한 상황이었다. 몸에 익은 대사관 일과 달리 새로 시작할 일은 안정보다는 창조적 사고, 사고보다는 사랑, 머리보다는 가슴이 관건일 수밖에 없기 때문이다.

더구나 딸과 더불어 바다 여행은 몇 해 만인가. 인터넷 검색으로 서해 바닷길은 물론, 제주도 해안 길과 한라산 숲길을 톺아보면서 모녀는 이미 그곳을 자동차로 일주하는 상쾌함에 젖어들었다.

연화는 제주를 가는 참에 미뤄둔 한라산도 올라보고 싶었다. 아버지와 어머니가 지리산에서 싸우던 시절, 당신들과 또래인 젊은 전사들이 한라산에서도 숭고한 뜻을 불태우지 않았던가. 통일동산에서 실개천 바라보며, 샌드위치로 간단히 아침 식사를 하고 나미와 승용차에 올랐다. 비로소 그리운 바다로 간다는 기쁨이 몰려왔다.

4월의 햇살 아래 한강 둔치는 물론, 젖가슴처럼 아담한 산들마다 진달래와 개나리가 여행길 오른 연화와 나미에게 잘 다녀오라고 손 흔들어주었다. 출항시간은 저녁이어서 나미와 간밤에 계획한 대로 연세대학 교정을 들렀다. 두 달 전에 나미 졸업식 날 둘러보았지만, 다시 대사관으로 들어가 업무를 보느라 여유롭게 거닐 시간은 없었다. 오랜만에 둘러보는 대학은 연화가 한국어학당을 다니던 때와 달리 고즈넉한 분위기가 전혀 없었다. 연화가 즐겨 산책했던 작은 연못은 아예 흔적조차 사라졌다. 재개발된 도심처럼 변질된 대학 모습에 연화는 씁쓸했다. 윤동주 시비만이 예전의 향수를 힘겹게 자아냈다. 시비와 가까운 교내 식당에서 점심을 먹으며 연화는 자신이 스톡홀름에서 교환학생으로 왔을 때 목격한 6월대항쟁을 나미에게 조곤조곤 들려주었다. 식사를 마치고 백양로를 따라 '이한열추모비'를 찾았다. 6월대항쟁 때 최루탄에 맞아 숨진 고인을 추모하며 묵념했다. 그날의 함성, 그 젊은이들의 열정이 그리웠다. 그들은 모두 어디로 갔을까. 어느새 50대 안팎이 되었을 그들은 오늘의 한국 민주주의에 어떤 생각을 하고 있을까. 경직된 사상으로 혁명을 부르대던 1980년대와 자본의 자유가 절대가치로 변한 2010년대의 공통점은 민중과 더불어 더 나은 세상을 찬찬하게 구현해가려는 성실하고 진득한 자세가 없다는 점 아닐까.

나미가 커피를 사서 가져올 때까지 연화는 착잡한 상념에 잠겨 있었다. 나미는 종종 그랬듯이 울적한 연화의 기분을 풀어주려고 나섰다.

"엄마, 저 아이들 봐. 얼마나 경쾌해 보여? 엄마도 이 눈부신 4월, 봄날을 좀 즐겨봐."

"그래? 그런데 나미야. 쟤 좀 봐. 어머, 쟤도 그러네?. 저렇게 야시시한 옷들 입고 다니면 남학생들 시선이 불편하지 않을까?"

"불편하긴 뭘 불편해? 좋지?"

"뭐? 너도 그러니?"

"나한테 저런 옷이 있기나 해? 엄마 닮아 죄다 우중충한 옷밖에 없는걸."

"너도 스웨덴, 아니 다른 유럽 국가들에서도 보았잖아. 누가 대학생들이 저러고 다니던? 남자 애들은 또 왜 저렇게 경박해 보이니?"

"그렇긴 해. 처음엔 나도 잘 적응이 안 됐어. 어쩌면 지금도……. 그런데 나 이러다가 엄마 때문에 연애 한 번 못 하고 죽는 건 아닐까?"

"그게 무슨 말이야. 우리 나미처럼 다사롭고 슬기로운 여자를 첫눈에 알아보고 반할 남자가 반드시 나타날 거야. 저런 뺀질이들 말고……."

연화와 나미는 오랜만에 소리 내어 웃었다. 바다여행을 앞둔 설렘과 여유를 되찾아 교문을 나섰다. 한강을 건너 인천부두까지 차를 몰며 연화는 새삼 조국 산천의 아름다운 봄에 감탄했다. '길조'라는 생각마저 들 만큼 길이 전혀 막히지 않아 예상보다 일찍 부두에 도착했다.

이윽고 연화의 눈에 곧 타고 갈 여객선이 들어왔다. 나미로부터 '공룡'이라는 말을 이미 들었지만, 예상보다 훨씬 커 은근히 조마롭던 마음이 사르르 풀렸다. 아무리 줄여 잡아도 100미터보다는 훨씬 길었고 육중한 선체는 5층까지 올라 더욱 드팀없어 보였다. 배 하얀 외벽에 큼직한 검은 글자가 들어왔다.

'뉴 리버티'

바로 아래 'NEW LIBERTY' 까만 글자가 조금씩 피어나는 하얀 안개 사이로 보였다. 오늘의 여행과 배 이름이 운명처럼 맞아 떨어진다는 생각이 들었다. 연화는 대사관에 사표를 내고, 나미는 대학을 졸업하고, 상준은 마지막 승선이라 모두 새로운 길로 접어드는 들머리에 있기 때문이다. 무엇에서든 의미를 붙이는 습관이 밴 연화는 자유로를 타다가 뉴 리버티에 오르는 뜻은 무엇일까 짚어보기도 했다. 차량 승선을 맡은 튼실한 사내에게 승용차를 넘기고 중대형화물차에 트레일러까지 줄줄이 배 안으로 들어가는 모습을 신기하게 바라보았다. 마음이 한결 넉넉해진 연화는 손을 탁탁 털고 으스대듯 나미에게 물었다.

"자, 이제부터 정말 자유 시간이야, 출항 전까지 시간도 넉넉한데 우리 뭐 할까?"

오후 4시30분, 배가 출발하려면 장장 2시간 30분이나 남았다.

"오랜만에 엄마와 바닷가 거닐고 싶다! 안개가 살짝 깔려 더 로맨틱한데?"

나미가 억세게 팔짱을 끼며 부러 부산하게 귀염을 떨었다. 연화는 어쨌든 다감하게 답했다.

"좋지."

사실 연화 또한 안개 낀 부두를 만나면서 스톡홀름의 바닷가 길을 떠올렸다. 어린 나미 손을 꼭 잡고 부두 길을 산책하던 추억이 딸에게도 갈무리되었으리라 짐작했다. 걸어 나오며 부두 들머리에 크게 쓰인 '인천'이라는 글자가 눈에 들어오는 순간, 연화는 불현듯 이곳이 자살한 남편이 태어난 곳—더 정확하게는 버려진 곳—임을 깨달았다. 그럼에도 여기까지 오는 길에 그걸 미처 생각하지 못한 자신을 나무라며 새삼 남편에게 미안했다. 입양된 스톡홀름에서 먼 인천까지 달려와 자신을 버린 부모를 찾다가 아무런 실마리도 얻지 못해 좌절했을 청년이 아프게 떠올랐다. 아울러 걸어 다니는 사람들이 새롭게 보이기 시작했다. 혹시 남편이 그렇게 찾고 싶었던 피붙이라도 있을까 싶었고, 이내 이 무슨 '과부 청승'인가 자책했다.

안개가 퍼져가는 바다를 바라보는 나미의 옆얼굴을 흘긋 보았다. 남편이 남겨준 가장 큰 선물, 귀여운 나미의 속눈썹이 '참 곱다'고 생각할 때, 나미가 고개를 돌렸다. 연화의 미소를 보며 상그레 눈웃음 친 나미는 마치 기회를 놓칠 수 없다는 듯이 경쾌하게, 하지만 거짓말하면 안 된다는 다짐이라도 받겠다는 듯이 다그치듯 물었다.

"엄마! 괜히 스톡홀름 떠났다 싶은 적 없어?"

연화는 흠칫했다. 톺아보면 인간에겐, 특히 속절없이 나이가 들어가는 사람에겐 결코 짧지 않을 10년의 세월이 흐르고 있었다.

아버지 홍기수와 어머니 금연화의 애틋한 사랑과 혁명성을 담은 연화의 편지 묶음이 서울에서 소설로 출간되고 민주가 그것을 스톡홀름으로 보내오면서 삶의 전환점이 찾아왔다.

홍연화의 부모는 김일성대학 재학 중에 각각 인민군으로 참전했고, 미군의 인천상륙 이후 지리산 빨치산으로 활동하다가 어금버금한 시기에 서로 다른 곳에서 체포됐다. 홍기수는 빨치산 사령관 이현상 추적에 저격수로 동원되면서, 금연화는 '공비 토벌' 현장을 둘러보던 미군 장군의 눈에 들면서 각각 살아날 기회를 잡았다. 이현상이 지리산에서 숨질 때 현장에 있었던 홍기수는 죄책감과 자책감으로 '가장 천박한 인간'이라는 뜻인 최천민으로 개명했다. 남쪽 서로 다른 곳에서 살아가던 두 사람은 서울 안암동 선술집에서 극적으로 상봉하며 사랑이 무르익어갔다. 하지만 최천민의 지순한 사랑 앞에 금연화는 미군에게 유린당했고 술집에서 지냈던 '과거'를 용납하기 어려워 작별 편지를 남기고 떠났다. 자살하러 섬진강으로 한 걸음 한 걸음 들어서던 금연화는 물이 허벅지를 넘었을 때 입덧을 했다. 직감으로 임신임을 깨달았다. 새로운 삶을 살아보겠다는 용기로 건강한 아기를 낳겠다고 결심하며 날품팔이로 나섰지만, 출산 중에 영양실조 탓으로 숨을 거뒀다. 예기치 않은 죽음을 앞두고 금연화는 "아기 이름은 홍연화"라는 외마디만 가까스로 남겼다. 아무런 연고를 찾을 수 없었던 병원은 입양기관을 통해 스웨덴 백인부부에게 아기 연화를 팔아 넘겼다.

스톡홀름에서 성인이 되어 친부모를 찾으러 서울에 들른 연화는 신문기자 한민주를 만나 큰 도움을 받았다. 스웨덴 국적의 실비아—연화의 스웨덴 이름—는 평양까지 들어가 친부모 홍기수와 금연화가 조국해방전쟁에 나섰다가 지리산에서 빨치산으로 활동한 사실까지 알아냈다. 하지만 지리산에 살던 '피새영감'—같은 마을 사람들은 최천민이 불쑥불쑥 핏대를 세우는 늙은이라며 그렇게 불렀다—의 부음을 민주로부터 듣고 나서야 바로 그가 애타게 찾았던 홍기수임을 알고 숨겨졌던 진실의 전모를 파악했다.

연화는 그 진실을 소설의 그릇에 담으며, 홍기수와 금연화의 삶에 서리서리 맺힌 한이 깜깜한 밤하늘에 초승달만큼이라도 치유되기를 소망했다. 그런데 두 사람의 사랑 이야기에 오늘을 살아가는 한국인 독자들은 도통 관심이 없었다. 연화는 처음엔 독자를 원망했지만 시간이 흐를수록 부끄러움이 몰려왔다. 홍기수와 금연화, 두 분의 사랑과 혁명정신을 후대에게 알리겠다는 깜냥으로 조급했을 뿐 감동적 문체로 그것을 그려내지 못한 것은 다름 아닌 작가 자신이었다. 소설의 그릇에 담겠다고 했지만 뭉툭뭉툭한 필체로 울퉁불퉁한 돌그릇만 빚은 셈이다.

독자들이 읽지 않는다면, 대체 문학이란 어떤 의미가 있을까. 연화는 자신이 아버지를 소설의 이름으로 모욕했다는 생각마저 들었다. 죽은 사람을 관에서 꺼내 다시 참형에 처한다는 부관참시를 딸인 자신이 저지른 게 아닌가 싶을 때는 잠을 이룰 수 없었다. 불면과 번민의 밤이 이어지면서 한국에서 살아가는 동시대 사람들에게 아버지 세대의 진실을 온새미로 전하려면, 아예 한국으로 존재를 이전해야겠다는 판단이 들었고 실행에 옮긴 뒤 어느새 10년째를 맞았다.

금발에 푸른 눈, 전형적인 스웨덴 부부인 입양부모에게 연화가 영구 귀국하겠다는 결심을 밝혔을 때, 입양어머니는 하염없이 굵은 눈물을 흘렸다. 입양 아버지는 연화와의 작별보다 아내의 슬픔이 더 중요해 보였다. 따지고 보면 정성 쏟아 키운 딸 실비아가 자신들을 배신했다고 느낄 수밖에 없을 터였다. 그 엄연한 사실에 연화 또한 괴롭지 않은 것은 아니었다. 그러나 두 사람의 비애는 친부모가 온몸으로 겪은 비극에 견주면 사치스러울 뿐이라고 애써 마음을 냉정하게 다잡았다. 기실 그것은 지구촌에서 같은 시대를 살아갔던 두 부부 사이의 단순한 차이가 아니라, 유럽 국가의 백인부부와 동아시아 국가의 황인부부 사이에 광범위하게 존재했고 지금도 마침표를 찍지 못한 불평등일 터다.

연화가 귀국을 막무가내 서두른 것은 아니다. 한국에 진출한 스웨덴 기업이나 단체들을 여기저기 찾아보다가 대학시절 서울에서 1년 어학 연수할 때 방문했던 주한 스웨덴대사관이 떠올랐다. 에멜무지로 자기소개서를 전자우편에 실어 그곳에서 일할 수 있는지를 타진해보았다. 전혀 기대하지 않았는데, 대사관에서 한국어와 스웨덴어가 두루 유창한 문화공보 보좌관을 마침 물색 중이라는 답신이 곧장 왔다. 그 순간, 얼마나 신명났던가. 연화는 모든 것이 '운명'이라고 확신했다. 어쩌면 돌아가신 아버지 홍기수의 음덕일지 모른다는 상상마저 일었다.

가장 큰 우려는 딸 리스베드였다. 당시 열다섯 살이던 리스베드에게 연화는 자신의 이름은 '실비아'가 아니라 '연화'이고, 금발의 푸른 눈인 외할아버지, 외할머니와 달리 연화와 리스베드는 검은 머리, 검은 눈의 한국인이라는 사실을 마른침 삼키며 설명했다. 리스베드 또한 엄마 실비아로부터 전혀 얼굴조차 본 적 없는 외할아버지와 외할머니의 이야기를 숨죽여 들었다.

연화는 섬진강에 아버지 유골을 뿌리는 대목에서 치밀어 오르는 눈물을 가까스로 참았지만, 마주 보던 리스베드의 눈동자에서 이슬 머금은 눈부처를 보는 순간 고개를 숙여 돌리고 말을 잇지 못했다. 리스베드가 좋아하는 과자와 커피를 준비해 가져갔지만, 두 사람 모두 손대지 않았다. 식은 커피를 시무룩하게 내려보며 왜 귀국할 수밖에 없는가를 연화가 더듬더듬 토로한 뒤였다. 리스베드가 젖은 음색으로 물었다.

"나도…… 따라가도 돼?"

뜻밖의 질문에 감동해 "그럼"이라고 답하는 연화의 목소리가 파르르 떨렸다.

“그런데 한 가지 조건이 있어!”

“뭔데?”

“꼭 들어줘야 하는 거야!”

“꼭 약속하마.”

자신 있게 말했지만 다소 불안감이 스멀스멀 올라왔다. 그 순간 리스베드가 야무지게 선언하듯 말했다.

“엄마가 실비아 아닌 연화이듯이, 나도 더는 리스베드가 아니고 싶어.”

그 순간 연화는 말을 잇지 못하고 딸을 덥석 껴안았다. 울컥하며 굵은 눈물이 쏟아 내렸다. 황망히 손으로 훔쳤지만, 딸의 목덜미에 몇 방울이 떨어져서일까. 갑자기 오열하는 딸의 심장 박동이 가슴 노리로 돌진해왔다. 리스베드를 품고 있던 연화는 그 오열, 그 심장이 열다섯 해를 묵새긴 서러움임을 직감했다. 입양아의 차별을 딸도 절절히 체감해왔던 걸까. 미안하고 또 미안해 어금니를 사리물었다.

3

자유로에서 한강을 건너 뉴 리버티 호로 가는 길 내내 상준은 아버지가 애잔하게 사물사물했다. 간밤의 꿈에 더해 인생의 전환점을 눈앞에 두어서이겠지만, 저녁에 함께 출항할 연화와 나미를 애써 생각해보아도 어느새 아버지가 가슴에 들어와 있었다. 무릇 사내들이란 제가 늙어가거나 삶의 고비를 맞아서야 비로소 아버지를 무장 그리워하게 마련일까. 부두에 하얀 안개가 퍼져가면서 아버지 생각이 부쩍 더 났다.

일흔아홉 살 넘도록 혁명정신을 견결하게 지녔던 이진선. 그가 "김정일 동지" 앞으로 유서를 남기고 권총으로 자살한 그날, 1998년 10월 10일, 주체사상으로 철두철미 무장해온 상준의 강철 믿음에 처음으로 예리한 균열이 갔다. 당시 마흔을 앞두고 있던 상준은 공화국 골골샅샅에서 생때같은 인민이 굶어 죽어가는 고난의 행군을 맞았음에도 인민학교 교원으로서 혁명의 순결한 영혼을 드팀없이 지켜가고 있었다.

조선로동당의 열성 당원 상준은 어느새 사라진 국가, 소비에트사회주의공화국연방(소련)의 수도 모스크바에서 비련의 결실로 태어났다. 당시 아버지 백인수는 모스크바 주재 조선민주주의인민공화국의 고위 외교관이었고, 어머니 최진이는 평양에서 신문기자로 활동하다가 휴직 중이었다. 상준은 이듬해 어머니 품에 안겨 평양으로 돌아왔다. 아버지는 그 뒤 2년을 더 모스크바에서 근무하고 귀국했다.

아버지와 어머니가 위대한 수령의 항일투쟁 길에서 김일성 장군의 직계 부대원으로 활동했기에 어린 상준은 '혁명 가정'의 후대로 당의 주목을 받으며 커갔다. 그런데 김일성 수령에 누구보다 충성했던 아버지가 이른바 '갑산파'들과 함께 몰락하면서 상준 앞에 열려 있던 탄탄대로가 닫히기 시작했다. 당장 가족 모두 평양에서 떠나야 할 상황이었지만, 어머니가 항일투쟁 시기에 목숨을 구해준 동지가 권력 핵심부에서 일하고 있었기에 특별한 배려로 잔류할 수 있었다. 그러나 실의에 젖어 있던 아버지는 철직 2년 만에 끝내 자살했다. 그날 이후 어머니는 모든 사랑과 열정을 아들 상준에게 쏟았다.

아무튼 어머니의 도움으로 상준은 평양에서 무탈하게 교원대학을 졸업하고 인민학교 교원으로 발령 받았다. 선화와 결혼한 뒤에도 언론사에서 정년퇴임한 어머니를 정성으로 모시고 아기자기 살았다.

동유럽의 공산당 체제가 무너지기 시작했지만 아직 소련은 존재했던 짧은 시기, 앞으로 조선민주주의인민공화국에서 인민이 굶어 죽으리라고는 꿈엔들 상상할 수 없었던 1990년 그 해 어느 날, 어머니가 "이웃에 신문사 선배인 노인이 가족도 없이 고희를 맞는데 조촐하게나마 생일상을 차려주자"고 제안했다. 그 노인이 바로 이진선이다.

이진선은 충북 충주에서 태어나 연희전문 철학과에 입학하고 일본 유학을 했다. 하지만 공부를 중간에 정리한 뒤 귀국해서 조선독립운동을 벌이는 지하조직에 가담했고, 몸을 숨기며 국내 공산주의 조직들을 이끌던 박헌영과 만났다. 해방 공간에서 박헌영의 참모로 월북한 이진선은 〈로동신문〉에 이어 〈민주조선〉 기자로 활동했다. 조국해방전쟁 시기에 평양이 무차별 폭격당할 때, 바로 눈앞에서 아내 여린과 아들 서돌이 폭사했다.

신문사에서 일할 때는 물론, 정년퇴임한 뒤에도 기사체로 자신의 삶을 기록한 이진선의 일기는 평양의 작은 살림집에서 숨을 거둘 때까지 옹근 60년이나 이어졌다. 그 마지막 순간까지 상준에게 이진선은 그저 평양에서 흔히 만나는 이웃 늙은이—다만 조쌀한 얼굴 어딘가 지적 분위기가 풍기는—에 지나지 않았다. 상준 또한 자신의 생명에 어떤 진실이 숨겨져 있는지 서른여덟 살이 될 때까지 전혀 몰랐다.

딴은 자신의 존재에 함축되어 있는 진실을 모두 알고 있는 인간은 과연 얼마나 될까. 아니, 그런 물음이 가당키나 한 걸까. 인간의 인식은, 아니 그 인식 능력을 따지기 이전에 그 인식기관을 담고 있는 인간이란 존재 자체가 얼마나 보잘 나위 없는가.

그날, 위대한 조선로동당 창건 기념일이 뉘엿뉘엿 저물어갔지만 장대비는 더 세차게 쏟아지던 쌍십절의 저녁 무렵이다. 상준은 언제나 단아했던 어머니의 헝클어진 모습을 잊을 수 없다. 채찍비가 타고 흐른 은실 머리칼로 어지럽게 덮인 얼굴, 초점 잃은 두 눈에서 빗물과는 다른 빛깔로 끝없이 샘솟던 눈물, 절망만 또렷했던 회색 눈망울, 평생 처음 들어본 어머니의 떨리던 목소리까지 선연하다.

하루 종일 어디 가 있었는지 물초가 되어 나타난 최진이는 이웃에 사는 노인 이진선의 살림집으로 상준 일가족을 몰다시피 데리고 갔다. 빗물에 바지를 흥건히 적시며 발맘발맘 걷던 상준은 어머니에 대한 불만으로 부아가 치밀었지만, 살림집에 들어설 때 엄한 기운이 전해져와 자신도 모르게 자세를 가다듬었다.

상준은 어머니를 따라간 방에서 첫 충격을 받았다. 어머니가 깨끗하게 치운 흔적이 보였지만, 노인은 권총으로 관자노리를 쏘았다. 어머니는 눈빛으로 노인을 가리키며 푹 젖은 목소리로 간신히 말을 이어갔다.

"저기…… 조금 전 세상을 뜬…… 저분이, 상준아…… 너의 아버지다."

상준은 어머니가 치매에 걸린 건 아닐까 덜컥 겁이 났다. 그도 그럴 것이 아버지는 이미 29년 전에 돌아가셨기 때문이다. 심장이 철렁 내려앉으며, 머릿속으로 어머니의 연세를 빠르게 새겨보았다.

"……."

최진이가 더는 말도 없이 실성한 눈빛으로 상준을 바라보았기에 의구심은 더 짙어졌다.

"어머니, 일단 앉으십시오."

두 팔을 잡으며 몸이 깃털처럼 가볍다고 느낀 순간, 치매가 틀림없다는 생각에 상준은 목마저 메여왔다. 방바닥에 앉아서도 어머니 동공은 풀리지 않았다. 당황한 아내가 급히 가져온 수건으로 어머니 흰 머리칼과 얼굴을 씻으며 추스르듯 찬찬하게 말했다.

"어머님, 제발 정신 차려 보세요."

두산이도 어느새 할머니 무릎에 기대어 올려보며 물었다.

"할머니! 어디 아파?"

그 순간 어머니가 두산의 토실한 아늠을 두 손으로 감쌌다.

"응, 많이 아프단다."

갑작스러운 차분한 목소리에 상준은 다시 놀랐다.

"어디가?"

"여기…… 가슴이."

긴장이 조금 풀리면서 할머니를 걱정하는 두산을 대견스럽게 바라보던 상준은 그새 자신을 정시하고 있던 어머니 눈과 마주쳤다. 눈물이 그렁그렁했지만 새새보니 어머니 눈은 늘 그랬듯이 자애롭되 엄정했다. 가슴 깊숙이 안도감이 퍼져갈 때, 어머니가 말했다.

"아범아. 너와 둘이 이야기하고 싶구나."

아내 선화와 상준의 시선이 부딪쳤다.

선화는 이해할 수 없다는 듯 뽀로통한 표정이다. 그도 그럴 것이 조금 전, 최진이는 집에 돌아서자마자 신발도 벗지 않은 채 상준 가족에게 당장 갈 곳이 있으니 모두 따라나서라고 을러멨다. 밖은 장대비가 쏟아지고 이미 최진이는 비에 흠뻑 젖어 있었기에 선화는 더 뜨악했다. 하지만 실성한 듯이 어칠비칠 걸으며 다시 서둘러 문을 나서는 최진이의 뒷모습을 보고 상준은 물론, 선화도, 두산이도 도파니 동동걸음으로 따라나선 게 바로 조금 전이었다.

그런데 이제 다시 나가달라는 말을 듣고 선뜻 받아들일 며느리는 많지 않을 터다. 하지만 최진이의 자못 진지한 표정이 선화의 의구심과 거부감을 씻어주고 있었다.

상준은 할머니를 걱정스레 바라보는 아들 두산을 눈으로 가리키며 선화에게 나직이 말했다.

"당신, 두산이 데리고 방문 밖에 잠깐 나가 있어."

근심 어린 눈으로 상준과 최진이를 번갈아 바라보던 선화가 아들의 손을 잡았다. 두 사람이 방문을 나선 뒤 최진이는 상준에게 바투 다가와 두 손을 잡았다. 빗물인지 훔친 눈물인지 손바닥이 축축했다.

"상준아, 너에게 참말로 미안하구나. 하지만 너도 이제 아이를 키우니 진실을 알 때가 되었어. 아니 너무, 너무 늦고 말았지."

최진이 눈에서 다시 굵은 물줄기가 주르르 흘렀다. 상준은 아연 긴장했다.

"무덤까지 내가 갖고 갈까 생각도 했지만, 아무래도 이야기하는 게 옳다는 생각이 드는구나. 조국해방전쟁 시기 미 제국주의자들의 폭격은 네가 상상하는 것보다 훨씬 더 극심했단다. 너의 아버지…… 그러니까 백인수 씨는…… 미제 놈들에 맞서 정말 용감하게 싸웠지. 그런데…… 아마 그렇게 싸워서겠지…… 폭탄 파편에 그만 성불구가 되었어. 그래도 목숨을 건진 게 천만다행 아니겠니?"

그 말을 듣는 순간에 상준은 그게 어떤 의미인가를 바보처럼 간파하지 못했다. 돌아가신 아버지가 인간으로서 그런 참혹한 불행을 겪었다는 사실을 처음 들었기에 마음이 아팠을 뿐이다. 동시에 아버지가 그래서 자살했을까, 그런 의문도 들었다. 한동안 상준을 물끄러미 바라보던 어머니가 고르지 못한 목소리로 덧붙였다.

"신혼 초였어. 그때가 1952년. 그리고…… 너는 1961년생이잖니?"

벼락이 쾅하고 상준의 정수리로 떨어졌다.

최진이는 조용히 돌아앉았다. 작달비가 마치 안에 있는 누군가와 이야기하고 싶다는 듯이 창문을 세차게 두들기는 풍경을 응시하다가 말을 이었다.

"불결하다고 생각하지 말아다오. 그이, 그러니까…… 너의 생부는 내 첫사랑이었단다. 첫눈에 내 가슴을 사로잡아 적극 다가가려고 했을 때 그이가 이미 결혼했다는 사실을 알았지. 혼자 가슴 태우며 실의에 젖어 있던 중에 수령 동지가 적극 권해 백인수 씨와 혼례를 치렀어. 그런데 곧 조국해방전쟁이 벌어지고 백인수 씨가 성을 잃었던 그 시기에 그이는 아내와 아들을 미군 폭격으로 잃었어."

"……."

상준의 가슴에서 방망이가 쿵당쿵당 흉벽을 두드렸다.

"……."

"어머니. 그럼 아까 그…… 말씀이…… 정말입니까?"

대답 없이 고개만 가만가만 끄덕였다.

"그 첫사랑이 저분……."

최진이가 돌아보지 않은 채 창문을 여울처럼 흘러내리는 빗물만 바라보며 답했다.

"그렇단다. 미리 말해주지 않아 큰 죄를 졌구나. 그이가 그만…… 이렇게 가실 줄은 상상도 못 했거든."

최진이는 가까스로 말을 매듭짓고 휘청거리다가 손으로 방바닥을 짚었다. 곧바로 소리 죽여 오열했다. 어머니 어깨가 쿵쾅거리는 상준의 심장처럼 들썩거렸다. 하지만 상준은 다가서지 못했다. 얼마나 지났을까. 상준이 어머니의 느끼는 어깨를 잡으려할 때, 최진이가 돌아앉았다.

"아직 아버지 체온이 조금이라도 남아 있을 때, 너와 두산일 인사시키고 싶었지. 이제 됐어. 처자 데리고 돌아가거라. 지금은 억지로 왔고 네 마음에 준비가 되면, 다시 찾아오너라. 너무 늦지는 않게……."

상준은 당황 속에 일어나 문을 열었다. 조금 열려 있던 문 앞에 바투 서 있던 선화의 하얗게 질린 얼굴이 울상인 두산이와 함께 들어왔다.

"당신 두산이 데리고 먼저 집에 가 있어."

상준은 이진선이 생부라는 충격적 사실을 안 뒤에도 한 달 넘도록 혼란을 정돈할 수 없었다. 최진이가 시키는 대로 조촐하게 장례를 치르고, 조국 해방전쟁에서 죽은 이진선의 부인 신여린과 어린 아들 서돌—그러니까 상준의 이복형—의 무덤에 합장했을 때도, 낮설었을 뿐 생부가 돌아가셨다는 실감은 나지 않았다.

오래전 백인수가 자살했을 때는 상준이 겨우 열 살이었기에 상황 판단이 서툴 수밖에 없었다. 더구나 그는 삶을 마감할 때까지 몇 년 내내 하루도 쉬지 않고 술을 마셔댔다. 그때는 백인수가 원망스럽고 무서웠지만, 진실을 알고 난 상준에겐 가엾게만 다가왔다. 평소에도 술을 끼고 살았기에 그와의 좋은 추억은 거의 남아 있지 않았다. 그럼에도 이따금 안아주며 텁석나룻으로 볼을 부빌 때의 속정 깊은 눈매는 기억에 새겨 있다. 무엇보다 40년 남짓 아버지로 갈무리해온 이가 있었던 상준은 난데없는 생부의 출현, 게다가 그 장례가 생게망게할 수밖에 없었다.

상준은 어머니가 '첫 사랑'을 흙에 묻을 때 숨 죽여 늘키는 모습에 거부감, 아니 어떤 역겨움마저 스멀스멀 올라왔다. 최진이도 아들 상준의 생각을 헤아렸을까. 아니면 이미 마흔이 다 된 상준의 감상은 중요하지 않다고 생각했을까. 장례를 치르자 상준에게 더는 말을 걸지 않았다. 아마도 이진선이 남긴 기록을 모두 상준에게 건넸기에 더 말이 필요 없다고 판단했을 수 있다. 하지만 그렇다고 해서 상준이 날카롭게 가슴으로 파고드는 불쾌감을 마냥 삭일 수 있는 것도 아니었다. 생부가 남긴 일기를 읽어가면서도 저항감이 컸던 이유다.

하지만 이진선의 일기 읽기가 종반에 들어가면서 상준의 생각은 시나브로 바뀌어갔다. 어머니의 첫사랑이 조금씩, 그리고 갈수록 애틋하게 다가왔다.

1938년부터 1998년까지 쓴 이진선의 기록을 상준은 두 번째 정독했다. 조선로동당을 바라보는 그의 사상에는 결코 동의할 수 없지만, 장례식 때 애절초절하던 어머니에 든 역겨움이나 거부감은 봄 햇발 앞에 눈석임물로 사라졌다. 어머니와 생부의 사랑이 아름답다고 처음 느꼈다.

그리고 잘 풀리지 않던 의문들이 하나둘 풀려갔다. 상준이 어린 시절 어머니는 아버지와 종종 다퉜다. 때로는 심각한 상황까지 갔다. 톺아보니 주로 자신을 놓고 벌어진 싸움이었다. 정지된 사진처럼 어머니와 다투다가 상준을 바라보던 아버지의 노여운 얼굴이 기억에 남아 있다. 웅숭깊던 아버지가 어느 순간, 전혀 다른 낯선 사람처럼 던지던 무서운 눈길에 담긴 절망을 상준은 비로소 이해할 수 있었다. 같은 남자로서 한 사람의 남자, 백인수가 자신을 바라보며 얼마나 괴로웠을까, 충분히 짐작할 수 있는 일이다. 백인수의 가슴을 헤아리던 상준은 문득 감추어진 삶의 진실을 또 하나 발견했다.

상준이 아직 철부지였던 1969년, 만 아홉 살 생일을 지난 지 얼마 되지 않았을 때였다. 당시 신문기자였던 어머니는 취재단의 일원이 되어 백두산 혁명유적지로 떠났다. 어머니가 떠나는 날 아침, 인민학교까지 손잡고 데려다주었던 기억이 아련하다. 하지만 교문 앞에서 어머니가 '백두산 정기를 듬뿍 담아와 너에게 주겠다'며 환하게 웃던 모습은 생생하다. 그 눈부신 미소와 더불어 일주일 뒤에 올 때까지 건강하게 잘 지내라고 당부할 때의 근심 어린 눈매가 선하다.

그런데 닷새가 지난 뒤 저녁부터 상준은 머리가 아파오기 시작했다. 집에서 두문불출했던 아버지에겐 감히 말도 꺼내지 못했다. 저녁밥을 먹지 못하는 상준을 보고 아버지가 이마를 짚어주었다.

그러면서 열이 나니 일찍 자라, 사람은 아픔 없이 클 수 없는 법이라고 했다. 이튿날 아침에 상준은 몸이 무거워 일어나질 못했다. 아버지를 몇 번이나 불렀지만 대답이 없었다. 밖은 이미 초여름으로 들어서고 있었는데 몸이 사시나무로 떨렸다. 도저히 학교 갈 엄두가 나지 않아 이불을 덮어쓰고 누웠다. 상준이 다시 깨어난 것은 어머니의 다급한 목소리를 꿈결처럼 들었을 때다.

어느새 집에 돌아온 어머니는 아버지에게 이마가 열로 끓고 있는데도 병원에 데려가지 않고 술만 마셨다며 타박했다. 아버지는 아이들은 아프며 자라는 거다, 쓸데없이 호들갑 떨지 말라고 거칠게 응수했다.

어머니가 "무슨 아버지가 그러냐!"고 외쳤던가. 아버지는 곧장 "무슨 아버지?"라 반문하며 어머니에게 험한 눈길로 다가와 주먹을 번쩍 들었다. 상준은 어지러운 상황이었지만 온몸에 힘을 주어 "아부지!"라고 불렀다. 아버지의 눈이 어린 상준과 마주쳤다. 상준은 아버지의 노기에서 살의가 느껴져 공포감마저 스쳐갔다. 아버지는 어머니를 때리려고 들었던 주먹을 슬그머니 내려놓고 돌아서더니 살림집 전체가 흔들릴 정도로 문을 쾅 닫으며 나갔다. 어머니가 문 쪽으로 눈을 흘긴 뒤 상준을 일으켜 세웠다. 가까스로 일어나다가 다리가 겉돌며 상준은 쓰러졌다. 최진이의 큰 눈이 오징어 눈처럼 부풀어 올랐다. 불덩이가 된 상준을 업고 정신없이 문을 나섰다. 호기롭게 나갔지만 겨우 문 앞에서 뻑뻑 담배를 피우고 있던 아버지의 놀란 얼굴, 달리는 어머니 이름을 부르며 아버지가 뒤따라온다는 느낌도 흐릿하지만 기억난다.

상준은 당시 소아마비에 걸렸다. 훗날 어머니가 들려주어 소상히 알게 되었지만, 병원 의사는 전염 환자들이 급증해서인지 자세히 짚어보지도 않은 채 "열 난 지 사흘이 넘었단 말이오? 거 참, 너무 늦게 왔소. 가망이 없소"라며 치료에 성의를 보이지 않았다. 상준은 그 순간 어머니가 의사를 다그치며 한 말만은 생동생동 기억하고 있다.

"뭐가 어째? 가망이 없어?"

어머니의 목소리가 쩌렁쩌렁 울리자 의사들이 몰려들었다. 어머니는 그 가운데 가장 나이 든 의사를 쏘아보며 말했다.

"동무가 병원장이오?"

"그렇소!"

병원장이 불쾌하게 답했다.

"좋소. 당신이 의술 배운답시고 노닥거릴 때, 나 백두산에서 항일빨치산으로 투쟁했소. 동무들이 보다시피 아직 정신이 말똥말똥한 이 아이 살려내지 못한다면, 동무들이 얼마나 돌팔이인가를 김일성 동지께 직접 보고하겠소. 한 명도 빠짐없이! 죄다! 책임 묻겠소! 알겠소?"

우물쭈물 서로 두리번거리던 의사들에게 어머니는 집게손가락을 세운 팔을 직선으로 내리꽂으며 다시 날카롭게 외쳤다.

"뭣들 하오? 빨리 치료하지 않고!"

당황해서 황급하게 상준을 응급실로 옮겨가던 의사들 표정도 또렷하게 떠오른다. 자긍심 느꼈던 기억까지. 최진이는 아들을 결코 포기하지 않았다. 혼수상태에 빠진 상준의 입술을 벌리고 약지를 깨물어 생피를 먹였다. 어쩌면 감당할 수 없는 슬픔을 약지 깨물어 이겨냈을 수도 있다. 제법 세월이 흘러도 최진이 손가락 흉터는 단순히 깨물었다는 표현으로 설명하기 어려울 만큼 우둘투둘 도톰했다.

그래서일까. 상준은 살아났을 뿐만 아니라 양·한방을 모두 동원한 집중치료로 다리를 거의 눈에 띄지 않을 만큼만 저는 정도에 그쳤다. 안도한 의사들은 어머니의 정성이 빚은 기적이라고 추어올렸다. 그럼에도 어머니가 병원에 온 아버지를 살천스레 몰아친 기억이 새롭다.

그리고……. 상준이 퇴원한 뒤 며칠 지나 백인수는 방 문고리에 목을 맸다. 그렇게 세상을 떠난 까닭이 퇴원 이후 부쩍 늘어난 부부 갈등 때문이었는지 여부를 상준이 확인할 길은 없다. 다만 한 가지 사실은 분명하다. 자살하기 전날 밤, 백인수는 여느 때보다 많은 술을 퍼마셨고 최진이와 차갑게 말다툼을 벌였는데 그 이유가 상준이 저는 발이었다. 상준은 그 시간들을 톺아보면 톺아볼수록 아버지도, 어머니도, 그리고…… 생부도, 시대의 희생자였다는 생각이 들었다. 그렇다면 대체 누가 그 시대를 만든 걸까.

4

출항에 앞서 자신이 할 일을 모두 매듭지은 상준은 '뉴 리버티' 갑판에 올랐다. 해미가 자옥하게 짙어갔다. 마지막 승선을 의식해서일까. 감상에 젖던 상준은 처음 승선해 서해를 왕복 종단하고 항구로 돌아왔을 때를 상기했다.

부두를 나오면서 고참 선원 세 명이 '신참 환영식'을 열어준다며 상준을 택시에 태웠다. 네 명이 한 택시에 타고 가까운 유흥가로 갔다. 택시 뒷자리 가운데 앉았던 상준은 내리자마자 선원들을 따라 골목길로 들어섰다. 선원들이 즐겨 찾는 술집인 듯했다. 본디 너울가지 없는 데다 무람없이 먹고 마셔대는 분위기가 상준은 몹시 불편했다. 거친 입담도 거북했다.

걸쭉한 육담에서 잠시라도 벗어나고 싶어 소피를 핑계로 일어섰다. 식당 문밖으로 나오니 손골목 끝으로 바다가 바투 보였다. 갑갑한 가슴으로 한 줄기 시원한 바람이 불어왔다.

그런데 그 순간, 사위에 있던 무수한 간판들이 연안을 둘러보던 상준에게 일제히 쏘아댔다. '월미도' 세 글자를.

가슴이 얼어붙어왔다. 거나하게 술을 마신 듯 왁자하게 떠들며 20대들이 무리지어 지나가기에 몇 번이나 망설이다가 일행 맨 끝에 걸어가는 청년에게 다급하게 물어보았다.

"여보게, 여기가 월미도란 말인가?"

그는 대답 대신 얼굴이 심술궂게 일그러지며 왜가리 소리로 대꾸했다.

"당신, 나 알아?"

"……?"

"어따 대고 반말이야?"

상준은 황당했다. 아들보다 더 어려 보이는 젊은이로부터 전혀 예기치 못한 봉변을 당했기 때문이다.

"뭐야, 뭐!"

가던 일행이 친구의 소리를 듣고 뒤를 돌아보며 위협조로 입을 모아 을러멨다.

"어이없네. 이 아저씨가 나한테 다짜고짜 말을 까잖아!"

일행 중 젊은 여성 하나가 "뭐? 말을 까?" 되물으며 껌을 질겅질겅 씹은 채 비웃어댔다. 곧이어 제법 어깨가 딱 벌어진 젊은이가 화장걸음으로 다가오더니 상준 앞에 오연히 섰다. 한쪽 다리를 학질에 걸린 듯 떨며 껌을 씹어대는 쑹쑹이에 상준은 어이가 없어 실소를 머금었다. 그러자 갑자기 상준의 멱살을 잡고 뇌까렸다.

"어쭈? 실실 쪼개기까지? 이거 어디서 굴러온 거야? 월미도에서 월미도를 왜 찾아? 아저씨 혹시 간첩 아니야?"

"……."

"아무리 간첩이라도 그래. 남쪽에선 말 함부로 자르면 안 돼. 나이 좀 처드셨다고 함부로 지껄이면 건강에 해롭거든. 이빨 조심하라고."

이어 불량하게 상준의 멱살을 흔들었다. 상준은 그 순간 아무것도 떠오르지 않았다. 성한 다리 무릎으로 힘이 빠져나가며 부르르 떨려왔다. 무서움이 아니라 노여움과 절망 탓이다. 청년이 상준의 다리 아래를 잠깐 내려보더니 씨익 웃었다. 멱살 잡고 있던 손에서 힘을 거두고 제 무리로 거들먹거리며 돌아가면서 마치 상준에게 '너그러움'이라도 베푼 양 일행에게 과시하듯 소리쳤다.

"야, 가자! 벌써 쫄았어."

"그래도 너무 건방지잖아. 한 번 까주지 그랬어."

"됐어. 한 주먹감도 안 돼. 게다가 다리병신이야."

"그래? 그런 병신이 뭘 믿고 까불어."

허옇게 눈 흘겨 뒤돌아보던 젊은 여자가 건장한 청년에게 팔짱을 끼며 놀리듯 말했다.

"오줌은 안 쌌나 몰라."

그 소리에 야짓 되돌아서더니 상준을 쳐다보며 깔깔거렸다. 풍선껌을 불며 돌아서서 가는 '처녀'는 상준이 평양에서 눈시울 적시며 감상한 영화 '월미도'의 여주인공 또래였다. 잘록한 허리 아래 짧은 가죽치마로 가까스로 가린 댕댕한 궁둥이를 보란 듯이 마구 흔들며 팔짱 낀 청년에 거의 매달려 뾰족구두 걸음을 옮겼다.

상준은 피가 거꾸로 솟으면서도 젊은 군상이 더없이 가여웠다.

월미도.

바로 이곳이 정녕 월미도란 말인가.

갑작스레 구역질이 밀려와 상준은 무릎을 접었다. 조금 전에 억지로 마신 소주와 안주들이 한꺼번에 올라왔다. 길바닥에 토하며 눈물이 핑 돌았다. 도린곁도 아닌 곳에서 아들 또래에게 돌림으로 비루하게 모욕을 당한 상준은 누가 젊은이들을 저렇게 만들었을까 개탄했다. 하지만 바로 그 순간, 아들 두산이 떠오르며 구토가 거푸 밀려왔다.

기실 새삼스러운 일이 아니잖은가. 상준은 자신이 토한 그곳으로 그만 엎어지고 싶은 충동을 가까스로 참았다. 몸속 어딘가에 똬리 틀고 있는 생존 본능의 발동일까. 구토로 눈물 어린 망막을 따라 종주먹 쥔 어린 시절의 두산이 그리움으로 다가왔다. 두산이 아빠를 보며 다짐한 낭랑한 목소리도 칙칙한 골목에 메아리처럼 퍼져갔다.

"내가 이 담에 꼭 저 미제 놈들한테 불벼락을 내릴 거야."

그랬다. 어린 아들 두산은 그때 상준에게 작은 주먹을 불끈 쥐어 을러댔다. 그 순간, 아내는 "와, 우리 두산이 최고!"라며 박수를 쳤던가. 상준은 오른쪽 엄지를 세워 아들의 열기 가득한 눈을 맞아 주었다. 평양의 소박한 아파트에서 살았던 그 시절이 어쩌면 자신의 생애에 가장 행복한 시간이었다는 생각이 서글프게 스며왔다.

아무튼 그 아름다운 나날, 상준은 선화와 두산을 데리고 영화관에 갔다. 영화 '월미도'는 상준도 선화도 이미 두 번이나 본 작품이었지만 두산에게 보여주고 싶었고, 두 사람 또한 언제든 다시 보고 싶을 만큼 감동 깊었다. 조국해방전쟁 시기, 이른바 '유엔군 총사령관' 맥아더가 지휘하는 미군이 인천으로 상륙할 때 월미도를 지키던 인민군포병대의 중대장과 전사들의 영웅적 항전을 빼어나게 그렸다. 상준은 영화 '월미도'를 볼 때마다 감동으로 눈물 흘렸고 선화도 그랬다.

상준에게 영화 '월미도'는 한 장면 한 장면이 심장에 새겨졌다. 아버지와 어머니가 참전했기에 더 그랬을 수도 있다. 월미도의 조선인민군 포병중대장 리태훈은 승진해서 전출 명령을 받았지만 미군이 상륙작전을 벌인다는 정보를 듣고 고뇌한다. 낙동강까지 진격한 인민군의 조직적 후퇴를 위해 최소한 사흘이라도 상륙을 늦춰야 하는 임무가 월미도의 포병중대에 주어지자 리태훈은 섬에 남기로 결심한다. 1950년 9월 13일 미군이 무차별 폭격으로 섬을 불바다로 만드는 장면, 중대장 리태훈을 비롯한 인민군이 영웅적으로 항전하며 사흘 동안 섬을 사수하는 장면, 마지막 날 애오라지 하나 남은 포를 개활지로 이동시켜 1조가 무너지면 2조가, 2조가 무너지면 다음 조가 나서 포를 쏘는 방식으로 결사항전을 벌이는 장면들은 보면 볼수록 뭉클케 했다.

무엇보다 전장의 병사들 앞에서 '월미도'의 주제가를 해맑은 목소리로 부른 여주인공, 자기 임무에 누구보다 투철한 열일곱 살 통신병 영옥으로 앙가슴이 저렸다. "이곳은 위험하니 당장 떠나오"라는 중대장의 명령을 어긴 채 미군 폭격으로 끊어진 통신 전선줄을 두 팔 벌려 몸으로 잇고 운명한 장면에선 볼 때마다 하릴없이 눈을 슴벅일 수밖에 없었다.

영화 '월미도'의 마지막 장면은 자칫 일상생활에서 흐트러질 수 있는 당원의 자세를 새로 가다듬게 해주었다. 인민군 포대에 대포알이 바다나자 상륙하는 미 군함에 맞서 결사대가 수류탄을 몸에 감고 공격하는 그 순간, 붉은 화염이 화면을 가득 채운다. 이어 떠오르는 붉은 태양을 배경으로 김일성 수령의 '교시'를 자막으로 새겼다.

"월미도 해안 포병들은 잘 싸웠습니다. 그들은 최고사령부의 명령대로 인민군대의 전략적 후퇴를 보장하기 위하여 마지막 한 사람이 남을 때까지 결사적으로 싸워 3일 동안이나 적의 상륙을 막아냈습니다. 우리는 월미도 용사들의 영웅적 위훈을 잊을 수 없습니다."

그 자막으로 영화는 끝나지만 상준은 물론 대다수 평양인민들은 자리에서 일어날 줄 몰랐다. 여기저기 흐느끼는 소리가 들릴 만큼 영화 '월미도'는 인민들의 가슴 깊은 곳을 흔들어놓았다.

영화를 보고 '주인공을 따라 배우자'는 운동이 자발적으로 일어난 것은 당연했다. 당에서 본격적으로 운동을 벌이기 전에, 이미 상준 스스로 월미도 영웅들의 정신을 본받고 인민학교 교사로서 최선을 다해 살겠노라고 다짐했다. 당시 공화국 골골샅샅에서 "월미도의 영웅처럼 살며 싸우자"라는 구호가 등장했다. 도시와 농촌,

모든 일터와 학교에서 '월미도의 영웅과 나'라는 제목으로 강연과 웅변대회, 글짓기 행사가 이어졌다. 인민학교 교사로서 상준은 누구보다 사명감에 불탔고, 학생들의 웅변대회를 조직했다.

그랬다. 백상준은 인민의 자주성과 창조성을 확신하는 주체시대의 공산주의자로 미 제국주의의 각을 뜨자고 다짐했던 인민학교 교사였다. 주체사상으로 인민의 아들딸을 가르치고 무장시키는 데 온 열정을 쏟았다.

상준은 처음 교단에 섰던 날이 언제나 감쳐왔다. 그날 인민학교로 출근하면서 위대한 수령 김일성 동지에 한 몸 바쳐 충성을 다하겠노라고, 조국의 통일과 혁명 과업을 완수하기 위해서라면 온몸이 가루로 부서져도 좋다고, 공화국의 새로운 세대를 자주적이고 창조적인 사람으로 만드는 데 앞장서겠노라고 다짐했다. 주체혁명의 수도 평양에서 인민학교 교사로 살아갈 수 있다는 사실에 김일성 수령과 당에 한없는 감사의 마음으로 가슴 불탔다.

세월 앞에 모든 견고한 것은 벅벅이 먼지로 사라지게 마련인가. 불타오르던 그날과 달리 상준은 월미도를 감싸고 있는 밤안개 앞에서 50대 중반의 초라한 중늙은이로 갑판 난간에 우두커니 기대어 섰다.

상준이 자신의 인생을 도파니 쏟아 부며 사랑한 아들, 영화를 함께 본 뒤 "내가 이담에 꼭 저 미제 놈들에게 불벼락을 내릴 거야"라고 종주먹 을러대던 아들은 바로 그 미 제국주의자들에 홀려 아비에 적대감을 살천스레 드러내고, 애틋하고 살뜰하게 정을 나누어온 아내 선화는 지아비를 썩은 무 잘라내듯 버렸다. 그 엄연한 사실이 사물거릴 때마다 상준은 그만 생을 마감하고 싶은 유혹이 문득문득 밀려와 긴 세월 걸어온 길을 회한으로 톺아보곤 했다.

그날, 그러니까 1999년 10월 10일 밤, 평소 끼끗하던 최진이 얼굴은 서리서리 노여움이 묻어났다. 그렇게 냉담한 모습은 상준이 아는 어머니 평생에 걸쳐 처음이었다. 최진이는 저녁밥상을 물린 뒤, 상준을 방으로 불렀다. 대뜸 오늘이 무슨 날인지 아느냐고 물었다.

물론, 상준은 알고 있었다. 이진선. 그분의 1주기였다. 이미 어머니가 그날 하루 내내 어디를 다녀왔는지도 알고 있었다. 틀림없이 꽃을 들고 그분의 무덤을 찾았을 터였다.

사실대로 말하자면 상준은 그날을 어떻게 보내야 할까, 한 달 전부터 망설였다. 어머니에겐 무슨 말을 할까, 무엇을 할 수 있을까, 궁리했지만 딱히 떠오르는 게 없었다.

하루 종일 싱숭생숭하던 상준에게 최진이는 아버지가 남긴 글을 다 읽어보았느냐고 닦달하듯 물었다.

상준은 어쩐지 심술이 나 어깃장을 놓았다.

"아버지라뇨?"

그 순간, 냉갈령의 어머니 눈빛에 이릉이릉 불꽃이 일었다.

"너에게 글을 남긴 아버지가 누군지 몰라서 묻니?"

"……."

"못난 놈! 하얀 코끼린 줄 알았더니 깜장 코딱지만도 못한 놈이었네!"

"뭐라고요?"

"뭐 어째? 뭐라고요?"

얼굴에 주름 가득한 어머니의 엄한 서슬에 치밀어 오르던 상준의 울뚝밸이 쿵 떨어졌다. 최진이의 매서운 추궁이 이어졌다.

"너! 네가 백인수 씨를 생각하는 건 갸륵하다. 하지만 너에게 생명을 주신 분이 엄연히 있거늘. 그리고 너 그분이 남긴 일기도 보았잖니?"

"……."

"봤니? 안 봤니?"

"그래서요?"

"뭐? 그래서?"

그 순간 어머니의 손이 상준의 뺨을 찰싹 갈겼다. 손끝이 매웠다.

"아니…… 이 무슨……."

"무슨?"

"……."

"이놈아. 내 그래서 아까 말했잖니! 코끼린 줄 알고 키웠더니 코딱지였다고!"

"코딱지라뇨! 제가 몇 살인데."

"그래 이놈아! 네놈 나이를 내가 잘 아니까 시방 이러는 거야!"

"……."

"그만 나가거라."

"……."

"아, 나가라는 말 안 들리니? 이 방에서 썩 나가!"

멋쩍어 방을 나서 방문을 닫을 때 들려온 늙은 어머니의 귀신같은 호곡에 상준은 등골이 써늘했다. 가슴이 먹먹했지만 어머니가 이진선을 두남두면 두남둘수록 상준의 마음 한곳에선 저항감이 커져갔다.

새로운 세기이자 새 천년—이북에선 주체연호를 쓰지만 그렇다고 인민들이 서기를 모르는 것은 아니다—이 시작하는 날, 상준은 어머니와의 갈등을 매듭짓겠다고 다짐하며 일기에 다음과 같이 덧새기듯 기록했다.

2000년 1월 1일.

꼭두새벽 선화와 함께 두산을 데리고 위대한 김일성 수령님의 동상을 찾았다. 아들에게 위대한 수령님과 김정일 장군님의 뜻을 무조건 잘 따라야 한다고 강다짐으로 일렀다.

나부터 다부지게 다잡고 줏대를 세우자. 생부의 패배주의적 기록 따위는 결단코 두산에게 도움이 될 수 없다. 아니, 두산의 미래를 치명적으로 망칠 수 있다. 아니, 망칠 수 있다가 아니다. 망칠 게 불을 보듯 뻔하다.

내게 두산은 유일한 희망이다. 나야 절름발이 한계를 넘지 못했지만, 두산의 두 다리는 얼마나 튼튼한 무쇠란 말인가. 이미 혁명유적지 탐방에서 학생들을 대표했고, 어버이 수령의 가르침을 따라 무럭무럭 커왔다.

내 아들, 두산. 혁명적 혈통도 그 아니 선명한가. 할아버지 백인수와 할머니 최진이 모두 백두산 항일빨치산 부대 출신이다. 비록 아버지의 철직과 자살의 후과로 나는 김일성대학에 들어가지 못했지만, 어머니의 활동으로 빨치산 혁명정신은 대를 이어 연면히 계승되고 있단 말이다. 아내 조선화도 평범한 재일동포 귀국자의 신분과는 확연히 다르다. 일본에서 총련 사업을 힘 있게 꾸려가는 지도부 핵심 일꾼의 혈통이다.

뒤뚱발이에 성정이 물러터진 나와 다르게 아들은 당 정치 사업을 이끌도록 강인하게 훈육해내자는 다짐, 아버지 백인수가 못다 이룬 꿈과 어머니의 혁명정신을 이어 조선로동당의 미래를 책임질 지도자로 키워내겠다는 결심, 결코 잊어선 안 될 일이다. 그 다짐, 그 결심이 갑자기 등장한 존재, 그것도 이미 죽어 없는 송장으로 와해될 수는 없단 말이다.

내 아들 두산을 보호할 책임과 의무는 그의 아비인 바로 내게 있다. 유약한 나와 달리 아들을 매사에 맺고 끊는 것이 칼 같은 강철 민족간부로 만들기 위해 내 그동안 얼마나 엄엄하게 키워왔던가. 그 모든 게 무위로 돌아가서야 되겠는가. 천만에, 만만부당이다.

그 일기를 쓸 때만 하더라도 상준은 새로운 천년이 시작되는 날의 꼭두새벽 다짐이 채 백년을 살지 못할 인생에 무엇을 불러올지 전혀 모르고 있었다. 아무튼 모질게 어머니와 선을 그으면서 하릴없이 냉랭한 관계가 이어졌다.

상준은 어머니가 자신의 태도에 상처를 받겠다고 생각했고, 그런 조짐도 감지했다. 하지만 도리 없다고 판단했다. 냉정하자고 결기를 거듭 세워갔다. 상준은 어머니의 '첫 사랑 따위 감정'보다 아들 두산의 미래가 훨씬 더 중요하다고 생각했다.

'두산을 위해서라면 하얀 코끼리가 아니어도 얼마든지 좋다, 코딱지가 된들 어떠랴, 아니 기꺼이 까만 먼지로 사라지겠다.'

상준의 내면에서 일어난 변화를 정확히 읽어서일까. 강추위가 물러나려면 아직 멀었는데도 어머니는 굳이 친정이 있는 갑산을 가겠다고 고집했다. 일제 강점기에 항일투쟁에 나섰던 어머니가 바로 그 혁명의 고향으로 가는 여행허가증을 얻는 것은 어렵지 않았다.

모질자고 했던 상준은 막상 어머니가 떠난 뒤 내내 불안했다. 다행히 어머니는 봄이 되어 평양에 돌아왔다. 홀가분한 어머니 표정에 상준은 서머했던 마음 한 가닥을 비로소 접었다.

그해 초여름에는 남조선의 대통령 김대중이 평양을 방문했다. 상준은 인민학교 학생들과 거리로 나갔다. 혁명의 수도를 찾아온 김대중과 위대한 장군님이 함께 탄 자동차가 지나갈 때 공화국 깃발을 흔들면서, 아버지 이진선은 결국 인생에 실패한 사람일 뿐이라고 확신했다. 아버지의 일기는 회색 지식분자로서 패배자의 넋두리에 지나지 않는다는 생각이 들자 더 없이 구질 맞고 구차해 보였다. 그런데 가까스로 다시 궤도를 찾은 상준의 일상을 다시 뒤엎는 충격적 사건이 일어났다.

5

짙은 안개로 출항 시각이 늦어질 수밖에 없음을 직감한 선원들은 저마다 휴식시간 보내느라 뉴 리버티 호의 넓은 갑판에는 아무도 없었다. 회한으로 인생을 톺아보던 상준은 갑작스레 어머니가 못내 그리워 끝내 눈물을 훅 떨구었다.

갑판 끝에 서서 하염없이 슬픔에 잠기는 중늙은이를 해거름의 해미가 포위하듯 에워쌌다. 안개에 잠겨가는 항구를 응시하던 상준은 마지막 항해를 앞두고 옥벼른 다짐을 상기하며 스스로 안개 속에 묻어둔 진실을 정직하게 탐색해갔다.

갑산 고향에서 이른 봄에 돌아온 어머니 최진이는 그해 여름이 끝날 무렵 다시 집을 나갔다. 상준에게 작은 상자와 함께 편지를 남겼다. 상준은 어떤 두려움으로 주저하며 읽어갔다.

사랑하는 아들 상준 보거라.

내 몸 안에서 너를 느낀 순간이 바로 조금 전 같은데, 그 아기가 벌써 마흔 살이 되었구나. 새로운 생명, 더구나 진실로 사랑했던 사람의 아들이 내 몸 안에서 발을 찰 때, 정말이지 행복했단다. 내가 너를 아들이라고 확신한 이유는 태몽이었어.

그이를 만난 날 아침이었지. 눈을 떴을 때 간밤에 꾼 꿈이 신비롭게 다가왔어. 바닷가를 거닐고 있었는데 사람들이 모여 바다 속을 가리키면서 저게 무엇이냐고 수군대더구나. 그런데 뭇 사람들이 갑자기 "올라온다!" 소리치는 거야. 실제로 바다 수면 아래서 하얗고 둥그런 물체가 서서히 솟아오르더구나. 거대한 코끼리의 등이었어. 뭇 사람들이 도파니 감탄했고 나도 먼발치에서 황홀하게 바라보았지.

그런데 하얀 코끼리가 사람들이 모인 걸 보더니 쿵쾅쿵쾅 바닷물을 가르며 해안으로 달려오더구나. 주변 사람들은 모두 도망갔지. 나도 무서웠지만, 그보다는 신비로움이 더했어. 가만히 지켜보고 있었는데. 내 가슴으로 두려움이 퍼져가는 걸 알아서일까, 장대한 코끼리가 내게 가까이 다가올수록 시나브로 작아지는 거야. 내가 무릎으로 앉아 두 손바닥을 펴서 내미니까 그 위로 사부자기 올라오더구나. 그 순간 어린 시절 내가 참 갖고 싶어 했던 구리 그릇이 생각났어. 코끼리 형상의 작은 잔이었는데, 우리 어머니가 만지지도 못하게 하며 신주처럼 모셨거든. 손바닥 위로 올라온 코끼리가 돌연 그 잔으로 변하지 않겠니.

눈을 떴을 때까지 환상적인 꿈에 희열이 이어졌어. 뭔가 내게 오늘 행운이 찾아오지 않을까 싶었지. 네가 어떻게 생각할지 모르겠지만, 그날 이진선 씨를 만났어. 1960년 7월 2일치 일기, 본 기억나니?

나는 그이를 만난 것이 흰 코끼리 꿈의 전부라고 생각했어. 만남 자체만으로도 내 인생의 정점이었으니까. 그런데 거기서 그친 게 아니었지. 그이를 만난 뒤 어떤 예감이 들더라. 그 황홀한 느낌은 적중했어. 코끼리는 바로 너를 암시한 태몽이었던 게야. 아들 꿈이라고 확신했어. 마야 부인이 부처님을 잉태했을 때도 태몽이 흰 코끼리였다더구나. 모스크바에서 너를 출산한 뒤 기쁨 속에 네 이름을 상준, 백상준(白象尊)으로 지은 이유란다.

내 아들 상준.

너도 이제 곧 마흔이니까 나를 이해해주리라고 믿는다(이해할 수 없어도 내가 어쩌겠니. 그러니 마음 편하게 생각하렴). 백인수의 아내로 나는 그분의 죽음에 죄의식을 느끼고 있어. 하지만 그건 내가 지은 죄이고 저세상까지 고스란히 내가 가져갈 몫이야.

하지만 너는 달라. 나는 네가 '인간 이진선'을 아버지로 네 가슴에 모시길 바란다. 나도 지금부터 그분을 아버지로 쓸게.

상준.

네가 아버지의 기록을 다 읽었다니 좌고우면 없이 말하련다. 아버지의 꿈, "사람들이 모두 잘살게 아름다운 집을 짓는" 혁명의 꿈은 처녀 시절에 내가 항일운동에 나섰던 이유이기도 했지. 내가 네 아버지를 처음 본 곳도 그 길, 항일운동의 길 위에서였고, 다시 본 곳도 그 길, 혁명의 길 위에서였어.

내 아들 상준.

냉철하게 돌아보면 우린 분명 실패했어. 우리가 이루려는 나라는 분단된 조국이 결코 아니었거든. 인민이 주인 되는 나라였을 뿐, 분단은 상상도 못 했단다. 우리 세대는 젊은 나이에 목숨을 참 많이 바쳤어. 참으로 뛰어난 재능을 지닌 친구들이 채 피어나지 못하고 참혹하게 숨졌지. 하나뿐인 생명을 숱한 사람들이 아낌없이 던지며 겨레를 사랑한 성과가 고작 오늘의 현실인 게 너무나 가슴 아파.

상준이 너를 비롯한 후손에게 통일조국, 모든 인민이 말 그대로 주인인 나라를 물려주지 못해 참으로 미안하다. 그 미안함을 분명히 전제하고 말하고 싶구나.

과연 우리 인민의 내일에 희망이 있을까? 우리 북쪽은 굶어죽는 사람들이 줄을 이어가고 있지. 네 아버지는 인민이 굶어 죽어가는 현실을 견딜 수 없어 당에 목숨을 던져 항의했던 거야. 내가 그 편지를 당 고위간부에게 전달했어. 그는 내 뜻을 무시할 수 없는 사람이지만, 나는 그가 편지를 김정일 위원장에게 전달하지 않았으리라고 점점 확신해. 그러니 시방 공화국이 이 꼴이겠지.

남쪽은 6월항쟁이 일어나고 올림픽을 치렀다기에 기대를 걸었지만 과거를 제대로 청산하지 못한 후과가 크더구나. 나라와 겨레가 어떻게 되든 제 잇속만 챙기는 부일 모리배들의 못된 버릇을 수구세력이 고스란히 물려받은 듯해. 결국 파산을 맞아 미국이 주도하는 국제금융기구의 돈을 빌린 뒤에는 사대주의 굴레에서 더욱 벗어나지 못하더구나,

상준.

너는 조선의 진정한 혁명가 아버지와 어머니의 아들이라는 사실을 자랑해도 좋아.

이제 너의 아버지 이진선이 내게 준 선물 이야기를 남기고 싶구나. 가장 큰 선물은 바로 너야. 그리고 또 하나, 삶의 기록이지. 내가 필사한 기록을 네게 남기마. 아버지의 원본은 지난겨울 고향에 간다고 평양을 떠났을 때 이미 남쪽으로 보냈단다. 북에서 출판이 어렵다면 남에서라도 해야겠지. 우리 시대의 정직한 기록이니까. 네 아버지와 나는 남쪽의 5월항쟁, 6월항쟁, 7~8월 노동자대투쟁에 큰 기대를 걸었거든.

갑산의 고향 사람 가운데 중국에 나가 있는 분이 계셔. 수완 좋은 분이니 틀림없이 남쪽에서 출판될 거야. 그게 내가 네 아버지의 여자이자 혁명 동지로서 할 수 있는 마지막 사랑이라고 최종 판단했어(혹시 책이 나온 뒤, 당에서 조사가 나올지도 몰라. 나는 윗선 눈치만 챙기느라 바쁜 우리 당 일꾼들이 그 정도로 치밀하게 일한다는 생각은 전혀 하지 않지만, 만에 하나 그 상황이 오면 너는 이진선과의 관계부터 모든 걸 몰랐다고 하거라. 모든 책임은 나에게 돌려. 내게 다 돌려도 아무 걱정할 필요가 없다는 걸 곧 알게 될 거야. 그러니 이 편지는 읽고 나서 바로 불살라다오).

나의 어여쁜 아들 상준.

아버지와 엄마가 일궈온 참 가난한 혁명에 너를 불러들인 것이 미안하고 때로는 고통스럽단다.

하지만 상준아. 어쩌겠니. 인류 역사에서 모든 인간은 자기 삶의 조건을 벗어날 수 없었고 그것은 지금 이 순간도 마찬가지인걸. 인간은 언제나 그 조건에서 새로운 역사를 열어왔지.

상준.

우리가 지금 살고 있는 조건이 얼마나 엄혹한가를 잘 알고 있어. 너의 아버지와 나는 그 조건을 끝내 벗어나지 못했다는 것도 알아. 물론, 최선은 다했지.

상준아, 그러니 너도 힘을 내렴.

네가 처한 조건도 인류가 오랜 세월 언제나 직면해온 조건의 하나일 뿐이라는 생각을 했으면 좋겠구나. 그 조건을 무시해서는 안 되겠지만, 그 조건에 매몰되어서는 더욱 안 되겠지? 결과론적인 이야기가 될지 모르겠지만, 너를 세상에 초대한 우리는 그 조건에 파묻혔다는 생각이 어쩔 수 없이 드는구나. 그래서 말인데 유일사상 체제 아래서 네 아버지의 무력한 노년을 지켜본 나는 네가 어떤 길을 선택하든 반대하거나 나무라고 싶지 않다.

어떤 선택을 하든, 나의 사랑하는 아들아. 두산이만은 모든 사람이 골고루 잘 사는 아름다운 집을 짓는 그 혁명의 꿈을 잃지 않도록 훌륭하게 키워다오.

조선에 이진선과 최진이라는 아름다운 연인이 숨 쉬고 있었다는 사실, 너는 그 꿈을 받은 후예라는 사실, 박헌영과 이현상의 꿈을 이루려던 숱한 혁명가들이 평양에서 한 많은 인생에 눈을 감으면서도 후대를 생각함으로써 위로 받았다는 사실을 네가 겸허하게 받아들였으면 좋겠다.

그들의 좌절된 꿈, 하지만 눈부시게 아름다운 꿈을 누군가는 이어가야 옳지 않겠니? 이북에서든, 이남에서든.

상준아.

나는 내 어머니가 나의 태를 묻은 곳, 갑산으로 다시 여행을 떠난다. 비록 늙은 몸이고 먼 길이지만, 걱정하지 말거라. 이미 지난 겨울에도 잘 다녀왔지 않았니? 일본 제국주의자들, 미국 제국주의자들과 거푸 싸우며 키운 강단이 아직은 내 핏줄에 남아 있지.

연어가 저 나타난 곳으로 회귀하듯이 내 인생이 시작한 그곳으로 돌아가 삶을 마감하고 싶구나. 이야기할 수 없었지만, 내 인생이 막바지에 이르렀다는 생각이 들고 있어. 사랑하는 아들과 며느리, 손주 앞에서 구들더께로 사는 것보다 어린 시절의 추억이 깃든 고향에서 마무리하고 싶구나. 너도 나중에 나이가 들면 내 말을 이해할 수 있을 게야. 너도 나처럼 감수성이 예민한 사람이니까.

하여, 갑산으로 행여 찾아오지 말거라. 내 뜻은 확고하고 더는 평양으로 돌아가지 않을 테니, 먼 길 올 생각 말고 두산이와 네 처 잘 돌보거라.

자, 그럼 40년 동안 너와 함께한 행복한 시간에 이제 작별을 고할게. 물론, 몸만이지. 내 영혼은 언제나 네 가슴에 더불어 있을 거라는 생각이 드는구나. 그 가슴에 인간 이진선도 함께 있다면 더 없는 축복이겠지.

사랑하는 나의 하얀 코끼리.

상준.

언제나 씩씩하게 걸어가, 쿵쾅쿵쾅.

그럼 이만 안녕.

편지를 읽는 내내 상준은 심장이 벌침에 곰비임비 쏘이는 아픔을 겪었다. 어머니가 쓴 마지막 "이만 안녕"의 마침표를 읽었을 때 걷잡을 수 없이 울음이 복받쳐 올랐다. 당신의 외로움이 불화살로 가슴노리 깊숙이 박혀왔기 때문이다. 일주일 내내 학교 일이 잡히지 않았다. 어머니의 편지가 삶을 온통 뒤흔들어 놓았기 때문이다. 최진이는 그걸 노린 게 아니었을까. 상준은 당장 갑산 외갓집으로 떠나고 싶었다. 하지만 학기 중이었기에 교원이 평양에서 갑산까지 가려면 허가 절차가 복잡했다.

상준은 편지를 읽으면서 어렸을 때 어머니가 왜 '코끼리'라고 자신을 불렀는지, 그리고 좀 더 엄한 말씀을 하실 때는 왜 굳이 '하얀 코끼리'라고 불렀는지 헤아릴 수 있었다. 코끼리인 줄 알았더니 코딱지였다는 어머니의 한숨도 창끝이 되어 앙가슴 정곡을 찔러왔다. 눈을 슴벅이며 편지와 함께 남긴 상자를 열어보니, 당신이 지금까지 여투어 둔 지폐를 가득 담아두었다.

상준은 어머니가 자신의 인생에 어떤 존재인가를 새삼 절감했다. 기실 한 인간에게 아무런 조건 없는 사랑을 줄 수 있는 인간이 있을까? 상준은 어머니라고 생각했다. 가령 거의 눈에 띄지 않을 정도이지만 상준이 절룩이며 거리를 걸어갈 때, 아내와 아들이 창피해한다는 사실을 여러 차례 확인했다. 그러나 어머니는 완연히 달랐다. 어린 상준이 인민학교를 졸업한 날 저녁, 어머니가 모란각에서 불고기를 사준 뒤 집에 들어와 들려준 이야기가 그 순간의 다사로운 눈길, 포근한 목소리 그대로 귀를 울렸다.

"상준아, 엄마가 시 좋아하는 거 아니?"

"그럼요."

"그럼 엄마가 가장 좋아하는 시인이 누군지도 알까?"

"……."

그 순간 어린 상준은 말문이 막혔다. 누구인지 도통 떠오르지 않았다. 어버이 수령 김일성 장군님이냐고 묻고 싶었지만, 함부로 이름을 입에 올릴 용기가 나진 않았다. 어머니가 김일성 수령님과 더불어 그 부대의 한 사람으로 항일운동을 벌인 사실을 자랑스럽게 여겼으면서도 수령님의 사진에 다른 이들처럼 경의를 표하지는 않아온 걸 어린 눈으로도 지켜보았기에 그랬는지도 모르겠다.

최진이는 어린 아들의 머리를 쓰다듬고 "튼실하게 커주어 고맙다"고 한 뒤 백두산 들쭉술을 술잔에 따라 단숨에 비웠다. 자신이 던진 물음에 답을 내놓을 생각이 없어 보였다. 상준이 술 마시는 어머니를, 조금 더 정확히 말한다면 볼그스름 물들어가는 어머니의 얼굴을 바라보다가 못 참겠다는 듯이 물었다.

"근데 엄마! 어떤 시인 좋아하셔요?"

이미 들쭉술을 반병 비운 탓일까. 어머니가 호기롭고 낭랑하게 말했다.

"바로 상준의 아버지야!"

상준은 그때 이해할 수 없었기에 "에이! 누군지 빨리 말해봐요"라고 재촉했다. 술에 취해 종종 어머니를 괴롭히던 백인수와 시인을 연결 지을 순 당최 없었기 때문이다.

"그건 진실이란다. 네 아버지는 시인이야, 그것도 그냥 시인이 아니지."

돌이켜보면 어머니가 그 말씀을 하실 때, 누구를 염두에 두고 있었는지 비로소 이해할 수 있다. 어머니가 술잔을 더 비우고 상준을 깊은 눈으로 바라보며 두 볼을 쓰다듬어줄 때, 누구를 떠올렸을까도, 그 신비로움에 잠긴 눈빛으로.

"그다음으로 좋아하는 시인은……."

어머니가 조금 짓궂은 표정을 지으며 말끝을 달았다.

"바이런! 우리 아들은 아직 모르는 시인이지?

"바이런?"

"그래! 바이런은 150년 전 쯤 영국 시인인데, 참 열정적으로 살았어."

"열정적으로 사는 게 뭔데?"

"사람들을 많이 사랑했지!"

"사람을 많이 사랑하는 거가 열정적인 건가요?"

"그래, 엄마는 사랑할 줄 모르는 남자는 정말 싫어. 바이런은 여자들에게도 인기가 높았단다, 그런데 그 시대에 숱한 여성들로부터 사랑받았던 바이런에게도 몸에 비밀이 있었어. 뭔지 아니?"

"몰라요"

"맞춰볼래?"

"멋있게 생겼나요?"

"음, 아마도. 하지만 상준이만 못했어. 그리고 잘생긴 걸 비밀이라고 하진 않겠지?"

"가르쳐주세요."

어머니가 얼굴이 조금은 엄해졌다. 중요한 이야기를 한다는 생각이 들어 어린 상준은 귀마저 쫑긋 세웠다.

"상준, 바이런은 엄마가 참 좋아하는 시인인데, 발을 절었어."

상준이 어제 일어난 일처럼 선연하게 기억하는 이유다. 어머니는 상준의 눈을 똑바로 바라보고 또박또박 말했다.

"바이런에 비하면 상준이, 네가 저는 것은 저는 것도 아니야. 그런데 바이런은 아시아 대륙과 유럽 대륙을 가르는 바다를 헤엄쳐 건넜단다. 사람들이 자기 몸을 깔보는 걸 용서할 수 없었던 거야. 바이런은 열정만이 아니라 그 열정을 행동으로 옮겨갔어. 바이런의 시 가운데 엄마가 가장 좋아하는 구절을 들려줄게. 잘 들어봐."

어린 상준은 절름발이 시인을 엄마가 좋아한다는 말에, 아니 어쩌면 절름발이였는데도 여성들에게 인기가 높았다는 말에 이미 최진이가 들려주는 이야기를 마치 '수령님의 교시'처럼 듣고 있었다.

"그 위대한 시인은 이렇게 노래했어. 피가 물처럼 흐르고/ 눈물이 안개처럼 흐를지라도/ 민중은 이윽고 승리자가 되리라."

"피가 물처럼 흐르고."

"눈물이 안개처럼 흐를지라도."

"그다음이 민중이죠?"

"그래, 우리 '하얀 코끼리' 훌륭하구나?"

"민중이 이긴다는 뜻이었는데……."

"민중은 이윽고 승리자가 되리라."

최진이가 가르쳐준 안짱다리 바이런의 시는 상준의 가슴에 섭새겨졌다.

상준이 갑산을 찾은 것은 어머니가 떠나고 아홉 달이 지나서였다. 여행 허가증 얻기가 쉽지 않았을 뿐더러, 아내가 한겨울에 갑산가는 걸 위험하다며 은근히 반대했기 때문이다. 실제 이듬해 여름방학을 맞아서야 여행 허가증을 받았다. 평양에서 길주 가는 기차를 타고 그곳에서 하루를 묵은 뒤 다음날 일찍 '백두산청년선'으로 갈아타서 혜산에 내렸다. 역 앞에서 두 시간을 기다리다가 갑산으로 가는 버스에 가까스로 오른 뒤 상준은 노모가 이 먼 길을, 그것도 찬바람 매서운 마가을에 어떻게 견뎌내셨을까, 건강은 괜찮으실까, 꼬리를 무는 상념에 코끝이 아려왔다.

갑산의 백조봉 아랫마을, 외삼촌 집에 애면글면 도착했을 때는 어슬어슬했다. 상준이 대학시절 평양에서 본 얼굴이 마지막이었기에 설면할 수밖에 없었다. 상준이 어머니 이름을 대자 비로소 조카임을 알아본 외삼촌은 몹시 반가워하면서도 적잖은 분노가 깔린 목소리로 "뭐하다가 이제야 온 거냐"며 자르듯이 말했다.

"네 어머니는 이미 이 세상 사람이 아니야! 이미 지난해 가을에 돌아가셨단 말이다!"

그 말을 들은 순간에는 실감할 수 없어 멍했지만, 곧바로 하늘이 무너지는 슬픔이 무장 엄습해왔다. 믿어지지 않았다.

외삼촌은 어머니가 갑산 친정에 비영비영 도착했을 때, 이미 몸이 상할 만큼 상해 있었다며, 평양에 함께 살면서 어쩜 그렇게 어머니를 잘 모시지 못했느냐고 나무랐다. 외삼촌의 말이 상준의 가슴에 비수처럼 꽂혔다.

"아니, 돌아가셨으면 왜 저에게 연락을 안 하셨습니까?"

"자네 어머니가 간곡하게 부탁했어. 언젠가 상준이 찾아올 텐데 그 때 이야기하라고. 망설이다가 누님의 마지막 말을 들어줘야한다고 생각했지."

땅거미가 이미 깔렸지만 외삼촌은 어머니 묻은 곳으로 씨영씨영 앞서 걸어갔다. 백조봉의 정상이 보이는 중턱, 다듬어지지 않은 무덤 앞에서 상준은 황소부림 치며 통곡했다.

그날 밤 외삼촌은 상준을 달래다가 조심조심 어머니의 죽음에 담긴 진실을 들려주었다.

"실은 누님의 죽음에 나도 충격을 받았어. 지난밤까지 괜찮으셨는데 다음날 점심때가 되어도 방에서 나오시지 않기에 들어갔더니 이미 돌아가셨더구나. 옆에 당부하는 말까지 남겨두고……."

"아니, 그럼…… 자살을…… 하신 겁니까?"

"확실하지 않아. 목을 매신 것도 아니고, 약을 드신 것 같지도 않고. 이미 몸이 많이 쇠약해 있긴 하셨거든. 어떻게 돌아가셨는지 나도 정확히는 몰라. 그 점 자네에게 정말 미안하네."

상준이 가까스로 가라앉힌 슬픔이 세게 복받쳐오며 뭔가 짚이는 게 있었다.

"아까 가을에 돌아가셨다고 했는데 혹시 10월……."

"응. 그건 내가 확실히 기억하고 있어. 그날, 쌍십절이었으니까."

상준은 울어야 할 섟에 정신이 새맑아졌다. 어머니의 사랑에 경의를 느꼈다. 아버지 이진선은 그것만으로도 행복한 사람이 아닐까. 외삼촌이 상준의 표정을 요모조모 살폈지만, 상준의 침묵은 오래갔다. 이윽고 슬픔이 뚝뚝 묻어나는 소리로 입을 열었다.

"남기셨다는 글 보여주십시오."

외삼촌이 건넨 어머니의 글은 상준에게 남긴 편지와 달리 간명하고 사무적이었다. 당신이 지니고 있던 금반지와 열쇠—상준은 어머니가 평양에서도 안주머니에 넣고 다니던 이진선의 살림집 열쇠라고 짐작했다—를 함께 묻어달라는 부탁이 하나였다. 외삼촌은 어머니의 사인에 대해 상준에게 밝힌 자신의 설명이 부담되어서일까. 상준이 묻지도 않았는데 열쇠와 함께 누님이 언제나 손가락에 끼고 있던 금반지를 잘 묻어드렸다고 말했다.

또 하나는 곧 남조선에서 출간된 책을 연변에 사는 박 씨가 가져올 텐데 언젠가 평양에 있는 아들이 찾아오면 그때 두 권을 전해달라는 당부였다. 최진이는 아들 상준에게 전해달라며 약도까지 남겼다. 외삼촌은 고개를 갸우뚱하며 "그 약도에 책 한 권을 묻어달라는 건데 그곳이 어딘지 아느냐"고 물었다.

상준은 어머니가 정성스럽게 그린 약도가 아버지 이진선의 무덤임을 한눈에 파악했다. 하지만 외삼촌에게 내막을 이야기하진 않았다. 그럴 겨를도, 마음도 없었다. 상준은 외삼촌에게 '연변에 사는 박 씨'가 누구인지 물었다.

외삼촌은 잠시 망설이다가 싱긋 웃으며 마치 전설을 들려주듯 이야기했다.

"그 형님이 누님과 이 마을에서 같이 자랐어. 누님을 몹시 사랑했지. 누님도 싫어하진 않았지만, 아무래도 배필감이라고 생각한 건 아니었던가봐. 누님이 평양에서 백인수와 혼인했다는 사실을 들은 뒤에도 여기서 평양 쪽만 바라보며 혼자 살았지. 그때 그 형님이 백석 시인과 참 친하게 지냈어."

"백석 시인 말입니까? 아, 그러고 보니 그분이 살았던 삼수가 바로 옆 아닙니까?"

"음, 바로 옆은 아니지만 걸어서 한나절이면 갈 수 있지. 여기 백조봉이 삼수와 갑산, 혜산이 만나는 곳이거든. 자네도 백석을 아는가?"

"그럼요. 그분이 쓴 동시를 좋아했습니다. 어머니가 어렸을 때 많이 들려주시기도 했습니다."

"음, 하여튼 자네 어머니는 당차. 백석은 당에서 일찌감치 밀려난 시인인데 자네에게 그걸 가르쳐준 걸 보면. 그런데 정말 그 시인 훌륭한 분이더군. 인품이 그러다 보니 늘그막에 인민들로부터 신망이 두터워 당에서도 함부로 못 했지."

"그랬습니까? 어머니가 들려준 그분 동시가 지금도 떠오릅니다. 아마 그 시처럼 삶을 사셨나봅니다."

"어떤 시?"

"산양이라는 시인데. 오랜만이라 끝까지 기억할지 모르겠습니다. '누구나/ 싸울 테면 싸워보자/ 벼랑으로만 오너라//벼랑으로 오면/ 받아 넘길 테니/까마득한 벼랑 밑으로/차 굴릴 테니//싸울 테면 오너라 /범이라도 곰이라도/다 오너라 /아슬아슬한 벼랑 가에/언제나 내가 오뚝 서 있을 테니.' 그 시를 어린 제게 들려주시던 어머니가……."

상준이 말을 잇지 못하고 슴벅이다가 기어이 눈물을 다시 쏟았다.

외삼촌이 등을 토닥여주며 말을 이었다.

"그랬군. 누님이 좋아할 만하네. 나도 들어본 시 같아. 기실 백석 시인만이 아냐. 누님도, 그 형님도, 모두 산양처럼 사신 분이지. 그런데 박금철 동지를 비롯해 갑산 출신 당 간부들이 수령님 지시로 철직당할 때야. 자네 선친도 아마 그때 당에서 물러나셨지?"

"그런데 그때 무슨 일이 있었습니까? 제가 거기까진 잘 몰라서 그럽니다."

외삼촌은 갑자기 두리번거리더니 바특이 다가와 귓속말을 했다.

"김정일 장군님으로 후계자 삼으려는 수령님에 반대한 거라네. 더는 알려고 하지 말게. 선불 걸다가는 자칫 목숨 부지도 어려우니까."

상준은 놀랐다. 어머니 최진이도 그 이야기만은 들려주지 않았다.

"당시 수령님 다음으로 당에서 실력자로 활동했던 박금철 동지가 하루아침에 철직당하고 줄줄이 이곳 사람들이 걸려들었지. 연변 형님은 박금철 동지의 사촌 아우로 더 출세할 수 있었지만 마다하고 그저 이곳에서 작은 직위에 만족하고 있었거든. 그런데도 더는 여기서 살 수 없다며 떠나더군. 당시 갑산, 혜산 쪽 압록강 국경은 삼엄했어. 백두산을 조금 돌아 두만강을 건넜지. 아예 중국으로 이주한 게야. 중국 연길 시내에 살다가 늘그막에는 백두산 쪽으로 다시 왔어. 두만강 상류 바로 건너편 백두산 기슭에 살면서 약재를 채취해 그걸 팔아 살아갔지. 자네에게 말하다 보니 정말 그 형님이야말로 산양이었네, 산양! 네 엄마가 죽었다는 소식을 듣고 강을 건너 찾아와 약속을 지키겠다고 맹세하더구나."

외삼촌은 이어 지금도 놀랍다는 듯이 감탄과 자랑이 두루 섞인 어조로 말했다.

"누님이 고향을 찾아오신 두 번 모두 우리 집에 오기 전에 두만강을 건너 그분을 만났다는 사실을 비로소 알았어. 참 대단하셔. 젊으셨을 때 항일무장 투쟁에 나섰던 강단이 없었다면 그 나쎄에 엄두도 못 낼 일이지. 하지만 그렇게 오가느라 기력을 많이 잃으셨을 게야."

"책은 왔습니까?"

"아직 연락이 없네."

상준은 다음날 다시 어머니 무덤을 찾았다. 어머니가 아버지 돌아가셨을 때 부르셨다는 노래가 떠올랐다. 상준은 정성을 다해 불러드렸다.

산에 나는 까마귀야
나를 위해 울지 마라

이 몸 비록 죽었지만

혁명정신 살아 있다.

울음을 꾹꾹 삼키고 노래를 다 부르자 뜨거운 눈물이 두 줄기 폭포로 쏟아 내렸다. 하지만 상준을 덮쳐온 슬픔은 거기서 머물지 않았다. 어쩌면 상준의 인생을 가장 깊은 곳에서 뒤흔들었을지 모를 사건이 곧바로 일어났다. 기실 그것은 딱히 사건이랄 것도 없었다. 백조봉을 떠나 평양으로 돌아오는 기차 안에서 떠오른 회상이 상준을 까마득한 낭떠러지에서 밀어버렸기 때문이다.

상준이 혜산을 떠나 길주 역에서 내린 뒤 평양으로 가는 기차를 기다리며 어머니에 대한 죄책감에 사로잡혀 서성거렸을 때다. 역사 뒤편 측백나무 쪽으로 발걸음을 옮기다가 멈칫하며 벽 모서리에 몸을 숨겼다. 측백나무 사이에서 누군가 아기에게 젖을 물리고 있었다. 얼굴은 보이지 않았지만 측백 사이로 하얀 젖무덤이 그대로 보였다. 상준은 벽에 숨어 아기가 물고 있는 투실투실한 젖무덤을 주시하며 욕정으로 부풀어가는 자신을 발견했다. 그 순간, 상준은 절망했다. 과연 자신이 어머니의 죽음 앞에 진정 죄책감을 느끼는 걸까 의문이 들었다. 그러면서도 상준은 아기가 입을 떼었을 때 툭 드러난 진분홍 젖꼭지를 놓치지 않고 바라보았다.

이윽고 역사로 들어온 기차에 올라타고서도 가무스름한 젖꽃판에 얼룩졌던 흰 젖이 선연했다. 상준은 괴로움에 눈을 질끈 감았지만 혀끝이 도돌도돌 맴돌았다. 곧이어 망막으로 선화의 뾰족하게 솟아오른 젖꼭지가 연상된 순간, 상준은 심장이 싸늘해왔다. 새 천 년 첫 쌍십절을 기념하자며 선화와 격렬한 정사를 나눴던 기억이 비로소 떠올랐기 때문이다. 그랬다. 바로 그날이었다. 어머니가 사실상 자살한 날, 아버지가 스스로에 권총을 쏜 기일, 그날 자신은 쌍십절을 핑계로 쾌락의 절정을 만끽하고 있었다는 사실을 뒤늦게 깨우친 상준은 덜컹덜컹 기차 바퀴들로 온몸을 짓뭉개고 싶었다.

6

항해를 앞두고 나미와 다사롭게 팔짱을 낀 연화는 지천명으로 들어선 지 오래이건만, 곧 '뉴 리버티'에 올라 서해를 종단한다는 기대감에 소녀 시절의 설렘마저 느꼈다.

그런데 부두를 따라 바다를 바라보며 걷던 나미가 상그레 웃으며 지나가듯 던진 물음, "괜히 스톡홀름 떠났다 싶은 적 없어?"가 가슴벽에 턱 걸렸다. 갑작스러운 질문을 받고 연화는 자신이 걸어온 길, 곧 10년을 맞는 한국 생활을 톺아보았다. 누구보다 열정을 쏟아 더 나은 세상을 후손에게 물려주려 했던 홍기수와 금연화. 두 분의 사랑과 진실을 다음 세대와 진솔하게 나누고 싶어 한국으로 들어온 지 어느새 10년이 다가오고 있었다.

주한 스웨덴대사관 문화공보 보좌관으로 일자리가 확정되었을 때 날아갈 듯 기뻤던 순간이 어룽댔다. 연화는 서울로 함께 떠나겠다는 리스베드에겐 좀 더 시간을 줄 테니 다시 생각하며 신중하게 결정하라고 설득했다. 외할아버지 홍기수가 남긴 기록을 읽어보라고 소설을 건네주기는 했다.

절차상 마지막으로 남아 있던 서울 대사관의 면접도 수나롭게 마쳤다. 거처는 대사관에서 임시로 소개해준 남산 아래 외국인 여성전용 게스트하우스로 정했다. 그곳에서 대사관까지는 천천히 걸어도 30분이 채 안 되는 거리였지만, 연화가 머무는 게스트하우스 인근 한옥마을에 대사관 직원이 장기투숙하고 있어 출근할 때 그의 승용차를 이용할 수 있었다.

대사관 업무 파악은 어렵지 않았다. 보름이 지나면서는 한갓진 시간을 만들 수 있어 한민주에게 연락했다. 인사동 민속주점에서 다시 만난 민주는 놀라움과 반가움으로 맞아주었고, '영구 귀국'이라는 말에 상찬해마지 않으면서도 자못 걱정하는 눈치가 은은하게 전해왔다. 무슨 문제가 있느냐는 말에 민주는 솔잎동동주를 한 모금 마시더니 쓸쓸하게 답했다.

"홍 형, 스톡홀름에 살다가 막상 서울에 살면, 아마 이해할 수 없는 일들이 많을 게요."

"그런 거라면 걱정 마세요. 아버지 기록을 정리하면서 제법 대한민국의 속살을 들여다보았답니다. 그래서 스웨덴을 떠나 온 것이기도 하구요."

연화는 다부지게 응수했다.

민주는 싱그레 웃으며 말했다.

"좋아요. 기대할게요. 하지만 싸움에서 방심은 금물이겠죠?"

언론인 생활을 접은 민주는 한국에 집권 가능한 진보정당을 세우겠다며 조직운동에 나섰다가 실패했다. 그 뒤 대학교수로 젊은이들과 소통하고 있었다. 연화는 자신이 한국을 얼마나 잘 파악하고 있는가를 과시하고 싶었다.

"한국에선 교수만큼 편한 직업이 없다면서요?"

민주는 연화의 의도를 알아차렸다는 듯이 환하게 웃었다.

"허허, 그 소문이 벌써 스웨덴까지 퍼져 있던가요? 맞아요. 교수들 스스로 그래요, 신이 내린 사람이라고……. 권력이나 자본에 손 내밀면 호의호식하면서도 명예까지 누릴 수 있어요."

"하, 그 정도예요?"

"명예와 부, 권력 두루 만끽하는 교수들이 적지 않아요. 민주주의에 기본상식조차 없이 권력이나 자본에 용춤 추는 말을 텔레비전에 나와 서슴없이 늘어놓으면서도 자신이 무슨 지성인이나 되는 듯 으스대는 교수들을 볼 때면, 교수의 한 사람으로서 참담할 따름입니다. 늘그막에 젊은 친구들 만나는 기쁨으로 살고 있지만, 학생들이 졸업할 때 가장 힘들어요. 제자들을 치열한 생존경쟁의 마당으로 내보내고 저는 너무나, 너무나 편하게 살고 있으니까요."

"너무 자학하진 마세요."

"자학이 아니라 엄연한 사실이거든요."

"앞으로 교수님이라 불러드려야겠어요."

"그러지 마세요. 직업이 교수이지 인간이 교수랍니까? 예전처럼 부르세요."

"저도 한국 사회에 빨리 적응해야지요. 나이가 10년 차이가 나는데 그냥 민주 씨라고 부르기엔 어느새 저도 어색해지는 것 같아요."

"그러고 보면 한국은 일상의 문화가 권위주의적이죠? 홍 형이라도 그걸 바꿔 주셔야죠. 참, 연화 씨 선친의 숙부도 교수였어요. 그쪽 만나 보았나요?"

"아직요."

"연락해보세요. 그 집안이 이 나라 의료계에선 제법 유명해요.

더구나 한국에 있는 유일한 혈육일 텐데요?"

"그래야겠지요."

그다음 주였다. 연화는 1년 전, 잠시 귀국했을 때 아버지 장례식에서 만난 선영에게 전화를 걸었다. 연화가 스웨덴으로 입양된 줄도 모르고, 평생 홀로 살았던 홍기수 옆을 내내 지켜준 동생, 의사 부부인 부모를 발판 삼아 얼마든지 화사한 인생을 꾸려갈 수 있을 터인데도 경기도 안산공단에서 서점을 운영하며 노동자들 학습모임을 꾸려가던 당찬 얼굴이 떠올랐다. 아버지를 마지막으로 떠나보내던 섬진강 나룻배에서 오열하던 선영이 얼마나 고마웠던가. 스톡홀름으로 돌아가서도 선영과 전자우편을 주고받았다. 선영은 스웨덴에서 연화가 하는 일, 노동자교육협회에 대해 물어보고 자료를 요청하기도 했다. 연화는 선영이 트로츠키주의에서 벗어나 조금씩 현실을 받아들이는 듯해 기뻤다.

선영은 달뜬 목소리로 전화를 받았다. 연화가 영구 귀국했다고 전하자 "정말 오셨네요"라며 환호했다. 주말에 덕수궁 옆 연화와 약속한 장소로 나갔을 때, 선영은 혼자가 아니었다. 의사 부부로 들었던 부모와 함께 나왔다. 연화의 오촌당숙이지만 아버지 장례식에도 오지 않았기에 연화의 감정은 딱히 싸늘하진 않더라도 덤덤할 수밖에 없어 고개만 까닥했다. 누가 보더라도 단숨에 선영이 아빠라고 부를 만큼 얼굴 생김이 붕어빵인 노년의 신사가 가라앉은 목쉰 소리로 말문을 열었다.

"저는 선영이 아버지, 그러니까 연화 씨 선친의 사촌 아우입니다."

"그러시군요. 안녕하세요."

"내가 당숙이니 말 편하게 해도 되겠죠?"

"네, 그러셔야지요."

하지만 당숙은 반말과 존댓말을 섞었다. 한국에서만 살아온 사람들은 몸에 배어 잘 모를 수 있겠지만, 말글살이에 존댓말과 반말이 구별되는 어법은 연화가 적응하기에 여간 불편한 게 아니었다.

"연화라고 했던가. 참 멀리 돌아 다시 와 반갑군요. 다름 아니라 우리 선영이가 운영하고 있는 서점, 그것이 본래 홍기수 형님 재산이라고 들었거든. 그런데 이제 친딸이 나타났으니 우리 사이에 정리해야 할 일이 있을 것 같아……."

"아, 그런 거라면 신경 쓰지 않으셔도 됩니다. 그 서점은 아빠가 선영에게 물려준 것으로 생각하고 있습니다. 저 거기에 전혀 욕심 없어요."

온통 명품으로 치장한 당숙모가 거들었다.

"아이, 참 이쁜 생각이네. 사실 그 서점은 우리 시아버님이 마련해준 것이기도 해요."

당숙이 고개를 돌려 아내를 험상궂게 바라보며 목소리를 다소 높였다.

"그 말이 지금 여기서 왜 나오나? 지금부터 당신은 가만있어!"

"아니, 뭐 내가 틀린 말을 했나? 왜 버럭 소리 지르고 그래? 창피하게."

당숙은 아내의 반발을 뭉개고 연화에게 직접 설명했다.

"우리 선친께서 조카인 기수 형님에게 서점을 차릴 돈을 준 것은 맞아. 하지만 기수 형님이 잘 운영하며 늘렸고 모두 선영이게 물려주었지. 그러니 홍연화가 보상받을 자격이나 조건은 충분한 거요."

당숙은 자신이 연화에게 보여주고 있는 '너그러움'이 스스로 대견스럽다는 듯이 자부심 뭉친 목소리로 말을 이어갔다. 장황하게 설명했지만, 간추리면 쉬웠다. 대대로 대지주 가문의 맏아들이 연화의 친할아버지였는데 '빨갱이' 활동으로 집안이 쑥밭 되고 그 와중에 재산을 모두 작은할아버지, 그러니까 홍기수의 숙부가 상속했다. 그는 병석에서 눈 감기 전에 의사가 된 아들 내외에게 기수를 찾아 도와주라는 유언을 남겼다. 의사 부부는 그 유언을 아직도 집행하지 못하고 있었다며, 이제는 기수 형님의 딸이 영구 귀국했으니 선친의 뜻을 집행해야 자신들 마음이 홀가분하겠다고 하얀 봉투를 내밀었다. 연화가 받지 않겠다고 손사래 치자 곁에 있던 선영이 또박또박 말했다.

"언니! 받아야 옳아! 언니가 받아야, 나도 언니 아빠가 물려주신 서점을 떳떳하게 받을 수 있어요."

그래도 망설이자 옆에 있던 선영이 연화의 손가방을 뺏어 어머니에게 주며, 강렬한 눈빛을 쏘았다. 선영이 어머니는 마지못해 가방 안에 봉투를 넣으며, 미련을 떨치듯이 연화에게 말했다.

"우리 부부는 큰 병원도 있고 여유가 있어요. 연화 씨도 앞으로 서울에서 살려면 집값이 만만치 않을 텐데, 이게 그래도 도움은 될 거야. 받아요."

봉투 넣은 가방을 연화에게 마지못해 밀고 얼굴이 살짝 붉어진 채 딸을 보았다. 선영이 어머니를 바라보는 눈에 다시 힘을 주자, 눈 흘기며 일어났다.

"자, 그럼 우린 일어날게. 여보, 갑시다. 다음에는 우리, 집에서 봐요."

엉거주춤 자리에서 일어나는 연화에게 당숙모가 악수를 건넸다.

잠깐 거머쥔 손에서 냉기가 전해왔다. 선영과 둘이 남고, 결국 봉투는 기정사실이 되었다. 공단의 노동자들과 함께 생활하며 진보정당 일까지 맡은 선영은 부모가 떠나자마자 쐐기를 박았다.

"언니, 우리 부모님은 가진 게 돈밖에 없어요. 그 돈 내놓아도 전혀, 재산이 줄어든다는 표시도 안 나요. 아유, 그러면서도 얼마나 인색한지……. 부담 없이 받으세요. 한국에서 생활기반을 잡으셔야 하잖아요."

"그래도……."

"언니! 정말 피는 못 속이네. 어쩜 그렇게 아저씨랑 똑같담. 그런데 그렇게 착해선 한국에서 살아남지 못해요. 사실 따지고 보면, 우리 할아버지가 상속받은 토지는 원래 언니 아빠가 물려받았을 땅이니까, 언니의 권리라고 생각해요."

연화는 선영의 마음이 읽혀 고마웠다. 어쩌면 선영이 강력하게 요청해서 당숙 부부가 봉투를 들고 나온 것일 수 있다고 짐작했다. '홍기수를 도우라'는 유언을 그동안 집행하지 않았던 사실을 짚어 보면 더욱 그렇다.

숙소에 들어와 봉투를 열어보았다. 1억 원 수표 두 장이 들어 있었다. 연화는 그 돈이 하늘에서 아버지 홍기수가 자신의 서울 정착을 돕기 위해 마련해주었다고 생각했다. 선영이 말처럼 아버지가 안산 서점을 모두 선영에게 주었기에 큰 부담을 느끼진 않았다.

그런데 막상 집을 구하려고 나서니 매매 값은 물론, 전세 값도 연화의 상상을 넘어섰다. 서울에 사람들이 과도하게 몰려 있기 때문만은 아니었다. 스웨덴과 달리 한국의 집들은 공공주택이 거의 없다는 사실에 연화는 경악했다. 같은 자본주의 경제체제라 해도 스웨덴과 한국은 개개인이 살아가는 데 큰 차이가 있었다.

아무튼 예상 밖의 거금을 받아 인터넷으로 검색해 보았지만, 연화가 머무는 남산 주변이나 대사관 가까운 곳에서 아파트를 얻기는 쉽지 않았다. 스웨덴 노동교육협회에서 일하던 시절에 모아두었던 저금을 보태어도 그랬다. 더구나 딸내미가 곧 서울에 들어올 게 확실해 보였기에 아무 곳이나 얻을 순 없었다.

그러던 어느 주말, 민주와 더불어 서울 근교로 나들이를 했다. 한강 옆으로 난 자유로에 들어가 20분쯤 달렸을까, 한강으로 볼록 나와 솟아오른 산 정상에 세워진 육중한 건물이 눈에 들어왔다. 무엇일까 궁금하던 참에 눈치를 챈 민주가 설명에 나섰다.

"저건 통일전망대라고 해요. 저곳에서 보면 한강과 임진강이 만나는 풍경을 바로 아래서 볼 수 있어요. 강 너머가 바로 이북이거든요. 동서로 길게 나 있는 비무장지대 가운데 남과 북 사이의 거리가 가장 가까운 곳이지요."

"그래요? 저기 잠깐이라도 들릴 수 있을까요."

"잠깐이면 되겠어요? 오늘 목적지인데요?"

"아, 그렇군요. 좋아요."

멀리서 보기에 낮은 산이라고 생각했는데 올라가는 길이 제법 가팔랐다. 정상 가까이 조성된 주차장에 차를 세우고, 가지런한 계단을 따라 전망대가 세워진 꼭대기에 이르렀다. 사방으로 시야가 트여 시원했다. 이곳이 삼국시대부터 전략적 요충지라는 게 확연하게 실감났다.

민주는 왼쪽으로 흘러오는 한강과 오른쪽에서 흘러오는 임진강을 가리키며 강 건너 나무가 없는 땅이 '조선민주주의인민공화국

황해도 개풍'이라고 한 글자씩 끊어 말했다. 시원했던 가슴으로 빠르게 허전함이 밀려왔다. 민주 또한 말없이 연화가 바라보는 땅을 착잡하게 바라보았다. 대한민국과 조선민주주의인민공화국을 나누는 강, 남쪽에서 발원해 흘러온 한강과 북쪽에서 발원해 흘러온 임진강은 여기서 만나 섞이는 데 정작 그 강은 조국을 나누고 있었다.

"우리가 서 있는 이 산을 오두산으로 불러요. 산 지형이 까마귀가 머리를 내밀고 날아가는 모습이라고 해서 붙여진 거죠. 아래에 산성 흔적이 남아 있어요. 고구려 광개토대왕이 20일 동안 공격해 함락시켰다는 관미성이 바로 여기라고 해요. 고구려 상징이 세 발 달린 까마귀였지요? 이곳 오두산은 그만큼 중요한 진지였어요. 광개토대왕이 이곳을 함락한 뒤 백제는 기울어가지요. 고려시대와 조선시대에도 이곳은 한강과 임진강으로 들어가는 배들을 두루 감시할 수 있기에 요충지였어요. 서울과 개성을 오가는 길목이니까요."

민주의 해박한 설명을 들으며 연화는 오두산 정상에 있는 자신이 '세 발 달린 큰 까마귀'를 올라타고 남과 북의 하늘을 자유롭게 날아다니는 상상에 잠겼다. 신명이 나 사위를 둘러보던 연화에게 북동쪽으로 독특한 건축물이 드문드문 보이는 마을이 들어왔다.

"저 마을은 뭔가요?"

"궁금하세요?"

갑자기 환해지는 민주의 얼굴에 연화는 더 흥미를 느꼈다.

"특이한 마을 같은데요? 표정을 보니 무슨 비밀이라도 숨겨둔 곳인가 봐요?"

민주는 소리 내어 웃으며 두 손 드는 시늉으로 답했다.

"홍 형 직감 무서운데요?"

연화가 싱그레 미소 지으며 말없이 '어서 털어 놓으라'고 눈길로 압박했다. 민주가 잠깐 머뭇거리더니 털어놓듯 말했다.

"그럼 어떤 비밀이 묻혀 있는지 바로 현장으로 가죠."

통일전망대에서 승용차로 2~3분 갔을까. 마을 들머리, 실개천이 흐르는 다리에 도착했다. 2~3층으로 지어진 예술적 건축들이 나타났다. 유럽에서 내내 살다와서일까. 서울에 왔을 때 특색 없는 건물들로 가득한 거리에 질색했던 연화는 금세 향수에 젖어들었다.

"비무장지대 가까이 예술적인 건축마을이라…… 아무래도 누군가 의도해서 만든 것 같은데요?"

"딱히 의도라 할 수는 없어요. 다만, 사람들이 뜻을 모은 것은 맞아요. 문화예술 쪽에서 일하는 사람들이 예술인마을을 만들어 보자고 나서서 조성한 거니까요. 하지만 부르주아적이라는 비판도 있습니다. 돈 있는 사람들끼리 모여서 대체 무슨 예술, 어떤 문화가 나오겠느냐는 냉소도 있고요."

"그렇게만 볼 필요가 있을까요? 문화나 예술이 갑자기 나타나는 건 아니잖아요? 저는 대한민국에 예술적인 건축물이 앞으로 많이 지어졌으면 정말 좋겠어요. 건축은 종합예술이니까요. 한국 와 보니 적잖은 사람들이 유럽 여행을 선망하고, 다녀와서는 가장 인상 깊었다고 이야기하는 게 아름다운 마을이더군요. 한국도 물론 한옥들이 띄엄띄엄 남아 있긴 하죠. 하지만 지금부터라도 예술적인 건축이 많이 들어서면 좋겠어요. 개성 없는 고층아파트들이 곳곳에 너무 많아 한국인들을 개개인의 일상생활까지 국화빵으로 틀 지우는 것 같아요."

연화의 말에 민주는 "정말 그렇게 생각하신다면" 운을 뗀 뒤, 조금 더 몰다가 차를 세웠다. 운전석에서 내려 앞장서 걸어가던 민주가 이윽고 잡초 무성한 빈터에 섰다.

"홍 형 생각이 저와 같아 편하게 '신고'할게요. 이 땅을 제가 구입했어요. 한강과 임진강이 만나는 이곳에서 노년을 보내려고요. 이를테면 죽을 자리인 셈이지요."

"와, 그러세요? 이런 곳에 땅을 사실 줄도 아세요?"

"빈정거리지 마세요."

"아, 아니어요. 빈정거리는 게 아니라 반가움입니다. 정말이에요. 그런데 집은 왜 안 올리세요? 언제 지으려고요?"

"대지는 간신히 구입했고 건축 설계까지 마쳤는데 막상 지으려니 건축비가 만만치 않아요. 좀 더 여유가 생길 때 올리려고요."

그 순간, 연화는 자신이 받은 흰 봉투가 떠올랐다.

"제가 좀 보태드릴까요? 물론 거저는 아닙니다. 참여해서 지분을 갖겠다는 거죠."

민주는 농담으로 받아들였다. 귀국한 연화를 통일전망대로 데려간 것은 서울과 평양을 오가며 친부모를 찾았던 그에게 비무장지대의 생생한 분단 현장이 가까이 있다는 걸 보여주고 싶어서였다. 1940년대 후반 해방공간에서 김일성대학에 재학 중이던 20대의 두 연인은 연화를 남기고 불행한 삶—여기서 '불행'이라는 것은 통념적인 판단이다. 당사자들에게 그 인생은 결코 불행한 것만은 아니었다. 두 사람 모두 혁명에 기꺼이 동참했고 그 과정에서 고통을 겪었을 따름이다—을 마쳤다.

같은 시기 충청북도 영동에서 똑똑한 농민으로 살아가던 민주의 아버지 또한 친일세력 청산을 주장하다가 충청·전라·경상도의 접

점인 민주지산에서 학살당했다. 유복자인 한민주의 이름 '민주'가 비롯된 사연이기도 하다. 어머니는 청상으로 애오라지 민주를 뒷바라지하며 온갖 고초를 겪었다. 민주가 통일을 자신의 화두로 삼고, 아들 혁이 대학에 들어갔을 때 함께 민주지산을 찾았던 까닭도 거기에 있었다.

7

인천 부둣가를 걸으며 짙은 안개가 밀려오는 서해를 바라보던 연화는 바다를 거슬러 강 하구를 타고 한강과 임진강이 만나는 통일전망대에 이르는 상상에 잠겼다.

2000년 6월 15일 김대중과 김정일이 평양 공항에서 포옹할 때 남과 북 골골샅샅으로 감동의 물살이 퍼져갔지만, 연화가 귀국해 통일전망대에 오를 때는 바로 그 회담에 특별검사의 수사가 전개되어 정상회담을 추진한 정치인들이 줄줄이 감옥에 가 있었다. 통일의 길 앞에 놓인 장애물은 정치적, 군사적, 문화적으로 두루 강력했다.

어느덧 노년을 준비할 나쎄에 접어든 민주는 분단선 가까운 곳에 거처를 마련하고 통일을 이루려면 무엇을 할 것인가를 탐색하며 인생을 마감하고 싶었다. 마침 통일동산에 예술인마을을 조성한다는 공고를 보고 선뜻 나섰다.

오두산 정상에서 한강과 임진강을 두루 살피는 연화의 고뇌 어린 표정을 보며 민주는 구경시켜주기를 잘했다는 생각이 들었다.

그런데 우연히 정상에서 연화가 예술인마을을 발견하고 뜻하지 않게 구입한 대지까지 보여주게 되었다. 이어 건축에 참여하겠다는 제안까지 받았다. 연화는 다음날 전화를 걸어 적극적인 뜻을 거듭 밝혔다. 서울의 스웨덴대사관으로 얼마든지 출퇴근할 수 있는 거리라는 사실, 오가며 강 너머 어머니 금연화의 고향이 있는 조선 땅을 날마다 볼 수 있다는 사실, 언제일지 모르겠지만 스톡홀름의 딸을 데려올 때 아름다운 마을에서 살게 해주고 싶다는 소망을 이야기했다.

연화의 뜻을 확인한 민주는 며칠 뒤 다시 만났다. 이미 완성된 지 3년이 지난 설계도와 그 설계에 따라 조그맣게 만든 건축물 모형을 보여주며 조곤조곤 설명했다.

"이진선의 수기를 건축가에게 건네면서 그 기록의 주제의식을 담아달라고 했지요. 두 달쯤 지나서였어요. 한 지붕 아래 있지만, 건물이 깊은 균열로 나눠지고 그 사이에 다리가 놓인 설계도를 내놓더군요."

"이거군요."

"네, 홍 형 보기에 어떠세요. 공동건축주가 되셨는데, 아버님이신 홍기수 선생의 수기는 반영이 안 되어 있어 솔직히 고민이 되네요. 설계에 들어간 것은 아직 홍 형 소설이 나오지 않을 때거든요. 지금이라도 말씀하시면, 제가 건축가에게 사정을 말해보려고요."

"별말씀을요. 저도 이진선의 수기 읽었어요. 그분의 수기든 저의 아버지 기록이든 절절한 분단 비극 아닌가요? 더구나 이진선이 한 교수님 부친도 아니잖아요? 공동 건축주라면서 제 아버지의 기록만 반영하는 것도 말이 안 되죠."

"그렇게 볼 수도 있군요."

"건축 모형 보니 분단과 통일을 상징하는 것 같은데요? 이진선도, 저의 아버님도, 그리고 한 교수님 선친도 분단의 고통에 스러져간 수많은 사람들 가운데 하나잖아요. 저는 대만족입니다."

"좋아요. 그럼 구체적으로 공사 일정을 논의해보죠."

설계대로 마침내 착공에 들어가 2007년 2월 완공되고, 연화와 민주는 각각 균열된 집 양쪽에 입주했다. 물론, 건물 전체는 다리로 이어졌다.

민주는 아내 사름과 둘이 입주했다. 대학까지 출퇴근길이 다소 멀었지만, 그림을 그리는 사름에게도 예술인마을은 적격이었다. 사름은 가사까지 접으며 청춘을 바쳐 여성운동을 개척해왔지만, 함께했던 동료가 욕망에 사로잡혀 비례대표 국회의원을 하고 나서도 다른 '자리'들을 탐하며 정치판 기웃거리는 꼴을 보고는 환멸을 느꼈다. 마침 여성운동 후배들도 커오고 있었기에 신변을 모두 정리하고 젊은 시절에 갈망했던 그림을 늦깎이로 배우며 자기 세계를 만들어가고 있었다. 아들 혁은 군 복무를 마친 뒤 혼자 나가 살고 싶다고 했다. 민주가 아버지로서 부탁한다며 결혼해 분가하기 전까지 만이라도 함께 살자고 간곡히 만류했는데도 외고집을 꺾을 순 없었다. 게다가 나가 살겠다면서 방 얻는 자금과 생활비는 모두 부모에게 의존하는 걸 당연시하는 아들의 언행이 적잖이 실망스럽고 이기적으로 보였지만, 아내는 아들 편이었다.

민주와 연화 공동의 집으로 이진선의 아들 상준이 들어온 것은 그로부터 7년이 흐른 뒤다. 압록강을 건너 미국을 거쳐 상준이 서울에 온 지 1년 6개월이 넘을 무렵, 민주의 초대를 받은 상준은 집안으로 들어서며 눈을 휘둥그레 떴다.

"선생님, 이런 곳에 거처하시는 줄은 미처 몰랐습니다. 부르주아 저택 아닙니까?"

민주는 굳이 변명하지 않고 흘려들었다. 그런데 저녁 식사를 마치고 차를 마시는 자리에서 상준이 비스무리한 말을 되풀이했을 때, 함께 자리를 했던 연화가 생급스러워 더는 못 참겠다는 듯이 모집고 나섰다.

"백상준 씨라고 했죠? 초면에 실례이지만 왜 그런 식으로 자꾸 말씀하시죠? 여기 좋지 않아요? 저기 보세요. 저곳, 오두산 통일전망대에 오르면 강을 사이에 두고 남과 북이 마주 보는 분단의 현장을 한눈에 볼 수 있어요."

상준은 통일전망대를 흘끗 쳐다본 뒤 부리부리한 눈을 번득이며 연화를 바라보았다.

"그래서 어쨌다는 겁니까? 통일전망대하고 여기 잘사는 남조선 사람들하고 무슨 관계라도 있다는 말입니까?"

직설적이었다. 연화는 눈살이 꿋꿋해졌지만 차분하게 설명했다.

"생각해보세요. 상준 씨는 어떤 통일조국을 꿈꾸세요? 혹시 아직도 창백한 주체사상으로 통일을 이뤄야 한다고 보시는 건 아니겠죠?"

"물론, 아닙니다. 그렇다면 제가 왜 압록강을 건넜겠습니까. 저 분명히 주체사상 반대합니다. 하지만 그렇다고 돈, 돈, 돈 하며 돈을 수령처럼 숭배하는 한국의 배금사상을 찬성하는 것도 아닙니다."

"돈을 수령으로 여긴다? 좋아요. 저도 스웨덴에 살다가 한국 와서 느낀 게 많아 그 말에 동의합니다. 그런데 백상준 씨에겐 저도 그렇게 보이나요? 저도, 여기 한 교수도 배부른 부르주아로 보여요?"

상준은 드레질을 잘했다고 생각했다. 한민주는 물론 홍연화가 어떤 사람인가를 확인할 수 있었기 때문이다. 연화는 맨드리 좋을 뿐 아니라 총명해 보였다. 상준이 말없이 바라보자 연화가 아까보다 찬찬하게 이어갔다.

"저는 디엠제트 철책선을 바로 옆에 둔 통일동산이 남과 북이 통일된 내일을 구체적으로 상상하고 전망하는 데 영감을 줄 수 있다고 생각해요. 그리고 분단으로 갈라진 땅 곳곳에 예술적인 건축물이 들어서고 그곳에서 예술을 창조하거나 즐기는 사람들이 옹기종기 살아간다면, 어떨까요, 아름답지 않겠어요? 저는 통일을 막연하게 '유토피아'로 생각하지 않아요. 남과 북 모두 대도시를 조금만 벗어나면 어디서나 예술적 건축들로 형성된 마을들이 나타난다고 상상해보세요. 그리고 그 마을에선 누구나 그림을 그리고 노래를 부르고 시를 쓴다면 가슴 설렐 일 아닐까요? 저는 예술인마을이 대한민국은 물론 상준 씨가 떠나온 조선민주주의인민공화국에도 가능한 한 많이 세워지기를 바랍니다. 저 통일전망대에선 북쪽마을도 보이는데요. 그곳도 그냥 남쪽처럼 시멘트 건물들처럼 보이더군요. 저는 예술이란 부르주아지의 전유물이 아니라 본디 민중의 것이라고 믿어요. 사실 모든 인간은 예술가 아닌가요?"

"잘 들었습니다. 모두 좋은 말씀입니다. 하지만 좋은 말씀을 '공자님말씀'이라고도 하지 않습니까? 너무 지당하지만 비현실적인 탁상공론을 뜻한단 말입니다. 시방 북과 남의 현실이 어디 예술을 논의할 때입니까?"

"그래요? 예술적 건축물은 무조건 부르주아 소유로 보는 경직된 사고는 비현실적인 탁상공론 아니고요? 저는 남이든 북이든 사람들이 모두 경직되어 있다고 생각합니다. 남과 북의 체제를 모두 한 단계 높이려면, 현실을 창조적으로 일궈가야 하거든요. 거기엔 예술적 감성이 필요해요."

"나는, 그렇게 생각하지 않습니다."

상준의 목소리가 다소 높아지자 민주가 서둘러 개입했다.

"정치적 변화가 중요하다는 생각이죠? 맞아요. 홍 형이나 저도 정치의 중요성을 잊고 있는 것은 전혀 아니랍니다. 그런데 어떤 정치적 변화일까, 구체적으로 정치를 누가 어떻게 바꿔나갈까라는 문제를 풀어가려면 새로운 상상력이 필요하다는 거죠. 사실 저도 홍 형 생각에 동의해요. 물론, 이곳 예술인마을이 그 상상력을 열어가는 근거지라고 우격다짐할 생각은 전혀 없어요. 이미 마을이 변질되고 있다는 비판도 다름 아닌 마을 사람들 사이에서 나오고 있고요. 이상과 현실은 늘 차이가 있게 마련이지요. 중요한 것은 이 집이 아닙니다. 꼭 여기가 아니어도 좋아요. 예술적 상상력으로 시대가 요구하는 변화를 새롭게 일궈가는 작은 진지 하나를 한강과 임진강이 만나는 분단 현장 가까이에 만든 것뿐이니까요. 그래서인데요. 어차피 홍 형과 제가 여기 사니까 하는 이야기입니다만, 말 나온 참에 갑작스럽더라도 내 속마음을 말씀드리지요."

상준은 다소 긴장한 표정으로 민주의 '속마음'을 기다렸다. 그런데 전혀 예상하지 못한 제안이 이어졌다.

"저는 백상준 씨도 여기서 살면 좋겠어요."

"저 말입니까?"

"네, 우리 세 사람, 통일동산에서 힘을 모아보자는 뜻입니다. 스웨덴 노동교육협회에서 일했던 홍 형의 경험, 평양에서 인민학교 교원으로 청춘을 바친 상준 씨의 경험, 그리고 두 분보다야 부족하겠지만 남쪽에서 사회운동에 동참해온 저의 경험들부터 서로 나누고, 그 과정에서 새로운 사회를 일궈내는 길을 창조적으로 열어가자는 거죠."

"함께 살면 그게 가능합니까?"

상준의 회의적 물음에 연화가 나섰다.

"함께 살기만 해서는 전혀 가능하지 않겠죠? 하지만 함께 어떻게 사느냐가 중요하지 않겠어요?"

민주가 덧붙였다.

"우리부터 공동체를 만들 수도 있겠지요. 뭐든지 시작이 어렵거든요. 우리 속담에 시작이 반이라는 이야기도 전해오잖아요?"

상준은 그렇게 민주와 연화, 공동의 집으로 합류하게 됐다. 민주 부부만 들어오고 아들은 '독립'했기에 2층이 비어 있었다. 상준은 인천에 살고 있던 연립주택 전세금을 내놓겠다고 했지만, 민주와 연화 모두 반대했다. 상준도 그냥 들어가긴 싫다고 완강했다. 일단 그냥 들어오고 나중에 공동사업을 벌일 때 지분 참여하는 방식으로 정리했다.

상준은 흡족했다. 한국에 들어오자마자 더 일찍 민주를 찾아가지 못한 게 한스럽기조차 했다. 더불어 새로운 세상을 일궈갈 동지들과 평생 함께할 진지를, 그것도 분단 현장 가까이에 마련할 수 있으리라고는 상상도 못 했다. 모든 게 아버지 이진선으로 맺어진 인연이라는 생각에 새삼 존경심이 일었다. 어머니 최진이가 아버지의 수기를 남쪽에서 발간하겠다고 강단 있게 결단 내렸기에 이뤄진 일이기도 했다.

상준은 입주하고 처음 식목일을 맞았을 때 민주에게 마당에 소나무를 심어도 되겠느냐고 물었다. 민주는 이 집이 세 사람 공동의 집이듯이 마당도 마찬가지라고 명토 박았다. 상준은 '백두산 소나무' 묘목 세 그루를 인터넷으로 주문해 손수 심었다. 민주는 상준이 나무 심는 모습을 바라보다가 그 세 그루가 이진선·최진이·백상준일 수도 있고, 백상준·조선화·백두산일 수도 있겠다고 짐작했다. 아니면, 백상준·홍연화·한민주일까.

아무튼 상준은 통일동산에 들어오면서 압록강을 건널 때부터 일본, 미국을 거쳐 한국에 와서도 내내 의존해왔던, 아니 구속되어 왔던 교회로부터 비로소 자유로울 수 있게 되었다. 기본적인 생계를 해결할 방안을 찾았기 때문이다.

비자본주의 사회에서 44년을 살았던 상준은 뒤늦은 중년에 자본주의 사회들을 전전하며 돈이 얼마나 막강한 권력인가를, 왜 이 체제를 '자본주의'라고 부르는가를 뼈마디 저리게 실감했다. 자본을 지닌 사람들에게 자본주의 사회는 천국이다. 자본가들은 자신이 고용한 노동자들 위에 왕으로 군림하고, 그들의 집에서도 노동자의 아내와 딸을 온갖 잡일로 부려먹었다. 그뿐인가. 돈을 미끼로 노동자의 싱그러운 딸들을 제멋대로 주무르며 살고 있었다. 한국의 '룸 싸롱'을 비롯해 성을 '산업'화 한 남녀 군상이 지구촌 곳곳에서 살과 돈을 교환하며 인생을 탕진하는 꼴은 갈수록 가관이다.

황금만능의 물신숭배 체제도, 뒤틀린 주체사상의 우상숭배 체제도 아닌 새로운 민주주의 체제를 일궈내려면 무엇을 할 것인가, 상준은 그 물음에 답을 민주, 연화와 함께 사는 공동의 집, 아니 진지에서 벅벅이 찾아가겠노라고 가슴 추스르며 도슬렀다.

8

스톡홀름의 고즈넉한 바닷가를 산책했던 추억이 어룽거려 연화는 나미 손을 꼭 거머쥐었다. 스웨덴을 떠난 걸 후회하지 않느냐는 딸의 물음에는 망설임 없이 답할 수 있다. 하지만 한국에 들어와 10년 가까운 세월을 보내며 얼마나 귀국 목표를 이루어왔는지는 자신이 없었다.

휴일이면 어디 돌아다니지도 않고 통일동산에 콕 틀어박혀 습작 삼아 이런저런 글을 써보기는 했다. '외도'를 했다면, 한국화 그림을 그리는 일이었는데 따지고 보면 그 또한 한국인의 가슴에 다가서려는 탐색이었다. 일기 삼아 적잖은 글을 썼지만, 독자들에게 내놓을 자신은 전혀 없었다.

한국인들의 정치의식이 얼마나 깊이 없는가를 풍자하고 싶은 마음이 너무 앞서서일까, 글을 써놓고 며칠 뒤 다시 읽어보면 어김없이 조롱이나 충고의 수준을 넘어서지 못했다. 가끔은 안타까운 천박함을 있는 그대로 그려내는 게 오히려 문학의 본령이라는 생각이 들어, 세계에서 가장 긴 노동시간에 가장 높은 자살률, 가장 낮은 출산율을 기록하는 이 '생지옥'에서 아무리 밟혀도 꿈틀거림조차 못 하는 무지렁이들을 대놓고 경멸하는 글을 하룻밤 꼬박 새우며 써내려가기도 했다.

하지만 천민자본이 파놓은 불구덩이에서 입시지옥부터 노후지옥까지 온갖 지옥을 통과하면서도 자신이 '산업화와 민주화를 모두 이룬 세계적 모범국가'에 살고 있다고 착각하며 "아, 대한민국"을 부르대는 어리보기들, 조금이라도 진지한 이야기는 아예 듣지도 않으려 하거나 지어 반발하는 경망한 인숭무레기들을 생각하면 뜨거운 무엇인가가 가슴에서 솟아올라 기어이 눈시울을 적셨다. 그때마다 작은 와인냉장고에서 술을 꺼내 홀짝대다가, 대학에 들어간 뒤 노상 밤늦게 귀가하는 나미 눈에 띄어 '알코올중독' 가능성을 경고—딸이 그렇게 말할 때 연화는 앞으로는 가끔이라도 일찍 들어와 함께 저녁을 먹지 않을까 기대했지만, 무엇에 그리 바쁜지 나미는 내내 막차를 타고 자정이 넘어서야 들어왔다—받기도 했다.

연화는 잡고 있던 나미의 손을 풀고 어깨에 살며시 얹으며 속삭였다.

"나미야, 이 나라에서 살아가기 힘들지? 너야말로 스톡홀름 떠나 서울에 온 걸 후회하는 건 혹시 아니니? 우리 이따가 항해할 때 넓은 바다 둘러보며 이야기 나누자. 나보다 네 생각이 어떤지 듣고 싶어."

"내 생각은 들어보나 마나야. 난 전혀 힘들지 않고 후회는 더욱 하지 않거든?"

"정말?"

"그럼. 이따가 아니라 30년 후에도 나한테 '괜히 스톡홀름을 떠났다'는 말은 못 들을 거야. 그러니 엄마도 딴생각 말고 바다에서라도 편하게 지내."

"요즘 조금 힘들어 보이던데?"

"전혀! 엄마가 내 옆에 있는데 뭐가 힘들겠어? 문제는 엄마야. 즐겁게 살아가는 것 같지 않아 걱정이야. 더구나 이제 대사관 일도 그만두었잖아. 그래서 혹 후회하진 않을까 싶어 물어본 거야."

"그래? 나는 정말 괜찮은데? 이상해 보였니?"

"아니, 그런 건 아냐. 근데 나만 해도 여기서 사귄 친구들이 많거든. 고등학교 친구도, 대학친구도. 걔네들과 어울리고 쏘다니느라 대학 들어가선 내가 거의 하숙생처럼 지냈지? 그런데 엄마는 여기 아무도 없잖아. 외롭지 않아?"

연화는 자기에게 힘을 주려고 애쓰는 나미가 더없이 아름답고 성숙해 보였다. 딸이 힘겨워하는 게 투명하게 보여 더 그랬다. 어깨에 얹은 손을 내려 등을 부드럽게 쓰다듬었다.

"우리 나미, 이제 친구처럼 지내야겠네? 어디 안아보자."

큰길을 걸어가고 있었지만 연화는 나미를 두 손에 힘주어 포옹했다.

리스베드.

스톡홀름에 남은 딸에게 연화는 통일동산의 예술인마을을 세세히 적어 보냈다. 시공은 물론, 공사 진전 과정까지 틈틈이 사진 찍어 보냈다. 민주는 건축 현장의 노동자들에게 어쩐지 미안한 마음이 들어 마주하기 거북스럽다며 전혀 가보지 않았다. 모든 걸 현장 소장에게 위임했다. 연화는 종종 들러 건축 노동자들을 방해하지 않는 선에서 사진을 찍었다.

집은 6개월 만에 완성됐다. 입주한 연화는 딸에게 언제든 엄마에게 놀러 와도 좋다는 소식을 자신 있게 전했고, 집 내부까지 여러 각도로 사진에 담아 보냈다.

연화의 자상한 전자우편이 효과가 있었던 걸까. 리스베드는 당장 한국에 오겠다며 비행기 표를 알아보고 있다는 답장을 보내왔다. 연화는 신바람 났다. 집을 깨끗이 정돈하고 클래식을 좋아하는 딸을 위해 제법 값나가는 오디오를 들여놓으며 음반까지 갖춰놓았다. 이윽고 딸이 영종도에 내리는 날, 연화는 설렘 반 우려 반으로 마중 나갔다.

스톡홀름과 달리 차분하지 못하고 어딘가 늘 달뜬 사회, 구성원들 사이에 경쟁과 시기가 되우 심한 나라를 여린 딸이 어떻게 견뎌낼까, 리스베드가 크게 실망한 나머지 스웨덴으로 돌아가 더는 오지 않으려 하진 않을까, 그런 걱정들이 앙가슴에서 소용돌이치며 맴돌았다.

하지만 공항 입국자 문턱에 들어오는 딸을 발견했을 때 모든 게 기우가 될 것임을 예감했다. 딸의 청순한 눈빛에서 전혀 꾸미지 않은 반가움을 읽었기 때문이다. 눈에 넣어도 결코 아프지 않을 저 맑은 아이와 함께라면 어떤 난관, 어떤 고통도 이겨낼 성싶었다. 그새 숙녀답게 성장한 몸을 깊이 포옹하며 연화는 환희에 잠겼다.

차창 밖으로 보이는 한강의 도저한 물살에 딸은 감탄했고 어느 바다로 흘러가는지 물은 뒤 나중에 꼭 서해에 가보자며 은근히 다짐까지 받아냈다.

마을로 들어서기에 앞서 연화는 길목에 있는 통일전망대로 차를 몰았다. 딸에게 두 강이 하나 되면서 나라를 둘로 나누는 '모순의 강'을 보여주고 싶어서만은 아니었다. 리스베드가 한강과 임진강이 만나 서해 바다로 흘러가는 두물머리를 마냥 바라보고 있을 때, 조용히 다가가 물었다.

"리스베드! 어떠니?"

"뭐가?"

"나·미"

"나·미?"

"응."

"혹시…… 내 이름?"

"그냥, 엄마 생각이야. 어때?"

"음, 어감이 아주 좋은데?"

"정말?"

"그럼, 난 싫은 건 싫다고 하잖아. 그런데 무슨 뜻이야? 우리 엄마가 아무 뜻 없이 이름을 지었을 리는 없을 텐데?"

"물론이지? 하나 밖에 없는 딸인데?"

"음, 그건 맞아. 엄마가 가끔 잊어버려 탈이지만. 히히……."

"내가 처음 여기 왔을 때 한강과 임진강이 이곳에서 만나 바다로 흘러간다는 사실을 알았거든. 광개토대왕 일화도 들었는데, 너도 알지? 오랜 옛날, 우리 역사에서 가장 강력했던 왕 말이야."

"엄마가 남겨둔 한국사 책에서 본 것 같아."

"그래, 어렸을 때 너에게 들려주기도 했을 거야. 중국과 자웅을 다투던 고구려왕인데 그분이 지금 우리가 서 있는 이곳까지 와서 직접 이 성을 함락시켰다는 이야기를 들을 때 네 이름을 착상했어. 바다를 고구려 말로 '나미'라고 하거든."

"와, 그럼 내 이름은 바다인 거야?"

"그렇지. 한강과 임진강이 하나 되어 흘러가는 저 바다를 서해라고 해. 평양을 가로지르는 대동강도, 백두산에서 흘러오는 압록강도 모두 하나로 품는단다."

"엄마는 고구려 말까지 어떻게 알았어?"

"대학 시절에 서울로 유학 왔었거든. 그때 연세대 한국어학당에서 바다를 고구려는 '나미'로 불렀다고 배웠지. 참 예쁜 말이라는 생각이 들어 적바림해 두었어. 스톡홀름도 조금만 나가면 바다잖아."

"그럼 내가 아직 잉태되기 전부터 결정된 거군! 후후. 그럼 성은?"

"그건 네가 선택해. 너도 알다시피 아빠의 성은 확실하지 않아."

"후후…… 엄마답지 않군."

"응?"

"처음부터 솔직하게 말씀하셔야지요."

"뭐가?"

"외할아버지와 엄마에 이어 홍 씨 성을 주고 싶은 거죠?"

"가만, 너 어쩜 그렇게 족집게니?"

"내가 누구 딸이더라?"

"그런데 홍나미 정말 어울리는데?"

"그거 보라니까."

"그런데 너는?"

"음~. 실은 나도 좋아. 아주 많이……."

연화는 '홍나미'가 '붉은 바다'라는 뜻이 된다는 이야길 해주려다가 자제했다. 그걸 의도했던 작명은 분명 아니었기 때문이다. 금발인 백인 사회에서 동양계 입양아 부부의 딸로 태어난 아기, 그나마 어릴 때 아빠를 잃어 한쪽이 늘 허우룩했을 리스베드는 방학을 맞아 한국에 처음 들어온 날, 오두산 통일전망대에서 '홍나미'가 되었다.

딸에게는 거기까지 말하지 않았지만, 연화는 딸의 한국 이름으로 '홍나미'와 '민들레'를 두고 오래 망설였다. 어머니를 추모하고 싶기에 언젠가 한글로 딸 이름을 짓는다면 그렇게 하겠노라 다짐했던 적이 있었다. 하지만 홍 씨 성의 공통점을 갖고 싶었다. 어머니는 이미 당신이 지어준 딸 '연화'의 이름으로 기억되고 있지만, 사랑하는 여인을 잃고 난 뒤에도 45년 넘게 외로움에 사무쳤을 아버지 홍기수의 영전에 외손녀의 성으로나마 선물을 드리고 싶었다. 나미에게 두 이름의 선택권을 주었다가 '민들레'를 고를 때, 연화 스스로 낭패감을 감당하기 어려울 듯했다.

나미는 통일전망대에서 내려와 곧장 집에 도착해서도 사진보다 훨씬 멋있다며 두 손 들어 만세 부르는 시늉을 했다. 다른 이에게 보여주려고 찍은 모든 사진이 그렇듯이 실물은 다소 실망스럽게 마련임을 잘 아는 연화는 아직 철이 없으리라고 생각해온 딸에게 괄목할 배려심이 느껴져 더 고마웠다. 나미는 집 안팎으로 싱글벙글 돌아다닌 뒤 문 앞에서 기다리던 연화에게 기억에 남을 말을 던졌다.

"와, 엄마. 집이 아니라 동굴 같아. 엄마도 이런 분위기 좋지?"

동굴. 미처 그 생각을 못했지만 그 말을 듣고 둘러보니 동굴처럼 보였고 왜 자신이 아늑하게 느껴왔는지를 이해할 수 있었다. 그날 연화는 '동굴'에서 나미와 밤을 새우며 도란도란 이야기 나누면서 새삼 기뻤다. 외할아버지 홍기수의 기록을 읽으며 곰곰 성찰해서일까, 1년 새에 나미는 놀라울 정도로 성숙했다. 더구나 책을 꼼꼼하게 읽은 사실이 확인될 때 대견스럽기도 했다. 나미는 외할아버지가 어떤 사람으로 다가오더냐고 촉각을 세우되 짐짓 지나가듯 물어보았다.

나미는 기다렸다는 듯이 "인생을 참 치열하게 사신 분"이라고 씩씩하게 답했다. 젊은 날의 이상을 결코 놓치지 않고 평생을 살아가기란 외롭겠지만 아름답게 다가왔단다. 외할아버지 홍기수에 외할머니 금연화의 사랑은 부러울 만큼 낭만적이라고 말할 때는 눈 가득 물안개가 퍼져갔다. 연화는 짐짓 못 본 듯 핀잔을 주었다.

"이런! 그게 낭만적이니? 슬픈 비극이지."

"엄마! 낭만과 슬픔은 이어져 있는 거야. 외할아버지와 외할머니의 사랑을 영화로 만들어보면 엄청 로맨틱할걸?"

"그렇게 볼 수도 있겠구나."

"아, 나도 그런 사랑을 해보았으면 좋겠어. 로맨틱한 한국 남자 만나서."

"얼마든지 가능하지. 품격 있는 남자가 지금 어디선가 나미를 기다리고 있을 거야."

"히히. 스웨덴으로 돌아가고 싶은 생각이 싹악 없어지는데? 엄마랑 이 동굴 집에서 살고 싶다."

연화는 나미의 말에 콧잔등이 시큰했다. 나미와 더불어 한국에서 1년만이라도 살 수 있다면, 죽어도 여한이 없으리라 생각했다.

그럼에도 연화는 모질었다. 아니, 모질어야 했다. 나미가 서울로 바로 오겠다는 걸 다시 막았다. 딸이 정말이지 자유롭게 선택하도록 충분한 시간을 주고 싶었다. 나미가 지금보다 어렸던 시절에 함께 한국에 가보자던 제안을 거절했던 기억이 남아 있어 더 그랬다. 더구나 나미가 한국의 학교 제도, 더 나아가 한국 사회에 적응할 수 있을지 연화 스스로 자신이 없었다. 스웨덴에선 오후 3시만 되면 고등학교에 아무도 없지만, 한국에선 밤 11시 너머까지 황당하게도 '자율'이라는 이름의 '학습'을 강제하던데 과연 이 험한 나라로 나미를 불러와도 괜찮을지 도무지 확신이 서지 않아서이기도 했다. 학교를 졸업하고 사회인이 되어도 복지체계가 전혀 갖춰지지 않아 모든 사람이 언제나 생존권을 염두에 두고 살아가야 하는 야만적인 체제이기에 더욱 그랬다. 나미에게 스톡홀름으로 돌아가 인터넷으로 한국 신문들을 살펴보며 반년만 더 '원점'에서 검토해보라고 유예 기간을 준 까닭이다.

마음 같아서야 더는 스웨덴으로 보내고 싶지 않았지만 나미의 등을 내치듯 떠밀었다. 딴은 방학이 마냥 길지는 않아 나미가 더 머물 수도 없었다. 나미는 공항 탑승구로 들어가면서 자기 마음은 확고부동하니 스웨덴대사관 근처에 있는 학교를 알아놓으라고 호언했다.

그해 봄 연화와 나미는 부쩍 자주 전자우편을 주고받았다. 6월 초 스웨덴 학교들이 긴 여름방학에 들어갔을 때, 마침내 나미는 스웨덴에서의 모든 인연을 훌훌 정리했다. 연화처럼 대한민국 국민으로 살기 위해 입국했다.

나미는 스웨덴대사관과 가까운 명동에 자리한 계성여고 1학년 2학기로 편입했다. 연화는 통일동산이 속한 파주시의 고등학교도 검토해보았지만, 나미의 희망도 있었고, 실제로 나미가 '이방인'인 만큼 아무래도 자신의 일터와 가까운 서울 한복판에서 한국 사회를 익히는 게 좋겠다고 최종 판단해 교육청에 민원을 냈다. 내심 걱정이 컸는데, 교육청은 연화가 곡진한 문체로 제출한 민원을 받아들였다.

나미는 고맙게도 잘 적응해갔다. 한국의 고등학교 교육은 입시

중심의 암기식이라 토론을 중시하는 스웨덴의 교육 방법과 대조적이었음에도 나미는 엄살 부리거나 표내지 않고 수용해갔다. 스웨덴은 영어를 고유 언어와 함께 공용어로 쓰고 있어서 나미의 영어 구사력은 뛰어날 수밖에 없었다. 제 나라 언어보다 영어를 더 중시하는 대한민국에서 공정하지 못하게도 강력한 '무기'를 쥔 나미는 2010년 연세대 영어영문학과에 무난하게 들어갔다. 통일동산에서 연화가 대사관으로 출퇴근할 때 거쳐 가는 지점에 학교가 자리하고 있어 서로 편했다. 나미는 스웨덴에서 '인종 차별'로 교사의 꿈을 이루지 못한 연화를 위해—비록 내놓고 엄마에게 그렇게 말한 것은 아니었지만—교직 과목을 선택하고 교사가 되겠다는 꿈을 키웠다.

그런데 졸업을 앞두고 치른 교원 임용고시에서 나미는 낙방했다. 좌절을 처음 겪어서일까. 그때부터 나미의 표정이 조금씩 어둡고 해쓱해졌다. 연화는 딸이 저 스스로 이겨내야 할 고통이라 판단하고 짐짓 모르쇠 해왔다.

출항 앞둔 부두 앞 큰길에서 연화가 나미를 포옹하고 있을 때 진동이 울렸다. 서로 부둥켜안은 모녀를 구경 삼아 흘끔흘끔 쳐다보는 사람들의 시선—연화는 정말이지 왜 한국인들은 남의 사생활에 그토록 관심이 높을까 궁금했다, 정작 공적 생활에는 무관심하면서—을 의식하던 연화가 먼저 포옹을 풀고 주머니를 더듬었다. 나미가 웃으며 자기에게 온 전화라고 말했다. '딸에게 지금 누가 전화를 걸었을까. 혹시 남자라도?' 흐뭇한 생각이 설렘으로 다가오는 순간, 그 눈치를 채기라도 했을까. 나미가 눈웃음 지으며 소리는 내지 않고 '상준 아저씨'라고 앵두 빛 귀여운 입술로 그렸다.

상준은 나미에게 어디에 있는지 묻고 기상 예보를 들려주었다.

"오늘 저녁 늦게까지 안개가 꽤 짙은가 봐. 정시 출항은 불가능해졌어. 어쩌면 출항할 수 없다는 소리도 나오는 상황이야. 아무튼 시간이 충분하니 배 안에서 저녁 먹을 생각 말고 부두 주변에서 엄마와 맛있는 밥 먹으렴."

"정말요? 그럼 안 되는데."

"떠나기야 하겠지."

"좋아요. 조금 늦게 출발하는 건 괜찮아요. 그럼 아저씨도 우리와 같이 식사해요."

"나도 그러고 싶지만, 지금은 선원들이 나갈 수 없단다. 미안하구나. 부두에서 길 건너가면 괜찮은 횟집이 많다고 들었어. 상황이 변동되면 바로 전화 줄게."

"고마워요. 그런데 아저씨, 제가 모처럼 엄마와 함께하는 바다여행이거든요. 꼭 떠날 수 있도록 아저씨가 최선을 다해주세요. 폭풍이 불어오는 것도 아니잖아요. 아무튼 우리 꼭 가야 해요. 아셨죠?"

"음. 나미는 내가 비정규직에 말단 선원인 건 알고 있겠지?"

"그럼요. 하지만……."

"하지만 뭐?"

"훌륭하시잖아요."

"그래? 고맙구나. 아무튼 배 안에서 힘은 전혀 없지만, '나미의 꿈'은 꼭 이뤄줄게."

전화를 끊고 나미는 연화에게 상준의 이야기를 전했다. 특히 횟집이 많다고 한 대목을 또박또박 들려주며 눈에 장난기 어린 힘을 주고 물었다.

"우리 어·디·로 갈까요?"

나미는 연화가 응당 '횟집'으로 답하리라 확신했다.

하지만 아니었다. 연화는 웃음으로만 답했다. 나미가 묻기 전에 이미 목적지를 정했기 때문이다. 나미가 전화를 나누고 있을 때 사방을 둘러보던 연화는 우연히 본 도로안내판에서 눈길이 꽂히듯 멎었다. 마침 출항이 늦어진다는 나미 말에 그것 참 잘됐다고 내심 반기기도 했다. 연화가 나미에게 눈미소를 건넨 뒤 표지판을 손가락으로 가리키며 읽었다.

"월·미·도."

"월미도?"

나미가 실망과 호기심이 섞인 음색으로 되물었지만 연화는 더 말이 없었다. 생부와 생모를 찾아 나섰던 시절, 스웨덴 여권으로 평양에 갔을 때 안내원과 함께 웅장한 평양국제영화회관에서 감상한 조선영화 '월미도'를 되새김질하고 있었기 때문이다. 나미는 어딘가 몰입하는 연화의 표정에 익숙했기에 더는 캐묻지 않았다. 월미도는 뭔가 심상치 않은 섬이라고 직감했을 따름이다.

연화가 마침 다가오는 택시를 세우고 월미도까지 얼마 걸리느냐고 물었다. 기사가 설명할 시간이 아깝다는 듯이 빠르게 말했다.

"바다로는 바로 앞이지만, 육지에선 바다를 끼고 빙 돌아가거든요. 그래도 넉넉잡고 25분이면 충분해요."

연화는 일순 망설이는 듯 허공을 보았다. 하지만 곧 택시 뒷문을 열고 나미에게 '어서 타라'고 재촉했다. 오가는 50분을 감안하면, 승선할 때까지 1시간 넘게 월미도를 산책할 수 있다고 판단했다.

택시를 타고 나서야 월미도를 물어본 나미에게 답했다. 하지만 간결했다.

"한국전쟁 때 미군이 상륙작전 벌인 건 알지? 그곳이야. 월미도는."

나미는 간결한 답에 담긴 뜻을 헤아릴 수 있었다. 엄마가 쓴 소설, 그러니까 인민군 외할아버지와 빨치산 외할머니의 애잔한 '러브스토리'를 밤도와 읽을 때 미군 상륙 대목이 기억났기 때문이다.

20분 남짓 택시를 탔을까. 기사가 택시를 세우고 "여기가 월미도"라고 말했지만, 연화는 도저히 이해할 수 없었기에 거듭 확인했다. 기사는 신경질적으로 반응했다.

"아, 글쎄 월미도라니까 그러네. 바빠요. 어서 요금 내쇼."

택시에서 내려 사위를 둘러보던 연화는 큰 충격을 받았다. 역사적 의미를 곱새길 분위기가 전혀 아니었다. '문화의 거리'라는 푯말이 되레 울뚝밸 치밀게 할 만큼, 월미도는 먹고 노는 유흥가였다. 대형 게시판 앞에서 월미도 안내도를 훑어보았다. 월미도와 인천부두는 바다를 사이로 마주 보고 있어 직선거리로는 바로 코앞이었다.

연화는 자신이 지금 월미도에 서 있다는 사실에 허탈감마저 엄습해왔다. 그나마 바다 쪽으로 뭔가를 새겨놓은 큰 돌덩어리가 몰려오는 안개 사이로 눈에 띄었다. 막연한 기대감으로 발걸음을 재촉했지만, 다가가서 본 돌에 새긴 글 또한 예상을 크게 빗나갔다.

> 쌍고동이 울어대는 이별의 인천 항구
> 갈매기도 슬피 우는 이별의 인천 항구
> 항구마다 울고 가는 마도로스 사랑인가

정들자 이별의 고동소리 목메어 운다
마도로스 수첩에는 이별도 많은데
오늘밤도 그라스에 맺은 인연을
항구마다 끊고 가는 마도로스 사랑인가
물새들도 눈물짓는 이별의 인천 항구

연화는 가슴 허허로웠지만, 아니 그 허허로움을 채우기라도 하려는 듯이 '이별의 인천항 노래비' 소개 글을 한 줄 한 줄 소리 내어 읽었다.

"100여 년 전 이 나라 최초 이민선의 노래 소리에 피눈물 뿌리던 곳이요, 8·15광복, 6·25동란의 소용돌이 속에서 그리운 사람, 사랑하는 피붙이와 모질게 이별하던 마당이었으니 그 절절한 인간사는 두고라도 뜬구름, 푸른 물, 해풍에 쓸리던 갈매기 하나인들 어찌 서러운 눈물을 흘리지 않았으랴. 오늘, 비록 한 시절을 유행하다 사라진 노래이나 이 고장 인천항의 정한을 실어 세인이 부르던 곡 '이별의 인천항'을 이 비에 새겨 다시 한 번 그때 그 시절의 인천을 추억해본다."

하릴없이 쓴웃음이 나왔다. 왜 피눈물 흘리며 이별을 했는지에 대해 전혀 설명이 없어서만은 아니었다. 영화 '월미도'를 보았을 때의 격정이 새삼 동가슴으로 퍼져갔다. 영화를 함께 감상한 조선로동당의 안내원이 그날 저녁 룡성맥주를 한 잔 마시고 나직하게 직접 불러준 영화의 주제가도 싱그럽게 떠올랐다. 가사가 너무 마음에 들어 연화는 그날 노랫말을 적어달라 했고, 스톡홀름에 돌아간 뒤에도 그걸 보며 혼자 노래를 익히기도 했다.

봄이면 사과꽃이 하얗게 피어나고
가을엔 황금 이삭 물결치는 곳
아~ 내 고향 푸른 들 한 줌의 흙이
목숨보다 귀중한 줄 나는 나는 알았네

불타는 전호가에 노을이 비껴오면
가슴에 못 잊어서 그려보는 곳
아~ 내 고향 들꽃 피는 그 언덕이
둘도 없는 조국인 줄 나는 나는 알았네

남과 북이 바라보는 월미도는 달라도 너무 달랐다. 평양에서 영화를 감상하며 서정성이 넘쳐나는 가사에 공감했던 추억이 '이별의 인천항'과 겹쳐지면서 자신이 분단의 현장에 살고 있음을 정신 번쩍 나게 실감했다.

대한민국과 조선민주주의인민공화국의 국민에게 월미도는 전혀 다른 추억, 서로 어울릴 수 없는 상극의 기호였다. 연화의 가슴으로 나미의 미래가 어두울 수 있다는 불안감이 불현듯 밀려왔다.

물론, 연화가 월미도 주제가에 모두 동의한 것은 아니었다. 월미도의 3절은 1절과 2절을 들을 때의 숭고한 아름다움과 어긋나 있었기 때문이다. 3절은 "살아도 그 품속에 죽어도 그 품속에/ 언제나 사무치게 불러보는 곳/ 아 어머니라 부르는 나의 조국이" 다음에 느닷없이 "장군님의 그 품인 줄 나는 나는 알았네"라며 수령 찬양으로 마침표를 찍었다.

영화를 볼 때도, 뒤풀이에서 노래를 들을 때도 마지막 가사 '장군님의 품'이 목에 걸린 고등어 굵은 가시처럼 성가시고 거슬렸다. 하지만 남쪽의 월미도는? "그라스에 맺은 인연"이나 "항구마다 끊고 가는 마도로스 사랑" 따위는 대체 무엇이란 말인가. 어느새 항구는 짙은 안개에 잠겨 있었다.

9

예정대로라면 승객들이 이미 뉴 리버티 호에 오를 시각이다. 하지만 상준은 전혀 조바심 내지 않았다. 시간상의 문제일 뿐, 배는 틀림없이 떠난다고 확신했기 때문이다. 설령 지금보다 안개가 더 짙더라도 해운회사는 반드시 항해 지시를 내릴 게 분명했다. 이미 선적한 화물만 계산하더라도 적잖은 돈이 들어왔을 터다. 상준이 전화로 '나미의 꿈을 꼭 이뤄주겠다'고 자신한 까닭도 자본의 생리를 꿰뚫어보았기 때문이다. 다만, 연화와 나미가 바다 여행에 기대가 컸기에 조금이라도 일찍 항해에 나서기를 기다리고 있었다.

해미에 잠긴 월미도를 바라보던 상준이 2년을 시차로 같은 날—조선로동당 창건 기념일인 10월 10일—에 목숨을 끊은 아버지와 어머니를 떠올리며 죄의식에 잠겨갈 때, 안개에 잠긴 항구 너머 월미도 해안에선 연화가 우두커니 서서 먹물바다를 바라보며 아버지 홍기수를 회한에 잠겨 그리고 있었다.

홍기수라면, 월미도를 어떻게 보았을까. 아버지가 살아 옆에 계시다면, 남과 북의 전혀 다른 월미도 이미지 앞에서 혼란스러워하는 자신에게 무슨 말을 해주실까, 연화는 그리움으로 골몰히 생각에 잠겼다.

연화의 우수 섞인 표정에 익숙한 나미는 말없이 안개 짙은 바다를 물끄러미 바라보았다. 사람이 올바르게 살아가기란 의외로 쉬운 일이 아님을 어렴풋이 깨닫고 있었다.

연화는 아버지 홍기수와 월미도를 연결 지어 톺아보면서 생각의 가닥을 잡아갔다. 김일성대학을 다니다가 인민군으로 참전한 아버지가 미군의 월미도 상륙으로 낙동강 전선에서 고립된 사실, 그래서 지리산으로 들어가 빨치산 투쟁을 벌인 사실을 헤아려보았다.

그 순간 영화 '월미도'의 여주인공 영옥의 모습이 어쩌면 어머니의 젊은 날, 민들레와 어금버금하리라는 생각이 들었다. 헐거운 인민군복을 입고 지리산 빨치산들 박수를 온몸으로 받으며 노래 불렀던 민들레 동무가 안개 속에서 나타나는 환상에 젖어들었다. 해미 사이로 다가와서일까. 안개에 뭉게뭉게 떠오른 얼굴이 수심 가득해 보여 가슴 에였다. 환영이 사라지면서 연화는 새삼 어머니가 자신보다 훨씬 젊은 나이에 인생과 작별했다는 사실을 상기하곤 더 비감했다.

곰곰 생각해볼수록 영화 '월미도'의 인민군들과 지리산의 빨치산 운명이 비슷했다. 다만 북에서 월미도 투쟁은 영웅화하는 반면, 지리산 투쟁은 평가에 인색하다 못해 외면하는 차이, 어찌 보면 아주 큰 차이가 있다. 연화가 부모를 찾으러 평양까지 들어가 그곳에서 '월미도'를 볼 때는 아직 아버지가 누구인지 모르고 있었다.

영화 아닌 실제 월미도에 발을 딛고 그 영화와 아버지, 어머니의 순결한 사랑을 겹쳐 톺아보면서 연화는 가슴이 먹먹해 눈을 슴벅였다. 남과 북, 상극의 월미도 이미지들이 선인장 가시처럼 다발로 몸에 박혀왔다.

미군의 인천상륙작전이야말로 대한민국을 구한 영웅적 전과라고 믿어 의심치 않는 사람들, 그래서 월미도를 굽어보는 곳에 상륙작전의 총사령관 맥아더의 동상을 거대하게 세워놓은 사람들과, 외세 침략자들로부터 월미도를 지키기 위해 아낌없이 생명을 던진 조선 인민군을 영웅으로 심장에 새긴 사람들 사이에 진정 어린 대화가 가능할 수 있을까.

연화는 문득 분단은 바로 그곳에 있지 않을까, 우리 가슴 깊은 곳까지 분단의 철책선이 철망가시처럼 우두둑 박힌 것은 아닐까라는 생각이 들었다. 그렇다면 남과 북의 접경에 자리한 통일동산에서 한 지붕 아래 살게 된 상준, 민주와 더불어 무엇을 할 것인가.

세 사람이 만난 인연이 살매 또는 계시처럼 연화에게 다가왔다. 세 사람 모두 분단의 과정, 그 현장에서 삶을 치열하게 불사른 아버지를 두었다. 바로 그랬기에 세 사람의 아버지는 모두 사랑하는 사람을 잃었고 그 어떤 부귀나 명예도 없이 청빈과 고독의 길을 걸어갈 수밖에 없었다.

연화는 안개에 잠긴 채 끝없이 파도치는 검은 바다를 바라보며 세 사람의 아버지를 한 사람씩 호명하고 그이들이 걸어간 길을 찬찬히 톺아보았다.

먼저 사랑하는 아버지 홍기수. 만일 당신이 지리산에서 이현상 사령관을 만나지 않았다면, 이현상의 마지막 순간에 개입하지 않았다면, 대다수 사람들처럼 시대의 요구 앞에 조금이라도 둔감했다면, 스스로를 평생 '천민'으로 괴롭히며 은둔하지 않았을 터다. 민주의 젊은 아버지는 또 어떤가. 해방공간에서 대다수 사람이 그랬듯이 참을 인자 새기며 불의 앞에 잠시 눈 감았다면, 신혼의 어여쁜 아내를 둔 채 민주지산 골짜기에서 불귀의 객이 되지 않았을 터다.

그리고 상준의 아버지 이진선. 일본에 유학해 철학을 공부하던 그가 민족해방운동에 나서지 않고 대다수 사람처럼 처세했다면, 박헌영의 측근으로 월북도 하지 않았을 터이고, 전쟁 시기 평양에 장대비로 쏟아진 미군 폭탄에 사랑하는 아내와 아들을 잃지도 않았으리라. 그가 해방 뒤 연희전문 철학과 교수 제안을 받아들이기만 했더라도, 그의 인생은 얼마나 달라졌을까. 대한민국 철학계의 원로교수로 아내 여린과 평생 행복하게 살며 아들 서돌이를 잘 키워 명문가를 이루지 않았을까. 연희전문 철학교수로 걸어갈 수 있는 길을 그는 왜 접었을까. 다른 사람보다 더 민중을 사랑해서가 아닌가. 다른 지식인보다 더 역사 앞에 책임을 느껴서가 아니던가. 하지만 어떤가. 당대의 지성인 이진선은 아들 서돌을 잃었음은 물론, 또 다른 아들 상준의 존재도 모르고 절망 속에 자살했다. 장성한 아들은 압록강을 건너 방랑 끝에 대한민국으로 들어왔지만 땅에도 여태 안착하지 못한 채 바다 너울을 타며 오가고 있다.

서울과 평양, 충주에서 누구보다 그 시대를 사랑했던 사람들의 운명을 돌아보며 연화는 새삼 신은 존재하는가를 물었다. 저 끝없이 사품치는 바다가 그렇듯이 대자연은 인간의 운명 따위엔 무심하지 않을까.

무심한 건 비단 대자연만이 아니었다. 연화가 자기를 팔아먹은 조국에 들어와 본 대다수 한국인들은 해방공간과 분단으로 이어진 역사의 진실을 굳이 알려고 하지 않았다. 심지어 어느 월북 지식인의 아들은 아버지의 길과 정반대의 주제로 소설을 써서 톡톡히 챙긴 인세와 유명세를 밑절미로 저와 동시대를 살아가는 민중을 조롱하는 일도 서슴지 않았다.

기실 역세모꼴 머리로 따따부따한다면 아버지도 그저 타인일 수 있다. 실제로 아버지의 뜻을 헤아리는 뭉근한 가슴을 대다수 사람이 잃었다. 딱히 아버지의 진실만은 아닐 터다. 하지만 피투성이 진실을 뒤늦게라도 알았다면, 아버지는 물론이고 당신을 사랑했던 어머니의 운명이 얼마나 가혹했던가에 의도적으로 눈 돌리지 않는다면, 당신들의 피와 살을 이은 생명으로서 그 눈부신 삶, 고매한 뜻, 비참한 고통, 억울한 죽음을 어찌 모르쇠 할 수 있단 말인가. 가슴을 잃은 인간들만이 그럴 수 있다고 연화는 생각했다.

연화는 자신과 상준이 어느덧 지천명의 50대를 넘었고 민주는 60대라는 사실에 새삼 몸서리를 쳤다. 세 사람을 이 지상에 남긴 아버지·어머니세대 여섯 사람이 그랬듯이 자신들 또한 시나브로 죽음의 길을 걸어갈 게 분명했다.

그런데 상준과 민주가 잊지 않고 가슴으로 이어온 아버지의 꿈은 짜장 다음 세대로 이어질까. 연화가 보기에 그 가능성은 가뭇없어 보였다. 꿈이 이어지기는커녕 제 아들은 아예 생뚱한 길을 걷고 있는 속절없는 현실을 감당하기 어려워서일까. 아니면 견디기 어려운 고통이 곰비임비 이어지는 현실을 조롱하고 싶어서일까.

상준이 통일동산에 합류한 날, 이삿짐을 정리한 뒤 상준의 방에서 환영모임을 했을 때 연화는 두 사람 가슴에 괸 슬픔을 엿보았다. 그날 세 사람이 방에 남았을 때 창문 밖으로는 아마도 이 겨울에 마지막일 눈이 사뿐사뿐 내리기 시작했다. 분위기가 익어갈 무렵, 민주가 슬그머니 나가더니 3층에 올라가 포도주를 세 병이나 들고 왔다.

상준과 민주가 함께 곤드라졌던 그날, "워싱턴에 사는 제 아들은 믿기만 하면 구원해준다는 '유일신'에 충성하고 있다는 거 아닙니까?"라고 상준이 쓸쓸히 말할 때, 연화는 마땅히 위로할 말이 떠오르지 않았다. 취기 오른 민주는 상준의 말을 받아 "내 아들은 '출세주의 유일사상'으로 무장해 있는걸?"이라며 애꿎은 술잔만 비워댔다.

세계를 하나로 묶어낸 자본주의 체제가 지구촌에 보편화한 이기적 개인주의와 향락의 문화가 독버섯처럼 곳곳에 피어난 땅, 반세기 넘도록 한국 곳곳에 둥지 튼 미군부대에서 저급한 문화가 알게 모르게 꾸역꾸역 흘러든 땅에서 아들을 믿고 꿋꿋하게 살아왔을 두 아비에 연화는 연민을 느꼈다. 그날 상준은 노래를 불렀다. 영화 '월미도' 주제가 1절과 2절이었다. 취했음에도 3절은 부르지 않았다. 상준의 재촉으로 민주도 노래를 불렀다. 연화는 민주가 부르는 노래를 들으며 눈물이 아른거렸다.

"검푸른 바닷가에 비가 내리면/ 어디가 하늘이고 어디가 물이요/ 그 깊은 바다 속에 고요히 잠기면/ 무엇이 산 것이고 무엇이 죽었소."

연화가 깊디깊은 바다 바닥으로 잠기는 민주의 처연함에 공감했던 이유는 그의 아들을 본 적이 있기 때문이다. 지난 설날이었다. 민주 내외는 연화와 나미에게 설 점심은 떡국을 같이 먹자고 제안했다. 같은 지붕 아래 살고 있기에 함께 새해를 맞고 싶었을 게다. 아직 이사 오지 않았을 때이지만 상준도 마침 비번이어서 초대받았다. 민주의 아내 사름이 고명을 듬뿍 얹은 떡국을 내왔다.

연화는 정갈한 떡국이 나올 때 들고 온 포도주 마개를 땄다. 떡국과 포도주는 궁합이 맞지 않을 듯해 우려했지만, 분위기 탓일까 예상 밖으로 마실 만했다. 이어 사름이 내린 원두커피를 마시며 한담을 나누었다. 그때, 예고 없이 민주의 아들 내외가 찾아왔다. 민주는 몹시 반기며 말했다.

"어, 너 웬일이니?"

"흐흐…… 왜요. 제가 뭐 못 올 데를 왔나요?"

사름이 얼른 나섰다.

"반가워서 그러시는 거야. 들어와라."

"아, 반가움을 그렇게도 표현하는 거군요. 미처 몰랐네요."

내놓고 이죽거리는 아들의 언행에 민주 내외는 물론, 연화도 상준도, 나미도 뜨악했다. 연화는 느물거리며 무례하게 설치는 젊은이의 태도에 분개했다. 사전에 아무런 연락도 없이 불쑥 찾아온 아들이 반가운 게 역력한 아비에게, 그의 언행은 불손하기 이를 데 없었기 때문이다. 연화와 상준 앞에 민망해서일까. 민주는 아무 말이 없었다. 사름은 아들 내외에게 점심을 먹었는지 묻고 커피를 두 잔 더 내놓았다.

눈치가 없어서일까, 아니면 상황을 다 파악해서일까. 상준이 아들에게 뭔가를 가늠해 보겠다는 듯이 물었다.

"삼성전자 다닌다고?"

"아…… 네."

반말이 거슬린다는 듯이 고개를 외로 꼬며 말투도 어중간했다.

"좋은 곳 다니네."

"……."

"요즘 삼성전자가 시끄러워 힘들지 않나?"

"시끄럽다니 무슨?"

"아니, 뭐 다른 게 아니고…… 한창 쟁점이 되고 있지 않던가. 그곳서 일하는 여성노동자들이 희귀병으로 죽어간다면서?"

"누가 그럽디까?"

목청을 불쾌하게 높이며 눈마저 지릅떴다.

"그냥 인터넷 여기저기서 보았네만."

"여기저기 들은 풍문으로 함부로 말씀하시면 안 되죠."

밀알진 아들의 수제비태껸에 민주가 참다못해 나섰다.

"혁아, 그게 무슨 말버릇이니?"

"말버릇이라뇨? 제 말이 어때서요?"

"어른에게 겸손하게 말하거라."

"저도 어른입니다. 왜 한국 사람들은 토론할 때 모두 권위로 상대를 누르려고 하나요."

도끼눈을 치뜨며 제 아비를 바라보는 얼굴 가득 건방기가 넘쳤다. 연화는 그가 '권위에 맞서는 자유'와 '예의 없는 방종'을 전혀 구분 못 하고 있다고 판단했다. 서양문화에 환상을 갖고 스웨덴대사관을 찾아오는 대학생들 가운데 건들건들하거나 유들유들한 축을 이미 적잖게 보아온 터였다. 저 자신은 한국 사회와 부모로부터 온갖 단물은 다 빼먹어 온 주제에 조국은 물론, 부모를 전혀 존중할 줄 모르는 뺀질이들과 이민이나 유학 따위를 상담할 때면 연화는 눈허리가 시어 차라리 그 번지르르한 얼굴에 연민마저 느꼈다. 하지만 그렇게만 이해하고 넘기기엔 상대가 민주 가족이었다.

"전에도 너한테 이야기해주었듯이, '한국 사람들은 어떻다'는 식으로 보편화하지 말거라. 그리고 이분이 삼성전자 이야기한 게 사실과 다르니?"

"또 저를 가르치려고 하세요? 내가 이래서 오기 싫다니까."

민주가 한두 번 겪는 일이 아닌 듯 애써 미소를 띠며 물었다.

"그래? 오기 싫은 걸 뭐 하러 왔니?"

"어머니 보러 왔어요. 어머니 만나는 건 제 권리이니까요."

"그래, 그만두자. 여기 어른들과 대화 중이니까…… 건넌방으로 가거라."

"어른들 대화 중이라고요? 참 내……."

"……."

"그리고, 가고 안 가고는 내가 판단해요."

그러더니 반지빠른 모도리는 제 아내에게 일어서라고 눈짓을 했다. 아예 돌아갈 태세다. 아내가 시부모 처지를 생각해 엉거주춤 망설이자 눈을 부라렸다. 보란 듯이 어머니에게만 간다며 인사하더니 문을 쾅 닫고 나갔다.

사름이 아들 내외를 뒤따라 나가려다가 멈췄다. 잠시 우두커니 서 있다가 돌아선 사름은 손님들 보기 민망해서인지 얼굴이 붉어졌다. 애써 웃음을 피우느라 웅그려지기도 했다.

"우리 혁이가 요즘 회사에서 안 풀리는 일이 있나 봐요. 이해하세요."

소태를 문 표정의 민주도 멋쩍게 덧붙였다.

"미안합니다."

상준과 연화는 누가 먼저랄 것 없이 서둘러 말하느라 헛기침까지 했다.

"별말씀을요."

"예전에는 저러지 않았는데, 군 복무를 하고 오더니 태도가 달라졌어요."

사름의 말에 민주는 군복무를 미군 부대에서 했다고 말결 달았다. 대학에서 영문학을 전공했다고 변명처럼 시무룩하게 덧붙였다. 상준이 비로소 이해했다는 듯이 민주와 사름을 번갈아 보며 자신 있게 말했다.

"이제야 이해됩니다, 미국 직업군인, 그것도 주로 사병들과 생활했을 텐데, 그게 미국에선 저급문화란 말입니다."

"그래요?"

사름의 반문에 다소 불신이 담겼다고 느껴서일까. 상준이 조금 자세히 설명했다.

"미국을 제가 좀 알잖습니까? 미국에서 사병을 직업으로 선택하는 계층들은 한정되어 있습니다. 무엇보다 미국인들이라고 제 부모에게 마음 내키는 대로 막보는 건 전혀 아닙니다. 물론, 그런 까부새들도 있습니다. 하지만 미국도 제대로 된 집안은 자기 가문의 전통과 예의범절을 아주 중시합니다."

대화는 더 진전되지 않았다. 민주 내외가 아들이 떠난 직후부터 눈에 띄게 침울해졌기 때문이다. 연화가 분위기를 바꾸려고 '떡국이 맛있다'며 부산을 떨어보았지만 잘 풀리지 않았다. 나미는 멀거니 창밖만 바라보았다. 커피를 다 마신 뒤에도 뻘쭘해서 결국 쭈뼛쭈뼛 일어서게 되었다. 민주가 두 사람의 마음을 편하게 해줄 요량으로 배웅 인사 겸 한마디 건넸다.

"요즘 김소월의 시를 새로 읽고 있어요. '나 보기가 역겨워 가실 때에는 말없이 보내드리오리다.' 아들을 소월의 마음으로 떠나보냈으니 걱정들 말아요."

민주의 쓸쓸한 눈에 인사하고 아래층 계단으로 내려오면서 상준이 나지막하지만 힘주어 말했다.

"그거 참, 호로자식 같은 놈일세!"

그날 연화는 민주가 아들 이야기만 나오면 애잔함에 젖어든 이유를 단숨에 깨달을 수 있었다. 상준 또한 아들 두산이 어룽대어 가슴 안쪽 날카롭게 패인 생채기에 소금이 잔뜩 뿌려지는 듯했다. 그가 분통을 터뜨리며 내뱉은 말 '호로자식 같은 놈'은 기실 두산에게 던진 말이기도 했다.

차마 아들에게 해가 될까 싶어 그 누구에게도 말할 수 없었지만 상준은 인생을 도파니 쏟은 두산에게 멱살이 잡히는 참극을 당했다. 지상에서 만난 사람들 가운데 가장 사랑했던 인간, 더구나 자신을 매개로 태어난 인간으로부터 살천스러운 증오감을 읽은 상준의 가슴에 든 피멍은 짙고 깊게 은결들어갔다.

한평생 가장 소중히 갈무리해온 무엇이 갈가리 찢겨진 그 고통에서 가까스로 치유된 순간을 그래서 상준은 잊을 수 없다. 그 어둑어둑한 해거름의 폭포, 그 자유롭게 피어오르는 물안개에서 비움을 배우지 못했다면, 상준은 이미 이승을 떠나 유령으로 배회하고 있을 터다.

10

갑판에서 안개에 잠긴 항구를 내려다보며 상준이 아버지와 아들 생각에 무장 비감에 젖어갈 때, 선내 방송이 해미 사이로 음울하게 퍼져왔다. 곧 승객들이 배에 오르니 선원들은 자신의 위치로 돌아가 소임을 다하라는 선장의 지시였다.

상준은 시간을 확인했다. 오후 7시 15분. 이미 출항했어야 할 시간이지만 지금부터 탑승하면 늦어도 9시에는 출발이 가능할 성싶었다. 무심코 연화의 전화번호를 눌렀다가 서둘러 끊고 나미에게 걸었다. 연화에게 전화를 걸기는 어딘가 거북했다. 나미가 반갑게 받았다.

"나미 맞지? 생각보다 일찍 탑승을 시작했어. 지금부터 가능해."

"와, 하나님 고맙습니다."

"저녁은 먹었지?"

"아·니·오."

"그럼 뭐했어? 어딘데?"

"월미도라네요."

나미가 '월미도'를 전하는 말투에서 상준은 상황을 직감했다.

"엄마는?"

"하염없이 바다만 바라보고 계시네요."

"알았다. 월미도라면 서둘러 와야겠는데? 배에서 식사도 가능하니까 택시타고 바로 오렴."

전화를 끊고 식당으로 걸음을 옮기던 상준은 갑판 아래로 10대 청소년들이 줄지어 올라오는 풍경을 보고 멈춰 섰다.

바퀴 달린 여행가방을 끌고 수학여행 가는 설렘에 더해 곧 항해에 나선다는 기대로 가슴 부푼 여학생, 남학생들의 발랄한 얼굴을 보며 상준은 자신이 가르쳤던 평양의 아이들이 어룽어룽했다. 제법 의젓하게 바라오르는 남학생들의 얼굴을 하나하나 관찰하면서 자신도 모르게 아들 두산과 닮은 점, 닮지 않은 점을 견주고 있었다.

두산을 잊었노라, 아들의 인생, 녀석이 좋아하는 선택의 자유를 위해 깨끗이 잊겠노라 다짐했지만, 이 무슨 객쩍은 집착일까 싶었다. 그러면서도 하릴없이 평양 제1고등중학 시절의 씩씩한 아들 표정, 김일성대학에 입학했을 때 조촐하나마 축하 만찬을 나누던 행복한 순간들이 스쳐갔다.

사실 조선을 떠나겠다고 작심한 결정적 이유는 아들의 미래에 있었다. 두산만 김일성대학에서 쫓겨나지 않았다면, 상준은 개마고원의 무심하달 만큼 아름다운 산천을 거닐며 인민학교 교원으로 평생 만족하고 아내 선화와 해로했을 가능성이 높다.

백두산.

담대한 아들 이름이 상준은 어머니 최진이가 지은 '작품'으로 알고 있었다. 그런데 이진선이 남긴 기록을 읽어가며, 어머니가 작명을 의뢰한 사실을 알았다. 상준은 냉철하게 헤아려보았다. 이진선이라면, 최진이가 손자 이름을 지어달라고 부탁한 까닭을 혹시 한 번쯤 짚어보지 않았을까.

어쩐지 그랬으리라는 생각이 짙어갔다. 물론, 남긴 일기 어디에도 기록이 없다. 하지만 그런 짐작을 했으면서도 쓰지 않았을 수도 있고, '허튼 공상'이라며 스스로 접었음직도 하다. 딴은 상준이 당신의 아들이라는 사실도 결국 모른 채 눈감지 않았던가. 만일 어머니가 진실을 아버지 생전에 들려주었다면, 어쩌면 그 슬픈 권총자살의 비극은 일어나지 않았을지도 모른다. 그런 생각이 들 때면 상준은 속절없이 눈시울을 적시고는 했다.

어머니는 마지막 순간까지 두산을 사랑하는 마음을 놓지 않았다. 평양을 떠나기 전에 두산의 김일성대학 입학을 당에 간곡하게 요청해놓은 사실을 나중에서야 선화에게 들었다. 어머니는 일제 강점기에 당신과 더불어 항일빨치산 부대의 연락책을 맡았고, 내내 당 고위 간부로 권세를 누려온 옛 동지에게 편지를 썼다. 백인수가 숙청당하고 끝내 자살했을 때, 어머니와 상준을 평양에 남도록 지켜준 그 사람이다. 최진이는 동지였던 고위간부에게 "아버지의 철직과 자살 때문에 잘 풀리지 못한 내 유일한 아들의 간절한 소망"이라며, 두산이 고등중학교를 졸업할 때 김일성대학 입학을 꼭 추천해달라고 곡진하게 당부했다. 선화는 이어 어머니가 갑산으로 떠나기 전에 그 고위간부 집에 자기를 데리고 가서 인사시켰다고 알려주었다. 왜 그 사실을 지금 이야기하느냐고 나무라자 아내는 어머니가 "굳이 아범에겐 말할 필요 없다"고 말했단다.

아무튼 두산은 김일성대학에 무난히 입학했다. 비록 어머니가 돌아가신 뒤였지만, 고위간부의 추천이 큰 몫을 했을 법하다. 다만, 긍지 높은 어머니가 청원하는 편지를 쓴 데는 두산에 대한 자신감이 있었기에 가능했다.

두산이 평양 제1고등중학교에 입학한 그 해에 백두산으로 혁명유적 탐사를 나갔을 때다. '정일봉' 아래서 단체로 야영하던 숙소에 큰 불이 일어 모두 대피하던 북새통에, 누군가 날름거리는 불길

속으로 불나방처럼 뛰어들었다. 다행히 불길을 다시 뚫고나오며 쓰러졌는데 화상을 입은 그의 손은 수령님과 장군님 사진을 꼭 붙들고 있었다. 바로 두산이었다. 하여, 로동신문과 중앙방송에 제법 크게 보도되었다. 공화국 보도일꾼들은 '백두산의 백두정신' 표제 아래 평양 제1고등중학생 백두산이 한 일을 부풀리고, '대를 이은 백두 충성' 표제로는 두산이가 '위대한 수령님을 가까이서 모시고 일제 놈들과 싸운 항일빨치산 백인수-최진이 혁명가정의 3대'라고 극찬했다. 그러니까 두산은 노동신문과 중앙방송에 소개된 일로 동떠서 고등중학교를 졸업한 뒤 인민군에 입대하지 않고 곧장 김일성대학에 들어갈 기본 요건을 갖추고는 있었던 셈이다. 거기에 어머니 편지가 '마지막 눈동자'를 찍은 격이라고 할까.

아무튼 두산의 김일성대학 입학으로 상준은 한을 풀었다. 본디 상준도 입학하고 싶었지만, 어머니가 은근히 만류했다. 상준이 김일성대학에 입학하기엔 어려운 조건—아내가 전해준 어머니 편지에도 나타나지만, 백인수의 자살이 결정적 요인이 되었을 듯하다. 더구나 상준은 완연히 표 나지는 않지만, 소아마비로 다리를 절룩거렸다—이라고 판단했을 성싶다. 최진이는 외동이가 혹시라도 상처받을까 봐 어렸을 때부터 인민학교 교원이 얼마나 성금 서는 일인가를 틈날 때마다 일러주었다. 최진이는 상준이 당 정치와는 담을 쌓고 살기를 소망했고, 인민학교 교원이 혁명의 다음 세대를 길러내는 성스러운 직업이라고 확신했다.

상준은 산실에서 간호사가 안고 나온 두산을 처음 만났던 순간, 가슴 깊은 곳에서 동살처럼 퍼져오던 경이를 잊을 수 없다.

'나에게서 새로 나타난 생명, 그 앞에 결코 부끄럽지 않은 삶이

되겠노라.'

아기 두산의 새맑은 눈방울에 맹세했다. 자신은 몸도 부실하고 성격도 여리지만 아들만은 튼실한 몸, 강인한 의지, 투철한 혁명정신으로 키우겠다고 기쁜 가슴을 도슬렀다.

두산이 김일성대학에 입학한 날, 상준은 아내와 둘이 백두산 들쭉술로 건배했다. 아들을 잘 키워준 아내가 더없이 미덥고 고마웠다. 가슴 밑절미에는 아버지와 어머니의 '10월 10일 죽음'이 짙은 그늘을 드리우고 있었지만, 두산이 항일빨치산의 혁명가정을 곧추세우는 길로 대차게 걸어가길 스스로에 을러메듯 기원했다. 두산의 몸, 의지, 정신력이면 충분하다고 상준은 믿었다. 그것이 돌아가신 어머니가 진정 바라는 길이라는 확신마저 들었다.

그런데 전혀 예상하지 못한 곳에서 예기치 못한 돌개바람이 세차게 상준의 혁명 가정을 덮쳐왔다.

2004년 초겨울이다. 첫 눈이 교실 밖 창턱에 소복소복 쌓이던 날, 상준은 마침 도화·공작시간이었기에 아이들에게 가장 기억에 남는 풍경을 떠올려보고 그 순간의 감정을 살려 그림을 그리라고 일렀다.

교실을 오가며 그림을 봐주던 상준에게 한 아이가 눈에 빨려 들어왔다. 아버지가 남조선 혁명사업을 위해 남쪽으로 내려갔다가 잠수함이 예기치 않게 좌초되는 바람에 숨진 꽃분이었다. 꽃분은 육중한 평양역을 배경으로 광장으로 펄펄 내리는 눈을 고스란히 맞으며 바장이는 걸인 소년을 그리고 있었다. 아침 출퇴근으로 붐비는 사람들 속에 남루한 옷차림, 키를 보면 꽃분 또래이지만 나이는 대여섯 살 위인 얼굴 표정까지 빼어나게 담아냈다.

꽃분이 아랫입술을 깨물며 정성을 쏟아가는 그림은 상준이 평소 좋아했던 혁명적 그림과는 사뭇 달랐다. 하지만 어느새 함박눈으로 쏟아지는 눈에 방심해서일까, 아비 잃은 꽃분의 어딘가 슬픈 손가락이 애처롭게 다가와서일까. 상준은 옆에 서서 꽃분이 그림 그리는 모습을 지켜보다가 창밖에 내리는 눈을 바라보고 다시 그림을 보길 되풀이했다.

이윽고 도화·공작 시간이 끝나면서 상준은 꽃분의 그림을 들고 앞으로 나갔다. 자기감정을 있는 그대로 그려보라는 이야기를 꽃분이 잘 따랐다고 생각했다. 게다가 꽃분에게 씨억씨억 살아가라고 힘을 북돋아주고 싶었다. 상준은 꽃분의 그림을 들어 아이들에게 보여주며 말했다.

"자, 우리의 동무인 꽃분이가 그린 평양역전 그림을 봅시다. 우리에게 많은 것을 생각하게 해주지요? 우리 인민들이 행복한 세상을 만들어가야겠습니다. '조선을 위하여 배우자'는 우리 학교 앞에 무지개처럼 걸어놓은 표어 모두 보았을 겁니다. 자, 이렇게 가난한 아이들을 위하여 우리 모두 열심히 배웁시다. 우리 꽃분에게 박수를 쳐줄까요."

꽃분은 얼굴이 영락없는 홍당무가 되었지만 어린 눈빛에 기쁨이 넘실댔다. 상준은 흐뭇했다.

그로부터 사흘 뒤 점심시간 직후였다. 학교가 갑자기 벌집을 쑤셔놓은 듯 소란했다. 국가안전보위부에서 긴급 조사를 나왔다며 여기저기서 소락소락 수군댔다. 교원들 모두 긴장해서 바장거렸다. 상준은 짐짓 무시하고 교실로 들어가 아이들의 놀란 가슴을 도닥여 줄 겸 힘차게 오후 수업을 시작했다.

늘 그랬듯이 환한 미소를 그리며 위대한 수령님의 어린 시절을 가르칠 때 벌컥 문을 열고 눈매가 날카롭게 올라간 보위부 요원 두 명이 들이닥쳤다. 상준이 어안 벙벙할 때 그들은 이미 상준의 두 팔을 잡아끌었다. 아이들 앞에서 이 무슨 짓이냐고 따지고 싶었지만, 바투 마주친 송곳눈이 살살해서일까, 목소리가 목 밖으로 나오지 못하고 마른침과 맴돌았다.

상준은 본능적으로 공포를 느끼며 가슴이 메스꺼웠다. 보위부가 겨냥한 대상자가 백상준이라는 사실이 확인되면서 학교 전체에는 안도감이 퍼져갔다. 보위부 차에 거칠게 등 떠밀려 탄 상준은 도무지 영문을 몰라 아닌 밤중에 홍두깨였다.

문득 아버지 이진선의 기록이 혹 남조선에서 출간되었거나 문제가 된 게 아닐까라는 생각이 들었고, 그 순간부터 두려움이 무장 질게 몰려왔다. 어머니의 편지를 불태우지 않아 더 걱정되었다. 그러나 어머니의 마지막 사랑이 담긴 글을 어찌 태울 수 있단 말인가. 입안을 혀 맛봉오리로 굴려 애써 마른 목울대를 적시는 상준의 얼굴을 보위부 요원은 징글징글 바라보았다.

사방이 모두 막힌 보위부 조사실로 들어서자 노란 전구 아래 넓은 책상과 나무의자 두 개가 보였다. 상준이 수꿀할 때, 얽박고석의 심문관이 들어왔다. 외모에 어울리지 않게 사뭇 비단결 투로 말을 건넸다.

"백상준 동무. 여기까지 오느라 수고 많았소."

"……."

"동무가 왜 여기 온지 누구보다 동무가 잘 알고 있겠지?"

얽박고석은 히들거리며 언구럭 부렸다.

"모릅니다. 대체 무슨 일이랍니까?"

올차게 말했는데 상준의 귀에도 신음하듯 반문하는 희미한 소리만 들렸다. 온몸에 진땀이 소름처럼 돋아났다.

"하! 모른다? 우린 동무가 누구보다 잘 알고 있으리라고 생각하는데?"

"당최 무슨 말씀을 하시는 건지……."

"동무가 저지른 반당행위에 고발이 들어왔소."

"네? 뭐요?"

생급스러운 추궁에 들차게 저항해야 마땅했다. 하지만 이번에도 목소리만 조금 높아졌을 뿐, 외려 심장이 밖으로 튀어나오려는 듯 툭탁거렸다. 상준은 자신이 강단도 패기도 없는 비굴한 인간이라는 생각에 굴욕감을 느꼈다.

"당은 지금부터 동무에게 스스로 과오를 고백할 시간을 특별히 할애하겠소. 당의 배려를 고맙게 생각하고 기대에 한 치도 어긋나지 않기 바라오."

얽박고석은 백지와 연필을 건네며 당신이 저지른 반당행위를 솔직하게 적으라고 눈 부릅뜬 뒤 자리를 비웠다.

반당행위? 홀로 남겨진 상준은 되물었다. 다시 아버지의 기록이 떠올랐다. 하지만 정녕 그것은 자신과는 무관한 일 아닌가. 그런데 아무리 돌이켜보아도 반당행위를 한 일은 없기에 기막힐 노릇이었다. 얽박고석은 쉬 돌아오지 않았다.

얼마나 지났을까. 얽박고석이 들어왔다. 상준이 아무것도 쓰지 않았다는 사실을 이미 알고 들어온 듯 들어오자마자 윽박질렀다.

"동무, 정말 이럴게야? 스스로 고백하지 않으면 반당해위 죄가 더 가중된다는 거 모르나?"

상준은 온 힘을 다해 따지듯이 물었다.

"반당행위? 누가? 내가 했단 말입니까? 천만에! 나는 그런 사람 아닙니다."

목소리가 떨리며 끝이 갈라졌다. 심문관은 이미 자신들이 다 알고 있다며 마지막으로 한 번 더 기회를 주겠노라고 건조하게 말했다. 상준이 완강해서일까. 10분 정도 실랑이가 벌어질 때 문이 열리면서 인민복에 머리가 올백인 고위급이 들어왔다. 너볏한 얼굴로 팔짱을 낀 채 상준을 거적눈으로 지긋이 바라보던 그는 제 딴에 아주 침착한 사람임을 과시라도 하려는 듯이 입술을 천천히 움직여 흘리듯 말을 꺼내다가 끝부분은 빠르게 소리 높였다.

"백상준! 동무는 평양역 앞에 떠도는 게으른 거지들을 장군님 품에서 기쁘게 자라나는 새 세대들 앞에서 칭찬한 일이 있소?"

"무슨 말씀이십니까? 제가 정신 나간 줄 아십니까? 그런 일을 제가 왜 하겠습니까. 없습니다."

실제로 상준은 그 순간에 꽃분이 그림을 전혀 떠올릴 수 없었다. 그 순간 얽박고석 심문관이 벌떡 일어나 들고 있던 서류철로 상준의 옆머리를 세게 때렸다. 동시에 버럭 소리를 질렀다.

"이 새끼가 정말! 동무는 보위부를 뭐로 알고 그따위 거짓말을 늘어놓는 게야! 꽃분이 그림을 정말 동무가 몰라?"

서류철에 맞아 얼굴이 획 돌아가고 머릿속이 얼얼했지만, 그 순간에도 정신줄을 놓고 있을 때가 아님을 본능적으로 느껴서일까. 상준은 내심 아버지 일기 문제는 아니어서 마음이 한 가닥 놓였다. 바로 그렇기에 아까와 달리 조금은 당당할 수 있었다. 강파른 얽박고석은 무시하고 너볏볏한 거적눈에게 답했다.

"동지, 그거 말입니까? 저는 문제될 게 없다고 생각합니다. 꽃분이가 그린 평양역전의 거지 아이도 엄연히 우리 인민의 아들 아닙니까? 그런 아이들까지 행복할 수 있도록 열심히 배우자는 게 뭐가 문제란 말입니까? 더구나 꽃분이 아버지가 누구인지는 동지께서 더 잘 아실 거 아닙니까? 깐에는 그 가여운 아이를 격려해주려고 한 건데 대체 다른 어떤 의도가 있겠으며 또 무엇이 반당행위라는 말입니까?"

상준이 의연하고 따져드는 논리 또한 당차서일까. 살기등등해 노려보던 얽박고석은 상준을 만만쟁이로 숙볼 수 없다는 듯이 움찔했다. 하지만 거적눈은 되우 험상궂게 상준을 노려보더니 으스대듯 언구럭 부렸다.

"장군님과 우리 당은 동무가 다리를 절고 있는데도, 평양에서 인민의 교원으로 잘 먹고 잘 살 수 있도록 자상하게 배려하고 발탁해주었소. 그것은 동무가 학창시절 품행이 좋았고 혁명적 혈통을 지녔기 때문이기도 했소. 하지만 백인수 동무에 이어 최진이 동무까지 석연치 않게 죽으면서 당은 동무 네의 혁명적 혈통을 다시 검토했고 주시해왔소. 역전을 돌아다니는 부랑아들은 당에서 해결할 일이지 인민학교 교원 따위가 걱정할 일이 아니오. 자라나는 우리 인민의 아들딸에게 그들을 위해 공부하자고 선동질 해대는 것은 동무가 당을 대신하겠다는 위험한 분대질이오. 무슨 말인지 이제 알아듣겠소?"

상준은 발끈하며 눈을 지릅떴다.

"동지! 혁명적 혈통을 다시 검토한다고 말씀하셨습니까? 물론,

저는 아버지와 어머니의 혁명 경력으로부터 어떤 이익을 볼 생각은 추호도 없습니다. 하지만 그렇다고 해서 아버지와 어머니의 항일 혁명투쟁까지 동지가 의심하는 걸 제가 그냥 넘어갈 거라고 생각하십니까? 전혀 아닙니다."

그 순간, 옆에서 지켜보던 얽박고석이 폭발하며 본색이 나타났다.

"보자, 보자 하니까 이 새끼가 뭐? 어째? 네깐 놈이 그냥 넘어가지 않으면 어쩔 건데?"

그가 득달같이 일어나는 바람에 의자가 나뒹굴었다. 동시에 주먹으로 얼굴을 정통으로 맞은 상준도 뒤로 넘어졌다. 비린내 풍기며 쌍코피가 터졌다. 얽박고석은 그새 상준의 멱살을 잡아 일으키며 다시 눈언저리를 갈겼다. 나뒹구는 상준을 다시 세워 주먹을 들이대는 순간, 고위급이 작은 목소리로 저지했다.

"가만! 이 무슨 짓이야? 동무! 그만 나가 있으시오."

얽박고석이 아무 말도 못한 채 고개를 조아리고 나가는 모습을 보며 상준은 코피를 훔치면서도 거적눈이 자신의 운명을 쥐고 있다는 걸 직감했다. 그는 상준을 뚫어져라 바라보더니 알쏭달쏭 말했다.

"동무가 모를 뿐이오. 나는 모르는 게 없소."

상준은 흠칫해서 아무 말 없이 바라보았다. 솥뚜껑 주먹으로 맞은 눈이 이미 부풀어 오르는지 눈알이 빠질 듯한 통증과 함께 시야가 가렸다. 그가 상준에게 코피를 막으라고 휴지를 건네주었다. 이어 두 눈을 가늘게 뜨면서도 힘을 주어 말끝을 달았다.

"나는 백인수 동무와 최진이 동무를 모두 알고 있소. 상부에서도 각별한 관심을 보여왔다는 걸 동무도 짐작할 거요. 그런데 당이 동무를 이 정도 살 수 있게 배려해주었음에도 동무는 장군님의 자애로운 기대에 어긋났소. 동무는 심지어 '우리 인민들이 행복한 세상을 만들어가야겠다'는 말도 했소. 그건 시방 우리 인민이 행복하지 않다는 말 아니오?"

"그건 오해입니다. 저는 그렇게 생각한 적 없습니다."

"그런데 왜 그렇게 말하지?"

"무심코 한 말입니다. 그날 제 발언은 거기에 중점이 있었던 게 아닙니다."

"무심코 말했기에 더 중요한 거 아니요? 동무 뼛속 깊이 그 생각이 박혀 있다는 증거니까."

"아니라니까 왜 자꾸 그러십니까?"

"가만, 가만. 동무! 내 말을 마저 들으라우. 다른 사람 같으면, 응당하게 처벌 받겠지. 하지만 당이 심사숙고할 테니 그 입 닥치고 있으라우. 나도 참는 데 한계가 있어."

상준은 보위부 심문관과 소마소마 다투는 과정에서 알게 모르게 자신이 생부 이진선의 사상에 큰 영향을 받고 있다는 사실을 깨달을 수 있었다. 상준은 긴 자술서를 몇 차례나 고쳐 쓴 뒤 자정이 넘어서야 콧잔등이 혹처럼 불어나고 놀란 피가 눈언저리 가득한 채로 핏방울 튄 외투에 파묻혀 집에 돌아갈 수 있었다. 거적눈은 곧 당의 결정을 통보하겠으니 당을 믿고 기다리라며 차갑게 심문을 마쳤다. 보위부 건물을 나섰을 때 평양은 짙은 밤안개가 깔려 있었다.

선화는 상준이 교실에서 보위부에 체포되었다는 이야길 오후 늦게 이웃에 사는 교원으로부터 전해 듣고 당황했다. 아버지가 왜 오지 않느냐는 두산의 물음에 짐짓 모르쇠하며 창밖으로 삼킬 듯 달려오는 밤안개를 무장 불안하게 바라보았다. 새벽 1시가 넘어 누군가 문을 스치듯 두들기는 소리가 들렸다. 귀를 종긋 세우다가 바람소리였나 싶어 다시 창문 쪽으로 고개를 돌릴 때, 문 앞에서 낮은 신음이 들려왔다. 화들짝 놀라 문을 열자 문 옆에 가까스로 기대 있는 상준을 발견했다. 돌아서는 상준의 피칠갑 얼굴에 선화는 경악했다. 아버지를 맞으러 방 안에서 나오던 두산은 얼어붙은 채 곧장 "어떤 놈이 이랬습니까?" 분노를 터뜨렸다. 상준은 아들의 부축을 흐뭇하게 받으면서도 얼굴을 차마 마주할 수 없어 말없이 방에 들어갔다. 아들을 단호한 손짓으로 내보낸 뒤 곧장 자리에 누웠다. 선화의 정성스러운 물수건 찜질에 엷은 눈물을 주르르 흘리면서도 자신에게 차근차근 짚듯이 물어보았다.

'아이들에게 내가 왜 그렇게 말했을까, 우리 인민들이 행복한 세상을 만들어가야겠다고…….

2부

검고 붉은 바다

11

뉴 리버티 호를 처음 본 사람은 누구나 웅장한 크기에 매혹된다. 승선하는 사람들 대다수는 곧 항해할 바다를 상상하며 아늑한 안도감마저 느낀다. 더구나 '뉴'와 '리버티'가 결합된 배 이름은 항해를 앞둔 이들에게 막연한 자유로움, 어떤 신선함을 자아낸다. 영어가 인재 판단의 기준이 되는 나라에서 '뉴 리버티'의 기호는 대다수 '선남선녀'들과 고등학생들에게 산뜻하게 다가오기 마련이다.

잠시라도 입시지옥을 벗어나 바다로 수학여행 길 오른 고등학생들 사이에선 물론, 젊은 엄마 손잡고 배에 오른 어린아이 입에서도 "공룡처럼 크다"는 감탄이 즐거움으로 터져 나왔다. 딴은 공룡을 타고 바다를 항해한다면 상상만으로도 흥분감이 무장 커질 터다.

저녁밥 먹으러 식당에 들어온 10대들 얼굴은 구김살 없이 밝기만 했다. 상준은 자신이 끓여놓은 시래기 된장국을 떠먹는 학생들—사실 '패스트푸드'에 입맛이 밴 대부분은 몇 술 뜬 뒤 먹지 않았지만, 상준에겐 그렇게 보이지 않았다—을 둘러보며 가슴이 가멸어 왔다. 이 또한 마지막 봉사라는 생각에 어쩐지 아쉬움마저 들었다. 저 아이들을 위해 짜장 자신이 시래기 된장국보다 더 의미 있는 선물을 줄 수 있을까 싶어 더 그랬다. 시래기국을 복스럽게 먹어대던 두산이 얼굴도 속절없이 다시 사물댔다.

하지만 이내 마음을 다잡았다. 마지막 항해를 마치고 앞으로 통일동산에서 벌여나갈 새로운 일에 미간을 모았다. 다음 세대는 하나로 거듭난 나라, 더 나은 세상에서 살아가도록 길을 열어가야 한다고 결기를 세웠다. 두 마음이 하나 되면 무쇠조차 끊는다 하지 않던

가. 애잔한 가슴 밑절미 어디선가 움실움실 자신감이 생겨났다.

상준은 자신의 직감을 믿었다. 반세기 넘도록 살아오며 이미 여러 차례 적중한 경험이 있기 때문이다. 평양의 그 피투성이날도 그랬다. 눈덩이가 혹처럼 불어나고 핏물이 덕지덕지 묻은 채 집에 돌아온 상준은 선화가 정성껏 상처를 보듬어주었는데도 도무지 잠을 이룰 수 없었다. 당이 심사숙고해 결정하겠다고 말했지만, 거적눈과 얽박고석의 언행을 하나하나 톺아볼수록 이미 운명은 결정되었다는 불길한 예감이 들었다.

아니나 다를까. 당은 하루 지난 뒤 아침 일찍 상준 내외를 호출해 평양을 떠나라고 명령했다. 야코죽은 상준은 항변하지 않았다. 곧바로 잘 알겠다, 떠나겠다고 '순종'했다. 거적눈이나 얽박고석 따위에게 더는 다리아랫소리를 내고 싶지 않았다.

다만 김일성대학에 다니는 아들은 혁명성과 당성 모두 뛰어나다며, 두산이 과거에 수령님과 장군님 사진을 불길에서 몸을 던져 구해낸 사실을 거푸 강조하고, 아들은 평양에 남아 대학을 졸업하게 해달라고 청원했다.

얽박고석은 두산이의 혁명성은 이미 우리도 알고 있다며, 기숙사에 남는다고 퉁기듯 말했다. 상준은 마음이 놓였다.

'그럼 됐다. 두산이만 평양에 남는다면, 김일성대학에 남는다면, 아무런 여한이 없다.'

상준은 즉각 평양을 떠나 량강도 혜산으로 가야 했다. 당의 명령에 무조건 순종하는 자세는 흔들림 없이 보여주었지만, 서둘러 집으로 돌아오는 길에는 하릴없이 분노와 슬픔이 치밀어 올라 눈물마저 그렁그렁했다. 높이 치솟은 주체사상탑이 눈에 들어왔다. 젊은 대학생 시절, 상준은 그 탑에 올라 대동강과 평양 시내를 자랑스레 둘러보며 '남조선 통일혁명'을 염원했다. 우리 시대의 역사적 과제는 미 제국주의의 정치적, 경제적, 문화적 식민지로 고통 받고 있는 남조선 인민들을 해방하는 데 있음을 털끝 의심 없이 확신했다. 인민학교 교사로서 통일 혁명의 전사들을 길러내는 데 온몸을 바치겠노라고 결심했다.

패기 넘치던 그 시절, 상준은 세계 사상사에서 마르크스주의보다 김일성주의가 더 큰 전환점을 마련했고, 그 어떤 사상보다 주체사상이야말로 인민의 자주성과 창조성을 드높일 수 있으며, 수령의 영도예술은 인류사에 새로운 지평을 열었다고 확신했다.

현숙한 선화와 마침내 식을 올린 날, 옹근 20년 전 그날, 예식을 마치고 혁명열사릉을 찾았던 기억도 새롭다. 김일성 수령의 영도아래 조선혁명에 몸 바친 혁명 열사들을 참배하고 장강의 뒷물결처럼 몸 던져 따르겠다고 충성을 맹세했다.

상준은 그 나날이 몹시 그리웠다. 통일 혁명을 북극성으로 여긴 순결한 시절이었다. 그런데 전혀 감지할 수 없었던 돌개바람이 들이닥쳐 혁명가정을 소용돌이 기둥으로 빨아들이곤 순식간에 산산조각으로 뱉어냈다. 다만, 돌개바람 회오리는 상준의 혁명가정만 풍비박산 내지 않았다. 상준의 인생 내내 눈부시게 광채를 발하던 공화국의 태양, 김일성 수령이 시나브로 빛을 잃어갔다. 그 빈 곳으로 아버지 이진선이 조용히 자리 잡기 시작했다.

짐을 꾸려 서평양역으로 가려면 시간이 촉박했다. 그래도 가까운 거리에 살고 있는 장모 집에는 잠깐이라도 들러야 했다. 눈퉁이가 검붉게 부어오른 얼굴로 상준이 느닷없이 찾아와 '곧 평양을 떠난다, 양강도 혜산으로 간다'고 말했을 때 장모는 날벼락을 맞은 듯했다. 선화는 혼자 사는 연로한 친정어머니를 두고 떠나는 게 더없이 불안했지만 그렇다고 어찌할 도리도 없었다.

서평양역에서 아들 두산이 상준 내외를 유일하게 배웅했다. 상준은 두산과 깊은 포옹으로 작별했다. 상준은 당의 오해 때문에 떠나는 것이니 다시 오겠다고 말했다. 하지만 솔직히 자신은 없었다. 상준은 자신이 부당하게 전출 받았고 당이 판단의 과오 수준을 넘어 순 억지를 쓰고 있다고 볼 수밖에 없어 앵했다.

게다가 꽃분의 운명이 어떻게 될까 걱정도 들었다. 상준은 꽃분이 아빠의 장례를 치른 뒤 돌아와 급우들 앞에서 "우리 아버지는 파도치는 바다와 맞서 깊숙한 곳까지 헤치고 다니며 남조선 혁명사업에 나서셨다가 영광스러운 장군님의 아들로 돌아가셨습니다"라고 울먹이며 자랑했던 순간을 기억하고 있다. 다름 아닌 상준 자신이 담임교사로서 그런 발표 자리를 마련했다.

한참 사랑을 받을 시기에 날벼락으로 아버지를 여읜 꽃분의 여린 얼굴, 그림 그리던 슬픈 손가락이 떠올랐다. 설마 꽃분 모녀까지 손을 대지는 않으리라 믿지만 당에 대한 지금까지의 강철 믿음은 가뭇없이 녹아내렸다.

서평양역 중앙에 높이 걸린 김일성 수령의 사진을 올려보았다. 충격 탓일까. 해마다 4월 15일이 오면 두산의 손을 꼭 잡고 만수대를 찾았던 시간들도 어느새 가물가물했다. 그때마다 아들은 며칠 전부터 정성으로 준비해온 꽃다발을 경건하게 우러러보며 동상에 올렸다. 두산에게 커서 꼭 수령님의 참된 아들이 되어야 한다고 일렀던 기억만은 또렷했다.

바로 그래서다. 평양에 홀로 남은 두산은 아버지가 왜 혜산으로 가는지 도무지 이해할 수 없었다. 자신이 보기에 아버지야말로 수령님을 위해 살아오신 분이었다. 가족 전체가 평양을 떠나는 것이 아니라 자신은 김일성대학에 남는 것으로 미뤄 추정컨대, 심각한 문제는 아니라고 애써 스스로를 다독였다.

상준도 두산에게 걱정하지 말고 김일성대학에서 한껏 능력을 발휘하라고 당부했다. 혜산 또한 혁명의 고장이고, 할머니가 항일투쟁을 벌인 갑산과도 붙어 있으니 대학 학우들에게 결코 주눅들 필요가 없다고 거듭 강조했다.

실제로 상준에게 혜산은 가기 싫은 곳만은 아니었다. 오래전 당에서 인민학교 아이들에게 가르칠 교육 구호를 공모할 때 상준은 "조선을 위하여 배우자"를 제안했다. 당은 상준이 응모한 구호를 채택했고 당시 평양 시민들로부터 큰 호응을 받았다. 상준의 미래는 탄탄대로로 열렸다.

상준이 1992년 백두산 일대의 혁명 사적지를 답사하는 김일성사회주의 청년동맹 행사에 참여했을 때, 집결지가 바로 혜산이었다. 소련과 동유럽의 공산주의 체제가 무너진 직후였기에 조선로동당은 사상적 순결성과 고매한 품성을 무장 부각하고 나섰다.

상준이 청년동맹에서 선발된 사람들과 더불어 혜산으로 갈 때도 서평양역에서 출발했다. 철길 위에서의 기나긴 시간도 영광스러운 조국의 산하를 창밖으로 구경한다는 기쁨으로 되레 짧게만 다가왔다. 드디어 혜산에 도착해 보천보전투 승리기념탑 앞에서 엄숙한 출범식을 갖고 곧바로 삼지연, 청봉, 대홍단을 거쳐 백두산 밀영까지 가파른 길을 힘차게 걸어갔다. 다리가 온전하지 못한 상준에겐 적잖은 무리였지만, 집념으로 답사와 행군을 완수했고 당의 신임은 더 높아졌다. 행군 중간중간에, 백발성성한 항일혁명투사들—그들 가운데 어머니 최진이를 깔밋하게 기억하는 사람들이 많았다—이 특강으로 힘을 북돋아주었던 기억도 생생하다. 그들은 저마다 몸소 경험한 백두산 3대 장군의 위대성을 들려주며 당의 혁명전통을 견결히 옹호하고 고수해 나가라고 당부했다. 상준은 그때 당에 자신의 모든 것을 바치겠노라고 벅찬 가슴, 죄다 부르튼 입술로 결심했다.

그로부터 옹근 12년. 서평양역에서 다시 혜산으로 그 철길 위를 가지만, 그때와 오늘의 상황은 차이가 컸다. 눈으로 뒤덮인 백두산 밀영으로 온 힘을 모아 걸어가며 애오라지 당과 '통일 혁명'을 생각했던 나날에는 정말이지 상상도 할 수 없었던 일이었다. 평양을 당장 떠나라는 당의 명령은.

혜산으로 가는 차창에서 본 풍광도 달랐다. 서른두 살 때 함박눈 장엄하게 내리던 산하를 바라보면서 혁명정신을 담금질했던 가슴은 가뭇하고, 서평양역을 떠나는 마흔네 살 중년에게 비친 기차 차창은 을씨년스럽고 어두웠다. "21세기 민족의 태양, 김정일 장군 만세"라는 큼직한 표어도 빛을 잃었다.

하지만 자연의 위대한 치유력 때문일까. 철마가 양강도로 들어서자 풍광이 한결 아름다워 상준은 먹먹하고 막막했던 가슴이 시나브로 풀리며 어떤 해방감을 느끼기도 했다.

다만, 불평 한 마디 없이 묵묵히 차창 밖만 내내 바라보며 안추르는 아내가 안쓰러웠다. 상준은 옆에 앉은 아내의 손을 잡으며, 혜산이 '산으로부터 혜택을 받은 곳'이라는 뜻이고 자연을 좋아하는 사람에겐 평양보다 더 지낼 만하니 행복하게 살자고 진심을 담아 말했다. 아내 선화는 지아비가 자기를 위로하기 위해 짐짓 의연함을 가장한다고 짐작하면서도 창밖 풍광이 무장 매혹적이었기에 가슴노리를 짓누르던 불안감이 가시고 있었다. 선화는 손가락 끝에 살짝 힘을 주어 상준이 잡아준 손에 화답하고, 고개를 까닥까닥해 보이며 성그레 미소까지 지었다.

그런데 상준이 청년동맹 행사로 12년 전에 처음 만난 감동의 혜산, 차창 밖 아름다운 조국의 풍광으로 둘러싸인 혜산은 막상 그곳에서 살면서 겪은 혜산과는 큰 차이가 있었다. 아니, 혜산만이 아니었다. 상준이 평생 살아 온 인민공화국 전체가 낯설게 다가와 귀살쩍었다.

상준 가족은 혜산 시내에서 한참 내려가 운주봉 아랫마을로 배치되었다. 운주봉은 상준이 찾았던 김일성 수령의 전적지 보천보와는 정반대 방향으로 혜산에서 가장 높은 산이라고 들었다. 긴 기찻길에 멀미로 지친 선화를 다독이며 운주봉으로 가는 험한 길에서 상준은 자신이 지금까지 '평양'과 '공화국'을 동일시해온 과오를 뼈아프게 깨달았다. 모스크바에서 태어났지만, 어머니 품에 안긴 눈자라기로 들어와 40대 중반까지 상준이 평생 살았던 평양은 고구려의 영광을 간직한 유서 깊은 도시이자 공화국의 수도로 거주민들 또한 자부심은 물론 자존심이 높았다.

하지만 웅장한 건축물이 즐비한 평양의 현대적 위용과 대조적으로 평양 밖의 풍경은 스산했고, 주민들의 일상생활 모습도 같은 나라인지 의문이 들 만큼 차이가 컸다. 그랬다. 조선민주주의인민공화국은 하나가 아니라 평양과 비평양이라는 두 개의 나라로 분단

되어 있다는 사실에 상준은 비로소 눈 떴다. 그뿐이 아니었다. 당과 국가기관이 '인민을 위한 복무'를 틈날 때마다 자부하고, 상준 또한 아이들에게 그렇게 가르쳤지만, 실제 모습은 확연히 달랐다. 상준 가족에게 도착한 이삿짐부터 엉망이었다. 평양 살림집에서 시간에 쫓기면서도 골판지 상자들에 차곡차곡 넣어 나름 튼튼하게 이삿짐을 꾸렸지만, 막상 도착한 이삿짐은 군데군데 찢어져 있었고, 속에 넣은 물품이 여기저기 밖으로 불거져 나와 있었다. 불길한 예감으로 끌러보니 예상대로 귀중품이 적잖게 증발했다. 상준이 배정받은 거처 또한 전혀 예상하지 못한 것은 아니지만 평양의 살림집에 견주기란 불가능할 정도였다. 더구나 평양의 겨울은 온실이라고 부를 수 있을 만큼 혜산 추위는 매서웠다. 방 안에서 이불을 덮고 있어도 싱경싱경했다. 개마고원의 칼바람이 운주봉을 타고 내려와 귀신소리를 내거나 눈보라가 허리까지 눈을 쌓아갈 때는 선화가 가여워 잘 견뎌낼 수 있을지 된통 조마롭기만 했다. 멀거니 허공을 바라보는 선화의 절망스러운 표정이 종종 눈에 띌 때마다 상준의 가슴은 새까맣게 숯이 되어갔다.

상준은 인민공화국에서 인민의 현실을 비로소 직시할 수 있었다. 평양에서 어린 시절 인민학교를 다녔고, 장성해서도 그곳에서 교원으로 일했던 상준은 혜산 산골의 소학교—'인민학교' 이름이 2002년부터 '소학교'로, 고등중학교는 중학교로 바뀌었다. 하지만 상준이 혜산에 갔을 때도 여전히 인민들 사이에선 소학교를 '인민학교'로 부르고 있었다—를 다니면서 있는 그대로의 공화국 인민을 처음 만날 수 있었다.

식량 사정이 이미 10년 가까이 악화되어서일까. 아예 학교에 나오지 못하는 아이들이 적지 않았다. 상준 자신도 휴일이 오면 선화와 함께 마을 사람들을 따라 들쭉이나 장군풀뿌리를 채취하러 운주봉을 올랐다.

그러던 어느 날 운주봉 중턱에서 내려올 때, 능선 너머 보이는 산세가 아무래도 눈에 익었다. 혹시 해서 함께 오른 마을사람에게 물었다.

"아바이, 저 봉우리 이름이 뭔지 압니까?"

"응? 저 산? 잘 보게. 새가 날개 펴고 날아가는 것 같지 않나? 백조봉이라네".

상준은 짧은 시간이나마 희열에 잠겼다. 어머니 최진이 무덤이 자리한 백조봉과 상준이 거처하는 운주봉은 각각 혜산의 남쪽, 갑산의 북쪽에 솟아 삼수와 경계를 이루며 이어져 있었다. 평지로 돌아가면 제법 거리가 있겠지만, 능선으로 질러가면 가까울 터였다. 상준은 어머니가 집에서 멀지 않은 곳에 누워계신 걸 뒤늦게 알아차린 자신이 뱅충맞아 보이면서도 앞으로 언제든 찾아뵐 수 있다는 사실에 코끝이 싸했다. 어슬어슬해 운주봉을 내려가기 전에 뒤돌아 다시 백조봉을 바라볼 때는 자신이 고향에 와 있다는 착각마저 일었다.

갑산이나 혜산 산골의 아이들은 인생의 출발부터 평양의 아이들에 견주면 너무 큰 차별을 받고 있었다. 이를테면 종이 사정이 어려워서인지 아이들에게 교과서를 몇 년째 온전히 공급 못 하고 있었다. 교과서 하나를 서너 명이 함께 보고 그나마 물려받은 책이어서 모양새가 삽살개 얼굴 같았다. 당에서 배급해주는 학습장도 턱없이 부족했다. 상준은 공화국의 현실에 안타깨비가 되어갔고, 슬금슬금 분노가 고개를 내밀었다. 무엇보다 올망졸망 교실에 앉아 있는 아이들이 누구 하나 예외 없이 떼꾼하고 퀭한 눈으로 상준을 바라볼 때 평양의 매고른 옴포동이들이 겹쳐지며 가슴이 시려왔다.

그러나 상준으로 하여금 당에 대한 신뢰를 접게 만든 결정적 사건은 산골의 강마른 아이들도, 남루한 앙상쟁이 인민들도 아니었다. 훗날에도 상준은 그 생각을 할 때마다 과연 자신이 진정한 인민학교 교사였던가, 참된 공산주의자였는가를 되묻고 자괴감에 빠져들곤 했다.

상준이 당과 공화국을 근본적으로 다시 성찰한 전환점은 아들 두산의 소식을 들었을 때다. 상준과 아내가 평양을 떠나 혜산으로 들어온 뒤에도 김일성대학에 다니는 두산이 희망이었기에 모든 것을 감내할 수 있었다.

하지만 그해 여름에 모든 게 산들었다. 상준이 평양을 떠나고 6개월 만에 당은 약속과 달리 두산의 학적을 정리한 뒤 곧장 인민군으로 보냈다. 당은 시기를 못 박을 수는 없지만 두산이 다시 김일성대학에 복학할 길은 얼마든지 열려 있다고 강변했다. 상준은 더는 당을 믿을 수 없었다. 두산이 다시 김일성대학으로 돌아갈 수 없는 것은 상준 자신이 평양으로 돌아갈 수 없는 것보다 더 또렷해 보였다.

더구나 아들 두산은 입대 전에 혜산에 들르지도 못했다. 아들은 황해도 개풍, 임진강을 앞에 둔 최전방으로 배치 받았다. 그곳에서 아들이 앞으로 10년을 복무하고 다행히 건강하게 복무를 마친다고 하더라도 미래가 불투명하다는 생각이 들자 상준은 아득했다.

공화국의 최북방 압록강을 끼고 있는 혜산에 상준 내외가 살고,

아들 두산은 최남방 전선인 임진강변에 살며 자유롭게 오가기 어려운 현실이 영원히 이어질 악몽처럼 다가왔다. 그 국경, 그 전선이 지키는 평양에는 누가 살고 있는가. 상준은 과연 가족이 모두 변방으로 쫓겨날 만큼 자신이 반당 언행을 한 것인가를 아무리 되짚어도 수긍할 수 없었다. 미술시간에 꽃분이가 그린 그림에 대한 자신의 평은 오래전에 상준이 당의 공모행사에 참여해 채택된, 시방도 당과 공화국 인민학교에서 공식구호 가운데 하나로 쓰이는 '조선을 위하여 배우자'와 전혀 다를 게 없었기 때문만은 아니었다. 돌아가신 어머니까지 되우 실망할 만큼—어쩌면 바로 그래서 아버지의 기일에 자살을 결행했을 수 있다고 상준은 생각했다—애오라지 수령님과 장군님에 충성하는 김일성주의자로 한평생 살아왔기 때문이다.

상준은 당으로부터 두산의 입대 사실을 통지받던 날, 앙가슴에 화살이 콱 박힌 채 평양에 머물고 있는 장모를 문득 떠올렸다. 아무래도 두산의 미래는 장모 손에 달린 듯했다.

12

뉴 리버티 호의 만찬을 마친 학생들은 삼삼오오 갑판에 나와 곧 밤을 새워 항해할 여행에 흥분을 쏟아냈다. 더러는 갑판과 아래층을 뛰어다니며 가댁질을 벌이기도 했다.

저 하찮은 자유들이 기실 얼마나 소중한 가치인가를 평양에 살 때 상준은 미처 몰랐다. 혜산 발령을 도통 이해할 수 없었던 상준은 일찍이 김일성 수령의 사진을 결사적으로 보위할 정도로 충성심 높은 아들 두산까지 끝내 최전방으로 보내는 당의 매몰찬 결정을 보며, 의문이 들지 않을 수 없었다.

상준이 아이들에게 공화국헌법 그대로 자랑스럽게 가르쳐왔듯이 과연 조선민주주의인민공화국은 위대한 수령 김일성 동지의 사상과 영도로 구현된 인민 대중 중심의 사회주의 나라인가? 자주, 자립, 자위의 사회주의 국가로 강화 발전하고 있는가? 과연 이 체제가 가장 우월한 국가사회제도와 정치방식, 사회 관리체계와 관리방법을 확립했다고 볼 수 있는가?

상준은 근본적으로 다시 성찰해보았다. 상준이 당으로부터 두산의 입대 통지를 받던 그날 아버지 이진선의 일기를 다시 읽어본 까닭도 거기에 있었다. 어머니의 육필이었기에 앙가슴이 아려오는 가운데 낯익은 필체로 옮긴 한 줄 한 줄이 예전과 다르게 다가왔다. 구구절절 옳았다.

그래서다. 인민공화국을 떠나 인민공화국을 바라보고 싶었다. 세계 철학사를 바꾼 위대한 혁명사상, 김일성주의를 철두철미 학습한 자신이 어쩌면 '우물 안 개구리'일지도 모른다는 불안감이 엄습해왔다. 번민의 밤이 이어질수록 상준은 아버지의 존재감을 실감할 수 있었고 어머니가 자신에게 얼마나 실망했을까 늘키다가 끝내 통곡했다.

영문을 모르는 아내는 상준의 통곡에 기겁했다. 선화가 지나치게 불안감을 보이기에 상준은 달래주고도 싶고 희망을 나누고도 싶어 마침내 장모 이야기를 꺼내들었다.

장모는 상준이 평양을 떠난다고 인사 갔을 때 선화로부터 자초

지종 이야기를 들으며 손을 부들부들 떨었다. 선화는 재일동포 귀국자—북에서는 줄여 '재포'로 부른다—의 딸이다. 아내의 아버지는 재일조선인총연합회(총련)에서 일하던 고위간부의 아들로 도쿄대학에서 수학 박사학위를 받은 수재였다. 어머니 또한 총련에 가입한 사업가의 딸이다. 집안의 영향으로 모두 민족애가 투철했다. 다만 신혼의 두 사람이 조국 조선을 위하여 살겠다며 귀국선을 타겠다고 했을 때, 장모의 부모는 동의하지 않았다. 오사카에서 자영업을 하며 돈을 모은 그들은 딸이 평양으로 가겠다고 할 때, 가족과 인연을 끊으려면 가라고 단호히 반대했다. 딸은 사랑을 선택했고 남편을 따랐다.

장모의 처음 귀국생활은 순탄했다. 남편 집안이 총련의 실력자였기에 더 그랬다. 하지만 대학 교원으로 일하던 수학 수재는 적응하기 힘들어했다. 좀처럼 말이 없던 남편은 시름시름 앓다가 '위암 말기' 판정을 받고 서른아홉 젊은 나이에 껑더리되어 숨졌다. 아내에게 애오라지 한 마디만 남겼다. 미안하다고.

장모는 남편이 세상을 뜰 때 함께 죽고 싶었지만, 두 사람 사이의 외동딸이 눈에 밟혔다. 딸을 제 몸보다 아낀 남편을 위해서라도 잘 키우자고 다짐했다. 상준 내외는 홀로 사는 장모 집에 자주 들렀다. 일가친척 하나 없는 장모가 외로움을 탈 수밖에 없었기 때문이다. 장모는 사위 상준은 물론, 유일한 손자 두산을 눈에 넣어도 아플세라 귀여워했다. 상준 내외가 평양을 떠나기 더 고통스러웠던 이유다.

선화의 이야기를 다 들은 장모는 대뜸 상준 부부에게 이 지긋지긋한 나라를 이제는 떠나자고 말했다. 그 말에 상준은 발끈했다.

그런데 두산이 김일성대학에서 사실상 출교당하고 군에 입대한다고 들었을 때부터 장모가, 아니 장모의 그 제안이 점점 사려 깊게 다가왔다. 아내는 상준의 변화에 흠칫 놀라는 듯했지만 반기는 기색이 역력했다.

선화가 편지를 했을까. 한 달 뒤 장모가 장인의 기일을 명분으로 여행 허가를 얻어 혜산에 왔다. 평양에서 혜산까지 먼 에움길을 가다 쉬다 달려온 기차에서 이미 몸과 마음이 지칠 대로 지친 장모는 다시 덜컹거리는 버스를 타고 운주산 아랫마을까지 와서 딸과 상준이 거처하는 곳을 본 뒤엔 아무 말도 못 하고, 하염없이 앵두를 땄다. 언제나 자부심 강했던 장모의 초췌한 모습에 상준은 죄를 지은 듯했다. 그날 밤, 장모는 상준의 눈치를 살피면서도 더는 양보하지 않겠다는 결기로 목소리를 떨어가며 단호히 말했다.

"백 서방. 내 딸이 이 꼴로 사는 걸 보고 내가 눈감을 순 없네. 여길 떠나세."

상준은 발끈할 섟에 반발도 안 했다. 상준의 얼굴 표정에 드러난 변화를 장모가 모를 리 없었다. 침묵이 한동안 흐른 뒤 상준은 장모에게 장황하게 설명해갔다. 압록강을 넘을 때 인민군 경비는 물론, 중국 접경지대 상황이 장모와 선화의 몸—상준은 '몸'을 이야기할 때 목소리를 높였다—에 얼마나 위협이 될 수 있는가를 일부러 '최악의 사례'를 들어 경고했다.

상준의 우려 가득한 이야기를 말없이 듣던 장모의 표정은 정반대로 점점 밝아졌다. 상준이 말을 마쳤을 때 장모는 그 문제라면 당신이 어떤 수를 써서라도 산뜻하게 해결하겠다고 장담했다.

의아해하는 상준에게 장모는 상세히 처가 상황을 알려주었다.

"오사카에 사는 오빠가 아버지로부터 물려받은 사업을 크게 늘렸다네. 불고기집을 경영하며 수완이 좋아 부동산업에도 손을 댔지. 제법 큰돈을 모았대. 자네는 싫어하겠지만 일본으로 귀화까지 했어. 오빠는 내가 하나뿐인 누이라 예전부터 끔찍이 생각해왔다네."

장모의 오빠, 그러니까 상준의 처외삼촌이 평양을 방문했을 때, 상준도 인사를 갔던 기억이 난다. 당시 상준은 그가 일본으로 귀화했다는 사실을 알고 노골적이지는 않았지만 어느 정도 경멸하는 눈빛을 건넸다. 아무튼 처외삼촌이 일본에서 살며 많은 돈—장모의 오빠에게는 큰돈이 아니었을지 모르지만 평양에서 정기적으로 그런 돈을 송금 받을 수 있다는 것은 의미가 컸다—을 보내왔고, 장모는 언제나 절반을 당에 냈기에 좋은 평가를 받아왔다.

"오빠가 보내온 돈에서 남은 절반도 자네 알다시피 내가 자린고비로 아껴 썼네. 집에 달러와 엔화가 많아. 그 돈을 요소요소에 풀면 안전은 아무런 문제가 없을 걸세."

장모는 이어 중국 선양에 있는 일본영사관으로 들어가면 무탈하게 출국할 수 있고, 영사관에도 일본 국적의 오빠를 통해 미리 손을 쓰겠다고 호언했다. 장모는 숫사람 사위가 마음을 바꾸기 전에 확실히 언질을 받아야겠다고 생각해서인지, 넉넉하게 돈을 풀어 선양에 있는 일본영사관까지 들어가는 길목에서 있을 수 있는 모든 위험요소를 막을 수 있다고 잼처 장담했다.

말없이 듣고 있던 상준은 아들이 남쪽 전방에 있는 사실을 꺼냈다. 장모는 '김정숙 탄생 기념일'에 맞춰 두산이 부모 집을 찾아오도록 군 쪽에도 손을 쓰겠다고 자신 있게 말했다. 상준은 장모의 말에 확답하지는 않았다. 하지만 장모가 앉은 자세로 상준에게 다가와 귓속말로 '그럼 김정숙 탄생 기념일에 결행하는 걸로 추진하겠다'고 소곤거렸을 때, 상준은 가만히 고개만 주억거렸다.

장모가 다시 평양으로 가고 한 달 뒤였다. 갑자기 혜산 시 당에서 상준 내외를 호출했다. 선화는 물론, 상준도 내심 긴장해 버스와 트럭을 바꿔 타며 시내로 들어섰다. 모든 게 탄로 난 건 아닐까, 당사가 다가올수록 불안감이 무장 짙어왔다. 이윽고 당사에 들어설 때는 가슴이 울렁거리다 못해 메스꺼웠다.

위원장을 만나면서 상황은 달라졌다. 예전과 달리 상준 내외를 반갑게 맞은 시 당 위원장은 사자코를 벌름거리며 자신이 무척 자애로운 사람임을 입증시켜주려는 듯이 얼굴 가득 환한 미소를 그리며 말했다.

"위대한 장군님의 배려로 상준 동무와 가족은 지금보다 방이 두 칸이나 더 있는 살림집으로 옮겨가게 되었소."

위원장이 박수를 치자 배석했던 당 간부가 뜨거운 박수로 호응했다. 안도감이 들며 상준도, 선화도 재빠르게 박수를 치면서 그 갑작스러운 변화가 무슨 뜻인지 헤아려 보았다. 의문은 곧장 풀렸다. 이사 갈 집에서 장모와 함께 산다는 설명이 이어졌기 때문이다.

장모는 짜장 치밀했다. 평양을 자진해서 떠나겠다는 장모를 잡아둘 이유가 당으로서는 전혀 없었다. 연로한 장모가 죽기 전에 딸과 살고 싶다는 이야기는 효과가 있었다. 게다가 장모는 당에서 요구도 하기 전에 달마다 일본에서 보내오는 외화의 절반을 계속 당에 내겠다는 서약서를 엄지 지문까지 찍어 제출했다. 당은 이주를 허락하며 반드시 지켜야 할 사항을 서약 받았다.

"우리 당은 어머니 품처럼 따뜻하오. 당이 특별히 혜산 시내에 좋은 거처를 곧바로 마련해주겠소. 단, 일본에 거주하는 오라버니가 조금이라도 오해 없도록 하오. 그건 동무가 책임져야 하오. 책임진다는 뜻이 무엇인지 아시겠소?"

혜산 시내는 운주봉 아래와는 견줄 수 없을 만큼 공화국을 벗어날 조건이 좋았다. 국경인 압록강이 혜산 시내를 감싸며 흘러가기 때문이다.

상준은 혜산 시내로 이주하기 전에 적어도 어머니께 작별인사를 드려야겠다고 판단했다. 혜산 시당에서 특별히 배려하고 있다는 말이 왜자하게 퍼져 학교 당국은 상준의 편의를 적극 봐주었다. 상준은 버스를 타지 않고 산길을 선택했다. 운주봉의 가장 낮은 능선에 올라 무작정 백조봉을 바라보며 걸었다.

개마고원의 매서운 칼바람 탓일까. 여느 때보다 조국의 산하가 처연하게 다가왔다. 인간은 결국 자기 주관, 감정의 틀을 벗어날 수 없는 존재임을 걸어가며 점점 확인할 수 있었다. 12년 전의 개마고원은 호연지기의 담대한 공간으로 다가왔지만, 어머니 무덤을 마지막으로 찾아가는 길에 본 산천은 무장 서러워만 보였다.

더구나 산악지대 골골샅샅에 감자와 옥수수로 끼니를 이어가는 곰손이, 바닥쇠들—그들이 인민이다—들은 '자주적이고 창조적인 주체'라기보다는 비영비영 추레해 보였다. 물론, 촌보리동지들의 남루한 궁상 속에서도 더러 연꽃처럼 새맑은 아이들을 발견할 수 있었지만, 바로 그렇기에 가슴은 더 저려왔다. 위대한 수령님, 장군님 부자와 달리 평양 밖의 인민들은 죄다 서리 맞은 풋고추처럼 메마르고 깡말랐다.

높은 능선을 타고 가서일까. 콧속에 얼음살이 띠끔띠끔 박혀들

만큼 추웠지만, 외삼촌의 집은 예상보다 가까운 곳에 있었다. 이윽고 재회한 외삼촌은 그새 앓았는지 꼬치꼬치 겅더리되어 하마터면 몰라볼 정도였다. 상준이 평양을 떠나 건너편 운주봉 아래 마을로 이주했다는 말에 외삼촌은 오무래미 입을 벌려 바라보더니 아무 말도 못 하고 기어이 눈물을 주르르 흘렸다. 상준은 고비늙은 외삼촌의 작아진 몸을 가볍게 안고 걱정 마시라며 위로했다.

외삼촌은 연변에 사는 노인이 은밀히 다시 고향을 찾아왔다며 장롱 이불 속에서 책을 두 권 꺼내 내밀었다. 서울에서 출간된 아버지의 수기였다. 상준은 반가우면서도 일순 불안감을 느끼는 자신이 혐오스러웠다. 하지만 두산의 장래를 위해 공화국을 벗어나겠다는 결정은 정말 잘한 일이라고 확신했다.

상준은 어머니께 드릴 인사를 내일로 미루고 외삼촌의 사랑방에서 출간된 책을 밤늦도록 정독했다. 어머니도 그걸 더 원하시리라고 판단했다. 이진선이 남긴 수첩들로 처음 읽고, 어머니의 필사본으로 다시 읽었지만, 활자로 인쇄된 책으로 읽는 아버지의 수기는 마치 처음 읽는 듯이 새롭게 다가왔다.

이튿날 상준은 어머니 산소에 절 드리고 바로 운주봉으로 넘어가겠다고 외삼촌과 작별인사를 했다. 문 앞에서 채 다섯 걸음도 내딛지 않았을 때 잠포록하던 하늘에서 눈송이들이 사부자기 내려오기 시작했다. 상준의 등 뒤에서 외삼촌의 쉰 목소리가 사뭇 명랑하게 들렸다.

"올 겨울 첫 눈일세. 우리 누님이 저 하늘에서 외동아들을 반기는 모양이군."

상준은 고개 돌려 미소 지으며 손 흔들었다. 이제 이승에서는 다시 못 볼 게 분명했다. 어머니가 태어난 곳이기도 한 외삼촌 집을 뒤로하고 비탈로 들어서서 중턱에 이르렀을 때는 하늘에서 뿌린 하얀 눈꽃들로 봉분이 눈부셨다. 어느새 상준의 눈시울은 빨갛게 물들었다. 상준은 연변의 노인이 무덤에 아버지의 책을 묻었으리라는 짐작으로 산소 둘레를 세밀하게 관찰했다. 아니나 다를까. 봉분 정면에서 조금 왼쪽 아래 파헤쳐진 흔적이 얇게 쌓인 눈 아래 드러났다. 어머니가 흐뭇하리라 짐작하니 상준의 메말랐던 가슴에도 생기가 돌았다.

짐작컨대 구순 가까울 노인이 백두산 중턱으로 국경을 건너다니기 여간 힘들지 않을 터였다. 개마의 칼바람과 눈보라를 아랑곳없이 산양처럼 산악지대를 오갔을 노인이 그려졌다. 새삼 조선에서 살아간 선대들이 지녔던 웅숭깊은 생활문화와 그분들의 됨됨이에 존경심마저 느꼈다. 더구나 양아버지 백인수도, 박금철도, 그리고 산양 노인도 모두 김정일이 후계자 되는 걸 반대해서 철직을 당하거나 나라를 떠난 거라면 얼마나 당당한가. 상준은 어머니께 하직 인사를 올렸다.

"어머니, 아버지는 훌륭한 혁명가로 일관하셨습니다. 이제야 새 가슴 못난 자식이 아버지와 어머니의 진실에 눈을 떴습니다. 저, 두산이 데리고 공화국을 떠나렵니다. 어머니와 아버지 영전에 약속합니다. 어머니가 제게 당부하셨듯이 두산을 두 분 앞에 부끄럽지 않은 손자로 키우겠습니다. 이제 언제 찾아올지 모르겠습니다. 어머니, 절망만 드린 이 못난 불효자식 부디 용서하십시오. 안녕히, 안녕히 계셔야 합니다."

말끝에 울음이 복받쳐 올라왔다. 상준은 스러지며 차가운 뫼를 감싸 안고 오열했다. 아들의 눈물과 콧물로 어머니의 하얀 무덤이 군데군데 녹아들었다. 인민학교에서 평생 어중이로 살아온 자신도 그러할진대, 어머니는, 아버지는 얼마나 외로우셨을까, 상준은 첫눈 내리는 개마고원에서 마음껏 소리 내어 울었다.

자칫 얼어 죽을 수 있다는 생각이 들어 상준은 가까스로 마음을 추슬렀다. 시방 죽어도 그만이지만, 선화와 두산을 책임져야 했다. 무덤에 쌓여가던 눈은 상준의 몸부림으로 흩어졌지만, 이내 새로운 눈이 덮여왔다. 산소가 백조봉의 정상처럼 하얗게, 어린 시절 손가락으로 만지작거리던 어머니 가슴처럼 하얗게 눈부셨다.

하얀 뫼 앞에 선 상준은 머리와 어깨에 눈이 도톰히 쌓이도록 묻고 또 물었다. 무엇일까? 어머니가 목숨을 던져 아버지의 기록을 남조선에 전하려 한 뜻은.

장모가 혜산 시내로 이사 오던 날, 상준 내외도 운주봉 아래서 시내로 거처를 옮겨갔다. 중앙당으로부터 무슨 이야기를 어떻게 들었는지 혜산 시당에서는 사자코 위원장부터 장모를 깍듯이 예우했다. 나중에 알았지만, 장모는 당 간부들에게 외화가 든 '봉투'를 은밀하게 돌렸다. 혹시라도 문제가 불거질까 봐 장모는 봉투를 건네면서 아무런 대가도 바라지 않는다는 걸 미리 명토 박았다.

"곧 12월 24일이 옵니다. 인민들 보살펴주실 곳이 많을 텐데 풍족해야 하지 않겠어요? 제가 이사 오면서 드리는 작은 성의이니 전적으로 동지께서 알아서 쓰십시오. 앞으로 해마다 인사드리겠습니다."

12월 24일. 그날은 한국이 크리스마스이브로 달뜨듯이, 조선 전역도 공식 경축일이다. 다만 예수 탄생 전야가 아니라 김일성 첫 아내의 생일이다. 김정숙. 함경북도 회령에서 가난한 농부의 딸로 태어났다. 어린 시절 부모를 따라 두만강 건너 연길에서 살았다. 상준은 어머니로부터 김정숙의 추억을 들은 적 있다. 당시 어머니 최진이가 그랬듯이 10대 김정숙도 백두산 항일무장투쟁 부대에 합류했다. 어머니에 따르면, 당신은 국내 조직사업을 위해 주로 남쪽 멀리까지 오갔고, 김정숙은 부대원들의 아지트를 지키며 음식과 재봉, 빨래를 담당했다. 일제의 추격을 피해 항일무장투쟁 부대가 국경을 넘어 소련으로 들어갈 때도 김일성 옆을 지켰고, 그 과정에서 결혼했다. 상준은 어머니가 생전에 김정일이 백두산에서 태어났다는 뉴스를 보다가 실소를 머금더니 크게 소리 내 웃던 순간을 기억하고 있다. 나중에서야 알았지만, 김일성과 김정숙이 소련 국경을 넘어간 뒤에 정일은 태어났다. 김정숙은 해방공간에서 김일성이 조선민주주의인민공화국 수상에 취임하는 생애 최고의 시간을 맞았지만 1949년 9월 젊은 나이에 아이를 낳다가 숨졌다.

바로 그 김정숙의 생일을 조선로동당은 큰 기념일로 삼았다. 상준은 장모와 합류한 뒤 오직 두산이 정말 올 수 있을까에 온통 신경을 곤두세우며 자글거렸다. 압록강을 건너는 방법에 골몰해 밤잠을 설치는 장모에게 상준은 만일 두산이 오지 못하면 12월 24일로 약속한 '축제'에 자신도 아내도 참여하지 않는다고 밉광스레 을러댔다.

거짓말처럼 두산은 12월 20일에 주소 적힌 쪽지만 들고 혜산 집을 불쑥 찾아왔다. 김정숙 장군의 탄생을 앞두고 두산에게 일주일 휴가 명령이 갑자기 내려왔단다. 아들의 얼굴이 많이 여위고 거칠어졌기에 상준은 가슴속이 자릿자릿했고 선화는 눈물까지 흘렸다.

김일성대학에서 어떤 일이 있었는가를 물어보아도 자세한 설명을 피하는 아들의 표정은 어딘가 어둡기도 했다.

문제는 아들을 누가 어떻게 설득하느냐에 있었다. 상준은 선뜻 자신이 하겠다고 나섰지만, 아내와 장모가 반대했다. 장모가 자신에게 맡기라고 완강하게 말하기에 상준은 물러섰다. 다만 두 사람이 철두철미 김일성주의로 무장한 두산을 설득할 수 있을지 내심 의심스러웠다. 만일 두 사람이 설득에 실패할 때 아비로서 어떤 말을 어떻게 할까를 고심하고 있었다.

하지만 채 30분도 걸리지 않아 방문을 열고 들떠 나온 아내는 상준의 귀에 단내 나는 입술을 댔다. 두산이가 함께 떠나겠다면서 지금 구체적 방안을 외할머니와 논의하고 있다고 속삭였다.

뜻밖이었다. 어떻게 설득했느냐고 반가움 반, 실망 반으로 물었다. 선화에 따르면, 장모는 두산에게 "공화국에서 네 아버지는 더 이상 미래가 없고 너도 앞으로 9년 이상을 군대에서 썩다가 그 뒤에도 혜산 산골에서 평생 살 수밖에 없다"고 말했다. 이어 다른 길도 있는데 모험이 필요하다면서 외할머니와 함께 일본으로 가는 길이라고 설명하며 오사카에 사는 친정이 큰 부자라고 말했다. 두 길 가운데 너는 어느 쪽으로 가고 싶으냐고 묻자 골똘히 생각하던 두산이 말문을 열었다.

"강을 언제 건너시렵니까?"

13

마침내 고동이 울렸다.

일상이 고단한 대한민국 10대들에게 항해는 해방일까. 수학여행길 학생들이 박수를 치며 짙은 안개로 퍼져가는 고동에 화답했다. 하얀 손들에서 터져 나온 박수 소리가 해미 사이로 오래 울려갔다.

밤 9시. 물살 가르며 나아가는 뉴 리버티의 뒤편과 양옆으로 바다갈매기들이 안개를 뚫고 출몰했다. 바닷새들에게 과자를 던져주면서 재잘거리는 여학생들의 목소리로 조금 전까지만 해도 을씨년스럽던 바다는 돌연 생명력이 넘실댔다.

하지만 4월의 밤바다가 사늘해서일까. 반시간 남짓 지나며 대부분 갑판 아래로 내려갔다. 갑판이 사뭇 한갓지면서 몇몇 여학생들이 도란도란 나누는 대화가 들려왔다.

"와, 바다 봐봐. 짱 시꺼매. 저 밑엔 뭐가 있을까?"

"뭐가 있긴! 짱 큰 고래가 있지."

"야, 그걸 내가 모르겠냐! 저렇게 시꺼먼 곳으로 끝없이 내려가면 어떤 곳이 있을까 궁금하단 거지."

"그래? 그럼 들어가보라고!"

"너부터 들어가보라고! 너 들어가면 나도 따라 들어갈게!"

깔깔대며 치고받는 모습을 물끄러미 바라보던 연화는 협시보살처럼 언제나 옆을 지키는 나미에게 무심코 물어보았다.

"참, 넌 바다 밑에 들어가 보았지?"

"엄마, 내가 아무리 예쁘기로서니 정말 인어공주로 착각하는 건 아니겠지?"

연화는 의외라는 놀라움으로 '아니 할아버지, 할머니가 스킨스쿠버 가르쳐주지 않았니?'라는 말이 반사적으로 나왔지만, 가까스로 목울대에서 삼켰다. 나미에게 그걸 가르쳐줄 사람은 할아버지, 할머니가 아니라 바로 연화 자신이었기 때문이다. 그러고 보니 정작 엄마로서 나미에게 세상의 즐거움을 아무것도 가르쳐주지 못했다는 자책감이 뉘우침으로 밀려왔다.

입양 부모는 연화가 어렸을 때 일찌감치 스킨스쿠버를 가르쳐주었다. 어린 연화에게 바다 속은 신기했고 무섭기는커녕 포근했다. 색색의 물고기와 바다가재, 대게, 가리비, 멍게가 펼쳐진 그곳은 금발과 푸른 눈이 득실거리는 지상과 달리 누구도 연화를 관찰하듯 보거나 짓궂은 주근깨 학우처럼 "너 참 흥미진진하게 생겼다"는 따위로 놀리지 않았다. 스킨스쿠버를 연화가 좋아한 까닭이다. 바다 속을 떠도는 자유로운 느낌, 육지에서 볼 수 없는 생명체들과 으밀아밀 나누는 이야기, 온몸을 어루만져주는 부드러운 물결, 그 모두를 연화는 사랑했다.

추억에 잠기던 연화는 문득 인도네시아 발리로 입양 부모와 스킨스쿠버 여행을 다녀온 시간이 떠오르며 그때 본 난파선 이름이 바로 '리버티'였다는 사실을 떠올렸다. 승선할 때 본 '뉴 리버티'가 어쩐지 익숙하게 다가온 까닭을 뒤늦게 깨친 셈이다.

발리 섬 동쪽에 자리한 툴람벤 마을은 지구 곳곳에서 스킨스쿠버들이 몰려든다. 연화가 처음 달거리를 맞았을 때다. 그 사실을 안 입양 어머니는 축하한다며 그해 여름에 발리 섬으로 기념여행—연화는 회상에 잠기다가 자신은 나미의 첫 달거리가 언제인지조차 모른다는 사실을 새삼 깨닫고 거푸 자괴감이 들었다—을 가자고 기뻐했다. 발리에서 입양 부모를 따라 숙소를 나와 긴 자갈밭을 걸어 바다에 이른 순간부터 더듬어보았다.

오리발 뒷걸음으로 들어가 몸을 담근 뒤 물속을 헤치며 30미터 정도 나아갔을 때 마주친 난파선이 망막에 그려졌다. 2차 세계대전 때 침몰한 미국 배 리버티에 울긋불긋 달라붙은 연산호와 경산호가 검은 화산모래로 펼쳐진 바다 바닥과 선경을 이루었다. 침몰한 리버티에 세월의 산호가 끼면서 을씨년스럽던 난파선은 물고기들의 아름다운 진지로 거듭 났다.

무엇보다 잊을 수 없는 장면은 열세 살 소녀 앞에 다가온 거대한 생명체다. 연화가 살던 스톡홀름 교외의 2층집 크기만 한 물고기가 경이감으로 얼어붙은 소녀에게 천천히 전진해왔다. 뭉툭한 거물에 전혀 어울리지 않게 앙증맞은 입, 평온한 눈이 바특이 다가왔다. 작은 열대어들이 경호하듯 따라붙으며 짙은 회색의 노출콘크리트 같은 몸에 끝없이 입맞춤을 했다. 연화는 온몸으로 행복감이 퍼져가는 걸 느꼈다. 바다 위로 올라오자마자 입양 어머니가 연화 볼에 입술을 촉촉이 맞추며 즐거워했다.

"우리 실비아가 숙녀가 된 걸 축하하러 개복치가 왔네."

연화가 개복치와 처음이자 마지막으로 만난 순간이다. 발리 섬 거주민인 안내자는 개복치가 난파선에 가끔 나타나는데 그걸 본 사람은 정말 행운이라고 추어올렸다. 열대어들은 개복치 큰 몸에 덕지덕지 붙어사는 미생물을 먹이로 삼고 있었다. 연화는 그 뒤 스킨스쿠버를 할 때마다 개복치가 그리웠지만 더는 만나지 못해 몹시 아쉬웠다.

아무튼 바다 아래는 연화에게 '고향'과도 같았다. 입양 부모는 그날 저녁, 바다에 있다가 표면으로 올라올 때면 육지가 더 아름답게 보이지 않더냐고 물었지만, 개복치를 이미 가슴에 품은 연화는 도리질했다. 바다 속이 훨씬 아름다웠기 때문이다.

스킨스쿠버를 몸에 익혀준 입양 부모와의 마지막 시간도 떠올랐다. 나미가 대학에 입학한 2010년 여름방학이었다. 대학생이 된 나미를 데리고 스웨덴에 인사드리러 가볼까 망설이고 있었는데 입양 어머니가 위중하다는 연락이 왔다. 연화는 다급하게 대사관에 휴가를 내고 서둘렀다. 노쇠한 몸으로 공항까지 마중 나온 입양 아버지는 5년 사이에 가슴이 철렁 내려앉을 만큼 파리하고 앙상했다. 연화는 공항에서 눈물을 쏟았다. 연화의 울음에 입양 아버지는 눈시울 적시면서도 눈매가 흐뭇했다. 병원에서 본 입양어머니는 예상보다 상황이 심각했다. 가까스로 연화를 알아보았다.

어눌했지만 한국어로 띄엄띄엄 말했다.

"먼 길…… 와주어서…… 고맙구나."

"고맙긴요. 어머니, 죄송해요. 더 일찍 찾아왔어야 했는데……."

"아니란다. 어디 보자. 우리 손녀도…… 어엿한 숙녀가 되었네?"

눈시울과 가선들이 붉게 짓물러진 어머니는 희미한 미소를 지었다.

연화의 젖은 망막에 어머니가 자신과 함께 한글을 익히던 시절이 어룽댔다. 사랑 쏟아 기른 딸이 친어머니를 찾겠다고 앙앙댈 때 얼마나 당혹했을까. 한글을 연화와 더불어 배운 까닭도 내내 함께 살고 싶어서라는 사실을 뒤늦게 깨달았다. 그런데 어땠는가. 연화는 기어이 그 품을 떠났다.

어머니가 다시 잠이 들고 아버지와 병실 밖에서 이야길 나눴다. 연화는 어머니의 죽음이 임박했다는 사실을 그제야 들었다. 그리고 그 순간은 더 일찍 왔다. 연화를 만난 다음날 새벽 영원히 눈을 감았다. 의사는 아마도 따님을 보러 지금까지 버텨온 게 아닌가 싶다고 말했다. 아버지는 그렁그렁한 눈으로 말없이 고개만 주억댔다. 연화는 어머니 가슴에 얼굴을 묻고 오열했다.

장례를 치르고 아버지에게 진심으로 사과했다.

"제가 한국으로 가서 실망하셨죠. 어머니는 저를 배신했다고 생각하셨을 것 같아 너무 죄송합니다. 아버지도요."

입양 아버지는 연화를 섬세한 눈길로 살펴보았다. 진정성을 파악하고 싶어서였을까. 이어 연화를 가볍게 포옹한 뒤 뜻밖의 말을 건넸다.

"그렇게 이야기해주니 정말 고맙구나. 하지만 아니란다. 어머니는 오히려 너에게 사과하고 싶다고 했어."

"……."

먹먹한 연화의 눈길을 의식하며 아버지는 자상하게 말을 이었다.

"물론, 우리는 네가 한국인 부모를 찾기 시작했을 때 당황했지. 너의 표현을 빌리면 배신감을 느낀 건 그때였을 거야. 그 후 엄마와 나는 네가 우리 곁을 떠나 한국으로 이주한 뒤 후회했단다. 한국인 부모를 네가 처음 찾은 그때, 우리가 너를 충분히 이해해주었다면, 어쩌면 네가 영영 떠나진 않았으리라고 생각했기 때문이지."

"미안해요. 아빠."

입양 아버지는 얼굴을 강하게 저으며 말끝을 달아갔다.

"아니, 아니. 그게 아냐. 우리는 네 처지에서 상황을 이해하지 못했어. 우리는 네가 처음 한국에 갔을 때도 실제로 그곳에 가면 네가 우리에게 고마움을 깨달으리라고 예단했어. 입양되지 않았다면 네가 그 속에서 살아갔을 나라를 직접 네 눈으로 확인할 때, 우리에게 감사하는 마음을 지니리라고 자만했던 게지. 그때까지도 우리는 너를 이해하지 못했던 게야. 그래서 엄마는 너에게 미안해했어. 나도 그래. 실비아, 미안하구나."

"아니어요. 아니어요."

"우리 두 사람은 인종 차별을 혐오했기에 전혀 문제가 없다고 생각했지만, 네가 우리 집 밖으로 나가는 순간 이미 '인종 차별'을 느끼게 된다는 걸 충분히 알지 못했던 게지. 우리가 아무리 사랑을 쏟아도 너에게는 입양 자체가 큰 상실이고 차별임을 미처 이해하지 못했어. 엄마도 너에게 더 잘해주지 못했다고 미안해했지. 너에 대해 배신감을 품고 저 세상으로 간 것은 전혀 아니란다. 그건 꼭 이야기해주고 싶어."

"정말요?"

"그럼."

입양 아버지로부터 그 말을 들으며 연화는 가슴속에 높이 쌓여 있던 빙산철벽이 무너져 내리는 가뿐함을 느꼈다. 그래서일까. 뜨거운 눈물이 소리 없이 주르르 흘러내렸다. 입양 아버지의 푸른 눈에도 물기가 올라왔다. 지켜보던 나미는 눈시울이 붉어졌지만, 눈물을 쏟지는 않았다.

연화는 그날 입양 아버지와의 대화, 아니 당신의 진정 어린 사과를 통해 비로소 자기 안에 내면화된 백인에 대한 열등감을 벗어날 수 있었다. 바로 그래서다. 연화는 입양 아버지에게 의연하게 말할 수 있었다.

"고맙습니다. 그런데 그게 아버지, 어머니의 잘못은 아니라는 걸 저도 알고 있어요. 원천적으로 저의 조국, 대한민국의 문제이니까요."

입양 아버지의 눈은 한결 부드러워졌다. 나미도 눈을 반짝였다.

기실 한국으로 돌아와 살며 연화는 부끄러웠다. 아직도 해외 입양을 무람없이 저지르는 나라, 대한민국을 이해할 수 없었다. 아니, 용서하기 쉽지 않았다.

그럼에도 연화가 한국을 조국으로 품을 수 있었던 이유는 간명했다. 올림픽을 개최하고 경제협력개발기구(OECD)에 들어가고 월드컵을 개최했지만, 조국의 속살은 살펴볼수록 곳곳이 상처투성이였다.

일하는 사람들의 절반이 비정규직이고, 그들의 기본적 인권인 생존권이 짓밟혀 온몸을 불사르거나 일터에서 목을 매고 자살하는 현실 앞에 스웨덴에서 살아온 연화는 큰 충격을 받았다. 20대에 서울을 찾아 연세대 한국어학당을 다닐 때는 밤늦도록 열어놓은 가게들에서 활력을 느끼며 반겼지만, 40대 중반에 영구 귀국해 밤늦게까지 가게를 지키는 사람들을 관찰하면서 빈속에 독주를 털어놓을 때처럼 가슴이 찌르르 저려왔다. 젊었을 때 서울을 다녀간 뒤로는 스웨덴의 밤이 적막강산이어서 불만이었지만, 서울에 살면서 스톡홀름의 그 고요한 저녁이 얼마나 풍요롭고 창조적이었던가를 비로소 아프게 깨달았다. 대한민국은 영세한 자영업자들이 과포화상태라 밤늦게까지 가게를 열지 않으면 살아남을 수 없다는 사실을 알았을 때 앙가슴에 서리서리 슬픔과 노여움이 맺혀 몸서리쳤다.

비단 비정규직과 영세자영업자들만이 아니었다. 중산층도 생활의 불안을 느끼기는 마찬가지였다. 스웨덴과 달리 사회 복지가 전혀 갖춰지지 않았기에, 한국의 자본주의 체제는 개개인이 죽을 때까지 자기가 먹고 자고 입을 것을 책임져야 했다. 그 체제에서 살아가는 일상은 이미 유치원에 들어갈 때부터 팍팍한 살풍경일 수밖에 없었다.

상준이 예술인마을에 합류하고 처음 맞은 비번인 날, 민주 부부가 통일동산 들머리에 있는 조촐한 단골 식당으로 연화와 나미까지 불러내 우거지 국밥을 함께 먹을 때였다. 텔레비전에서 '세계로 입양된 한국인들'을 주제로 한 '토크쇼'가 흘러나왔다. 연화가 화면을 보며 씁쓸한 표정을 짓자 민주의 아내 사름이 여싯여싯 망설이다가 입을 열었다.

"저런 프로그램을 볼 때마다 가슴이 아프고 미안해져요. 아직도 해외입양이 이어지고 있다는 것이 부끄럽고요."

연화는 웃음으로 답하며 고개 숙여 고마움을 표했다.

식사를 마치고 함께 돌아왔을 때 연화는 맛있는 국밥에 보답하고 싶은데 마침 좋은 포도주가 있다며 자기 거처로 들어가자고 제안했다. 포도주 잔이 어느 정도 오갔을 때 연화는 차분하게 말했다.

"해외 입양이 여전히 자행되는 것은 정말 옳지 못해요. 아까 저를 배려한 말씀도 고맙습니다. 한국 아기를 입양한 백인 부모들은 입을 모아 당신들에게 우월주의는 없다고 말해요. 하지만 그렇게 말하는 부모들이 우리에게 '뿌리'를 잊으라고 강요할 때는 어쩔 수 없이 폄훼되는 느낌이 들거든요. 백인 가정에 입양되었을 때는 아기여서 모르지만, 커가면서 곧바로 알게 되죠. 부모와 인종이 다르다는 사실을요. 그 순간 입양된 아이들이 겪는 놀람과 혼란은 클 수밖에 없어요. 국내 언론에 소개되고 있지 않지만, 자살하는 입양아들이 적지 않아요."

연화는 자살하는 입양아를 언급할 때, 자동차를 탄 채 해안 벼랑으로 질주해 북유럽 차가운 바다로 떨어진 남편이 아롱아롱 거려 가슴 어디선가 물김이 왈칵 터져 나왔다. 곧장 목울대로 침을 삼키며 빠르게 말을 이어갔다.

"저는 그래도 잘 이겨낸 편입니다. 저를 입양한 백인 부부는 이해심이 깊었거든요. 실수를 곧바로 인정하고 고칠 수도 있었고요. 솔직히 말해서 한국에 들어왔을 때 아직도 입양이 이뤄지고 있다는 사실에, 더구나 대다수 한국인들이 그 사실에 아무런 죄책감을 느끼지 못한다는 사실에 분노했어요."

"그렇지요. 연화 씨 기분 다 이해한다고 할 수는 없겠지만 공감해요. 아까도 입양아 가운데 성공한 사람들만 방송에 내보내고 있잖아요. 피부색이 다른 나라로 입양시킨 사실에 대해 양심의 가책은 전혀 보이지 않더군요."

사름이 먹먹한 눈망울로 위로했다. 상준이 분노가 뚝뚝 묻어나는 소리로 말곁을 달았다.

"먹고 살 만한 나라에서 아기를 팔아먹다니 그게 가당키나 합니까?"

"고맙습니다. 그런데요. 한국에서 생활하다 보니 바다 너머로 간 아이들만 입양된 게 아니더군요. 이 나라 안에 살고 있는 거의 모든 사람이 미국 중심의 백인남성 문화에 포섭된 '입양아'라는 생각이 들고, 점점 그 생각에 확신이 들면서 조국을 사랑하게 되었어요."

"현대 한국인들이 모두 입양아라는 거죠?"

민주가 탐구심 넘치는 눈으로 질문했다.

"네. 제가 발표한 소설도 실은 그런 이야기를 하고 싶었던 건데요. 잘 쓰지 못해서 독자들이 눈치 채지는 못했지만."

"작가 책임이죠."

민주는 분위기가 너무 가라앉는다싶어 우스개를 보태며 미소 지었다.

"맞아요. 제 책임이죠. 정말이지 대한민국은 올림픽도 열고, 월드컵도 개최했고, 경제도 성장했어요. 대다수 국민이 열심히 일한 열매이지요. 그런데 대다수 국민이 '뿌리'가 뽑혀 자신의 '아버지'가 누구였는지 모르더라고요. 식민지 굴레에서, 분단과정에서 앞 선 세대가 어떤 희생을 했는지도 이 나라 청장년 세대가 망각하고 있어요. 그게 제 나라에서 '해외 입양'된 꼴이지 뭡니까?"

"친일세력이 친미세력으로 둔갑해 국가를 좌지우지하고 있어서 그래요."

"맞아요. 지구촌에 이런 나라도 드물 겁니다. 제 나라를 침략해 식민지로 만든 제국주의자들에게 아부를 일삼고 용춤을 춘 신문사가 여전히 가장 많은 발행부수를 자랑하고 있는 나라는 제가 알기로는 지구상에 없어요. 하지만 이 나라의 역사에는 그런 부라퀴들만 있었을까요. 아니잖아요. 인간으로서 품격을 잃지 않고 이 나라의 민중을 사랑하며 자신의 모든 것을 희생한 사람들이 있었지요. 그런데 그 자랑스러운 역사를 알려고 하지 않아요. 이 나라의 역사를 제대로 들여다보지도 않고 조선민족을 비하하는 것이 마치 정직한 것이라도 되는 양 행세하고 '백인' 앞에 서면 시르죽은 사람들을 보면서 '자기 땅에서 미국에 입양된 사람들'이라는 생각이 들더군요. 백인 앞에 먼저 주눅부터 드는 한국인들을 대사관에서도 정말 많이 보았거든요."

“말씀 잘 하셨습니다. 남조선 사람들 정말 주체성이 없습니다. 겉만 조선 사람이지 속은 모두 미국인과 다를 바 없습디다.”

듣고만 있던 상준이 추임새를 넣었다. 민주와 사름은 가볍게 주억댔다.

“맞아요. 자본주의라고 하더라도 미국과 유럽은 경제체제도, 생활문화도 다른데 미국을 전부로만 생각하죠. 제국주의 침략에 맞서 앞선 세대가 무엇을 위해 어떻게 싸웠는지도 모른 채 어렸을 때부터 내내 경쟁을 좇아 결국 다른 사람의 아픔에 공감하는 가슴을 잃어버린 사람들, 그들은 인생 자체가 입양아라는 생각이 들어요.”

사름의 말이 끝나자마자 상준이 눈을 부라리며 거들었다.

“다른 사람 말할 거 없습니다. 당장 저도, 연화 씨도, 그리고 민주 선생도 우리 아버지들에 견주면 너무 안일하게 살고 있잖습니까?”

그 순간 정적이 흘렀다.

그날 포도주를 과하게 마셔서일까. 군드러져 늦게까지 일어나지 못했다. 꿈자리까지 사나웠다. 다음날 늦게 대사관에 출근했을 때, 대사가 불렀다. 연화는 지각 따위의 대수롭지 않은 일로 대사가 호출한다며 조금은 볼멘 표정으로 대사 방에 들어섰다.

대사는 침울하게 다가와 자리를 권한 뒤 연화와 마주 보고 앉았다.

“유감을 갖고 있습니다. 힘을 크게 내시오세요.”

문법이 틀린 한국어까지 어눌하게 구사한 대사가 얇은 서류봉투를 건넸다.

연화는 뜬금없다며 봉투를 받아드는 순간, 불길한 예감이 들었다. 봉투에서 꺼내며 서류 제목을 읽었을 때 가슴에 구멍이 뚫린 듯 찬바람이 불어왔다.

입양 아버지가 사망했다는 통보였다. 일어서면서 비틀거리는 연화의 팔을 대사가 재빠르게 다가와 잡아주었다. 연화는 가까스로 자기 사무실로 돌아와 눈물을 글썽이며 서류를 읽어갔다. 서울에 있는 딸에게 부담주고 싶지 않다며 장례까지 치른 뒤 통보하라고 유서에 적혀 있었다. 이어 재산의 절반을 연화에게 상속한다고 적었다. 변호사가 작성한 유산 목록 끝에 연화가 받을 금액이 달러로 환산돼 적혀 있었다. 보름 전에 입양 아버지와의 통화에서 몸이 좋지 않다는 이야기를 들었지만, 목소리가 또랑또랑했기에 큰 걱정은 하지 않았다. 다만, 언제 다시 스톡홀름에 가보아야겠다고만 생각했지 서두르지 못한 자신이 밉살스럽고 원망스러웠다. 연화는 입양 어머니의 장례가 끝나고 한국으로 돌아오기 전날이 떠올랐다. 입양 아버지와 긴 대화를 나눴다.

"혼자 사시는데 제가 떠나게 되어 걱정돼요."

"전혀 그런 걱정 말거라. 사람은 누구나 다 혼자 아니니?"

반문하면서 미소까지 지었다. 하지만 그 미소에 담긴 슬픔을 연화는 놓치지 않고 읽었다.

"죽음이 두렵지 않으세요?"

"내가 어렸을 때 과학 선생님이 우리 몸을 구성하는 화학물질들의 가치를 설명해주었던 적이 있었지. 스웨덴 돈으로 6크로나밖에 안 된다고 하더구나. 어린 나는 충격을 받았지. 그런데 선생님은 더 기억에 남을 이야기를 곧바로 해주셨어. '최대한 빨리 그 돈을 갚아야 한다'고."

옆에 있던 나미가 물었다.

"우리 몸이 6크로나라고요?"

입양 아버지는 나미를 따뜻한 눈길로 바라보며 반문했다.

"우리 돈 6크로나면 한국 돈으로는 얼마니?"

"1크로나가 150원 정도해요. 6크로나면 1,000원이 채 안 돼요. 이해하기 어려워요."

"하하, 우리 손녀의 몸은 물론 6크로나가 아니지. 하지만 과학적으로 보면 인간의 몸은 칼슘 2.25kg, 인산염 500g, 칼륨 252g, 나트륨 168g에 소량의 마그네슘과 철, 구리로 되어 있어."

입양 아버지는 수치까지 정확하게 기억하고 있었다.

"체중의 65%가 산소, 18%는 탄소, 10%는 수소, 3%는 질소로 되어 있는데 그 모든 물질의 값을 셈하면 6크로나밖에 안 돼. 그마저 우리가 죽으면 몸이 분해되어 자연으로 돌아가 순환되겠지. 그러니까 살아 있을 때 그 돈을 갚으라는 거야."

고개 끄덕이는 나미와 연화를 번갈아보며 입양 아버지는 죽음에 대한 생각을 토로했다.

"그러니까 지금 이 순간을 잘 살아가야 한단다. 지상에서 우리에게 주어진 시간을 최대한 잘 보내야겠지. 행복하게 살아야 해. 나와 내가 좋아하는 사람들이 행복하게 잘 사는 것, 그것 이상의 인생 의미가 있을까? 인간은 모두 나약한 존재이니까 서로 도우며 살아야겠지. 그게 우리나라의 복지제도란다. 한국도 어느 정도는 되어 있겠지?"

"아니어요. 스웨덴에 비교하면 아예 없다고 할 수 있어요."

"그래? 그럼 앞으로 살아가기 힘들겠구나?"

입양 아버지의 겅더리된 얼굴에 짙은 그늘이 번져갔다.

"그렇지 않아요. 앞으로 한국도 나아질 거예요."

연화는 안쓰러워 급히 답했지만, 새삼 자신이 얼마나 복지가 잘 된 나라에서 커왔는가를 절감했다. 그래서 진심으로 말했다.

"좋은 나라에서 키워주셔서 정말 고맙습니다."

"내가 고맙지. 우리와 함께 해주어서. 그런데……."

여싯여싯 망설이는 모습이 안쓰러워 연화가 말했다.

"뭐든지 말씀하세요. 저도 이제 50대가 되었어요."

"오해하지는 말았으면 좋겠어……. 실은 죽은 아내도 말을 건네고 싶다가 끝내 못한 건데…… 실비아, 이것저것 재지 않고 그냥 곧장 말하마. 네가 한국보다 스웨덴에서 살아가는 게 훨씬 편안하지 않겠니?"

"아, 그러셨군요. 걱정 마세요. 오해 안 하니까요. 저도 사실 고민했어요. 리스베드도 있으니까 더 그랬지요. 복지국가인 스웨덴에서 살면 아마 몸은 편안할 겁니다. 하지만 제 인생의 의미를 편안함에서 찾을 수 있을 것 같지는 않았어요. 지금도 그렇고요. 기독교에서 이웃은 네 도움을 필요로 하는 사람이라고 하셨잖아요? 이웃 사랑은 도움 받는 이웃만이 아니라 도움 주는 당사자에게도 인생의 참된 의미를 깨닫는 길이라는 생각을 하고 있습니다."

입양 아버지는 감동 어린 눈길로 실비아를 바라보았다.

"아, 실비아. 교회를 나가지 않아도 이렇게 훌륭한 사람이 되었구나. 내 딸답다."

"잘 가르쳐주신 덕분입니다."

입양 아버지는 다시 눈물을 글썽이며 연화를 포옹하고 이어 손녀 리스베드도 안아주었다. 연화는 입양부모가 자신에게 가르쳐준 삶에 견주어 자신은 딸에게 무엇을 가르쳐주었을까 자문해보았다.

도무지 떠오르지 않아 더 미안했다. 그럼에도 튼실하게 자란 나미가 더없이 고마웠다.

나미와 견주면 자신은 부모를 참 잘 만났다고 생각했다. 입양부모는 스킨스쿠버를 가르쳐주면서 삶을 즐기라고 가르쳐주었다. 그렇다면 친부모는? 두말할 나위 없이 삶의 엄숙함을 가르쳐주었다. 지구에서 같은 시대에 태어났지만 입양 부모와 친부모의 인생은 스톡홀름과 서울의 거리만큼 차이가 컸다.

삶을 즐기며 행복하게 살았던 입양 부모와 정반대의 길을 걸어간 친부모가 겹치면서 다시 가슴이 에여오는 순간, 연화의 시야에 월미도가 들어왔다. 배가 부두를 떠나면서 마침 해미가 시나브로 옅어져 조금 전 나미와 걸었던 월미도의 섬 전체 지형이 어스름하나마 한눈에 들어왔다.

14

상준은 뉴 리버티에 연화와 나미가 승선했다는 사실만으로 생기로운 자신이 생게망게했다. 한낱 비정규직 선원이면서도 마치 자신이 두 사람의 안전을 책임져야 한다는 생각마저 들어 스스로 어이가 없기도 했다. 모처럼의 모녀 여행을 자칫 방해할 수도 있으니 국외자인 자신은 거리를 두는 게 옳다고 판단했으면서도 어쩐지 두 사람—반드시 정직해야만 한다면 한 사람이다—곁에 있고 싶었다.

저녁 배식시간이 끝난 뒤 상준은 두 사람에게 인사라도 할 요량으로 갑판에 올라갔다. 예상했듯이 연화와 나미는 갑판 난간에 기대어 떠나온 항구를 바라보고 있었다. 두 사람에게 천천히 다가서며 어딘가 서러움이 묻어나는 연화의 시선이 꽂히는 곳을 연장해 보았다. 짜장 월미도가 수리수리 보였다.

상준이 연화를 처음 만났던 날, 예술인마을을 두고 '부르주아 논쟁'이 벌어지기 직전이었다. 민주가 상준이 평양에서 인민학교 교원이었고 이진선의 아들이라고 소개했을 때, 연화는 대뜸 영화 '월미도'를 보았느냐고 물었다. 상준은 뜻밖의 질문에 그 영화를 어떻게 아는지 되물었다. 연화는 친부모 찾으러 평양을 방문한 경험을 들려주며 그때 영화를 보고 가슴 저렸다고 회고했다. 상준은 연화가 안내원들과 함께 영화를 본 그 시각 그곳에 어쩌면 자신도 영화관에 있었을 가능성을 짚어보았지만, 굳이 연화에게 언제 어디서 보았느냐고 캐묻지는 않았다. 뭔가 인연의 끈을 찾으려는 자신이 더없이 못나 보였기 때문이다.

나미가 다가온 상준을 먼저 보고 반갑게 인사했다. 그제야 연화가 상준을 돌아보았다. 상준은 연화의 반달 눈빛을 보며 그 마음을 읽었다. 그러기에 에둘러 말했다.

"월미도 뜻 아십니까? 반달 꼬리를 닮아 그런 이름이 붙었습니다."

"그런가요? 그런데 모르겠어요."

뭘 모르겠다고 이야기하지 않았지만 상준은 그게 무엇인지 십분 이해했다. 자신 또한 월미도를 처음 보았을 때 느낌이기도 했다.

"평양에서 영화 '월미도' 보셨다고 했습니까?"

"네."

"저는 몇 차례나 보았습니다. 볼 때마다 가슴이 우릿했습니다. 연화 씨 지금 마음 잘 알겠습니다. 나중에 여행 끝나고 차차 이야기

나눠갑시다."

상준은 두 사람의 여행을 방해하고 싶지 않아 슬그머니 빠지려고 했다. 그런데 연화의 반응이 뜻밖에도 단호했다.

"아뇨. 지금 알고 싶어요. 영화를 그렇게 많이 보셨다니 더 궁금해져요. 상준 씨는 지금 저 섬을 어떻게 이해하고 계세요?"

상준은 궁금한 게 있으면 에두르지 않고 곧장 풀어가려는 연화의 성격이 자신과 비슷하다고 느꼈다. 다정한 눈길로 연화를 바라보며 어디서부터 이야기해야 좋을까 생각하다가 '잠깐 기다리라'며 똑똑전화로 무언가를 찾았다. 곧바로 연화에게 내밀며 말했다.

"먼저 이 기사부터 읽어보시겠습니까?"

연화가 상준이 건네준 똑똑전화로 기사를 읽을 때, 상준은 처음 월미도에서 당한 수모와 메스꺼웠던 기억이 떠올랐다. 아무튼 그 충격으로 상준은 틈나는 대로 인터넷 자료들을 검색해보았다. 그러다가 "월미도가 '영웅의 섬'이라고?" 제목의 글이 눈에 들어왔다. 상준보다 앞서 탈북한 사람 가운데 서울에서 신문기자로 일하는 김일성대학 졸업생이 쓴 기사였다. 그는 기사에서 평양에 있을 때 '굉장한 격전'이 벌어진 줄 알았지만 한국에 와보니 전혀 내용이 달랐다고 썼다. 상준이 연화에게 물었다.

"다 읽으셨습니까?"

"네, 그런데 이게 정말 진실인가요?"

"월미도 전투에 관해 인용한 한국의 전쟁사 자료가 기사에 나오잖습니까? 저와 같이 다시 읽어보렵니까."

상준은 연화에게 다가가 똑똑전화 모서리를 잡았다. 그 과정에서 연화의 손가락이 상준의 손가락에 닿았다. 4월의 밤바다 바람이 제법 찬 데도 연화의 체온이 따뜻하게 전해왔다. 연화의 손은 잠깐 움찔했지만 빼지는 않았다.

"이 대목입니다."

상준이 집게손가락으로 가리킨 곳을 연화는 다시 정독했다.

'월미도의 무력화는 1950년 9월 10일 시작되었다. 항공모함들에 탑재된 해병 항공기들은 3일 동안 주로 네이팜탄을 사용하여 조직적인 항공 강습을 가해 월미도의 방어력을 크게 약화시켰다. 9월 13일 오전에 함포지원전대는 월미도를 포격하기 위해 인천수로에 진입하였다. 13:00시 구축함들의 포격이 시작되었다. 몇 분 후에 월미도의 적 포대에서 반격을 가해왔는데, 적의 사격은 주로 월미도에 가깝게 위치한 구축함들에 집중되었다. 구축함 한 척에 포탄 9발이 명중되었고 다른 구축함에도 3발이 명중되었다. 이날 전사 1명과 부상 5명의 피해가 있었다. 구축함들은 약 1시간 동안 월미도의 적진지에 포탄 1,000여 발을 발사한 후 14:00시에 이탈했다. 순양함들은 16:40시까지 월미도를 포격한 후 바깥 바다로 철수했다. 9월 14일 월미도 포격이 재개되었다. 구축함 5척이 월미도 주변에 포진하여 12:55시부터 14:22시까지 함포사격을 실시하여 포탄 1,700여 발을 발사했다. 이날 월미도 적 포대의 반격이 아주 미약하고 부정확했는데, 이는 2일간의 포격으로 적의 포진지가 상당히 파괴되었다는 것을 말해준다. 인천상륙 작전은 월미도의 점령으로부터 시작되었다. 9월 15일 03:30시에 인천 수로에 진입해 05:45에 지원함이 월미도에 대한 포격을 개시했으며, 항공지원 전대에서 출격한 10대의 전폭기가 상륙해안에 폭탄과 로켓탄을 투하하고 기총소사를 가했다. 06:15시에 로켓탄 1,000발씩을 적재한 3척의 상륙함이 로켓탄 사격을 실시하였다. 06:33시에 월미도의 녹색 해안으로 상륙이 개시되었다. 9월 10일부터 시작된 공중공격과 함포사격으로 월미도를 방어하고 있던 북한군의 방어력이 거의 상실되었기 때문에 적의 저항은 대체적으로 경미하였다. 제3해병대대는 08:07시에 월미도를 완전히 장악했으며, 곧 소월미도를 공격하여 11:15시에 점령했다. 이날 제 3대대는 부상자 17명이 발생했을 뿐 적 사살 120명과 생포 190명의 전과를 거두었다.'

연화가 화면에서 눈을 들자 상준이 설명했다.

"이 자료에 근거해 김일성대학출신이라는 이 탈북기자는 미군이 전사 1명과 부상 22명만으로 월미도를 완전히 점령했고 영화처럼 인민군이 3일 동안 방어에 성공한 것도 아니라 원래 상륙계획이 15일로 잡혀 있었다, 상륙 시작 단 수십 분 만에 점령했다고 기사를 쓴 겁니다. 월미도 상륙작전을 찍은 자료화면도 보았다며, 실제 상륙작전 당시에 섬 쪽에서 짧은 사격이 있다가 금방 끊겨졌다는 것을 알 수 있었답니다."

"아직도 북에 사는 주민들은 월미도를 영웅의 섬으로 여기고 있다고 개탄도 해요. '나의 기억 속의 영웅'들이 공포에 잔뜩 질린 얼굴로, 어지러운 내복차림으로 두 손 들고 한국군에 항복하는 모습을 다큐로 보았다면서요. 진실은 뭔가요?"

"진실은 연화 씨가 조금 전 읽은 한국의 전쟁사 자료에서 알 수 있습니다."

"그래요?"

"미군이 상륙하기 전에 월미도에 쏘아 부은 포탄만 계산해보시겠습니까?"

"음, 잠깐만요. 9월 13일부터 구축함들이 월미도 포격에 나섰는데, 1,000여 발, 순양함이 포격한 포탄 수는 기록되어 있지 않고, 다음날 구축함들이 1,700발을 발사, 15일 새벽에도 상륙 직전에 전폭기들이 폭탄을 투하, 상륙함 3척에서 각각 로켓탄 1,000발씩을 쏘았네요."

상준은 화면을 들여다보고 있는 연화를 다사롭게 바라보며 말했다.

"한국 자료에서 포탄 수를 적시한 공격만 합쳐 보아도 미군 함대에서 최소한 5,700발이 월미도에 쏟아졌단 말입니다."

"그렇군요."

"저 섬에 포탄이 5,700발?"

옆에서 지켜보던 나미의 눈이 휘둥그레졌다. 상준은 그 눈을 진지하게 응시하며 나미에게 마저 설명했다. 연화가 긴장해서 듣고 있다는 사실을 물론 의식하고 있었다.

"최소한 그렇다는 거지. 실은 더 많아. 폭격으로 떨어진 폭탄은 숫자가 안 나오니까……. 더구나 지금 그 기사에도 나오지만 네이팜탄도 떨어졌어. 네이팜탄 알지?"

"모르는데요. 죄송해요."

"죄송하긴. 무슨 말을……. 모르는 건 죄가 아냐. 알려고 하지 않는 게 죄라면 죄이겠지. 폭격기에서 떨어져 폭발하면 3,000℃로 70m 안팎을 불바다로 만들어. 아주 야만적인 폭탄이지. 나중에 미군이 베트남을 침략할 때 악명이 높았어."

"아, 그 벌거벗은 소녀가 울며 뛰어가는 사진이 그럼……."

"맞아, 그 사진에 나오는 검은 불기둥이 네이팜탄이지. 베트남전쟁에서 그 사진을 찍은 기자는 퓰리처상을 받았어. 이제는 어떤 전쟁에서든 그 폭탄을 사용할 수 없도록 여러 나라가 합의했단다. 물론, 그것도 얼마나 지켜질지 모르겠지만 아무튼 그래. 그런데 그 폭탄이 저 작은 섬에 95개나 떨어졌어."

"……."

"네이팜탄 하나가 불바다로 만드는 범위를 평균 65m로 줄여 잡아도 95개면 적어도 사방 6km가 불바다가 되었다는 결론이 나오지. 저 섬 전체 면적이 0.6km²이거든. 그러니까 섬 전체를 사흘에 걸쳐 완전히 불살라 불바다로 만든 셈인데, 그 과정에서도 기총소사를 끊임없이 해댔고, 사흘 뒤에는 다시 포탄을 최소 5,700발 이상을 쏟아 부은 거야. 어때? 과연 그 불바다에서 살아날 사람들이 있을까."

"아, 정말이지 야만적이네요. 다 죽었겠네요."

"하지만 한국의 전쟁사 자료를 보아도 그 지옥의 불구덩이에서 인민군은 살아남아 미군 구축함을 명중시키고 미군 사상자들이 생겨났어. 내 생각에 영화 '월미도'는 바로 그 순간들을 극적으로 포착했을 거야."

"그렇군요. 김일성대학을 나오고 한국에서 신문기자로 일한다는 사람이 사태를 객관적으로 바라보려는 자세가 전혀 없네요. 영화 '월미도'에 이북의 시각만 담겼다고 비판하면서 정작 자신도 미국과 남쪽에서 만든 자료에만 의존해 글을 쓴 거네요."

"그렇습니다."

"그런데 아저씨는 어떻게 그렇게 잘 알아요?"

나미가 상준을 장난기 어린 눈으로 바라보았다. 상준은 자신이 월미도에서 젊은이들에게 당한 수모까지 이야기할 수는 없었다. 그래서다. 상준은 나미의 말에 손에 들고 있던 똑똑전화를 조용히 올려 답을 가름했다. 나미는 고개를 갸우뚱했다. 연화가 개탄하듯 물었다.

"상준 씨. 가슴이 막혀요. 인천상륙작전이 대한민국을 구했다며 맥아더를 영웅화하며 동상을 세운 사람들과 월미도를 사수한 조선인민군 장병을 영웅으로 심장에 새긴 사람들, 그 사람들 사이에 어떤 대화가 가능할까요?"

"쉽지 않을 겁니다. 하지만 진실을 찾아가면 풀릴 수 있으리라 생각합니다. 연화 씨는 어떨지 모르겠는데 저는 영화 '월미도'에 더 이상 열광하지 않습니다. 평양을 벗어난 뒤 더는 김일성 수령을 영웅화하지 않기 때문, 아니 그렇게 볼 수 없기 때문입니다. 월미도의 인민군들이 과연 영화처럼 장군님을 위해 끝까지 싸웠겠습니까? 저는 그건 왜곡이라고 생각합니다."

"저도 「월미도」 가사 3절은 아니라고 생각해요. 어떻게 서슴없이 그렇게 몰아가는지 불쾌하더군요."

"그러셨습니까? 아무튼 시방 월미도에 진실은 없습니다. 연화 씨도 말씀하셨듯이 3절은 옳지 않습니다. 김일성 수령 개인을 조국으로 여겼다는 이야기는 분명 왜곡입니다, 하지만 저는 김일성대학을 졸업한 사람의 이 기사처럼 월미도의 인민군을 겁에 질린 지질한 군인들로 비웃은 묘사도 진실이 아니라고 확신합니다. 적어도 그 월미도에서 미군과 맞서 싸우던 인민군 전사들은 영웅적으로 싸우다가 숨지지 않았겠습니까? 제가 다른 자료들을 검색해보다가 끔직한 장면도 읽었습니다. 불바다로 초토화한 뒤 상륙작전이 전개되었을 때에도 동굴에서 최후까지 저항하는 인민군이 있었답니다. 미군은 탱크와 불도저로 동굴 입구를 흙으로 메웠다고 합니다."

"네?"

"정말요?"

연화와 나미가 동시에 얼굴이 흙빛 되어 물었다.

"생매장한 셈입니다."

"그럴 수가……."

"사실 미군의 잔인성은 그게 전부가 아닙니다. 월미도에서 김일성주의자의 색안경을 걷어내야 하듯이 맥아더의 색안경도 걷어내야 옳다고 저는 생각합니다. 맥아더는 인천상륙작전 전에도 우리가 사는 이 땅에 원자폭탄을 투하하자고 주장했습니다. 상륙 후에도 중국군 참전을 명분으로 원자폭탄을 26개 투하하자고 설쳤습니다. 만일 그의 주장이 관철되었다면 맥아더가 말했듯이 26개의 원폭을 맞은 지역은 한 세기 동안 생명체가 나타나지 못했을 겁니다."

"원자폭탄을 26개?"

연화와 나미가 동시에 아연해 외마디를 질렀다.

"그런 자이니까 월미도에 네이팜탄을 95개나 쏟아 부을 때 어떤 거리낌이 있었겠습니까?"

네이팜탄, 원자폭탄 이야기로 잠깐 침묵이 흐를 때, 갑판 위 조금 떨어진 곳에서 어느 남학생의 변성기 목소리가 들려왔다.

"야, 저기 월미도가…… 우리 할아버지 고향이래."

동시에 서너 목소리가 엉켰다.

"정말? 그럼 땅도 있었대?"

"어, 진짜? 그럼 엄청 부자 아니야?"

"할아버지 지금도 살아계셔?"

"아니, 그리고 부자도 아냐."

"야, 사실대로 말해봐. 부자면 어때!"

"아냐, 진짜야. 우리 할아버지 평생 가난했어."

"그건 또 뭔 얘기야?"

"전쟁 중에 쫓겨나셨대."

"에이, 그럼 망했네."

그때 새된 목소리가 들려왔다.

"근데 왜 쫓겨나? 야, 혹시 너희 집안 빨갱이야?"

"이 새끼가! 누가 일베 아니랄까 봐! 우리 집안을 뭘로 보고 그런 말을 해!"

"야 인마! 빨갱이 집안에서 빨갱이라고 하겠냐!"

"이 새끼가! 보자보자 하니까!"

"야야, 그만둬."

"넌 아무리 일베라고 하지만, 친구한테 그게 무슨 말이냐."

"됐어, 일베하고 무슨 말을 하겠냐. 참고 말지. 암튼 할아버지는 땅도 많으셨는데, 보상도 못 받고 빼앗기셨나 봐. 할아버지는 돌아가실 때도 '월미도 조상 땅을 꼭 찾아야 한다'고 하셨거든."

상준은 연화와 나미를 바라보면서도 남학생들의 이야기에 귀 기울였다. 고개를 돌려 그들을 주시하면 자칫 자연스럽게 흘러가는 이야기가 끊어질 수 있다고 판단했기 때문이다. 나미가 호기심 어린 눈으로 물어왔다.

"아저씨는 그런 걸 다 스마트폰으로 아셨어요?"

"그럼, 요즘은 많은 정보들이 인터넷에 올라와 있어. 그걸 보고 공부한 거야."

"그런데 인터넷에 올라온 걸 모두 믿을 수 있어요? 갑자기 아저씨 말에 신뢰도가 급속도로 떨어지는데요?"

"물론, 모든 걸 믿어서는 안 되지. 하지만 검색한 자료들의 출처를 확인하고 읽어가면 혼자서도 얼마든지 많은 공부를 할 수 있어. 출처가 없거나, 있어도 신뢰할 출처가 아닌 자료는 나도 신뢰하지 않아. 다른 사람들에게 옮기지도 않고 아예 읽어보지도 않으니까 안심해도 돼."

"아, 그러세요."

나미의 눈에 다시 미더움이 스쳐갔다.

"사실, 인천상륙작전 이전에도 외국 군대가 끊임없이 들어왔던 곳이지. 우리 민족에겐 참으로 모진 바다라고 할까."

"미군 이전에 외국 군대라면……."

"나미가 잘 생각해봐. 대학을 졸업한 지성인이잖아?"

"와~ 아저씨. 부담 주지 마세요. 제가 한국에 온 지 얼마 안 되어 한국사는 잘 모르지만, 음~ 말씀하신 건 청일전쟁을 염두에 두신 건가요?"

"훌륭한데? 맞아. 월미도에 네이팜탄을 쏟아 부으며 맥아더와 미군이 들어온 인천은 바로 1894년 일본군이 상륙해 들어온 곳이기도 하지. 일본 제국주의 군대는 청나라, 그러니까 중국과 전쟁을 벌이는 한편으로 당시 북상하고 있던 동학농민혁명군을 기관총으로 학살했어. 과거를 망각한 민족에게 역사는 반복된다는 말이 있는데, 그 뒤 1950년에는 중국과 미국이 싸웠거든. 과거로 거슬러 올라가면 당나라가 백제와 고구려를 침략할 때도 시방 이 바다, 서해를 건넜지. 백제를 침략할 때는 여기보다 아래쪽 바다이고, 고구려 침략할 때는 위쪽 바다였어. 외국 군대가 휩쓸고 간 곳은 예외 없이 민중의 피가 강물을 이뤘지."

그 말을 마치며 고개 돌려 씁쓸히 바다를 바라보는 상준이 연화는 미쁘게 다가왔다. 상준은 연화의 눈길이 그윽하게 느껴져 가슴으로 너울이 밀려오는 듯했다. 그런데 남학생들의 이야기가 더는 들리지 않았다. 연화의 눈길이 부담스러워서일까. 상준은 남학생들 이야기 들리던 곳으로 살그니 뒤돌아보았다. 아쉽게도 학생들이 보이지 않았다.

"아까 월미도 할아버지 이야기 나누던 남학생들 찾는군요?"

상준의 가슴을 열어보기라도 한 걸까. 연화의 물음에 상준은 '어떻게 알았느냐'는 투로 눈 미소를 보냈다.

"저도 그 남학생 이야기 들었어요. 함께 이야기 나누고 싶었는데 나미 질문 따라가다가 저도 놓쳤네요. 하지만 저는 얼굴을 보았으니까 제주도에 내리기 전에 마주치면 알려줄게요. 덕지덕지 여드름쟁이라서 찾기도 쉽겠어요."

연화는 순진한 여드름쟁이 얼굴과 함께 '일베' 회원이라는 덜렁이도 떠올라 씁쓸했다.

상준은 연화가 자신에게 마음을 써주는 게 더없이 고마웠다. 문득 자신이 식당에 내려가 보아야 할 시간이라는 생각에 가볍게 목인사를 하고 돌아섰다.

연화는 갑판 아래로 내려가는 상준의 뒷모습을 바라보다가 조금 전 이야기 나누던 남학생을 생각했다. 배에서 멀어져가는 월미도가 마치 운명처럼 다가왔다. 배에 오르기 전 월미도에 들어섰을 때 들머리에서 마주친 농성장 풍경이 아른댔기 때문이다.

월미도 원주민 귀향 대책위원회라 했던가. '미군 폭격으로 억울하게 학살당한 월미도 원주민들에게 피해를 보상하고 귀향대책을 수립하라'는 긴 구호를 농성장에 붙여놓고 있었다. 승선 때문에 시간이 넉넉지 않아 지나치면서도 앙가슴에 걸리듯 남았던 의문이 풀렸다. 아마도 그 남학생은 월미도의 불바다에서 살아남은 소년의 손자일 터다. 새삼 생명의 끈질김, 역사의 엄중함이 옷깃을 파고드는 바닷바람처럼 연화의 가슴을 사늘하게 엄습했다.

15

해미 감도는 뉴 리버티 갑판에 우두커니 서서 밤바다를 바라보던 연화에게 가뭇없이 사라져가는 인천은 남과 북이 진실을 묻은 항구, '진실의 무덤'처럼 보였다. 하얀 안개를 화선지 삼아 슬픔을 먹으로 눈을 붓으로 인천상륙작전이 벌어질 때의 불바다 월미도, 그에 이은 피바다 월미도를 그려보았다. 상준과의 대화를 곱새기며 섬을 그려가던 순간, 남과 북이 진실을 묻은 후과로 안개 자욱한 저 바다가 지금도 고통으로 사품치고 있다는 생각이 문득 들었다. 하얀 해미 저 깊은 어딘가에 끝없는 파도를 이겨내며 솟아 있을 연평도와 백령도가 상기되었기 때문이다.

2010년 봄이었다. 나미가 대학에 들어간 직후였기에 사건이 일어난 시기를 또바기 기억하고 있다. 한국군과 미군이 서해에서 합동훈련을 하던 가운데 이북과 가까운 백령도 앞바다에서 한국 해군 초계함인 천안함이 침몰해 장병 46명이 몰살했다. 사건 초기에는 청와대에서도 좌초설이 흘러나왔지만 분위기가 바뀌었다. 정부가 꾸린 조사단은 조선인민군의 잠수함이 어뢰를 쏘아 격침했다고 단정해 발표했다. 한국의 시민사회에선 정부 발표를 불신했다. 연화는 갈피를 잡기 어려워 마침 퇴근길에 집 앞에서 마주친 민주에게 물어보았다. 민주는 진실을 모르겠다고 솔직하게 대답했다. 그해 마가을에는 조선인민군이 해안포와 곡사포로 연평도를 포격했다. 연평도 해병대 기지와 민간인 마을에 포탄 100여 발이 떨어져 사상자가 30여 명에 이르렀다. 조선인민군은 서해에서 한국군이 먼저 사격훈련을 했다며 '정당방위'라고 주장했다.

연화는 나미를 한국에 오라고 한 게, 더구나 강을 사이에 두고 국군과 인민군이 대치한 통일동산에 덜컥 거처를 정한 게 과연 잘한 것일까 의문마저 들었다. 단골인 우거지국밥 식당에서 민주 내외와 저녁을 먹으며 어떻게 생각하는지를 물은 까닭이다. 천안함 침몰 때와 달리 민주의 생각은 단호했다.

"연평도 포격이 정당방위라니 정말 무책임한 태도이지요. 저도 강 너머에 이렇게까지 예측할 수 없는 체제가 들어서 있는지는 미처 몰랐어요. 홍 형이 여기 통일전망대에서 보셨듯이 두 강이 하나 되어 서해로 흘러드는 지점에서 직선으로 선을 그으면 연평도가 나와요. 남과 북이 화해하는 상징이 되어야 할 섬인데 보시다시피 끊임없이 비극이 일어나네요."

사름이 침울한 소리로 보탰다.

"연화 씨가 귀국하기 전에 연평도에서 남북 사이에 교전이 일어났어요. 젊은이들이 그때 많이 죽었답니다."

"사실 저도 연평도 포격을 긴급뉴스로 들었을 때 '서해 해전' 뉴스가 떠올랐어요. 그때 저는 스웨덴에 살고 있었지만, 서울에 유학한 다음부터 종종 인터넷으로 한국 신문과 방송을 보아왔거든요. 아마 1999년이었죠? 서해에서 처음 교전이 있었던 게."

"월드컵 축구가 열릴 때도 교전이 일어났어요."

"그것도 기억나요. 남과 북이 각각 20여 명 넘는 사상자를 냈다고 들었어요. 정말 생때같은 동족 젊은이들을 서로 죽이는 야만을 저질러놓고 저마다 '승리'를 자축하는 꼴을 스톡홀름에서 지켜보며……."

연화가 말을 잇지 못했다. 민주와 사름은 이어질 말을 마저 듣기 위해 조용히 귀 기울였다.

"이런 이야기 어떻게 받아들이실지 모르겠지만, 우리 민족에 경멸감이 들더군요. 모멸의 바다 깊이 가라앉는 느낌? 뭐 그런 기분이었어요."

민주가 차림표를 둘러보더니 막걸리를 주문했다. 민주는 연화에게 한 대접 따르고 자신도 목을 축인 뒤 말했다.

"홍 형. 그 경멸, 그 모멸, 모두 공감합니다. 그런데요. 찬찬히 뜯어볼 필요는 있다고 생각해요. 아시겠지만 1953년 휴전할 때, 육지와 달리 바다에서는 휴전선을 명시적으로 합의하지 못했거든요. 휴전 협정 서명하는 과정에서 서로 겨를이 없었던 거죠. 여기 한강과 임진강을 경계로 휴전선이 이뤄진 게 사실 육지의 끝이거든요. 그 강물이 곧 서해로 흘러가면 바다인데요. 당시 휴전을 반대하고 북진을 주장하던 이승만 정부를 통제할 목적으로 미군이 서해에 일방적으로 '북방 한계선'을 그었어요. 말 그대로 한국 해군이 그 선을 넘어 북으로 올라가지 못하도록 막은 선이죠."

"그렇다고 하더군요. 그럼에도 그게 휴전선으로 오랫동안 받아들여져온 건 사실 아닌가요?"

"맞습니다. 평양도 그 선을 묵시적으로 인정해왔지요. 그런데 1990년대 후반 들어 경제난과 식량난이 겹치면서 절박한 문제가 생겼어요. 해마다 6월이면 서해, 특히 연평도 인근에 꽃게들이 대거 몰려오거든요. 우리 쪽에서도 꽃게잡이는 한철인데, 저쪽 황해도 연안에 사는 이북 어민들은 꽃게를 잡아 식량난을 조금이라도 이겨내야 했어요. 꽃게들이 몰려 이동하는 흐름을 따라 잡다 보면 무시로 북방한계선을 넘나드는 일이 벌어질 수밖에 없답니다. 바다 위에 비무장지대처럼 철조망 가시가 놓인 것도 아니니까요. 배가 고프니 위험해도 넘어오는 겁니다."

"문제가 그때부터 불거진 거군요."

"네, 그래서 남과 북이 협의해 꽃게를 잡는 시기만이라도 공동어로를 하자고 많은 사람이 제언했고 저도 그런 글을 썼어요. 그런데 언론들이 그런 논의를 '국경선 포기'라는 자극적 기호로 몰아가고 심지어 이적시했죠. 전시도 아닌데 남과 북의 젊은이들이 교전을 하고 서로 죽인 데는 그런 문제가 깔려 있어요."

"음. 노무현, 김정일 정상회담에서 서해를 평화의 바다로 만들자고 합의한 이유가 거기에 있었던가요?"

"그게 적잖은 요인이 되었죠. 한강 하구에서 해주까지 공동 개발에 합의한 것은 큰 진전이 틀림없어요. 그런데 곧이어 들어선 이명박 정부가 그 합의를 폐기했어요. 이명박 정부는 '서해교전'으로 불렸던 전투를 '연평해전'으로 명명하고, 정부 차원의 기념행사도 대대적으로 열었지요. 결국 대북 적대의식만 부추기며 대결주의로 나가다가 연평도 포격사태까지 일어난 겁니다. 일차적으로는 포격을 한 이북의 책임을 물어야 옳고 저도 정말이지 분노하고 있지만, 이남의 반북몰이도 철딱서니 없기는 마찬가지거든요."

"그러니까 남북 대화만 꾸준히 이어졌다면, 연평도 포격사태나 그에 앞서 초계함 침몰 같은 비극도 일어나지 않았다고 보는 건가요?"

"네, 저는 그렇게 생각합니다. 그러니까 홍 형도……."

"모멸의 바다에 빠져 가라앉을 게 아니라 누가 어떤 짓을 했는지 잘잘못을 가려서 보라?"

민주는 대답 대신 상그레 웃으며 하얀 막걸리를 따랐다.

그날 집에 돌아와 연화는 인터넷을 열고 서해교전, 연평해전 기사를 찾아보았다. 마지막으로 '꽃게'를 검색해보았다. 과연 연평도는 꽃게잡이로 이름 나 있었다. 붉은색에 보라를 더한 암꽃게는 바다 깊은 곳에서 사랑을 나누고 산란기에 연안으로 돌아온다. 어부들 그물로 걸려드는 암꽃게들에 일순 동정심이 일었지만, 잠깐이었다. 연평도에 이어 생때같은 젊은 꽃들의 목숨을 빼앗은 사건이 새삼 떠올랐기 때문이다.

푸른 바다 깊은 곳에서 집게발로 애무와 사랑을 나누었을 붉은 보라 꽃게들이 줄줄이 그물에 걸리고, 바다 위에서 남과 북의 젊은 꽃들이 붉은 피 뿌리며 죽이고 죽어간 바로 그해 6월에, 경기도 육지에선 미군 장갑차가 길섶으로 피해 걸어가는 두 소녀를 뒤에서 덮쳤다. 꽃게처럼 참혹하게 열세 살 꽃봉오리들이 찢겨졌다. 그럼에도 대한민국을 마치 저 혼자 지킨다는 듯이 눈 부라려 온 정당과 언론들은 두 여중생의 죽음을 모르쇠 했다. 참극을 단 한 줄도 보도하지 않던 언론은 비판 여론이 커져가자 슬그머니 뒤늦게 기사를 내보냈다. 그러면서도 감정대응은 하지 말라는 '훈계'를 늘어놓았다. 기실 감정 대응의 전형적 사례는 서해 비극 앞에 감정적 선동을 일삼는 언론과 정당 아니던가. 사건을 검색하며 정치인과 언론인들의 무책임, 졸렬함에 연화는 보르르 몸을 떨었다.

그런데 보름 뒤였을까. 아무튼 그 언저리에 텔레비전을 켰다가 우연히 요리 프로그램에서 꽃게탕 만드는 장면을 보았다. 꽃게를 검색한 잔상이 남아 있었기에 눈길이 멎었을 터다. 아직 살아 있는 꽃게, 아마 연평도에서 잡았음직한 꽃게를 들어 올린 뒤 등딱지를 떼고, 그 여린 속살을 까칠까칠한 솔로 긁어댔다. 화사하게 화장한 여성 진행자는 상냥하고 우아한 목소리로 꽃게를 깨끗하게 손질하는 거라고 설명했다. 이어 발끝을 죄다 잘라냈다. 몸통을 탕탕 토막 내어 펄펄 끓는 물에 집어넣은 '요리'가 꽃게탕이다. 색깔이 고운 암꽃게들은 더 비참하다. 살 발라내기 쉽게 한다며 칼등으로 마구 두드려 꽃게장을 만들었다. 찜, 튀김으로 수난은 이어졌다.

회를 좋아하는 나미에겐 아직 이야기하지 못했지만, 연화는 그날 그 순간부터 꽃게는 물론, 횟집을 가지 않았다. 아니, 갈 수 없었다. 연화가 인간의 잔인성, 생명의 존엄성에 마음을 두기 시작한 계기이기도 했다. 스웨덴에서 자라며 연화는 입양어머니가 해주는 생선구이를 참 즐겨 먹었다. 한국으로 들어온 뒤에도 대사관 직원들과 종종 회를 먹었고 집에서도 생선구이나 조림을 자주 했다.

서해 꽃게의 운명을 본 뒤로 연화는 회를 끊었고, 생선으로 구이나 조림을 할 때도 그 물고기가 바다에서 살아 돌아다니는 풍경을 그려보곤 했다. 그럴 때면 어김없이 연화의 성년을 축하해준 거대한 개복치가 신비롭게 겹쳐졌다.

그래서다. 식탁에 올린 생선을 먹기 전에 자기 몸을 바친 물고기에 진심으로 감사의 기도를 올렸다. 가끔은 연화의 가슴 어디선가에서 자신이 언젠가 죽으면 물고기들의 후손이 살아가는 바다에 몸을 보내도록 유언하겠다, 혼령이 있다면 어쩐지 지리산 최천민의 얼굴과 겹쳐지는 개복치와 더불어 바다 속을 돌아다니겠다는 '망상'이 일어나기도 했다.

상준은 3층 주방으로 다시 내려갔지만, 주방장이 완강히 가로막았다. 수더분한 주방장은 이미 승선했을 때부터 상준이 사표 낸 사실을 알고 서운해 했다. 그만두는 사연을 듣고는 마지막으로 배에 오른 사람은 일을 시키지 않는 게 원칙이라고 저녁 배식 때에도 등 떠밀었다. 그럼에도 해오던 일이 있어 다시 내려갔는데 아예 주방 안에 발을 들여놓지 못하게 했다. 상준은 망설이다가 고마움을 표하며 물러났다. 상준 또래인 후임이 업무 인수인계를 한다며 함께 탔지만 딱히 그에게 가르쳐줄 일도 없었다. 다른 사람 일에 따따부따하는 게 성격에 맞지 않았고 실제로 간섭할 나위도 없었다. 게다가 시래기국이나 된장찌개 끓이는 '비법'은 이미 주방장에게 전한 터였다. 무거운 부식 통 따위를 옮기는 허드레 직무는 굳이 인수인계할 일도 아니었다.

서글서글한 생김 그대로 너그러운 주방장에게 상준은 진심으로 고개 숙여 인사하고 다시 갑판으로 올라왔다. 그 사이 홀로 갑판을 여기저기 돌아다녔는지 나미가 연화 쪽으로 다가가는 뒷모습이 눈에 들어왔다. 상준은 그 뒤를 발맘발맘 따라갔다. 밤바다에 소소리바람이 꽤나 매울 텐데 홀로 바다를 바라보는 연화에게 가깝게 다가갈수록 심장이 으쓸해왔다.

해미에 잠긴 검은 바다를 응시하며 꼬리를 문 비애감에 젖어들던 연화의 무거운 가슴으로는 나미가 나비처럼 나풀나풀 나들었다.

"엄마, 모르는 사람이 보면 딱 바다에 투신하려고 작정한 사람이네. 뭘 그렇게 하염없이 바라만 본담? 청승맞게! 뒤쪽만 보지 말고 저 옆쪽 난간으로 가보자. 내 예상이 맞는다면 아마 저쪽이 엄마와 내가 갔던 태안 기름바다일 거야."

"어머, 벌써 태안까지 내려온 거니?"

연화가 나미를 돌아보며 말할 때 그 뒤로 다가오는 상준을 발견했다. 연화는 인사로 말곁을 달았다.

"어서 오세요. 식당 일은 다 마치셨나요?"

"주방장이 마지막 승선이니 편하게 지내라 합디다. 쫓겨났습니다."

"와, 인간적이다."

나미가 반겼다.

"그렇지? 어느 나라를 가든 힘없고 가난한 사람들이 인간적이지. 그런데 엄마와 무슨 이야길 그렇게 진지하게 했어?"

"아뇨? 전 진지하지 않아요. 우리 '마님'께서 그러실 뿐입니다. 마님의 고상한 취미 생활이시거든요."

연화는 나미를 실눈으로 흘겨보며 상준에게 말했다.

"막 태안 기름바다 이야길 꺼내던 중이었어요."

"태안 기름바다…… 아, 미국에 있을 때 뉴스로 본 기억이 납니다. 그러고 보니 여기가 맞는 것 같습니다. 지난 1년 반 넘도록 서해를 오가면서 기름바다 생각까진 미처 못 했습니다."

"상준 씨만 그런 건 아니어요. 내내 한국에서 살아온 사람들도 어느새 대부분 잊었어요. 물론, 모든 걸 다 기억할 수야 없겠지만, 한국에 들어와서 느낀 가장 큰 문제는 대형사건이 터져도 소란만 피울 뿐 그것에 담긴 의미를 제대로 짚고 가지 못한다는 거예요. 결국 언젠가 비슷한 사건이 또 일어나겠죠."

"그래서 선인들이 후손에게 소 잃고 외양간 고친다는 이야길 들려준 거 아니겠습니까?"

"제 말은, 소 잃고 외양간도 안 고친다는 거예요. 아니, 못 고친다고 해야 할까."

검은 기름바다. 스톡홀름에서 클 때부터 옥색 바다를 품어온 연화에게 끝없이 해안으로 밀려오는 새까만 파도는 도저히 잊을 수 없는 살풍경이었다. 처음 보았을 때는 마치 지구 종말의 묵시록처럼 다가왔다.

나미가 서울로 오고 계성여고에 입학한 첫 해였다. 2007년 12월 충청남도 태안 앞바다에서 삼성중공업의 해상크레인 예인선이 유조선과 충돌했다. 원유가 1만kl 넘게 유출되면서 바다는 삽시간에 끈적끈적한 검은 기름으로 범벅됐다. 짙은 기름띠가 전라남도 진도 앞바다까지 퍼져갔다. 지금 뉴 리버티 호가 항해하는 뱃길을 따라 검은 기름이 콸콸 흘러 서해를 종단하며 남해의 경계까지 간 셈이다.

참사 원인은 또렷했다. 삼성 예인선이 기상악화 예보를 무시한 데다가 그대로 가면 충돌할 위험이 있다고 지역 해양청에서 무선으로 경고까지 보냈는데도 아랑곳하지 않고 운항해 빚은 명백한 인재였다. 그럼에도 삼성은 구렁이 담 넘어가듯 대처했다. 심지어 충돌 전에 무선 경고를 받은 적이 없는 듯이 항해일지마저 조작했다. 어떻게 해서든 책임을 피하려는 대자본의 행태에 연화는 분노했다. 신문과 방송이 삼성의 무책임한 작태를 파헤치지 않아 더욱 그랬다.

스웨덴에 살 때 연화는 삼성이 자랑스러웠다. 스톡홀름 거리에서 처음 삼성 광고와 마주친 순간, 벅찬 감동을 잊을 수 없다. 자신에 낯선 눈길을 던지는 길거리 백인들에게 저 텔레비전, 저 냉장고를 어디서 만들었는지 아느냐고 일일이 묻고 싶기도 했다. 입양 부모는 연화가 자기 방에 삼성 텔레비전을 사달라고 졸랐을 때 아무런 대꾸도 없이 서로 뜨악한 눈빛을 주고받았다. 연화는 다음날 아침까지 새치름한 입양 부모에게 거부감을 느꼈다. 그런데 학교에서 돌아온 연화가 인사도 하지 않고 방 안에 들어섰을 때다. 삼성 텔레비전이 눈부시게 놓여 있었다.

하지만 한국에 들어와 살면서 진실을 알아갈수록 실망은 무장 커져갔다. 스웨덴 최대 기업인 발렌베리가 지닌 품격과는 견줄 수 없을 정도로 천박했다. 연화는 스웨덴에 있을 때 삼성전자 회장 이건희가 방문했던 기억을 떠올렸다. 그때 삼성이 발렌베리를 연구한다는 소문도 퍼져가 뿌듯했다. 정작 서울에 살게 된 연화는 도대체 이건희는 스톡홀름에 와서 무엇을 배웠는지 궁금했다. 발렌베리는 노동자를 '경영 동반자'로 선언하고 있지만, 삼성은 '무노조 경영'을 공공연하게 주장하며 탄압하고 있었다.

더구나 태안 앞바다에서 삼성 예인선이 유조선을 들이받아 서해안을 기름으로 뒤덮기 직전에 이건희가 비밀리에 운용하던 '검은 돈'이 폭로되었다. 가톨릭 정의구현사제단 신부들까지 '증언'에 동참했기에, 연화는 불법을 저질러 온 삼성이 거듭날 수 있겠다고 기대했다. 삼성이 스웨덴의 발렌베리처럼 명실상부한 한국의 대표기업이 된다면 좋은 일 아닐까. 한민주는 연화에 동의하지 않았다.

"연화 씨가 순수해서, 아니 순진해서 그런 기대를 하는 거죠. 제가 일찌감치 말씀드렸죠? 여기는 스웨덴이 아니라 한국입니다. 대한민국에서 삼성의 힘은 행정부, 입법부는 물론, 사법부까지 손아귀에 틀어쥘 만큼 강력해요."

"설마요. 명백한 범죄 증거가 나왔는데, 구속되지 않는다면 법치국가가 아니게요?"

"만약 스웨덴에서 발렌베리 회장이 불법 비자금을 조성하고 그 검은돈으로 정부의 여러 부처와 검찰, 언론계를 매수해왔다면, 어떻게 될까요?"

"국가를 부패시킨 죄로 응당한 장기징역, 벌금이 부과되겠죠? 하지만 그 이전에 스웨덴에선 그런 일이 일어날 수가 없어요. 스웨덴 국민 대다수가 이웃 사람들과 학습이나 토론을 통해 민주주의를 익혀왔거든요. 국가를 대표하는 기업이 불법 자금으로 검찰을 비롯한 국가기관들을 오염시킨다? 상상할 수도 없는 일이지요."

유감스럽게도 민주의 예상이 적중했다. 이건희는 사법의 그물망을 빠져나갔고 단 한 시간도 감옥에 갇히지 않았다. 삼성의 그릇된 행태와 그것을 만수받이로 허용해주는 대한민국의 품격에 연화는 낙담했다.

그래도 연화의 가슴에 희망과 열정이 불잉걸처럼 식지 않은 이유가 있다. 삼성이 저질러놓은 검은 바다를 다시 푸른 바다로 만들자고 서해안으로 달려온 사람들을 보며 연화는 콧잔등마저 시큰했다. 사고가 일어나고 한 달 사이에 50만 명이 넘는 자원봉사자들이 매서운 바닷바람 속에서 기름덩이를 손으로 퍼 담는 노고를 아끼지 않았다. 피해 어민을 위한 성금도 끊어지지 않았다. 마침내 자원봉사가 120만 명을 넘어섰다. 그 가운데 두 명이 연화와 나미였다. 나미가 학기말고사까지 모두 마친 주말에 연화는 태안으로 차를 몰았다.

민주 부부에게 함께 가자고 제안했지만, 사름은 남편이 기관지가 좋지 않아 천식이 우려된다며 선을 그었다. 미안할 이유가 전혀 없는 일인데도 사름은 연화와 나미가 토요일 아침에 떠날 때 김밥 도시락과 보온병에 따뜻한 유자차를 담아 건넸다.

바다에 도착했을 때 역한 기름 냄새가 코를 찔렀다. 메스꺼워 저절로 욕지기가 나기도 했다. 그럼에도 그 고통을 이겨내며 기름범벅의 해안을 쓸고 닦아내는 사람들이 바닷가에 파도처럼 몰려왔다. 그 속에서 연화는 행복했다. 누구보다 정성을 다하는 나미의 모습이 안쓰럽기도 했지만, 기특했고 대견스러웠다.

결국 돌아올 때는 두통에 시달렸고 집에 와서는 감기몸살로 연화도, 나미도 앓아누웠다. 그럼에도 보름 뒤 다시 태안으로 갔다. 그새 기름이 상당부분 수거되어 민주의 기관지에도 별 문제는 없으리라고 판단해서일까, 아니면 지난 봉사에 함께 못 한 미안함일까. 민주와 사름도 동행했다.

하지만 아니었다. 현장이 멀리 보일 때는 시커멓게 밀려오던 기름파도가 가뭇없고 흰 모래밭이 눈부시다고 판단해 기뻤으나 막상 도착한 해안은 공포를 자아냈다. 해안 가득 바다가재 수만 마리가 떼죽음 당한 채 파도 따라 쓸려오고 있었다. 그 참담한 광경에 나미는 눈물을 쏟았고 연화의 품에 안겼다. 연화는 나미 어깨너머로 눈시울 적시며 해안에 즐비한 가재 주검들을 잊지 않겠다는 듯 직시했다.

연화의 가슴 깊은 어딘가에서 죄의식이 밀려왔다. 스킨스쿠버를 익힐 때 바위틈에서 바다가재 한 마리를 발견했던 기쁨이 싱둥싱둥 살아나서 더 그랬다. 얼마나 생명력 넘치고 경이로웠던가. 다가서는 어린 연화를 '위협'하기까지 했던 바다가재가 수만 마리나 파도에 이리저리 쓸리며 썩어가고 있었다.

망연자실한 연화의 귓전에 민주가 일흔은 넘었을 어부와 나누는 이야기가 들려왔다.

"충격이 크시겠어요."

"어쩌겠시유. 저 녀석들 보니 바다 밑까지 오염된 게 확실하구먼유. 아침에 이곳으로 나오기가 당최 무서워유. 엊그제는유. 설게들이 떼죽음 당했시유. 여기 모래밭을 잔뜩 메웠다니까유. 겨우 치웠는데 이제 가재들이 올라오네유."

거친 바닷바람으로 까칠한 얼굴에 하얀 머리카락만 듬성듬성 남은 어부는 연화의 글썽이는 눈, 나미가 주르르 흘리는 눈물을 둘러보며 위로했다.

"시방 우리라고 왜 눈물이 없겠시유. 죄다 아끼던 생물들인데 애처롭기 짝이 없지유. 그런데 하도 많이 사람들이 죽어나니까……."

"사람들이 죽다니요?"

사름이 다급하게 물었다.

"살길이 막막하니까 그러지 왜 그러겠시유. 어제도 바투 옆집에 여든 앞둔 양반이 목을 맸어유. 생각해보셔유. 도시 사람들은 그냥 푸른 바다이겠지만, 우리는 이 바다에서 먹고 살아야 해유. 그런데 공들인 양식장이 모두 망가졌어유. 설게니 가재니 망둥어, 배두라치, 갈매기, 심지어 가마우지들까지 모조리 죽었구먼유."

옆에서 퀭한 눈으로 지켜만 보던 아주머니가 말을 이었다.

"해삼도, 성게도, 조개들도 죄다 죽었시유. 상괭이도 죽은 채 떠올랐구유. 해초들도 죄다 죽어…… 우리는 어떻게 살라고…… 나도 그냥 죽고 싶다니깐유……."

끝내 말을 맺지 못하고 숨죽여 오열했다.

연화는, 그리고 연화 품에 안겼던 나미는 정신이 번쩍 들었다. 바다가재 주검 앞에 눈시울 적실 때가 아니라는 사실을 깨닫고 서둘러 눈가를 훔쳤다.

"저는 그때 한국을 대표하는 기업이 얼마나 무책임하고 탐욕으로 가득한가를 뼈저리게 깨달았어요. 사고가 난 지 벌써 얼마나 지났나요? 그런데 생벼락 맞은 어민들은 아직도 까다로운 절차 때문에 제대로 보상을 받지 못하고 있답니다."

연화가 상준에게 당시 상황을 설명하며 '공룡 배'가 흔들릴 듯 한숨을 쉬었다.

"저도 미국에서 인터넷을 통해 보았습니다. 서해안 검은 기름을 거둬내는 분들이 자랑스러웠습니다. 한국으로 오자고 최종결정한 데는 그분들과 함께하고 싶은 마음도 자리하고 있습니다. 그런데 그 사람들 가운데 바로 연화 씨와 나미가 있었단 말입니까? 이거 반갑고 존경스럽습니다."

"무슨 말씀을요. 저희는 두 번만 갔어요. 훨씬 더 많이 봉사한 분들이 얼마나 많은데요."

"저도 압니다. 그리고 그분들보다 훨씬 더 많은 사람이 외면했다는 사실도 잘 알고 있습니다. 저도 잊고 있었잖습니까?"

"상준 씨야 국내에 없었으니까요. 아무튼 그런 상황이니 자본이든 정부든 보상에 늑장을 부리고 있는 거죠."

"연화 씨 이야기를 듣고 보니 서해는 민족의 피 머금은 붉은 바다, 민중의 한 맺힌 검은 바다라는 진실을 깨닫게 됩니다."

16

상준은 갑판 아래를 내려다보며 새까만 기름 파도가 끝없이 밀려오는 살풍경을 그려보았다. 연화가 거론한 '종말의 묵시록'도 곰곰 되뇌며, 돈만 좇는 자본의 탐욕으로 언젠가 인류는 종말을 맞을 수 있겠다는 생각이 처음으로 실감났다. 가슴이 갑갑해 눈 들어 사위에 펼쳐진 밤바다를 둘러보았다. 밤이 이슥해지며 바다 바람이 차갑게 불어왔다.

팔짱을 살짝 끼고 어깨를 움츠린 채 바다를 굽어보는 나미가 안쓰러워서일까. 연화는 나미와 선실로 들어가서 쉬다가 외투라도 입고 다시 나와야겠다며 상준에게 성그레 눈인사를 했다. 연화 자신도 아까부터 성크름했다.

나미가 예약한 선실은 2인실로 침대 두 개와 냉장고까지 오밀조밀 배치되어 제법 아늑했다. 5층이기에 갑판을 오가기도 쉬웠다. 선실로 들어서자마자 연화는 언제나 그랬듯이 작은 수첩을 꺼내들고 뭔가를 적바림해갔다. 어렸을 때부터 엄마의 언행을 지켜보아서일까. 나미도 똑똑전화를 열어 오늘 일어난 일을 월미도부터 적어갔다. 그러다가 저 혼자 비장하게 읊었다.

"민족의 피 머금은 붉은 바다, 민중의 한 맺힌 검은 바다."

연화가 고개 들며 선웃음 짓자 나미도 씽글거렸다. 이어 큰 발견이라도 했다는 듯이 호기심 어린 눈으로 말했다.

"엄마, 상준 아저씨…… 과연 평양서 교사 했던 분이라 우리와 꽤 다른 것 같아. 그 상황에서 어떻게 '서해는 민족의 피 머금은 붉은 바다, 민중의 한 맺힌 검은 바다라는 진실을 깨닫게 됩니다' 이렇게 말할 수 있지?"

나미는 상준의 말을 인용할 때는 성대모사까지 비스무리했다. 연화는 나미의 입내가 신기해 키드득키드득 웃었다.

"그러게. 나도 조금은 섬뜩했어."

"엄마도 그랬구나. 그래서 피한 거지?"

"피할 정도는 아니었어. 그런데 말이다. 나도 그 이야길 지금 적으며 곰곰 생각해보고 있었는데, 거북스럽긴 하지만 그게 틀린 말은 아니잖아?"

"물론, 그렇긴 해. 그런데 바다를 보며 그런 생각만 든다면 인생이 너무 삭막하지 않을까? 생명이 넘치는 초록바다, 향수가 밀려오는 파란 바다 뭐 그런 청록바다를 떠올려야 하는 거 아냐?"

"검붉은 바다와 청록바다, 두 바다를 다 떠올리면 되지. 상준 아저씨라고 바다를 노상 검붉게만 생각하겠어?"

"어? 엄마. 지금 상준 아저씨 편들고 있는 거야?"

그때 선상 불꽃놀이를 곧 시작한다는 안내 방송이 흘러나왔다.

승선한 학생들의 환호가 우르르 갑판으로 몰려가는 발걸음 소리에 섞여 선실 문 밖은 웅성웅성했다. 연화와 나미도 가방에서 두터운 외투를 꺼내—상준은 나미에게 밤에 갑판에서 오래 바다를 보고 싶으면 꼭 겨울 외투와 목도리를 준비해오라고 일렀다—어깨에 걸치고 목도리는 각각 외투 주머니에 찔러 넣은 뒤 서둘러 갑판으로 나갔다. 이미 폭죽이 올라가기 시작했다. 상준은 아까 그 자리에 그대로 머물러 있었다. 연화와 나미는 화사한 불꽃을 올려보면서 상준 옆으로 바특이 다가섰다.

검푸른 바다 한가운데서 밤하늘에 피어나는 불꽃은, 출항 때보다는 엷어졌지만 안개가 퍼져 있어서일까, 몽환적 분위기까지 자아냈다. 커다란 원을 그리며 폭발하듯 쏟아져 내리는 불꽃을 올려보는 학생들은 두 손 모으며 감탄을 쏟아냈다. 젊은 필리핀 여가수의 노래로 흥은 더 돋았다. 10대들의 자지러지는 아우성에 바다도 덩달아 기쁜 듯 파도치며 소리 내 웃었다.

연화와 살근살근 옷깃이 스치며 함께 바라본 불꽃의 여운이 채 가시지 않아서일까. 말을 나누고 싶은 여성과 바다 위에 함께 떠 있다는 생각이 들어서일까, 아니면 상준 자신이 마지막 승선이기에 한잔하고 싶어서일까. 불꽃이 하나둘 검은 바다로 속절없이 떨어지고 갑판에 몰렸던 학생들이 삼삼오오 해산할 때 상준은 살며시 갑판을 벗어났다. 술과 안주를 마련하면서 상준은 가슴에 연화가 자리를 잡아가는 느낌이 들어 생게망게했다. 혼자 살그래 웃으며 생맥주 세 잔과 마른 오징어를 쟁반에 들고 연화가 앉아 있는 곳으로 다가갔다. 두 모녀가 맥주를 마시며 정담 나누는 정경을 이미 통일동산에서 창문으로 목격한 터였다. 상준 자신도 선원 아닌 선원생활을 하며 갑판에 모여 앉아 생맥주 마시는 가족을 볼 때마다 남몰래 부러움이 자라왔다. 바다에서 정인과 시원한 맥주를 마시며 삶의 갈증을 해소하기란 과거의 상준에겐 상상할 수 없는 호사이기도 했다. 상준을 발견한 나미는 과장된 몸짓으로 반겼다.

"와~, 이거 아까 우리가 점찍어놓은 건데, 아저씨, 우리 마음을 어떻게 그리 정확히 파악하셨어요?"

"그냥…… 두 사람이 오늘은 내 손님 같아서……."

"우리가 손님인가요? 사실 상준 씨 마지막 승선이라 우리가 술 한잔 사려고 했는데. 선수를 뺏겼네요."

연화의 말이 끝나지도 않았을 때 나미가 눈 흘기며 시원하게 정리했다.

"엄마도 참, 우선 마시고 또 사오면 될걸, 별 걱정을 다하신다?"

연화를 닮은 나미의 반달눈이 즐거움과 기대감으로 이룽거렸다. 세 사람은 갑판 바닥에 앉았다. 뉴 리버티가 나아가는 방향으로 반원을 그리며 나미가 중간에 앉았다. 바다의 살 내음이 자아내는 원초적 향수에 호프의 쌉싸래한 향기가 섞여서일까. 바다 위 높은 갑판에서 맞부딪치는 술잔으로 풍류가 넘실댔다. 나미가 마닐마닐한 오징어를 쉴 틈 없이 오물거리며 빠르게 잔을 비워가자 흘끔흘끔 바라보던 연화가 "한국에서 대학 다니며 는 게 주량 뿐"이라고 눈총을 쏘았다. 나미는 어느새 개구쟁이 눈매였다.

"와~, 엄마, 대한민국 대학생들의 고뇌를 어쩜 그렇게 후다닥 아셨어요?"

생긋하는 웃음이 상큼한 콧마루 위로 지나가는가 싶더니 건배하자며 순수한 눈빛으로 술잔 내미는 모습이 다사롭고 슬기롭다. 보기만 해도 사랑스러워 아들 상준과 맺어지면 좋겠다는 생각이 스치듯 지났지만 그 또한 욕심일 성싶어 서둘러 지웠다. 연화는 당돌하게 대꾸하는 딸을 실눈으로 흘겨보며 술잔을 마주쳐주면서도 나미가 살짝 꼬집은 말이 얹혔다. 딸이 교사임용고시에서 실패했기에 더욱 그랬다. 슬며시 나미의 손을 잡고 물었다.

"요즘 대학생들 고뇌는 어떤 거니?"

"음~, 뭐 형이상학적인 건 아닌데, 정말 취업이 안 돼요. 대학 1학년 때부터 열심히 취업준비를 해도 될까 말까……, 민주 아저씨 아들은요. 뭐랄까, 자부심이 대단할걸요. 시건방질 만도 하니까 두 분이 너그럽게 이해하시옵소서."

나미의 착한 마음이 물씬 묻어났지만, 바로 그렇기에 상준은 그냥 넘길 수 없었다.

"아무리 '명문대학' 나오고, 출세를 하더라도 저만 아는 사람의 인생은 불쌍할 수밖에 없어. 권력을 누리고 돈을 쌓아두어도 삶의 참뜻을 모를 테니 저 스스로 행복하지 못하지. 그러니까 나미처럼 착한 사람 되는 게 가장 먼저야."

"아저씨! 착한 체하다가 이 꼴로 취업도 못 하고 있잖아요?"

나미의 우스개를 연화는 흘려들을 수 없었다. 자조감이 읽혀졌기 때문이다. 나미의 어깨에 팔을 걸치며 조곤조곤 말했다.

"교사가 덜컥 되면 사는 재미가 없잖아? 네 말처럼 대학생 대다수가 겪는 고통이니까 실망할 일도 아니겠지. 그런 고통을 겪으며 젊은이들이 이 나라를 뜯어고치는 데 팔 걷고 나서기를 엄마는 바라고 있어. 사실 스웨덴 대학생들과 견주어 한국 대학생들을 보면 너무 가여워."

"엄마도 그렇지? 스웨덴이라면 등록금도 없고 취업 스트레스도 받지 않을 텐데. 비교해보면 친구들이 너무 불쌍하다는 생각이 어쩔 수 없이 들어. 경쟁체제를 너무 당연하게 받아들이더라고. 그러다가 문득 정신 차리지. '지금 남 걱정할 때가 아닐 텐데?' 그러면서요."

연화는 나미의 흐린 얼굴을 보며 살벌한 경쟁체제에 공연히 나미를 불러온 게 아닐까 싶으면서도 이 나라 자본주의의 살풍경 체제를 바꿔가는 싸움에 자신부터 나서야 옳다고 사리물었다. 마침 상준이 연화를 보며 말했다.

"한국 젊은이들 가엾다고 하셨습니까? 물론 안됐습니다. 세상을 이렇게 만들어놓은 50대, 60대들이 책임감을 통감할 일입니다. 그런데 우리 나미는 어떻게 생각할지 모르겠지만 젊은이들에게도 문제는 있어 보입디다. 뭔가 치열함이 없지 않습니까? 국가나 민족을 생각하는 모습도 없고 이기적인 개인주의만 만연된 것 같습니다. 게다가 젊은이들에게 향락주의, 쾌락주의를 부추겨 알게 모르게 그런 경향이 만연해 있어 보입디다. 아무튼 뒤틀린 세상과 맞서려는 패기가 어디 보인답니까? 하기야 이북을 탈출한 놈이 이런 이야길 하는 것은 우습지만……."

"아, 저 때문에 분위기가 바다 밑으로 하염없이 가라앉고 있네요! 이 즐거운 밤 망치지 않으려면 아저씨도, 엄마도, 저도 세상을 바꾸는 데 팔 걷고 나서자, 그렇게 정리하고 가면 되겠죠? 안 그래요?"

"좋지."

연화와 상준이 동시에 싱긋 웃으며 답했다.

"그럼 우리 건배해요."

술잔을 부딪치며 화제가 잠깐 불꽃놀이로 옮겨간 사이에 나미가 살그니 일어났다. 곧이어 생맥주 세 잔을 쟁반에 들고 얼굴에 함박꽃 피우며 나타났다.

"정작 술 마시는 데 팔 걷고 나섰구나?"

"해상 결의까지 했는데 한 잔은 더해야죠?"

나미의 부드러운 재촉에 연화가 남아 있던 술잔을 깨끗이 비웠다. 상준도 빠르게 비운 뒤 하얀 거품이 두툼한 새 술잔을 한 모금 물었다.

연화가 조심스럽게 상준에게 물었다.

"탈북하시면서 힘들지 않으셨어요?"

"아저씨, 아까 미국 살던 이야기해주셨는데, 어떻게 탈북해서 거기까지 갔는지 궁금해요."

말곁을 단 나미에게 상준은 역제안을 했다.

"두 모녀의 탈 스웨덴 이야기부터 들어볼까?"

"스웨덴을 떠난 지 이미 10년이 다가와요."

연화가 가볍게 손사래 쳤다.

"저도 10년째란 말입니다."

"어, 그러세요? 우리 모두……."

"2005년에 각자 살던 나라를 떠난 겁니까?"

"저는 2005년이 아닌데요?"

샐쭉해진 나미의 비뚜름한 말곁에 연화도, 상준도 일순 미소만 지었다. 연화는 이참에 상준이 걸어온 이야기를 듣고 싶어 나미에게 가세했다.

"사실 스웨덴 떠나는 거야 쉽죠. 하지만 탈북은 목숨을 걸어야 하잖아요? 저도 궁금해요."

연화의 말에 상준이 고개를 가로저었다.

"어디든 정붙이며 살아온 땅을 떠나는 게 어디 쉬운 일이겠습니까? 더구나 스웨덴은 대표적인 복지국가 아닙니까?"

"아저씨. 주체사상에 투철한 인민학교 교사셨다고 들었어요. 탈북해서 미국에서 사셨다는데 어떻게 느끼셨는지 정말 알고 싶어요. 주체사상하고 미국은 상극 아닌가요?"

"나미, 너무 무례하잖아."

"아닙니다. 젊은이라면 당연히 물어야 할 질문입니다. 연화 씨도 궁금하다고 '교시'를 내리셔서 제가 순순히 따라야겠습니다."

"와~ 아저씨. 역시 너그러우셔."

"감사합니다."

나미와 연화가 잇따라 답했다.

"허, 참. 이거 2대1로 싸우니 어디 제가 배겨내겠습니까? 어디서부터 시작하면 좋겠습니까?"

연화를 보며 물었지만, 나미가 호기심 어린 눈으로 기다렸다는 듯이 답했다.

"국경을 넘는 순간부터요."

상준은 거품이 잔설처럼 남은 술잔을 절반만 비웠다. 호프의 쓴 맛을 느끼며 가만히 눈을 감았다.

압록강을 건넌 그날, 2005년 12월 24일을 상준은 똑똑히 기억하고 있다. 김일성의 첫 아내 김정숙의 생일 12월 24일을 인민공화국은 내내 경축일로 삼아왔다. 역사가 강물처럼 흘러 언젠가 어처구니없는 '혁명의 민낯' 가운데 하나로 비판, 아니 조롱받아 마땅할 일이지만 어쨌든 현실은 그렇다.

'군대의 어머니 김정숙 장군 탄생'을 기념하느라 아무래도 경계가 느슨해질 수밖에 없는 그날 밤, 상준 가족은 장모가 일러둔 대로 가장 비싼 옷을 차려입고 집을 나와 새벽 1시 정각—장모는 그 시각에 국경 경비병이 잠시 자리를 비울 테니 최대한 빨리 건너가야 한다고 말했다—에 꽁꽁 얼어붙은 강을 건넜다. 다행히 날씨도 도왔다. 이마가 저려올 만큼 추웠지만 눈 내리기 직전의 하늘처럼 구름이 몰려들어 달빛마저 없이 캄캄했다.

강을 건너며 정말 예측할 수 없는 게 인생임을 상준은 절감했다. '조선을 위하여 배우자'며 아이들을 독려하고, '김일성 수령님과 김정일 장군님의 영도로 우리나라는 세계가 부러워하는 사회주의 지상낙원이 되었다'고 혼신의 힘을 다해 가르쳤던 자신이 바로 그 낙원의 국경을 도둑처럼, 아니 반역자로 남몰래 넘어가리라고 꿈엔들 상상이라도 했던가. 황장엽이 남쪽으로 도망갔다는 말을 들었을 때, 상준은 "변절자야, 가려면 가라. 우리는 붉은 기를 끝까지 지켜 나가리라"는 당의 방침을 얼마나 열렬히 지지했던가. 또 얼마나 열정적 어조로 '탈북자'들을 겨냥해 "제 조국과 민족을 배신한 쓰레기, 범죄자들"이라고 평양의 아이들에게 가르쳤던가.

상준은 도리질하며 두만강을 건너 오갔던 어머니를, 이미 1967년에 공화국을 탈출해 평생을 연변에서 숨어 지낸 '산양 노인'을 떠올렸다. 마냥 감상에만 젖을 수도 없었다. 압록강을 건너다가 자칫 잡힐 때 아내의 몸이 온전할 수 없고, 아들은 탈영병으로 군법정에서야 한다고 되새김질하자 머릿살이 다시 팽팽하게 당겨졌다. 상준은 만일 체포되는 참극이 벌어져야다하면 차라리 온 가족이 자살하자고 장모를 설득해 청산가리까지 구입해놓은 상태였다. 내심 장모가 국경을 벗어나는 데 가능한 한 많은 돈을 쓰라는 강다짐이기도 했다. 꼭 그래서는 아니겠지만 집안 살림이든, 당과의 관계든, 모든 일을 깔끔하게 처리해온 장모가 어떻게 손을 썼는지 압록강을 다 건너도록, 그리고 맞은편에서 거구에 검은 양복을 말끔하게 차려입은 중국인—조선말을 제법 잘해 조선족인 줄 알았지만, 첫 인상으로 느꼈듯이 중국인이었다—을 만났을 때도, 심지어 그가 상준이 처음 본 검은 승용차에 일가족을 모두 태웠을 때도, 아무런 제재가 없었음은 물론, 마치 여행 길 떠나는 듯 편안했다.

태풍의 눈이란 게 이런 걸까? 아무튼 너무 수나로운 나머지 오히려 국경선을 넘었다는 사실이 꿈결 같아 실감나지 않았다. 아마도 당은 혜산 시내 살림집으로 특혜 받아 이사 온 상준 가족이 전격적으로 밤도와 탈주를 감행하리라고는 미처 생각하지 못했을 터다. 아무튼 자동차 안은 상준 가족이 떠나온 살림집보다 아늑하게 느껴졌고, 칠흑의 전방에 강렬한 불빛을 쏘아대며 덜컹거리지도 않은 채 빠르게 달렸다.

얼마를 갔을까? 이윽고 먼동이 터오면서 광활한 벌판이 어슴어슴 몸을 드러냈다. 상준은 강을 건널 때부터 외투에 손을 찌른 채 청산가리를 쥐고 있던 주먹을 비로소 풀었다. 그런데 정작 주먹을 푼 뒤부터 가슴 깊은 곳에서 왈칵 뜨거운 슬픔이 올라왔다. 상준은 자신이 가르친 아이들, 무엇보다 혜산에서 짧은 시간 만난 눈떼꾼한 아이들이 눈에 밟혔다. 그 아이들을 두고 선생이라는 자가 제 아들만 챙기겠다며 옆에 끼고 야밤에 강을 건너 줄행랑치는 꼴이었다. 20년 교사 생활을 했기에 자신이 가르친 아이들 가운데는 이미 어엿한 가장이 되어 공화국을 받쳐주는 세대도 있었다. 그 모두를 두고 간다는 사실에 눈물이 쏟아져 내렸다. 가까스로 흐느낌을 참아내느라 상준은 어금니를 꽉 물었다. 가끔 숨을 쉴 때도 아랫입술을 앞니로 질근 깨물었다. 주사위는 던져졌고, 이미 강을 건넜다. 남은 일은 어머니의 슬픈 유언처럼 아들 두산을 아름차게 키우는 일, 그래서 궁극적으로 우리 인민에게 도움이 되는 일이라고 다짐했다.

아침 일찍 중국 벽지의 외진 길에 전혀 어울리지 않은 고급 승용차가 눈에 띄어서일까. 이따금 스쳐가는 사람들은 모두 걸음을 멈추고 구경했다. 운전대 옆 좌석에 앉은 '도망자 백상준'은 불안감에 '너무 주목받지 않느냐'고 물었다. 운전석을 상하좌우로 꽉 채우고 앉은 어간재비 기사는 제비턱을 조금 올리며 '밖에선 안이 보이지 않고, 당신이 탄 이 차는 당 고위간부들이 주로 타는 승용차라서 공안조차 세우기를 꺼린다'고 사무적이되 느긋하게 답했다. 제비턱은 꼭 필요할 때만 마지못한 듯 답하며 내내 침묵했다. 나중에 알았지만, 장모는 그동안 애면글면 모아둔 엔화와 달러화를 죄다 털었다. 혜산 국경지역 초소를 지키는 인민군 경비병들을 매수하고, 혹시 있을 쏘개질까지 '예방'하며, 중국인 소유의 최고급 승용차를 부르는 데까지 '자네가 상상할 수 없는 돈을 썼다'고 말했다. 이어 '우리 모두 탈 없이 탈출했으니 더 바랄 게 뭐있겠나' 반문했다.

따지고 보면 기막힌 일이었다. 자본주의와 가장 상극인 체제에서 돈으로 모든 문제가 스리살살 풀려나간 셈이다. 아무튼 제비턱은 세

련되게 일을 처리했다. 본인은 물론, 우리에게도 식당을 들르지 못하게 했고 준비한 전병을 보온병에 담은 녹차와 함께 나누어주었다.

마을과 마을 사이 한적한 곳에 이를 때마다 화장실을 별도로 가지 않으니 볼일이 있으면 여기서 처리하라고 권했다. 그래서였다. 선양까지 먼 길이었지만 모진 각오와 달리 힘들지 않았다. 다시 밤이 찾아오는데도 본디 체력이 출중한 탓인지 제비턱의 어간재비는 전혀 지친 표정이 아니었다. 어느새 선화와 장모, 두산은 잠들었지만, 상준은 결코 눈감을 수 없었다. 제비턱은 내내 눈 부릅뜬 상준을 힐끗 보면서 '30분만 더 가면 선양'이라며 자신이 지시받은 영사관 앞 도착시간에 맞추려면 쉬어 가야 한다고 말했다. 이어 불빛 하나 보이지 않는 캄캄한 곳에 차를 세우고 세 시간 있다 출발한다며 알람을 맞추더니 곧장 앉은 자세 그대로 말뚝잠에 들었다. 상준도 압록강을 건널 때부터 쌓이던 긴장이 몰려오면서 깜박했다. 알람이 울리면서 제비턱과 온 가족이 모두 깼다.

먼 산에서 새벽이 희붐히 열리고 있었다. 햇살을 받으며 다시 자동차가 질주하고 마침내 제비턱이 선양 시내로 들어섰다고 말하며 손전화기 든 손을 올렸다. 장모가 기다렸다는 듯이 받아 어디론가 전화를 걸었다. 달차근한 일본말로 간단한 통화였다. 전화기를 돌려주며 장모는 제비턱에게 아침 7시로 도착시간을 맞춰달라고 당부했다. 선양은 평양 못지않게 높은 건물이 즐비했지만 웅장한 느낌은 없었다. 긴장과 기대로 차창 밖 선양을 관찰하던 어느 순간, 제비턱이 목적지인 일본영사관에 정시 도착했다며 승용차를 세웠다. 이미 내릴 준비를 마친 장모가 곧바로 내리며 상준에겐 절대로 나오지 말고 차 안에서 기다려라, 제비턱 기사에겐 만일 중국 공안이 체포하러 나타나면 지체 없이 차를 직진해 대사관 안으로 돌진해달라고 당부했다.

장모가 내리자 영사관에서도 검은 정장을 입은 두 사람이 나타났다. 승용차에 조금 열어둔 창문 틈으로 장모의 유창한 일본어—귀국하기 전에 장모는 오사카에서 대학을 나왔다—가 들려오더니, 모두 내리라는 신호가 왔다. 경비가 승용차에서 내리는 상준가족을 통방울눈으로 뜯어보듯 살폈다. 말쑥하게 차려입은 상준 세 식구는 모두 일본인으로 행세했다. 영사관에서 나온 일본인이 경비를 따라와 상준에게 악수를 청했다. 이윽고 영사관으로 들어가는 순간, 타고 온 승용차가 빠르게 사라졌다.

상준은 가족이 모두 일본영사관 건물 안에 들어서서야 비로소 혜산 집을 떠날 때부터 내내 꼭뒤를 짓누르던 중압감에서 벗어났다. 장모와 아내는 영사관 건물에 들어서자마자 그만 털썩 주저앉았다. 영사관은 일본 국적의 처외삼촌을 통해 오사카에서 태어난 사람의 일가족 네 명이 탈북해서 찾아온다는 정보를 받고 기다렸지만, 그리 반가운 눈치는 아니었다. 형식적인 악수를 건넨 뒤부터 관료적 자세로 일관하며, 장모를 비롯해 상준 가족을 각각 다른 방에서 조사했다. 조선말을 할 줄 아는 일본인 조사관은 상준에게 공화국의 학교 제도와 관련한 정보를 꼬치꼬치 캐묻고 기록해갔다.

처음에 상준은 혹시라도 비협조적으로 보이면 일이 그르치게 될까 싶어 순순히 답했다. 그런데 조사받는 과정에서 장모가 상준 가족의 위상을 상당히 부풀려 이야기했다는 걸 눈치 챘다. 이를테면 일본인 조사관은 김정일의 부인 고영희와 장모가 일본에서 건너갈 때부터 알던 사이일 뿐 아니라, 김정일이 직접 장모의 아파트에도 들렸다는 걸 잘 알고 있다며, 당신도 김정일을 만났는지 물었다. 대답하기 난감했다. 기실 그런 부풀린 주장이 사전에 오사카의 처외삼촌을 통해 일본 당국에 전해졌기 때문에, 선양의 일본영사관도 선뜻 상준 가족에게 문을 열 수 있었을 터다. 하지만 자칫 그게 거짓으로 판명된다면 무슨 일이 벌어질지 몰랐다.

이래저래 상준이 건성건성 시큰둥하게 답하면서, 좀스러운 조사관이 냉갈령으로 돌아섰다. 일을 그르치진 않을까 걱정이 전혀 없는 것은 아니었지만, 상준은 장모와 진술이 어긋나는 것보다야 낫겠다고 판단했다. 아울러 일본에 조국의 정보를 도파니 누설하는 '더러운 느낌'에서도 벗어나고 싶었다.

다음날 조사관은 상준을 더 넓고 책상과 책장들이 아담하게 정돈된 과장 방으로 데리고 갔다. 장모와 상준, 두 사람이 들어간 뒤 조사관은 물러갔다. 역삼각 얼굴에 버들눈썹, 병어입의 일본인 과장은 상준에게 일어로 물었다. '당신이 조사에 협조하지 않는다고 들었는데 이유가 뭔가' 물음을 통역해주면서 장모는 얼굴이 굳어졌다. 표정에는 두려움마저 퍼져갔다. 통역을 마치며 슬그머니 상준을 나무랐다.

"백 서방, 자네 어쩌려고 그래. 처자식을 생각하게. 제발 우리 모두 일본에 들어갈 때까지라도 고분고분하게나."

상준은 여기까지 오는 데 장모에게 깊은 고마움을 느끼고 있었기에 자신이 왜 그러는지를 솔직히 토로했다. 장모와 진술이 어긋날까 걱정될 뿐만 아니라 조국의 정보를 왜놈에게 고자질하는 느낌까지 들어 대충 답해준다고 말했다. 장모의 눈빛이 난감하게 변했다. 그래서 그 말을 통역하진 말고 이렇게 통역해달라고 말했다.

"고급 정보는 우리가 일본에 도착하면 진술하겠다."

일단 고개를 끄덕인 장모가 상준의 말을 통역할 때 지나치게 자신을 낮춰 연민마저 일었다. 병어입 과장은 마치 조선어가 신기하다는 듯 상준과 장모의 얼굴을 시계불알처럼 바라보았다. 그날 오후 늦게 상준은 과장 방으로 다시 불려갔다. 그는 부하 직원에게 아무도 들여보내지 말라고 이른 뒤 상준을 잠잠하게 바라보다가 바투 다가와 앉으며 아주 나직한 목소리로 말했다.

"우리 편하게 이야기해요."

유창한 조선말에 상준은 어이가 없었다. 그는 자신의 어머니가 귀화한 조선인이라고 딴에는 용기를 낸 듯 말했다. 하지만 '내 어머니는 당신과 달리 일본을 좋아할 뿐더러 고맙게 생각한다'고 자부했다. 그는 자신이 알기로 일본은 서양의 제국주의자들과 달리 조선을 식민지로 만든 게 아니라 동등하게, 조선인 모두를 일본인으로 대우했다고 덧붙였다. 병어입은 그 근거로 '일한합병'이라는 조약 이름을 댔다. '합병'은 동등하게 하나가 된다는 뜻이라고 강변했다. 이어 상준에게 서류 파일을 하나 건넸다. 평양과 서울에서 발행된 신문 기사들 묶음이다. 그가 건넨 묶음 맨 앞장에는 '중국의 동북아공정'이라고 쓰여 있었다. 그는 남이든 북이든 조선인들을 이해할 수 없다며, 중국이 현재 진행하는 야욕은 과소평가하고 일본의 침략은 과대평가하는 이유가 무엇이냐고 따지듯이 물었다.

어머니가 조선인이라는 말이 긴장감을 시나브로 해소해주어서일까. 상준은 그에게 진실을 알려주어야겠다고 생각했다. 상준은 당신이 어머니 앞에서 '일본이 조선을 식민지로 만든 게 아니라 동등하게, 조선인 모두를 일본인으로 대우했다'는 말을 해서는 안 된다고 단도직입적으로 말했다. 병어입이 어리둥절한 눈빛으로 바라보자 상준은 인내심을 갖고 설명했다.

"당신 아버지는 어머니에게 그렇게 말할 수도 있습니다. 하지만 당신 어머니 처지에서 보면 아들까지 그렇게 생각하고 말할 때 외롭지 않을까 싶습니다."

이악스러워 보이던 과장의 표정이 사뭇 진지해졌다. 잠시 침묵하던 병어입이 상준에게 말했다.

"생활에 불편한 건 없나요?"

그 순간 상준은 자신이 공화국에만 갇혀 있어 세상을 잘 모른다고 말했다. 기회를 놓칠 수 없다고 판단한 의도적 발언이었지만, 솔직히 머리가 텅 빈 느낌이 들 때가 무장 많았다. 이어 일본을 비롯해 세계가 어떻게 돌아가는가를 온전히 파악할 수 있도록 컴퓨터에 접근할 수 있는 시간을 마련해주면 고마움을 평생 잊지 않겠노라고 정중하게 부탁했다.

다음날 석양 무렵에 상준은 그로부터 뜻밖의 선물을 받았다. 어머니가 조선인인 영사관 과장은 작은 노트북을 내밀며 말했다.

"중고이긴 하지만 성능은 좋아요. 빌려주는 게 아닙니다. 이 순간부터 당신 컴퓨터입니다. 그 컴퓨터로 영사관 안에서는 자유롭게 인터넷 검색이 가능해요."

상준은 감동으로 가슴이 출렁출렁했다. 인민학교 교원으로 일할 때 평양의 학생소년궁전에서 컴퓨터 연수를 받으며 처음 본 노트북이 바로 눈앞에서 상준의 손을 기다리고 있었다.

마침내 인터넷을 열었을 때 상준은 정전으로 캄캄한 방에 촛불을 밝히는 환희를 느꼈다. 앞으로는 언제든 자유롭게 인터넷을 검색할 수 있다는 사실이 도무지 믿어지지 않았다. 차차 인터넷 탐색에 몰입하면서는 세상을 파악할 망원경과 현미경을 모두 거머쥐었다는 자족감에 당실당실 어깨춤 출 때가 한두 번이 아니었다.

사흘 뒤 영사관으로 장모의 오빠가 찾아오자 장모는 지금까지 조선에서의 삶이 짜장 저토록 서러웠던 말인가, 불편한 마음이 들 만큼 눈물을 쏟아냈다. 그럼에도 상준 일행은 쉽게 일본으로 떠나지 못했다. 일본과 중국 사이에 미묘한 기류가 흐르고 있었다.

장기 체류로 이어지면서 영사관은 상준 가족에게 2층 맨 끝 사무실 일부를 쪼개 작으나마 독립공간을 마련해주었다. 아내와 상준은 자청해서 영사관 허드렛일을 맡았다. 재워주고 먹여주면서도 일본영사관은 상준 내외가 일한 시간을 정확히 계산해 돈을 지급해주었다.

상준이 인터넷 탐색에 흠뻑 빠져 시간가는 줄 모르고 있던 어느 날, 과장이 일본으로 휴가를 다녀온 뒤 은밀히 불렀다. 상준이 집무실에 들어가며 문을 닫았는데도 병어입 과장은 직접 걸어 나와 문이 혹 열리지 않았는지 확인한 뒤 상준에게 바짝 다가와 으밀아밀 속삭였다.

"이번에 귀국해서 어머니와 이야기를 많이 나눴어요. 당신 아니었으면 저는 평생 어머니의 쓸쓸함을 몰랐겠지요. 고마워요. 그리고 어머니가 보내는 선물을 가져왔습니다. 받아주세요."

과장은 상준을 바라보며 작은 입술에 수직으로 집게손가락을 올린 뒤, 두 손으로 상자를 들어 내밀었다. 상준은 그가 대사관 동료들에게 자신의 어머니가 조선 사람임을 가능한 한 감추려 한다는 사실을 눈치 챘다. 선물을 받으며 상준은 말없이 고개만 깍듯이 숙여 고마움을 표하면서 과장의 조선인 어머니 마음을 헤아려보았다.

어쨌든 병어입에게 말한 성금이 섰다. 방에 돌아와 선물상자를 열어보았다. 뜻밖에도 새 노트북, 그것도 한국에서 만든 제품이었다. 그 선택에도 과장의 어머니 배려가 느껴져 콧잔등이 시큰했다. 노트북에는 그분의 한이 서리서리 담겨 있을 터다. 소중하고 의미 있는 선물이기에 자신이 쓰고 싶었지만, 아들 두산에게 주자고 다짐했다. 상준은 낡았지만 이미 쓰고 있던 첫 노트북에 만족하고 있었다. 아들 두산에게 아버지가 주는 선물이라며 건네주었다.

그런데 두산은 새 노트북을 받으면서도 전혀 고맙다는 말도 없이 시큰둥했다. 상준은 의아했다. 감사의 말을 들으려고 준 것은 전혀 아니지만, 아들이 다른 사람에게 고마움이나 미안함을 모르는 인간으로 커나가는 게 아닐까 싶어 은근히 걱정이 들었다. 하지만 대수롭지 않게 넘어갔다. 모든 아비가 그렇듯이 아들을 이해하지 못하는 자신을 탓했다.

17

스마트 폰은 인류를 '스마트'하기는커녕 천박하게 만들었다. 아니 가장 멍청한 세대를 낳았다. '인터넷 항해'의 본고장 미국에서 똑똑 전화를 두고 곰비임비 나오는 비판적 논의들이다. 그럴 만도 하다. 손쉽게 언제 어디서든 오락을 즐길 수 있고 갈수록 자극적인 포르노가 넘실대고 있기 때문이다. 사과 궤짝에 하나가 썩으면 다른 사과들도 썩어가듯이, 사람들의 영혼이 부식되어가는 풍경은 지구촌

널리 이미 퍼져 있다.

하지만 주체사상으로 머리에서 발끝까지 철두철미 무장한 인민학교 교원, 날마다 학교에 출근하면 가장 먼저 교실에 있는 김일성 수령과 김정일 장군의 액자를 온 정성으로 닦은 백상준에게 인터넷은 오랜 '껍질'을 벗고 액자의 틀을 깨는 자기해방의 무기였다. 같은 물을 마셔도 독사는 독을, 젖소는 우유를 만든다는 고전적 비유가 있듯이, 인터넷은 민중을 멍청하게 만드는 저들의 무기일 수도, 스스로 해방에 나서는 민중의 무기일 수도 있다.

상준은 인터넷으로 영혼의 오랜 목마름을 시나브로 적셔갔다. 얼어붙은 압록강을 건넌 게 몸의 탈출이었다면, 선양의 일본영사관에서 얻은 까만 노트북은 '우물'의 탈출구였다. 기실 상준은 강을 건널 때까지 평생을 집 안에서도 위대한 수령의 사진 아래 보냈다. 바뀐 게 있다면 언제부터인가 그 사진에 영용한 장군의 사진이 보태졌을 뿐이다. 그러니까 마흔다섯 살이 되어서야 처음으로 수령님과 장군님이 근엄하게 내려다보지 않는 방에서 생활한 셈이다.

누군가 중국 선양의 일본영사관에 들어가 있던 상준을 보면 건물 밖으로 단 한 걸음도 나가지 못하기에 '감금 생활'로 판단했겠지만, 상준은 전혀 아니었다. 오히려 자유의 공간, 해방의 시간을 누렸다.

상준은 영사관에서 그때그때 자질구레한 일을 처리하고 나면 곧장 노트북을 열고 인터넷이 열어놓은 세상으로 들어갔다. 본디 학구적이던 아버지 이진선의 피가 흘러서일까. 부모 모두 기자였던 유전자가 이어져서일까. 상준은 인터넷으로 남조선과 세계 여러 나라, 특히 미국의 정치와 경제를 '취재'하듯 공부했다.

물론, 인터넷에만 의존하지 않았다. 인터넷을 자유롭게 항해하다가 아버지 이진선의 수기를 비롯해 남조선 책들을 얼마든지 구입할 수 있다는 사실을 알았고, 영사관 과장에게 허락받아 책을 받아볼 수 있었다. 가장 먼저 신청한 아버지 책이 도착했을 때 상준은 뭉클했다. 개마고원 백조봉에서 외삼촌을 통해 건네받은 책은 압록강을 건널 때 가져오지 못했다. 다만 어머니 최진이가 손수 육필로 옮겨 쓴 원고만 배에 동여매고 왔다. 어머니의 유언대로 아버지의 무덤에 책을 묻어드리지 못해 마음이 걸렸지만, 평양을 다녀오기란 섶을 지고 불로 뛰어드는 모험이었다. 상준은 아버지의 진실을 두산에게 이어주는 일이 더 중요하다고 판단했다. 더구나 혜산 빈 집에 남겨둔 책을 혜산시의 당 고위간부 누구라도 읽어보길, 그래서 보위부를 통해 딱히 김정일 장군은 아니더라도 당 상부에 전해지길 소망했다. 상준은 차분하게 어머니의 필사 원고와 출간된 책을 견주어 읽으면서 아버지가 어떤 고뇌에 잠겼던가를 한층 또렷하게 인식할 수 있었고 그만큼 존경심도 무장 깊어갔다.

2007년 2월 상준 가족에게 마침내 출국 길이 열렸다. 압록강을 건넌 지 1년 2개월만이다. 그 시간은 상준에겐 지상에서 40여 년 밀린 공부를 학습하는 행복한 공간이기도 했다.

상준은 비행기에서 아버지의 수기를 다시 펴들었다. 아버지가 일본으로 유학 간 사실이 문득 떠올랐고 당신의 가슴에 그때 어떤 생각이 일었는가를 헤아려보고 싶었다. 1940년 1월 31일 수요일 일기에서 아버지는 "일본 유학을 최종 결정했다"며 적의 "심장부에서 적을 정면으로 응시하고 싶다"고 썼다. 그해 3월 25일 월요일 일기는 "일본 제국주의의 본질을 인식하는 한편으로 그 못지않게 철학을 제대로 수업하고 싶다. 사회주의 철학의 선입견을 넘어 진지하게 철학사 앞에 마주 서고 싶다"면서 "한 사람의 진정한 사회주의자가 된다는 것은 인류의 모든 지혜를 체화한다는 뜻"이라고 기록했다.

스무 살의 아버지가 일본으로 유학을 가며 '진정한 사회주의자의 뜻'을 규정한 대목은 곱씹어볼수록 상준을 부끄럽게 했다. 주체사상의 공식을 외우고 있었던 것만으로 자신이 자주적이고 창조적인 철학을 익힌 교사라고 확신해 평양의 다음 세대 앞에서 언제나 우쭐해왔기 때문이다.

다만, 자학하진 말자고 다짐했다. 상준이 열 살도 되지 않았을 때 유일사상이 조선 전역에 뿌리내리기 시작했고, 그 이후 다른 사상을 찾아 읽어볼 공간이 전혀 없었기 때문이다. 상준은 아들에게도 인터넷 공부를 적극 권했고, '친할아버지 일기'라며 읽어보라고 건넸지만 어쩐 일인지 두산은 모든 걸 탐탁찮게 받아들였다. 탐구심이 없어 보여 실망했지만, 아직 철이 없어서라고 애써 자신을 위로했다.

비행기가 일본 오사카에 내릴 때 장모와 아내, 두산의 얼굴에 기쁨이 넘쳤다. 상준은 희미한 미소로 화답했지만 일본이 최종 도착지가 아니기에 착잡했다. 더구나 식의주가 자동으로 해결된 일본영사관 생활과는 달리, 떨꺼둥이가 된 지금부터는 상준이 가장으로서 모든 걸 책임져야 한다는 부담감에 더 그랬다.

공항에서 상준 가족은 별도로 입국절차를 밟았고, 조사받는 사무실로 장모의 오빠가 나타났다. 장모와 아내, 두산은 반갑게 맞았지만, 귀화했다는 첫 인상이 잔상으로 남아서일까, 상준은 그를 대하기가 어쩐지 어성버성했다. 공항서 오사카 시내까지 제법 시간이 걸렸다. 자동차 밖으로 보이는 일본은 한눈에 풍요로움이 느껴졌다. 산에 나무가 울창하고 땅도 비옥해 보였다. 도시로 들어서자 높은 건물이 끝없이 이어졌다. 평양은 큰 길에서 바로 뒤만 들어가도 남루한 집들이 즐비했지만, 오사카는 창밖으로 언뜻언뜻 보이는 골목들까지 높은 건물이 이어져 있었다. 고층 건물들 사이마다 자동차로 가득 찬 오사카 거리를 내내 바라보면서 상준은 점점 허탈감에 젖어들었다.

처외삼촌은 오사카 인근에 자리한 큰 저택에 살고 있었다. 아들 두산이 주눅 든 모습이 안쓰러워 힘내라고 어깨를 툭 쳐주었다. 그런데 아들은 바라보지도 않고 한 걸음 떨어졌다. 상준 가족은 2층 구석 쪽 방 두 개를 얻었다. 딸내미들이 시집가기 전에 썼던 방이라고 했다. 장모와 두산이 같은 방을 썼다. 작은 방이었지만 일본 특유의 오밀조밀한 집 구조 때문에 아늑했다. 기실 혜산 시내의 살림집은 물론, 평양의 그것과 비교해도 전혀 손색없는, 아니 더 편안한 공간이었다. 정원에는 잔디 위로 소나무와 향나무가 듬성듬성 놓인 바위와 함께 잘 어우러져 있었다.

상준은 딱히 할 일이 없었다. 평양의 교원 자격증은 자본주의 세계에서 아무런 의미가 없었다. 그렇다고 마냥 발록구니로 집에 눌러앉아 인터넷 공부만 할 수도 없는 일이었다. 처외삼촌이 운영하는 불고기집에 구경 삼아 몇 차례 갔다가 스스럽지만 여기서 일하고 싶다고 적극 의지를 밝혔다. 식당 일에 팔 걷고 나선 이유 가운데 하나는 문을 닫은 뒤 두산이 좋아하는 불고기를 솔찬히 얻어올 수 있어서였다. 상준은 불고기집에서 시래기국—된장을 곁들인 상준의 시래기국 솜씨는 일품이었다. 열다섯 살이던가, 그 무렵에 최진이는 상준을 불러 밥 하는 법과 시래기국을 어꾸수하게 끓이는 방법을 일러주고 직접 해보라고 했다. 어머니가 왜 그걸 가르쳐주었는지는 아직도 모르겠지만, 아무튼 그 시래기국 솜씨로 상준은 일본에서도, 훗날 미국에서도, 그리고 한국에 들어와서도 '생업'을 가질 수 있었다—을 끓였다.

그런데 상준이 오사카에 거처를 정한 직후였다. 일본 총리 아베 신조가 조선을 강점했던 시절에 '종군위안부'로 젊은 여성들을 강제 연행한 사실을 공개적으로 생먹고 나섰다. 식당에서 일하다가 그 뉴스를 본 상준은 울분을 느껴 주먹마저 푸르르 떨었다.

선양의 일본영사관에 머물 때 상준은 일본 총리로 50대 초반의 아베가 취임했다는 소식을 듣고 인터넷을 검색했다. 일본 또한 정치인 자리를 세습한다는 사실이 놀라웠다. 아베가 주창하는 '일본 지상주의'도 그의 가문을 톺아보니 십분 이해할 수 있었다. 그의 아버지는 정경유착을 상징하는 자민당 정권에서 외무장관을 오래한 '거물'로 총리를 눈앞에 두고 급서했다. 외할아버지는 일본이 동아시아 침략전쟁을 벌일 때 앞장섰던 'A급 전범용의자'였다. 그럼에도 소련과 미국의 냉전체제를 틈타 총리를 지냈고, 외종조부도 총리를 역임했다. 게다가 고조부는 갑오농민전쟁 시기에 일본군을 이끌고 인천으로 들어온 일본 장군이었다.

아베는 전임 총리 고이즈미와 차별성을 보여주고 싶어서인지 취임 뒤 중국 후진타오 주석과 회담했다. 중국과 일본 사이에 잠깐 열린 '대화 국면'이었는데, 상준 가족에게 그것은 천우신조였다. 중일관계가 회복될 조짐을 보인 국면에서 비로소 일본영사관을 떠날 수 있었기 때문이다.

하지만 오사카에 와서 일본인들이 살아가는 모습을 관찰하고 아베와 자민당의 정책을 검색해갈수록 상준은 동아시아의 미래가 걱정됐다. 이웃국가를 침략한 과거를 정면으로 받아들이지 못하는 아베의 옹졸한 언행은 오욕으로 가득 찬 제 가문을 정당화하려는 의도라고 볼 수밖에 없었다. '애국교육'을 강조하고 일본군을 강화하겠다는 정책 또한 위험해 보였다.

그럼에도 일본 국민 다수가 그의 '애국 선동'에 지지를 보내고 있었다. 도무지 이해할 수 없었다. 개개인으로 보면 더없이 착한 일본인들이 왜 몰지성적 선동에 그토록 쉽게 휩쓸리는 걸까. 역사로부터 배우지 못한 민족에게 역사는 반드시 보복한다는 경구를 일본 국민과 나누고 싶었다.

다행히 아베의 집권은 짧았다. 상준은 그가 물러날 때, 제대로 양식을 갖춘 정치인이 등장하기를 기대했다. 하지만 아니었다. 아베—2007년 사퇴한 그는 2012년 다시 총리로 돌아왔다—를 이어 총리가 된 후쿠다 또한 총리를 지낸 자의 아들이다. 차이는 분명 있지만 '권력 세습'은 비단 평양만의 문제가 아니었다. 따져보니 미국 대통령 조지 부시의 아버지도 대통령이었다.

상준은 본디부터 일본에서 내내 살 뜻은 없었지만, 오사카 생활을 통해 하루라도 빨리 떠나 다른 곳에 정착해야겠다는 마음을 굳혀갔다. 불고기 식당을 찾아오는 재일동포들이 서로 나누는 이야기에서 조선인들이 당하는 '차별'을 곰비임비 귀동냥했기에 더 그랬다.

상준에게 삶의 가장 큰 판단 기준은 언제나 아들이었다. 두산의 미래를 위해 어디가 가장 좋을까 고심했다. 장모처럼 어린 시절을 일본에서 살았다면 모를까, 상준 가족, 특히 두산이 굳이 조선인을 차별하는 일본에 살아야 할 이유는 아무래도 없다고 판단했다.

압록강을 건널 때 상준이 염두에 둔 곳은 남조선, 아니 한국—처외삼촌은 상준이 식당에 일하기 시작할 때 앞으로 '남조선'이란 말은 쓰지 말라고 했다. 그 말은 오직 북에서만 쓰는 말인데 탈북한 마당에 굳이 그 표현을 쓸 이유가 없다고 설득했다. 상준은 두산의 장래를 위해서라도 '남조선'이라는 말은 잊으라는 대목에서 결국 동의했다. 그 대신 조선민주주의인민공화국은 '북한' 아닌 '북조선'이나 '조선'으로 부르겠다고 조건을 달았다. 처외삼촌은 말끄러미 바라보더니 그건 자네 마음대로 하라고 말했다—이었다. 장모는 일본에서 같이 살자고 간곡히 설득했지만, 상준은 그럴 뜻이 결단코 없었다. 다만, 아내와 아들의 안전한 탈출을 위해 장모와 선양의 일본영사관을 '존중'했을 뿐이다.

상준은 아버지 이진선이 마지막에 희망을 걸었던 땅이 당신의 고향이 있는 한국임을 육필원고와 필사원고, 출간된 책을 통해 거듭 확인해왔다. 하지만 선양의 일본영사관에서 '인터넷 학습'을 통해 상준은 '탈북자'들이 한국에서 적응하기 쉽지 않다는 사실을 아프게 깨달았다. 더구나 북에서 온 사람들을 차별하거나 심지어 우범자로 대한다는 기사와 논설 따위를 읽으면서 그곳으로 가는 게 과연 옳은 선택일지 다시 검토해갔다.

무엇보다 진보적인 사람들이 탈북자들을 암암리에 '조국을 배신한 인간'으로 취급하고 있었다. 상준은 실제로 공화국의 현실을 과장하고 심지어 식량지원까지 하지 말아야 한다고 떠벌이는 몇몇 탈북자들을 인터넷으로 확인하면서 괴로웠다. 저 부라퀴들의 아사리판에서 상준 자신은 물론이고 아들 두산이 무엇을 하든 과연 온전히 평가받을 수 있을까, 회의가 짙어갔다.

그렇다면 어디로 가야 옳을까. 어디로 가야 두산의 미래가 열릴 수 있을까. 전혀 감이 잡히지 않았다. 고심하던 상준에게 점점 떠오른 나라는 뜻밖에도 미국이었다.

'기회의 땅'이라느니 '인종의 용광로'와 같은 이야기를 읽어서만은 아니었다. 상준이 미국을 염두에 두기 시작한 것은 장모와 처외삼촌의 소개—실제로는 강권—로 교회를 나가면서였다. 그 교회에서 상준은 비로소 기독교를 알게 되었고, 동시에 한국 사람을 맨눈으로 처음 만났다. 다름 아닌 교회 목사가 서울에서 온 사람이었다. 그때까지 상준에게 한국 목사라면 애오라지 문익환 목사였다. 그가 평양에 왔다는 소식을 텔레비전에서 보았을 때, 상준은 목사라는 직업도 처음 알았다. 1989년으로 기억하지만 문 목사에 이어 문규현 신부를 보면서 상준과 평양 시민들은 기독교인들의 자기희생적 애국애족 행위에 감동을 받았다.

그런데 일본에서 만난 목사는 분위기가 사뭇 달랐다. 평양에서 텔레비전으로 본 문 목사는 눈매가 맑았지만 오사카의 서울 목사는 주먹코가 주는 선입견 탓일까. 어딘가 분위기가 어두우면서도 오목눈은 영악해 보였다. 그가 모인 사람들에게 한 설교는 더욱 이해하기 어려웠다. 그는 무람없이 우리 인간은 모두 죄인이라고 주장했다. 자주성과 창조성을 지닌 사람을 감히 죄인으로 단언하는 목사의 말에 상준은 거부감이 일었고, 때로는 '내가 왜 이 설교를 듣고 있어야 할까' 싶어 울뚝밸마저 치밀었다. 인간은 죄인이지만 예수를 믿으면 구원받는다는 말도 생게망게했다. 2000년 전에 태어난 예수가 처형당했는데 부활했다는 이야기도 도통 미덥지 않았다. 부활해서 고통 받고 있는 인간을 외면한 채 하늘에 있다면 짜장 그게 사랑인지 묻고 싶을 정도였다.

선화와 두산은 처음에는 교회 출석에 미지근했지만 무장 몰입해 들어갔다. 오목눈 목사가 선화와 두산을 내놓고 반기면서 상준은 교회와 그만큼 더 멀어져갔다. 다만, 상준은 천성이 학구적이었다. 처음 교회에 나간 날 저녁부터 인터넷을 열어 예수와 기독교를 검색해 공부하기 시작했다. 교회에 갈 때마다 사목실 책꽂이에 있는 신학 책들을 빌려와 틈날 때 읽어갔다. 오목눈 목사는 처음엔 상준의 학구열을 칭찬하다가 책을 많이 읽는다고 구원받는 것은 아니라고 말했다.

상준은 기독교 공부를 하면서 '예수님'을 구세주로 삼는 사람들이 지구촌에 크게 늘어난 까닭을 나름대로 파악할 수 있었다. 상준은 그 비결이 '영생'이라고 판단했다. 기실 죽음을 피할 수 없는 인간에게 영생이나 구원은 가볍게 볼 문제가 아니잖은가. 목사의 설교를 들으며 물에 빠진 사람이 지푸라기라도 잡는 애절함이 담겨 있다고 고개 끄덕였다.

그럼에도 상준은 인간의 생명은 육체적 생명과 사회정치적 생명으로 구분되고 후자는 개인이 죽어도 이어진다는 '진실'을 오목눈 목사와 교인들에게 가르쳐주고 싶었다. 그 점에서 기독교보다 주체사상이 훨씬 합리적이라고 생각했다. 도대체 '하늘나라'가 어디 있단 말인가? 예수를 믿어 구원을 얻는다는 설교는 부활만큼이나 동의할 수 없었다. 기독교인들은 예수가 하늘로 올라갔다고 주장하고 또 그렇게 믿지만, 20세기 이후 인류는 하늘로 올라가본 결과를 잘 알고 있다. 그럼에도 예수를 구세주로 믿고 부활을 약속받았다고 생각하는 사람들의 정서를 도통 이해할 수 없었다. 무엇보다 예수를 믿으면 구원 받고, 믿지 않으면 지옥 간다는 주장에 상준은 실소를 머금었다. 대체 그 따위 신이 어디 있는가 싶었다.

인터넷과 책으로 학습했다고 해도 상준의 기독교 이해는 제한적이고 얕을 수밖에 없었다. 그가 서울에서 온 목사로부터 들은 설교나 목사의 서재에 있는 책들은 낮은 수준의 기독교라는 진실도 알리 없었다. 다행히—어쩌면 상준이 신앙의 깊은 이해로 가는 길을 가로막아 불행일 수도 있겠지만—상준은 목사나 다른 교인에게 자신의 비판적 시각을 말하진 않았다. 아니 오히려 시간이 갈수록 상준은 목사에게 고분고분했다. 이유가 있었다.

오목눈 목사는 "우리 교회는 세계 선교에 성공해 한국과 일본은 물론 미국과 여러 나라에 형제, 자매가 있다"고 과시했다. 어느 날 설교에선 "일본도 기독교 문명인 미국을 본받아 폐쇄적 국가에서 벗어나야 한다"고 역설했다. 상준은 일본이 폐쇄적이라는 데 공감했지만, 그렇다고 기독교가 일본을 구원해주리라고는 믿지 않았다. 그런데 목사가 "지금 미국에서 흑인인 버락 오바마가 대통령후보로 떠오르고 있다"면서, 선거에 이길 가능성이 높다고 말했을 때 상준의 머리에 섬광이 스쳐갔다. 미국이야말로 '기회의 땅'이라는 설교와 겹쳐지면서, 두산이의 미래를 위해 미국행을 적극 검토하기 시작했다.

기실 사람은 큰물에서 놀아야 한다는 말도 있잖은가. 두산의 미래를 위해 가장 좋은 곳은 미국이 아닐까라는 생각이 들었다. 선화는 내심 일본에서 살고 싶어 했으나, 아들의 장래를 위해서는 차별 없는 나라로 가야 한다고 설득했다.

상준은 당시 방송 뉴스에서 김정일과 노무현이 만나 서해평화협력특별지대를 합의하는 모습을 보고 미국행을 한때 접기도 했지만, 인터넷으로 다시 꼼꼼하게 살펴본 한국에서 두산의 미래는 아무래도 어둡게만 다가왔다.

더구나 조선과 미국의 수교 가능성도 높아 보였다. 미국 정치에 불고 있는 '오바마 바람'이 실제 흑인 대통령 출현으로 결실을 맺는다면, 오바마가 김정일과도 만나겠다고 했듯이 조미관계는 새로운 국면을 맞으리라고 상준은 판단했다. 그렇다면 미국을 미리 알아두는 것도 좋은 일이 아닐까. 상준의 마음은 그렇게 미국으로 쏠려갔다.

예상대로 그해 한국 대통령선거에선 이명박이 당선됐다. 상준은 인터넷으로 여러 분석들을 짚어보았다. 노무현이 대통령에 당선될 때 공약한 '노사관계 힘의 균형'이나 '분배를 통한 성장'을 전혀 실현하지 못해 당선될 때의 지지 기반을 절반은 잃었다는 지적이 설득력 있게 다가왔다.

인터넷 학습을 중심에 놓고 책을 보완하며 읽어간 정도였지만, 옹근 2년이 넘으면서 상준은 제법 한국 정치를 분석할 수 있는 지적 수준을 갖추게 되었다. 김대중과 노무현의 집권 10년 동안 민중의 삶이 나아지기는커녕 되레 비정규직이 늘어나고 대기업 집중 현상이 심화됨으로써, 유권자들로부터 신뢰를 잃고 심판을 받은 게 아닐까, 국외자인 상준조차 왜 두 사람이 대통령 시절에 일분일초를 아껴 최선을 다하지 못했는지 따져보고 싶을 만큼 안타까웠다. 북쪽 지도자가 아니라 남쪽의 지도자가 우리 민족의 내일을 열어갈 수밖에 없는 상황이라면, 김대중, 노무현 두 사람은 국민이 자신의 손에 쥐어준 권력을 더 치열하고 효과 있게 행사해야 옳았다.

새해를 맞으며 상준은 더는 미룰 필요가 없다고 판단했다. 오목눈 목사와 면담을 신청했다. 목사는 상준이 미국으로 건너가고 싶다고 타진했을 때 펄쩍 뛰며 만류했다. 일본에서 가까스로 일가족 신자를 공들여 만들어놓았는데 빼길 수 없다고 생각한 듯하다. 상준은 그 사실을 역이용했다.

"목사님. 제 집사람과 아들이 교회에 얼마나 열성을 바치는지 잘 알고 계시잖습니까? 하지만 우리 가족 모두 일본에서 살 수는 없다는 데 동의했습니다. 목사님도 말씀하셨듯이 일본 문화는 폐쇄적입니다. 더구나 저는 평양에서 공부해서 그런지 모르겠지만, 과거를 반성하지 않는 일본 정치인 따위에 치가 떨립니다. 적응해보려고 노력했습니다. 그런데 도저히 안 됩니다."

"하지만 참다운 신앙은 어려운 상황일수록 빛을 발하는 법이라고 내가 설교하지 않았던가요?"

"어려운 상황이 아니라 싫은 상황입니다. 일본은 여전히 자신들이 저지른 침략과 학살 행위에 진솔한 사과가 없지 않습니까? 이곳에서 애면글면 삶을 개척해가는 우리 동포들을 보면 물론 되우 존경스럽습니다. 하지만 저는 그럴 자신이 없습니다. 제 삶의 뿌리가 여기에 있는 것도 아니잖습니까? 더구나 탈북한 사람들은 일본에서 그림자처럼 살 수밖에 없다는 걸, 미래도 어두울 수밖에 없다는 걸, 누구보다 목사님께서 잘 아시잖습니까? 목사님을 따르는 신도 입장에서 생각해보시기 바랍니다."

목사가 대꾸하는 대신 책상에 팔꿈치를 기댄 왼손으로 자신의 주먹코를 잡아 뜯듯이 거머쥐며 오목눈을 지릅떴다. 상준은 어설픈 설득은 듣지 않겠다는 의지를 분명히 보여주려고 말끝을 달았다.

"저희 가족이 미국에 가면 지금처럼 교회에 충실한 신자가 될 겁니다. 다른 사람들 구원에도 앞장설 겁니다."

"백상준 씨 잘 모르는 것 같은데, 당신이 탈북해서 중국을 거쳐 여기까지 당신 가족을 데리고 온 게 모두 처외삼촌 혼자 힘으로 가능했다고 생각하나요? 우리 교회 조직이 있었기 때문에 다 가능했어요. 그런데 다시 미국으로 보내달라? 나는 백 씨가 막무가내로 생떼 쓸 일이 아니라고 생각하는데요?"

"목사님. 우리 가족은 장모님이 평생 여툰 돈을 다 쓰며 압록강을 건넜습니다. 얼어붙은 강을 건널 때도 선양 일본영사관에서 생활할 때도 교회 사람이란 구경도 못 했습니다. 그리고 막무가내 생떼라 하셨습니까? 목사님이 그렇게 생각하시겠다면 뭐 그렇게 마음대로 생각하십시오."

상준은 목사의 오목눈이 험상궂게 변하는 표정을 보며, 되레 세찬 어조로 못을 박았다.

"목사님이 전혀 도와주지 않고 우리 가족을 생떼 쓰는 사람으로 여긴다면, 어쩔 도리 없는 일이란 말입니다. 그러나 내 분명히 말합니다. 우리 가족은 다른 방법으로 반드시 가고야 말겠습니다. 우리 가족 마음이 간절한데 하나님이 도와주시지 않겠습니까? 그럼, 그만 일어나겠습니다. 안녕히 계십시오."

상준은 곧장 떨치듯 일어서서 뒤돌아보지도 않고 뚜벅뚜벅 걸어 나왔다. 상준은 곧 영악한 오목눈으로부터 연락이 오리라고 확신했다. 이미 평양에 있을 때부터 탈북한 사람들과 교회들 사이에 얽히고설킨 이야기를 적잖게 들었기 때문이다. 상준이 목사에게 의도적으로 "하나님이 도와주시지 않겠습니까?"라고 여운을 남긴 까닭은 다른 교회로 갈 수 있다는 암시였다.

상준의 예감은 적중했다. 선화와 두산을 각각 별도로 면담했던 오목눈 목사는 일주일 뒤에 상준을 불러 도와주겠다고 약속했다. 장모는 상준을 말렸지만, 딸까지 마음을 굳힌 사실을 알자 포기했다. 지난 세월 어디선가 바로 자신이 친정아버지의 반대를 무릅쓰고 북조선행 만경봉호를 타지 않았던가.

장모가 쉽게 접은 배경에는 한국이 아니라 미국으로 간다는 점, 아울러 장모의 오빠 가족이 물질적 지원을 적잖게 하고 있는 교단이 미국에서도 딸을 돌봐주리라는 기대가 깔려 있었다.

하지만 미국으로 들어가는 절차는 의외로 까다로웠다. 오목눈 목사가 중간에서 농간을 부리는 게 아닐까 의심까지 했다. 상준 가족 모두 오사카의 미국영사관을 들랑거리며 지칠 정도로 심문을 받아야 했다. 상준은 '장모의 비법'을 적극 응용했다. 김정일에 관한 엄청난 정보를 지니고 있는 듯 과시했다. 어머니 최진이가 젊은 김일성과 함께 항일 빨치산을 벌인 사실, '조선을 위하여 배우자'라는 공화국 교육 구호의 제안자가 다름 아닌 자신이라는 사실, 아내 선화의 선친은 재일 조선인총연합의 유력자 아들이라는 사실, 아들 두산은 평양의 노동신문과 중앙방송에 보도될 만큼 주목받은 김일성대 재학생이었다는 사실, 특히 아버지 이진선은 김정일에게 편지를 보낼 만큼 당당한 혁명가였다는 사실들을 밑절미로 거기에 살을 보탰다. 미국행을 결정한 이상에는 반드시 미국으로 가야 했다.

그런데 미국영사관에서 입국 신청 처리를 미적대고 있을 때, 한국 대통령 이명박이 워싱턴을 다녀가고 서울에선 촛불시위가 벌어졌다. 인터넷으로 살펴본 촛불은 맹렬하게 타올랐다. 30개월 이상된 미국산 쇠고기까지 무조건 수입하겠다는 이명박의 비굴한 외교에 성난 사람들이 거리로 쏟아져 나왔다. 오사카의 불고기집에서 일하고 있었기에 익히 아는 사실이지만, 일본만 해도 광우병 위험이 아직 가시지 않았다며 20개월 미만의 미국산 쇠고기만 수입하는 상황이었다. 그런데 무조건 수입하겠다는 이명박의 '합의'는 주권을 포기한 굴욕적 협상이라며 촛불을 들고 거리로 나선 남쪽 사람들이 자랑스러웠다. 남쪽에 희망을 두었던 늘그막의 아버지, 어머니 심경을 헤아릴 수 있었다. 상준은 벅찬 희망을 느꼈고, 때로는 뉴스를 보다가 함께하고 싶은 마음에 어깨마저 들썩였다.

골골샅샅에서 촛불이 횃불로 여울여울 타오르는 장관을 보며, 상준의 가슴으로 미국 아닌 한국이 다시 파고들어왔다. 촛불을 든 동시대의 한국인들과 더불어 위대한 통일조국의 불잉걸이 되고 싶었다. 그럼에도 아들의 미래에는 여전히 확신이 없었다. 게다가 미국행을 재고하기에는 이미 온 가족이 몹시 까다롭고 불편했던 심사 과정을 마쳤다.

시간이 흐를수록, 아니 한국에서 촛불이 타오를수록, 상준은 두산을 위해 선택한 미국행이 짜장 현명한 판단인가 싶어 불안감이 밀려왔다. 착잡한 상념이 끝없이 갈마들어 불면증에 시달리기도 했다.

미국 정부가 상준 가족의 이주 허가에 계속 늑장을 부리면서, 상준은 최종 결재과정에서 미국 입국이 거부당하기를 은근히 바라기도 했다. 하지만 그러면서도 두산에게 가장 기회가 많은 땅은 미국이라는 미련을 털어버릴 수는 끝내 없었다.

아무튼 상준은 그 번민을 스스로 해결하지 못했다. 오사카 미국 영사관에서 돌연 출국 날짜를 통보해왔기 때문이다. 반가움과 거부감이 교차했다. 우연일까. 8월 15일이다. 서울에선 아직 촛불시위가 애면글면 이어지고 있었지만, 상준은 '주사위는 던져졌다'며 신발 끈을 동여맸다. 바다를 이왕이면 씩씩하게 건너자고 다짐했다.

18

민족의 피 머금은 붉은 바다, 민중의 한 맺힌 검은 바다, 비감 어린 상준의 말에 연화와 나미가 웃음 반 공감 반을 보낸 서해를 뉴리버티는 유유히 종단하며 쉼 없이 남쪽으로 항해했다.

상준이 압록강을 건넌 이야기는 대한민국이 정부 수립 60돌을 맞은 날, 촛불이 숙지근해졌지만 여전히 100일 넘게 타오르던 그날, 2008년 8월 15일로 접어들고 있었다. 상준은 오사카를 이륙해 서울과 정반대쪽으로 방향을 틀었다. 워싱턴행 비행기에 몸을 실은 선화와 두산은 마침내 정착할 땅, 세계 최강의 나라로 간다는 기대감에 부풀면서도 백인들의 나라에서 짜장 잘 적응할 수 있을지 조마로워 마음이 편치 못했다. 비행기 창밖으로 끝없이 펼쳐진 바다를 내려다보며 상준은 비로소 미국으로 간다는 사실을 실감했다. 잔잔한 해면 위로 평양과 혜산의 인민학교에서 '승냥이 미국놈'을 가르쳤던 기억이 불쑥 고개를 들었을 때, 상준은 자신이 왜 그 생각을 지금 처음 하는 걸까 의아하기도 했다. 평양은 물론, 혜산에서 아이들에게 '승냥이 미국놈'의 만행을 가르치며 상준은 자못 열성을 다했기 때문이다.

3년 전만 하더라도 인민학교 교원이자 조선로동당 당원으로서 상준은 교과서에 나오는 수학문제를 제시하며 실감나게 분노를 담았다.

"우리 공화국을 침략한 미국 놈들을 인민군대 아저씨들이 13명 쏘아 죽였습니다. 다음날에는 46놈을 죽였습니다. 그럼 모두 몇 놈이나 죽였을까요?"

코가 뾰족하게 튀어나오고 발톱을 날카롭게 세운 승냥이 그림을 보여주면서는 "아프가니스탄에 이어 이라크를 침략해 들어가는 미제국주의자들과 영락없이 닮았다"고 가르쳤다. 그런데 바로 자신이 그 승냥이의 소굴, 미국에서 살겠노라고 제 발로 걸어 들어가고 있었다.

아버지가 목숨을 걸고 전장에서 맞선 나라, 한 번도 보지 못했지만 이복형 서돌을 청아한 엄마와 함께 무참하게 폭사시킨 나라, 승냥이 미국으로 가는 이유가 스스로 흐릿할 수는 없다며 자신의 결정을 되새기고 곱새겼다. 아무리 되짚어도 결론은 명확했다. 두산이 차별받지 않고 제 능력을 발휘할 나라로 미국을 선택하지 않았던가. 가까운 시일에 평양과 워싱턴이 수교한다면, 두산이 능력을 발휘할 기회, 일할 곳은 더 넓어질 게 틀림없을 터다. 그렇다면 이제 미국에 들어가 최선을 다해 노동하며 두산을 뒷바라지해야 옳다고 다짐했다. 어느새 스무네 살을 맞은 두산 스스로 '큰물'에서 커 나가겠다는 주체적 의지로 무장하는 것이 관건이겠지만, 굳이 말하지 않더라도 아들은 아비의 뜻을 파악하고 충분히 대처해가리라는 믿음이 있었다.

두산의 미래가 선택에 결정적 요인이었지만, 상준은 세계를 지배하는 미국이 어떤 나라인가를 직접 몸으로 살며 확인하고 싶기도 했다. 이미 인터넷 학습을 통해 미국에 대한 인식이 조금씩 바뀌고 있었기에 혼란스럽기도 했다. 미국에 대한 불타는 적대감으로 미처 짚지 못했지만, 지구의 모든 나라가 왕정을 펴고 있던 18세기 후반에 미국은 처음으로 대통령이 통치하는 정부를 세웠다. '미국혁명'이란 말이 통용될 만큼 세계사적 의미도 담겨 있었다. 물론, 출발부터 한계는 또렷했다. 백인들이 아메리카로 이주해서 그들의 나라를 세우기까지 학살한 인디언 수는 연구자들에 따라—아무도 정확한 통계를 낼 수 없겠지만—적게는 1,300만 명, 많게는 1억 명에 이른다. 게다가 '건국의 아버지'로 불리는 사람들은 독립선언문 초안에 있던 '노예무역 비판' 대목을 삭제했다. 노예를 수입하고 팔아먹고 부리는 자들의 의견을 받아들였기 때문이다. 결국 노예 해방은 독립 이후 한 세기 가까이 지나 내전을 통해 해결되었다. 그럼에도 흑인에 대한 공공연한 인종차별은 20세기 중반까지 지속되었다. 더구나 대외적으로 자본주의 강대국으로 발돋움하면서 제국주의적 침략을 서슴지 않아왔다. 큰 줄거리만 잡아도 이라크 침략 이전에 베트남, 그 이전에 조선으로 들어왔다. 상준이 평양에서 미군을 '승냥이'로 가르친 이유이기도 하다. 상준은 인민학교 교실에서 '미제 승냥이 놈들이 역사상 처음으로 이기지 못한 전쟁이 우리 조선의 민족해방전쟁'이라고 자랑스럽게 말했고, 실제로 그것은 역사적 진실이었다.

그럼에도 상준은 미국이 영국 왕정에 맞서 민주주의를 열었다는 사실, 독립선언문에 인간의 자유와 행복을 결코 양도할 수 없는 권리로 규정한 사실, 또 정부는 그것을 보장해야 옳다고 선언한 사실까지 평가하는 데 인색할 필요는 없다고 생각했다. 그 건국이념은 현실과 다르지 않은가라고 반문해보았지만, 이내 접었다. 조선민주주의인민공화국도 사회주의를 주장했으되 건국이념과 달리 기형적인 수령체제가 구현되었다는 판단이 들었기 때문이다.

상준은 판단이 확실하게 서지 않았지만, 흑인 버락 오바마가 그래도 유력한 대통령후보로 거론될 만큼 미국의 민주주의는 진전되어 왔다고 정리했다. 아니, 어쩌면 그렇게 정리하고 싶었는지도 모른다.

어느새 비행기 아래로 지평선이 나타나고 길게 이어진 산맥이 펼쳐졌다. 새삼 아메리카 대륙이 얼마나 광대한가를 느꼈다. 지난 2년 8개월, 조선에서 강을 건너 중국으로, 다시 일본으로 마침내 태평양을 건너 왔다. 상준은 자신의 선택이 옳다는 걸 이제는 삶으로 입증해야 한다며 다부지게 결기를 세웠다.

공항에 도착하자 미국 정부에서 나온 사람들이 비행기 문 앞까지 와서 기다리고 있었다. 한 명은 한국인으로 50대 또래처럼 보였다. 상준이 목사님이시냐고 묻자 미소 지으며 고개를 끄덕였다. 고리눈에 굵은 쌍꺼풀 진 목사의 첫 인상이 그다지 나빠 보이진 않아 마음이 놓였다. 상준 가족은 예전 일본에 입국할 때처럼 일반인들과 달리 별개의 공간에서 입국심사를 받았다. 목사는 심사 받는 사무실까지 들어오려 했으나 저지당했다. 목사가 밖에서 기다리는 가운데 한국어를 하는 미국인이 상준 가족을 한 명씩 심사했다. 상준 가족 모두 이미 중국을 떠날 때와 일본에 들어갈 때 경험이 있어 크게 긴장하진 않았다.

상준 가족은 미국 국법을 존중하고 위반할 때 언제든지 어떤 처벌도 감수하겠다는 서약서를 비롯해 여러 서류에 다섯 손가락 모두 지문을 찍었다. 이미 오사카 미국영사관에서 장시간 심문한 자료가 넘어와서인지 심사 과정은 그리 까다롭진 않았다. 심문하는 사람들도 합리적으로 보였다. 예상대로 심문관은 오사카에서 진술한 내용을 숙지하고 있었다. 당시의 진술을 재확인하고 새로운 질문도 이어졌지만 상준 가족이 그 이상의 고급 정보는 아는 게 없다는 사실까지 파악한 듯 느껴졌다. 그래도 적잖은 시간이 걸려 오전에 비행기에서 내린 상준 가족이 공항을 나올 때는 어둑어둑했다.

고리눈이 목사가 모는 자동차를 타고 워싱턴 근교인 버지니아주의 페어팩스 카운티로 갔다. 자동차 밖으로 본 어스름의 워싱턴은 오밀조밀한 일본의 도시와 달리 사방이 탁 트인 느낌이 들었다. 목사는 상준 가족이 묵을 곳으로 교회신자가 사는 집의 반지하층을 구해놓았다. 집 주인은 독실한 신자 부부로 각각 서울에서 대학을 졸업하고 건너와 워싱턴에 머물 때부터 교회와 인연이 맺어졌다. 상준 가족이 도착해서 본 저택은 일본과 분위기가 사뭇 달랐다. 무엇보다 담이 없고 잘 깎인 잔디 정원에 도토리나무들이 높이 자라 있었다. 다람쥐들이 돌아다닐 만큼 아담하고 아늑했다. '승냥이 미국'의 이미지가 아직도 남아 있던 상준은 동화 같은 풍경에 자괴감마저 들 정도였다. 나중에야 알았지만, 모든 미국이 그렇지는 않았다. 상준이 반지하방으로 들어간 동네는 미국에서 잘사는 사람들, 경제력이 높고 직장도 번듯한 중산층이 모여 사는 지역이었다.

상준 부부는 곧 일자리를 잡는 대로 시세에 맞춰 집세를 내되, 그때까지는 집안 청소 일을 도맡기로 했다. 막서리 생활이지만, 반지하이어서 별도로 출입문이 있었기에 상준은 물론 선화와 두산이도 만족했다. 작지만 방도 세 개라서 상준 가족에겐 충분했다. 집주인 남자는 세계태권도선수권에서 우승한 챔피언으로 이민 와서 태권도 도장을 크게 운영하고, 아내는 유학 와서 박사학위를 받은 뒤 대학교수로 자리 잡았다. 두 사람 모두 상준과 선화 또래였다. 각각 빈손으로 미국에 건너와 자수성가한 사실을 알고 상준은 두산에게 본받으라고 일러주었다. 집주인 부부는 미국에서 중산층으로 뿌리내리는 데 성공했음에도 독실한 신앙인답게 더없이 겸손하고 살가워 호감이 갔다.

미국에 도착하고 나흘 뒤 상준 가족은 처음 교회 예배에 참석했다. 목사는 예배 말미에 새로 온 가족을 소개한다면서 상준에게 인사말을 하라고 권했다. 예배가 시작되기 전에 목사는 "여기선 김정일 체제에 대해 마음놓고 비판해도 좋다"고 말했다. 상준은 그 말이 비판하라는 '명령'처럼 다가왔다. 하지만, 아니 바로 그렇기에 상준은 그렇게 하지 않았다. 상준은 자신을 호기심 반 불신 반으로 바라보는 교인들 앞에서 간명하게 인사말을 했다.

"저와 제 가족은 미국에 도착한 지 얼마 되지 않아 아직 시차적응도 못 하고 있습니다. 미국에서 가본 곳도 거의 없어 뭐라 말씀드리기도 어렵습니다. 하지만 저와 가족은 '기회의 땅' 이곳에서 새로운 삶을 시작하려고 왔습니다. 제 자식 자랑은 하지 않는 거라고 하지만, 우리 아들 이름이 백두산입니다. 기억하시기 쉬울 겁니다. 백두산은 평양에서 가장 좋은 대학을 다닐 정도로 수재였습니다.

잘 부탁드립니다."

상준이 간결하게 인사말만 하고 내려가자 목사는 실망한 눈치였다. 하지만 "백상준 씨가 본래 평양의 인텔리로 말도 잘하는 사람으로 알고 있는데, 아직 미국 문화에 익숙하지 않은 모양"이라고 재빠르게 수습하며 예배를 진행해갔다. 목사는 예배가 끝난 뒤에도 상준에게 불만을 내색하지 않았다. 오히려 상준이 뻘쭘해 있을 때 다가와 애써 따뜻하게 말했다.

"백상준 씨, 우리가 곧 워싱턴 구경 시켜줄게요. 기대하세요."

목사는 사흘 뒤 이른 9시에 상준 가족을 찾아가겠다며 그동안 인터넷으로 워싱턴과 관련된 자료들을 찾아보라고 권했다. 약속한 날 30분 일찍 목사가 왔다. 위층에서 집주인 부부와 커피를 마신 목사는 상준 가족을 태우고 워싱턴 디시로 떠났다. 시내로 들어서면서 자동차가 밀리기 시작했다. 목사는 곧 워싱턴 중심가에 들어서면 내려줄 테니 자유롭게 돌아다니고, 자신이 오후에 다시 태우러 오겠다고 했다. 시내로 들어가며 체증은 다소 풀렸지만 여전히 거북운전이었다. 무심코 창밖을 주시하던 상준에게 'International Monetary Fund'라고 쓰인 건물이 들어왔다. 바로 말로만 듣던 '국제통화기금' 아닌가. 상준은 목사에게 여기서 내리겠다고 서둘러 말했다. 목사는 흔쾌히 동의했다. 그럼 오후 5시에 바로 이곳에서 다시 만나자고 거듭 확인한 뒤 20달러를 내밀며 점심을 사먹으라고 했다.

고리눈이 목사가 떠난 뒤 상준은 국제통화기금을 아래위로 훑어보았다. 자신이 마침내 세계 자본주의의 중심에 왔다는 사실을 실감했다. 조금 떨어진 곳에는 세계은행(IBRD)이 둥지를 틀고 있었다.

세계 자본주의 '지휘부'가 늘어선 곳을 걷고 있다는 긴장감이 들었지만, 그 지휘부 또한 막상 눈으로 보니 '사람이 살고 있는 곳'이라는 생각에 어떤 허망감마저 들었다.

상준은 선화와 두산을 챙기면서 발길 닿는 대로 높이 솟아 있는 워싱턴기념탑을 바라보며 뚜벅뚜벅 걸어갔다. 100미터나 갔을까. 들머리에 경찰차가 서 있는 곳이 보여 다소 긴장했다. 경찰차 두 대가 서 있는 곳 앞으로 지나가며 그 뒤쪽 건물을 바라보았다. 다름 아닌 백악관 아닌가.

백악관은 예상과 달리 웅장하지 않았다. 평양에서 '승냥이 소굴'이나 기어이 죽탕쳐야 할 악의 소굴, 무시무시한 권부로 상상해왔고, 선양이나 오사카에서 텔레비전 뉴스로 볼 때도 육중한 건물로만 여겼던 상준은 뜻밖에도 평화롭게만 보이는 백악관 앞에서 머릿속이 뒤숭숭했다.

의회 건물을 바라보고 걸으며 미국 역사박물관과 자연사박물관, 국립미술관을 거쳐 인디언기념관을 둘러보았지만 상준의 기억에는 백악관이 강렬하게 새겨졌다. 국제통화기금과 세계은행, 백악관을 지나온 상준은 아무리 구조가 강력하더라도 결국은 사람의 주체적 활동이 관건이라는 생각이 들었다.

'구조 또한 사람이 만들었다면 그 변화도 사람의 실천으로 얼마든지 가능하지 않을까. 물론, 아무리 출중한 개인이라도 혼자 힘으로는 어림없겠지만…….'

문득 출출해서 돌아보니 아내는 허기마저 느끼는 듯했다. 미국의 심장부를 둘러본다는데 들떠 가족을 챙기지 못했다는 생각에 상준은 식당을 서둘러 찾았다. 워싱턴기념탑을 마주 볼 수 있는 식당이 눈에 들어왔다. 영어 회화가 서툴러 조금은 긴장한 채 들어섰다. 마침 푸짐해 보이는 햄버거가 10달러 가격 표시와 함께 진열대에 전시되어 있었다. 두 개를 사서 하나는 두산에게 주고, 남은 하나도 아내에게 삼분지이를 떼어주었다. 말로만 듣던 미국 햄버거를 백악관 근처에서 맛본다는 기대감이 있었다. 입안에서 녹는 것 같다며 맛있게 먹는 선화와 달리 두산은 꾸역꾸역 먹으며 도통 말이 없었다. 상준은 무슨 문제가 있는지 따따부따해보고 싶었으나 참았다. 선양 일본영사관 때부터 아비가 건네는 말을 시들방귀로 여긴다는 걸 알았고, 미뤄 짐작컨대 두산이 겪고 있을 혼란 또한 스스로의 힘으로 이겨가야 옳다고 판단했다.

고리눈이 목사는 상준 가족을 다시 태우고 돌아오는 길에 물었다.

"어때요. 다음 주부터 일 시작할 수 있겠죠?"

목사는 상준이 일본에 있을 때 불고기집 주방에서 일했던 사실을 오사카의 같은 교단 목사를 통해 이미 소상하게 파악하고 있었다.

결국 상준은 오사카에서 그랬듯이 워싱턴에서도 교회신자가 운영하는 한인식당의 주방에서 시래기 된장국을 끓이고 화장실 청소 따위의 소소한 일을 처리했다. 아내는 또 다른 한인식당에서 설거지를 도맡았다. 목사가 아내의 일자리까지 제시했을 때, 상준은 꼭 일해야 하는지 되물었다. 목사는 이해 못 하겠다는 듯이 미국인처럼 두 손을 약간 벌리며 어깨를 으쓱 들어올렸다. 그 순간 선화가 얼른 나섰다.

"저도 일하겠어요. 목사님, 감사합니다."

"왜 당신까지 나서려고 그래."

"이 양반은? 우리가 얼른 벌어야 두산이 대학을 보내죠. 무슨 소릴 하는 거예요?"

선화가 전혀 어울리지 않게 도끼눈까지 쌍그랗게 떴다. 상준은 아들 이야기에 말문이 막혔다. 하지만 선화가 일하는 식당을 들러본 뒤 아내가 하루에 도맡은 설거지 양을 알고는 가슴이 미어졌다. 두산이도 영어도 배울 겸 일 하겠다고 나서더니 마트에서 허드렛일을 맡았다.

상준은 선화와 두산에게 "우리 모두 열심히 일해 곧 두산이 미국 대학에서 공부를 계속할 수 있도록 돈을 모아가자"고 제안했다. 선화는 기쁘게 동의했다. 그런데 정작 두산은 무슨 생각을 하는지 알 수 없었다. 도무지 반응이 없는 아들의 태도에 부아가 치밀었지만 더 시간이 필요하리라는 믿음으로 꾹 참았다.

보름쯤 지나서일까. 집주인인 태권도 관장이 일요일 예배를 마친 뒤 상준 가족에게 링컨기념관을 보았느냐고 묻더니 친절하게 안내해주었다. 남북전쟁을 승리로 이끌고 흑인노예를 해방한 링컨의 기념관은 백악관과 달리 웅장했다. 민중의, 민중에 의한, 민중을 위한 정부를 강조한 링컨의 연설도 큼직하게 새겨놓았다. 기념관 계단에서 흑인 교사가 어린 흑인 아이들에게 뭔가를 열정적으로 일러주는 풍경은 신선했다. 비록 육체적 생명은 암살로 끝났지만, 링컨의 정치사회적 생명은 지금까지 이어지고 있음을 실감했다. 동시에 승냥이들의 소굴로 '잔혹한 제국'이라는 고정관념이 소리 없이 무너져내리는 느낌에 사로잡혔다.

허망과 허탈에 젖어 기념관의 웅장한 계단을 한 걸음 할 걸음 떨어트리듯 내려오다가 단체로 올라오는 흑인 10대들을 만나 눈길을 돌렸을 때, 계단 아래 오른쪽으로 전진하는 미군들을 형상화

한 조형물이 들어왔다. 링컨 기념관 바로 옆에 현대식 미군 조형물이 서 있기에 궁금했다. 가까이 갔을 때 상준은 가슴이 멈칫하며 철렁댔다.

'Korean War Veterans Memorial.'

한국전 참전 기념비였다. 소대 병력의 군인들을 조각한 맨 앞에 놓인 바닥 돌에는 "Our Nation honors her sons and daughters who answered the call to defend a country they never knew and a people they never met(조국은 그들이 전혀 알지도 못하는 나라와 한 번도 만나 본 적 없는 사람들을 방어하기 위해 부름에 응한 조국의 아들과 딸에게 경의를 표한다)"는 문구를, 앞쪽 벽면에는 "Freedom is not Free"를 새겨 놓았다.

상준은 기념비에 새겨진 글들을 되새김질하며 자신이 시방 어디에 서 있는가를 새삼 아프게 깨우쳤다. 가족의 안전한 신변을 위해 중국을 벗어나느라, 일본의 조선인 차별에 분개하느라, 한국이 탈북자들을 업신여기는 현실에 고심하느라 서둘러 미국으로 왔다는 생각이 들었다. 하지만 다른 어떤 선택이 있었을까 톺아보면 딱히 뾰족한 방안도 보이지 않았다.

아무튼 상준은 조형물에서 미국이라는 국가가 어떻게 젊은이들을 호리는가를 파악할 수 있었다. '조국의 부름에 응한 조국의 아들과 딸에게 경의를 표한다'고 했는데 대체 조국의 누가 그들을 부른 것인가. 자유는 공짜가 아니라고 했는데 그들은 짜장 누구의 자유를 위해 한국전에 참전했다는 말인가.

기념비 앞에 한국인들이 놓고 간 헌화는 상준을 더 깊은 고뇌에 잠기게 했다. 특히 서울대 상대 졸업생들은 꽃다발을 바쳐놓고 바구니에 "우리는 당신들을 영원히 잊지 않겠다"고 써놓았다. 상준은 아버지 이진선이 이 광경을 보았다면 억장이 무너지지 않았을까 싶었다. 쓸개 없는 인간들이라는 욕설이 저절로 나왔다. 미국 엘리트들의 '애국'에 견주면, 서울상대 출신들의 '애국'은 얼마나 비루하고 수치스러운가.

하지만 무엇보다 참담하고 괴로운 순간은 태평양 건너 평양의 오늘을 떠올렸을 때다. 저 미국의 어쭙지않은 부르대기, '자유를 위해 한국전쟁에 참전했다'는 논리가 전혀 허무맹랑하지 않을 수 있다는 판단이 슬금슬금 들어섰다. 그럴수록 상준은 아버지 이진선이 그리웠고, 김정일이 혐오스러웠다.

어쩌다 쉬는 날이면 인터넷 학습에 열중하다가 머리 무겁거나 가슴 갑갑할 때 집 가까운 폭스 공원을 산책했다. 작은 시냇물이 흐르는 다옥한 숲을 에워싸고 고요히 자리한 개개인의 보금자리를 보노라면 얼기설기 얽인 실타래 실마리를 찾은 듯 머리도 가슴도 평온해졌다. 젊은 시절 아내와 살았던 평양의 살림집이 종종 애잔하게 사물거렸다.

상준은 선화와 일하는 시간이 달랐기 때문에 미국에 와서 가사를 나누었다. 가사 노동의 중요성과 힘겨움을 깨닫는 계기가 되었지만, 가장으로서 권위가 시나브로 무너져가는 느낌을 아무래도 지울 수 없었다. 쓸데없는 권위를 유지할 생각은 전혀 없었지만, 아들 두산의 눈길만은 걸렸다. 평양에서 살 때 당에 투철한 인민학교 교원으로서 적잖은 사람들의 선망을 받았던 아비의 상과 미국에 와 식당이나 화장실 따위를 청소하는 아비가 너무 다르다고 생각해서일까. 아비를 무시하는 언행이 늘어나면서 상준의 가슴은 새까맣게 타들어갔다.

그럼에도 상준은 세상을 더 넓고 깊게 알아가는 인터넷 학습으로 위안을 받을 수 있었다. 그 누구의 간섭 없이 인터넷 항해에 몰입할 수 있었고, 세상에 대한 궁금증이 싸목싸목 풀려갈 때면 희열을 느꼈다. 조금이라도 모르는 시사용어가 나오면 검색해 관련 용어들을 두루 익히고 신문에 난 칼럼들을 찾아다니며 공부하면 어느새 새벽이 가까워올 때가 적지 않았다. 아내 선화는 그런 상준을 점점 이해할 수 없었다. 그렇지 않아도 엇갈리는 노동시간 때문에 가족 사이의 대화는 시나브로 줄어들어갔다.

미국에 온 지 한 달쯤 되었을까. 집주인 부부가 고리눈이 목사 부부와 지인들까지 초청해 집에서 쇠고기를 구운 날이 있었다. 상준 가족을 환영하는 자리였다. 분위기가 익어갈 무렵에 목사가 쇠고기를 먹으며 개탄했다.

"이 좋은 쇠고기를 광우병 고기라고 악악대는 종북세력 때문에 조국의 나라꼴이 정말 부끄러웠어요. 게다가 미국인들이 먹는 쇠고기와 수입 쇠고기가 다르다고 선동까지 했잖아요? 사탄이 따로 없다니까요."

상준은 면전에서 처음 듣는 '종북'이라는 말이 걸렸다. 그 순간, 동포 신문에서 기자로 일한다는 집주인의 동생이 정색을 하고 날카로운 세모눈으로 목사의 잘못을 직설했다.

"그건 목사님께서 모르시는 말씀입니다. 아직 미국생활 경험이 적어서라고 이해할게요."

단도직입적인 말에 분위기가 썰렁하게 가라앉았다. 세모눈 기자가 말을 이었다.

"목사님, 실제로 미국 안에서는 24개월 미만의 쇠고기만 유통되고 있어요. 우리가 지금 먹고 있는 이 쇠고기 좋다고 하셨죠? 그렇습니다. 24개월 미만의 연한 고기이니까요. 24개월 넘은 쇠고기는 다른 나라로 수출하거나 햄버거 따위에만 사용하고 있거든요. 그러니 미국인들이 먹는 쇠고기와 수입 쇠고기가 다르다고 하는 게 사탄의 선동은 아니겠죠?"

"어? 그래요. 난 금시초문인데?"

목사는 수긍할 눈치가 전혀 아니었다. 하지만 마땅히 반박할 정보도 없어 눙치며 화제를 사부자기 돌렸다.

"그나저나 경제가 어려워지고 있어요. 교회에 나오시는 분들이 모두 힘들다고 하네요. 내가 아는 경제학자에게 물어보았더니 이슬람 사탄들이 세계무역센터를 테러해 지구촌 경제를 혼란에 빠트린 다음부터 힘들어졌다고 합디다."

세모눈 기자가 다시 치켜뜨며 반론을 폈다.

"대체 어떤 경제학자가 그런 엉터리 말을 하던가요? 미국 경제는 테러 때문이 아니라 테러 다음에 벌이고 있는 전쟁으로 어려워졌어요."

"그게 그 소리 아니오?"

"아니죠. 원인과 결과가 거꾸로 된 게 어찌 그 소리인가요. 아프가니스탄에 이어 9·11테러와 아무런 관계도 없는 이라크까지 침략해 경제력이 쇠퇴하고 있는 겁니다. 더구나 그동안 미국이 얼마나 금융 규제를 풀어왔습니까? 그리고요. 목사님. 이제 이슬람은 사탄이라는 식으로 말도 안 되는 이야긴 그만하세요."

목사의 고리눈이 휘둥그레 커지고 부인은 얼굴색이 하얗게 변해갔지만, 세모눈 기자의 직설은 이어졌다.

"이슬람 예배당 가보세요. 아주 경건해요. 별도로 성직자도 두지 않아요."

태권도관장이 기자인 아우에게 그만하라는 눈길을 강렬하게 던지며 운동 이야기를 꺼냈다. 태권도는 단순한 스포츠가 아니라 도를 닦는 일이라며 누구나 집에서 할 수 있는 품새를 자리에서 일어나 보여주었다. 분위기 전환은 성공했지만, 상준은 몹시 아쉬웠다. 함부로 사탄을 들먹이는 목사가 '하나님의 권위' 아래 얼마나 많은 사람의 정신을 오도할까 생각하니 더 그랬다.

바로 그다음 주에 미국 월스트리트에서 금융 위기가 터져나왔다. 모든 것을 시장에 맡기고 자본에 대해 규제를 없애온 신자유주의는 '글로벌 금융기업들'과 함께 파국을 맞았다. 한인 사회에도 직격탄이 떨어져, 파편이 상준이 일하는 식당까지 날아들었다. 식당 손님이 줄어들면서 상준의 출근일은 사흘로 반 토막 났다. 물론, 메부리코 주인은 상준이 출근하는 날에 퇴근 전까지 시래기국 조리와 화장실 청소 따위를 모두 마치라며 노동 강도를 높였다. 결국 상준의 일은 거의 줄어들지 않았지만, 출근 일에 따라 받는 수입은 절반으로 줄어들었다. 상준은 부당하다고 생각했으나 참을 수밖에 없었다. 작은 구멍가게 자본도 이러할진대 대자본은 노동자들을 얼마나 멋대로 부려먹을까 미루어 짐작할 수 있었다.

불황으로 일거리가 절반으로 줄어든 가장 상준에게 선화와 두산은 따뜻한 위로를 보내지 않았다. 차가운 냉기만 감돌았다. 상준은 흠칫했지만, 아내와 아들을 믿기에 그 또한 시간이 해결해주리라 막연히 기대했다. '학이시습' 할 시간이 늘어났으니 그 또한 좋은 일이라고 애써 의연했다.

19

밤안개가 시나브로 사라지면서 기다렸다는 듯이 별 하나가 캄캄한 하늘에 돋았다. 이어 또 하나가, 다른 하나가 반짝이며 뉴 리버티 호의 어두운 항해를 굽어보았다. 연화는 붓다가 샛별 돋을 때 해탈한 사실이 떠올라 미소 띠며 물었다.

"성불은 늦깎이가 먼저 한다는 말 들어보셨어요?"

"네. 그런 말이 있습니다만, 모든 늦깎이가 성불하는 건 아니잖습니까. 어쩌면 힘내라는 말 아닌가 싶습니다."

지켜보던 나미가 말곁을 달았다.

"아저씨, 오늘 따라 지나치게 겸손하신데요?"

연화가 집게손가락으로 나미의 이마를 사랑스럽게 찌르고 상준에게 말을 이었다.

"제가 보기에 그 말은 단순한 격려사가 아닌 듯해요. 무엇을 하든 가슴에서 우러나오는 간절함이 관건이라는 가르침, 선부른 알음은 교만에 이를 수 있다는 경계가 두루 담겨 있거든요?"

"연화 씨, 그 말을 깊이 새겨 보셨습니까?"

"그건 아니어요. 결국은 상준 씨와 같은 말이지요. 쉼 없이 정진하라는 뜻 아니겠어요? 다만, 이야기 들으며 세상을 지며리 학습해 가는 상준 씨 모습이 떠올랐어요."

"고맙습니다. 연화 씨의 문학도 언젠가 성불에 이르리라 믿습니다."

"와~ 두 분이 다 성불하시면…… 저는 어쩌죠?"

나미의 말에 연화와 상준이 앞서거니 뒤서거니 말했다.

"걱정 마, 엄마는 성불하려면 정말 멀었어."

"성불하려면 모든 게 막힘없이 탁 트여야 한다더구나. 그래야 자비행이 몸으로 배어나온다는데 나도 지금으로선 어림없어."

"어머, 정말 두 분 성불할 생각이신가 봐?"

연화와 상준을 반달눈 미소로 경쾌하게 받아치는 나미의 물음에 두 사람은 할 말을 못 찾을 뿐 아니라 마치 쥐구멍이라도 들어가고 싶다는 듯 황망한 웃음을 보냈다.

상준은 늦부지리로 학습에 무장 열정을 쏟았지만, 늘 허기를 느꼈다. 세월은 속절없이 흘러 어느덧 하늘이 내린 뜻을 안다는 '지천명' 나이에 이르렀는데도 인류는 어디로 가고 있는지, 또 어디로 가야 하는지, 자신은 남은 인생을 어떻게 살아가야 옳은지 뭐 하나 확연하지 않았다. 인터넷과 책을 찾아 자료를 읽고 그 고갱이를 되새김질하며 생각을 다듬어 적바림 하느라 잠시도 시간을 허투루 보낼 수 없었다.

세상이 어디로 가고 있는지 알기 위해 인터넷학습 초꼬슴에는 서울에서 발행되는 신문을 자료로 삼았다. 성격이 다른 두 신문을 노트북에 '즐겨찾기'로 설정해놓고 거의 날마다 들어가 견주며 읽었다. 모든 기사를 읽을 수는 없었지만 사설은 꼭 짚었다. 같은 사안을 두고 시각이 판이한 사설을 읽을 때는 더러 혼란스러웠지만, 그럴수록 상준의 호기심은 더해갔다.

누가 옳은지 따따부따하며 지며리 탐색해나가면서 상준은 덩둘했던 눈이 조금씩 열리는 희열을 느꼈다. 신문에 이어 백과사전으로, 학술논문들로 검색 범위는 갈수록 넓어지고 깊어졌다. 상준은 특히 철학사전과 백과사전을 인터넷으로 찾아 읽으며 개념을 정확하게 파악할 수 있었다. 가령 주체사상을 마르크스 사상사의 흐름에서 짚어보며 수령론이 얼마나 시대착오적인가를 절감했다. 어떤 논리로 호도하더라도 '자주'는 '수령'과, '창조'는 '유일'사상과 양립할 수 없다는 진실을 미처 꿰뚫지 못했던 자신이 뱅충맞은 맹문이로 보이기도 했다.

미국 월스트리트의 경제 위기를 어떻게 보아야 옳은지 분석 기사들을 훑어보던 어느 날, 상준은 평양에 대한 충격적 보도를 발견했다. 평양의 김정일 국방위원장이 뇌졸중으로 쓰러졌다는 기사인데 출처가 미국 정보당국이었다. 더 심각한 대목은 그 기사 바로 다음 문장이었다. 김정일의 건강 이상으로 후계체제 논의가 빠르게 진전되어, 셋째 아들 김정은으로 확정됐단다. 상준은 누가 묻지도, 바라보지도 않는데 저 혼자 강하게 도리질하며 중얼거렸다.

"셋째 아들에게? 아무렴 그러려고. 3대째 권력을 세습한다면 더는 변명의 여지없는 왕조체제 아닌가, 공화국을 음해하고 반대하는 자들의 눈으로 보니 '김정은 후계' 따위의 기사가 나올 뿐, 이건 공화국 모략소동에 지나지 않아."

추측 기사에 지나지 않는다고 웃어 넘겼다. 그런데 시간이 흐르면서 혹시 그렇게 될지도 모르겠다는 생각이 자신도 모르게 커져가고 있었다. 선화는 오사카에 머물 때 어머니로부터 들은 이야기를 전해주었다.

"김정은 생모 고영희가 오사카에서 태어난 거 당신 알아요? 1962년 엄마가 평양으로 들어갈 때 같은 배를 탔나 봐요. 북송선에서 엄마가 갓난아기였던 나를 안고 있었다는데, 고영희가 신기하다며 다가와 살펴보았다던데요?"

"조선화가 이미 그때부터 미인이었나?"

"호호, 그랬나? 당신에게 오랜만에 그런 말 들어보네요?"

"그래서 어떻게 됐어?"

"엄마 말로는 그때 고영희는 열 살 갓 넘은 귀여운 소녀였대요. 그 집안과 오사카 시절부터 알았는데, 평양에 들어와서도 같은 살림집 구역에서 이웃으로 살았다더군요. 고영희가 학교 졸업하고 만수대예술단에 무용가로 들어갔을 때 아버지 고경택이 거리를 오갈 때도 싱글벙글 웃음을 참지 못했답니다."

상준도 고영희가 누구인가를 잘 알고 있었다. 고영희가 암으로 죽기 전부터 이미 신문과 방송이 '평양의 어머니'로 그녀를 칭송했기 때문이다. 하지만 그것은 어디까지나 김정일의 아내이기 때문이라고만 여겼다.

그런데 선화로부터 장모의 말을 전해 들으면서 '평양의 어머니'라는 말을 되짚어보게 되었고, 자신이 지금껏 왕조사회에서 살아왔다는 느낌이 슬금슬금 들기 시작했다. 스멀스멀 분노까지 치밀어 오르면서도 애동대동한 김정은이 정말 인민공화국의 최고지도자가 될까에 의문이 들었다. 적어도 상준은 그렇게 생각할 수 없었다. 최소한 김정일의 사회주의 의식이 그 따위로 천박하진 않으리라고 믿었다. 아니, 간절히 믿고 싶었다.

상준이 떠나온 조국의 후계 체제에 조바심을 내고 있을 때, 미국 대통령 선거에선 마침내 흑인 오마바가 당선됐다. 월스트리트에서 터진 금융 위기로 뭔가 변화가 필요하다는 공감이 퍼져가서일까,

아무튼 상준은 '흑인 대통령'이 실현되는 미국이 새삼 놀랍게 다가왔다. 미국에서 살며 조금씩 비판의식이 되살아나던 참이었기에 더욱 그랬다.

오바마가 미국 대통령에 당선된 날, 상준은 인터넷 앞에서 '센둥이 나라'를 다시 짚어보았다. 미국의 독립선언문을 찾아 정독하고 링컨의 게티즈버그 연설도 잼처 읽었다. 소로가 주창한 시민불복종론까지 곰곰 새겨보며 평양이 '승냥이'로 비판해온 미국의 역사에는 나름대로 민주주의를 진전시켜 온 정치인, 사상가들이 적지 않다는 사실을 새삼 확인할 수 있었다. 만일 조선민주주의인민공화국이 혹시라도 3대째 세습을 이룬다면, 주체사상의 미국 비판은 우스개로 전락할 수밖에 없다고 판단했다.

그런데 상준의 또 다른 조국인 한국도 실망스럽긴 도 긴 개 긴이었다. 평양에 실망하고 워싱턴의 흑인 대통령에 상준이 다소 들떠 있을 때, 인터넷으로 들여다본 서울에선 참사가 일어났다. 도심재개발로 생활의 터전을 잃게 된 철거민들이 생존권을 보장해달라며 농성하던 현장에 경찰특공대가 들이닥쳐 5명이 숨지고 23명이 다쳤다. 권력이 민중을 대하는 태도는 북이나 남이나 도토리 키 재기라는 생각이 들었다. 아무런 힘도 없는 철거민들을 어찌 그토록 잔혹하게 진압할 수 있단 말인가. 북과 남에 차이가 있다면 서울에선 경찰의 진압이 정당한 '공무집행'이었는가를 따따부따하는 사람들이 있고, 평양에는 그마저 없다는 점이다. 그것은 큰 차이일 수도, 작은 차이일 수도 있다고 상준은 생각했다.

가슴을 부글부글 끓게 한 것은 서울의 참사만이 아니었다. 상준이 살고 있는 미국에서 동포들의 매춘이 곰비임비 불거졌다. 대다수가 한국에서 미국으로 살꽃을 팔러 온 젊은 여성이다. 관광을 빙자해 들어온 뒤 눌러앉아 몸을 파는 한국 여인들을 미국 신문과 방송이 뉴스로 다룰 때 상준은 참담했다. 로스앤젤레스 한인 마을을 미국 연방수사국(FBI)이 급습해 매춘 혐의로 7명을 체포했다는 보도, 한인들이 가정집을 불법으로 개조해 단골 고객들을 대상으로 은밀히 성매매를 한다는 기사, 인터넷으로 고객을 모집했는데 회원이 7,000명에 이른다는 뉴스, FBI가 뉴욕을 비롯한 동부지역의 매춘·인신매매 조직에 소탕작전을 벌이면서 한인들의 마사지 업소가 여기저기서 적발되었다는 보도들 앞에 상준은 숨고 싶을 만큼 부끄러웠다.

재미동포들이 발행하는 한글판 신문은 "경찰의 매춘단속반이 떴다 하면 체포자 명단엔 어김없이 한인들의 이름이 올라가 '매춘=한인'이라는 등식이 성립되었다"고 보도했다. 가족을 먹여 살리거나 동생 학비를 대려고 몸을 팔던 과거와 달리 논다니들이 벤츠를 타고 다니며 화려한 옷과 장식품으로 치장한단다. 쉽게 즐기며 돈 버는 방법을 터득한 한국의 젊은 여성들이 물신주의 노예가 되어 워싱턴, 뉴욕, 볼티모어로 주요 도시를 순회한다는 보도 앞에 상준은 아연했다.

더구나 미국 안에서 일본군의 성노예가 되었던 한국인 여성들을 기억하자는 추모비가 세워지는 상황에서 젊은 여성들이 자발적으로 살꽃을 팔아 얼굴이 화끈거렸다. 평양에서 20년 넘도록 '조선민족제일주의'를 내내 가르쳐왔던 상준은 결국 자신이 후대들을 오도해온 게 아닌가, 자책감마저 들었다.

남과 북으로 갈라져 반세기 넘도록 젊은 남자들이 서로 총부리

겨누는 동안, 북의 젊은 여자들은 먹을 것을 찾아 압록강·두만강을 오가다가 중국인들에게 마구 유린당하고, 남의 젊은 여자들은 바다를 건너와 미국인들에게 성을 팔아먹고 있잖은가. 특히 한국에선 조선과 달리 적어도 굶어죽을 사람은 없을 텐데 굳이 미국까지 '원정' 와서 살꽃을 팔아야 할 이유를 도무지 헤아리기 어려웠다. 한국보다 더 가난한 나라들이 지구촌에 많은 데도 유독 '매춘=한인'이라는 공식이 나돈다면, '용광로'로 불릴 만큼 다양한 인종이 섞여 사는 미국에서 '코리안'과 창녀를 등식으로 떠올린다면, 이는 민족적 수치 아닌가.

상준은 한국에서 정치한답시고 목에 힘주는 치들은 대체 무엇을 하고 있는지 멱살을 잡고 싶었다. 그런 갑갑한 의문들을 풀어보려면 인터넷 학습에 더 많은 시간을 보내야 했다. 아내는 상준의 '세상 공부'를 처음엔 듬직하게 여겼고 때로는 존경심마저 보냈다. 하지만 선화는 물론 두산도 구들직장이 된 가장에 점점 부아가 일어 차곡차곡 부아통이 쌓여갔다. 상준은 아내와 아들의 변해가는 눈매를 뒤늦게나마 눈치 챘지만, 애써 대수롭지 않게 여겼다. 다만 지아비와 아비가 돈을 더 벌어오지 못해 저러는 걸까, 그런 생각이 들 때면 하릴없이 애운하고 쓸쓸했다.

어느새 돋아난 흰 수염에 가슴이 쌍그렇던 상준은 자본주의 대안으로 주체사상이나 소련공산주의가 이미 효력을 상실했다면 인류는 어디로 어떻게 가야 옳은지 알고 싶었다. 인터넷으로 검색하며 공부하다가 막히면 인터넷서점으로 들어가 책을 구입했다. 없는 살림에 책을 서울까지 연결해 사들이는 상준의 행태가 지속되자 선화는 뜨악했다.

다행히 한국을 복지국가로 만들자는 바람이 2010년대 들어서면서 서울과 주요 대도시를 중심으로 솔솔 불고 있어 반가웠다. 그해 지방선거에서 학교급식을 무상으로 하자는 야당들이 괄목할 성과를 거뒀다. 하지만 한국의 미래를 낙관할 수는 없었다. 이를테면 한국 사법부가 다섯 명이 숨진 농성장에서 다친 채 살아남은 철거민들에게 '특수공무집행방해 치사상 유죄' 판결을 내렸을 때, 상준은 그 거창한 죄명을 알고 싶어 검색해 보았다. 단체 또는 다중이 위력을 보이거나 위험한 물건을 휴대하여 공무집행을 방해하고 그 과정에서 공무원을 상해나 사망에 이르게 한 죄란다. 경찰 특공대가 들이닥쳐 철거민 5명이 죽을 때 진압하던 경찰 1명도 죽은 사실 때문에 살아남은 사람들에게 그따위 유죄 판결을 내렸다면, 당연히 국민 5명을 죽인 경찰 책임자의 죄도 물어야 공평하지 않겠는가.

상준이 워싱턴의 작은 한인식당에서 허드렛일을 하며 두 조국 모두에 무장 실망이 커가던 어느 날, 평양은 20대 김정은을 '청년대장'으로 부르기 시작하더니 2010년 가을에 기어이 인민군 대장으로 공식 발표했다. 누구의 아들이라는 이유로 어느 날 갑자기 별 네 개를 어깨에 달 수 있다면, 대체 청춘을 불태워 인민군에 모든 걸 바쳐온 '인민'은 무엇이 된단 말인가. 조선로동당 중앙위원회 전원회의는 그 '벼락출세 대장'을 당 중앙군사위원회 부위원장과 정치국 위원으로 선임했다. 김정일이 위원장인 중앙군사위원회는 인민군을 지휘하고 군사정책을 총괄하는 기구다.

상준은 남우세스러워 밖으로 나다니기가 더 싫어졌다. 다름 아닌 '승냥이 소굴'에서 상준은 자신이 믿어온 '혁명의 성지'가 더없이 창피했다. 결국 앳된 배부장나리 김정은에게 3대 세습을 강행할 만큼, 김정일의 그릇도 고작 그 수준이었던가. 김정은이 자신의 할아버지인 김일성의 젊은 시절 비스무리하게 외모를 치장하고 텔레비전 화면에 나온 걸 보았을 때 상준은 역겨웠다. 다만, 쓰거운 구토가 무의미한 것만은 아니었다. 상준이 압록강을 건너면서 든 조국을 배반했다는 자괴감, 선양에서도 오사카에서도 워싱턴에서도 따라다니던 그 껄끄러운 '반역자의식'을 비로소 깔끔하게 청산할 수 있었기 때문이다.

조금이라도 틈만 나면 인터넷 검색과 책 앞에 앉아 아낙군수가 된 상준은 교회 예배에 빠지는 날이 무장 늘어났다. 선화와 두산은 상준을 점점 옹치로 여겨갔지만, 그 무엇도 상준의 학습 열기를 식힐 수는 없었다.

그런 가운데 선화에게 시련이 닥쳤다. 2011년 봄 일본 후쿠시마에서 강진으로 해일이 일어났다는 뉴스가 흘러나왔을 때다. 가만히 지켜보던 선화가 얼굴이 어두워지면서 "후쿠시마에 어머니의 사촌이 살고 있다"고 걱정했다. 선화는 워싱턴으로 오기 전 오사카에 머물 때 "어머니와 함께 후쿠시마로 이모 댁을 다녀왔다"고 혼잣말처럼 덧붙였다. 선화는 인터넷으로 사고지점을 찾아보면서 더 어두워졌지만, 밤이 깊어가며 더는 괘념하진 않았다. 그런데 다음 날 아침이었다. 오사카에 사는 외삼촌으로부터 선화에게 전화가 왔다. 외삼촌은 후쿠시마에 사는 사촌누이가 고희연을 연다며 어머니를 초청했는데 연락이 두절됐다는 말을 전하고 흐느꼈다. 선화는 전화를 받다가 털썩 주저앉았다. 충격에 잠겼던 선화는 이내 일어나 당장 일본으로 가겠다고 비행기 표를 인터넷과 전화로 알아보기 시작했다. 상준 또한 장모가 걱정되면서도 선화를 말렸다. 후쿠시마 상황이 어떤지 모르면서 현장으로 달려가는 것은 위험할 수 있다고 보았기 때문이다. 선화는 상준이 너무 무심하지 않느냐고 부르대며 울분을 토했다.

하지만 진도 9.0의 지진이 빚은 해일로 후쿠시마—문자적 의미로 그 뜻은 '福島' 곧 '복 받은 섬'이다—주민 2만 여 명이 사망하거나 실종됐다. 더구나 원자력발전소가 파괴되었다는 소식까지 전해져서 상준은 도저히 아내를 보낼 수 없었다. 상준과 선화가 후쿠시마로 가니 못 가니 언쟁을 높여갈 때, 외삼촌의 전화가 다시 걸려왔다. 조금 전, 누이와 연락이 됐단다.

아내는 한시름 놓았지만 상준과 시퍼렇게 날 세워 처음 다투어서일까. 관계는 무장 서먹해졌다. 이튿날 선화는 어머니와 통화할 수 있었다. 선화의 통화를 옆에서 듣고 있던 상준은 장모가 원전에서 유출된 방사능에 피폭된 사실을 감지할 수 있었다. 울며불며 통화하던 선화가 넘겨준 전화로 상준은 조심스럽게 얼마나 피폭되었는지 물었다. 장모는 젖은 목소리로 말했다.

"나야 걱정하지 말게나. 당장 죽어도 원통할 게 없으니까."

"무슨 말씀을 그렇게 하십니까?"

"내가 앞으로 살날이 얼마나 남았겠어. 하지만 젊은 세대가 걱정이라네. 방사능이 도쿄까지 퍼져갔다는데 감당하기엔 너무나 엄청나서인지 그 누구도 도쿄 방사능을 이야기하지 않고 있어. 정말 일본인들은 무서운 사람들이더군. 세상이 어떻게 돌아가는 건지 이해할 수 없기는 평양도, 여기도 마찬가지야. 자네 결정 잘했어. 미국으로 간 게 천만다행이야."

상준은 허전했다. 말이 2만여 명이지 그 많은 사람이 한순간에 생명을 잃었다는 사실이 도무지 실감나지 않았다. 더구나 원전 파괴로 후쿠시마 연안 바다가 이미 방사능에 오염되었고, 앞으로도 방사능 물이 끊임없이 바다로 유입된다는 뉴스가 이어졌다. 일본 앞바다가 바로 태평양이기에 해류를 따라 방사능이 지구촌 모든 바다로 퍼져갈 수밖에 없어 문제는 더 심각하다. 원전이 인류에게 얼마나 위험할 수 있는가를 상준은 절절하게 깨우쳤다.

상준은 후쿠시마의 한 마을 주민이 "원전만 없었다면"이라는 글귀를 남기고 스스로 목숨을 끊은 사실이 상징적으로 다가왔다. 자살에 앞서 "원전에 지지 말고 힘내달라"고 당부했지만, 시간이 흐르면서 원전의 위험성은 일본 안에서도 망각되어 갔다. 상준은 과연 인류에게 미래가 있을지 의문이 들며 회의감에 잠겨 들었다.

그해 가을은 월스트리트에서 점령시위가 있었다. 미국 젊은이들이 "월가를 점령하라"며 시위를 벌였지만, 어떤 사회를 만들지에 대한 합의가 없어서일까. 아무런 결실을 맺지 못하고 시나브로 시르죽었다. 마치 2008년 서울에서 타오른 촛불시위처럼, 2011년 뉴욕의 월스트리트 시위도 아쉬움만 크게 남겼다. 문득 장모가 피폭 뒤 "세상이 어떻게 돌아가는 건지 정말이지 이해할 수 없기는 평양도, 도쿄도 마찬가지"라는 말이 떠올랐다. 상준이 보기에 뉴욕도, 워싱턴도 서울도 마찬가지였다. 상준은 인간이란 어떤 이상을 내걸더라도 결국은 몰락을 피할 수 없는 존재라는 비관적 생각이 깊어갔다.

인간과 역사에 회의가 짙어가던 상준은 숙지근해져가는 월스트리트 시위를 인터넷으로 검색하다가 조선중앙TV가 김정은을 '존경하는 동지'로 호칭했다는 기사와 마주쳤다. 예상했던 일이지만 대체 김정일은 죽어 어떻게 평가될까를 되처 묻지 않을 수 없었다.

그런데 그로부터 며칠 뒤 거짓말처럼 김정일 사망 소식을 들었다. 2011년 12월 17일 김정일이 사망했다는 뉴스가 쏟아졌다. 아버지 김정일에 이어 김정은이 권력을 승계했다. 중국과 러시아는 곧바로 김정은의 후계체제를 받아들였다. 김일성-김정일-김정은으로 이어지는 3대 세습이 공식화된 조국을 보며 상준은 '이씨 조선'에 이어 결국 '김씨 조선'이 세워졌다고 개탄했다. 김일성 출생 100주년을 맞아 강성대국을 이루겠다고 인민들을 독려했던 김정일은 결국 그 해를 보지 못하고 죽었다. 딴은 살아 있어도 2012년을 맞기 부담스럽지 않았을까.

상준은 책꽂이에서 어머니의 필사본을 꺼내들고 아버지가 김정일에게 쓴 유서를 찾아 읽었다. 아버지는 김정일에게 "사람 중심의 사회주의, 인민대중 중심의 사회주의는 두말할 나위 없이 주체사상의 근본"이라면서 "동지 앞에 한 점 부끄럼 없이 자부할 수 있거니와 그 사회주의는 제가 여든 살 가까운 평생 동안 언제나 북극성으로 여기며 걸어온 길"이라고 밝혔다. 그 길 위에서 김정일 동지에게 "피를 토하는 심정으로 두 가지를 촉구"했다.

아버지는 먼저 "인민대중을 참으로 중심에 놓고 당을 재건하는 혁명"을 호소했다. "수령을 받들고, 철저히 옹호 관철함 없이도 인민 스스로 역사를 자주적·창조적으로 일궈갈 수 있다는 믿음, 그 믿음이 오늘의 주체사상에 없다는 사실에 조선의 사회주의자로서 슬픔을 느낀다"고 썼다. 둘째, "진정한 인민의 지도자가 되길" 촉구했다. 아버지는 사회주의자는 개인숭배와 양립할 수 없다면서 "인민과 더불어 어깨를 나란히 하는 겸손한 미덕이야말로 사회주의자가 지녀야 할 기본 품성"이라고 강조했다.

아버지는 "민중이 스스로 자주적이고 창조적이 될 때, 바로 그때 사회주의를 지켜내는 것도, 사회주의 강성대국 건설도 비로소 담보"될 수 있다고 호소했다. 더 늦기 전에 혁명적 결단을 내려야 옳고, 오늘 우리 당에서 그 결단은 김정일 동지만이 할 수 있다는 아버지의 마지막 호소는 끝내 배반당했다.

김정일. 그는 아버지가 피로 써내려간 제안과 정반대로 20대 아들에게 권력을 세습함으로써 숱한 혁명가들이 피눈물로 세운 조선민주주의인민공화국을 한낱 '김씨 왕조'로 타락시켰다. 바로 그렇기에 아버지 이진선의 수기를 읽을수록 상준의 가슴은 글뛰었다. 톺아보면 문제의 출발은 김일성이다. 만일, 아버지의 소망대로 박헌영이 혁명을 지도했다면, 과연 자식과 손자에게 권력이 이어지는 '주체 체제'를 만들었을까? '미제의 간첩'으로 몰려 김일성에게 처형당한 그 순간까지 박헌영은, 그리고 그를 따르던 아버지를 비롯한 숱한 혁명가들은 기꺼이 모든 것을 바친 혁명이 '왕조 체제'를 이루리라 상상이라도 했을까? 단연코 아니라면, 묻지 않을 수 없다. 무엇을 어떻게 할 것인가?

3부

달 윤슬, 해 윤슬

20

뉴 리버티 호의 항해 내내 안개가 감돌아 갑판 위의 시간은 멎은 듯 고요했다. 상준이 얼어붙은 압록강을 건너 망망대해 태평양까지 건너온 이야기를 고주알미주알 늘어놓는 사이 새벽 2시가 다가오고 있었다.

선상 불꽃놀이 이후 해미는 시나브로 옅어졌지만 아직 말끔히 가시지는 않았다. 생맥주를 세 잔이나 비운 나미의 눈꺼풀은 무거움을 견디지 못하고 마구 내려앉았다. 아까부터 연화는 졸음을 못 이겨 긴 생머리로 방아를 연방 찧는 나미에게 선실로 들어가라고 설득했다. 하지만 나미는 바다 위에서 언제 또 밤을 보내겠느냐며 황소고집을 피웠다. 자식 이기는 부모 없다고 했던가.

연화는 포기하고 일어나 선실을 다녀왔다. 꾸벅꾸벅 말뚝잠에 빠져드는 나미의 목에 조여 있던 목도리를 풀고 선실에서 가져온 담요를 똘똘 말듯 덮어주는 모습이 자애로웠다. 나미 목도리를 잠깐 만지작거리던 연화는 상준에게 바투 다가서더니 동의도 구하지 않고 씩씩한 손놀림으로 말없이 목에 걸쳐주었다. 상준은 자신이 한기를 조금씩 느끼는 걸 어느새 알아챈 걸까 싶었다. 따뜻해서일까? 나미는 연화 어깨에 기대는가 싶더니 곧바로 새근새근 잠들었다.

사위 캄캄하던 바다에 안개가 걷혀가면서 달빛이 어렸다. 조금 기울어 더 정겨운 둥근 달이 파도와 만나 노란 윤슬로 반짝였다. 동화의 바다 속으로 두 사람만 표류하는 느낌이 엄습했다. 옅은 안개가 달빛 윤슬을 어루만지며 작별을 속삭였다. 밤하늘 뭇별은 촘촘히 총총해갔다.

“안개가 거의 사라졌습니다. 별들이 참 많습니다.”

상준은 자신이 참 말을 못한다고 생각하면서도 용기 있게 고개 돌려 연화를 보았다. 어쩌면 별을 핑계로 연화 얼굴을 보고 싶었는지도 모르겠다. 상준의 아이 같은 말투가 순진하게 다가와서일까. 연화는 미소를 띠며 달 담긴 샛별눈을 조금 올려 잔별들을 쓰다듬듯 바라보았다.

“아까 인터넷 세상공부 이야기하실 때부터 별들이 하나둘 나타나기 시작했어요. 아, 그렇다고 상준 씨 이야긴 안 듣거나 별에 한눈팔고 있었던 건 아니니까 안심하세요. 별빛이 오히려 이야기에 귀를 더 집중하게 해주던걸요.”

“솔직히 그럴 만한 가치가 있는 이야긴 아니잖습니까?”

“왜 그렇게 생각하세요. 겸손이 심하면 결례가 된다는 거 아시죠?”

“사실입니다. 모든 걸 바친 혁명가들은 역사에 저 별처럼 찬란한데 스스로 돌아보면 걸어온 길이 구차스러울 따름입니다.”

“별처럼 되고 싶으세요? 조금 다른 이야기일지 모르겠지만 사실 별들도 모두 죽잖아요. 우리와 운명이 다를 바 없는걸요?”

“그냥 저 자신이 못나 보여 드린 말씀입니다. 한낱 도망자에 지나지 않잖습니까?”

“그렇지는 않지요. 길을 찾아 떠난 거잖아요. 그리고 말씀 들어보니 그 길을 씩씩하게 걸어오셨네요.”

“그런 것만은 아닙니다. 인간은 누구나 자신이 걸어온 길을 회고할 때 미화한다고 하잖습니까?”

“그런가요?”

"모든 자서전은 아무리 치부를 드러낸다고 해도 궁극적으로 자기를 미화하고 합리화하는 거랍니다. 오늘에 국한해서 말하자면 저도 다 솔직히 말하지 못했습니다."

연화는 이 순진한 50대 사내에게 사람은 누구나 말하고 싶지 않은 게 있다, 모든 걸 솔직하게 말할 필요는 전혀 없다는 이야기를 하고 싶었지만 정작 말은 엉뚱하게 나왔다.

"어머, 그래요? 감추신 게 뭘까 궁금한데요?"

"정말 궁금하십니까?"

"그럼요? 남자답게 털어놓으세요."

"음. 막상 말하려니 좀 쑥스럽습니다."

"뭐예요? 관객 모으는 중이세요? 아무리 그래도 여기는 망망대해인걸요?"

상준의 표정이 사뭇 진지해질수록 연화는 더 짓궂어갔다.

"연화 씨는 자살을 생각해본 적 있습니까?"

느닷없는 자살 물음에 개구지게 묻던 연화는 흠칫했다. 그렇지 않아도 조금 전 화사하게 꽃피다가 바다로 가뭇없이 사라진 불꽃들을 본 뒤부터 가슴 어딘가로 어떤 허망함이 밀려왔던 터였다. 불꽃놀이처럼 속절없이 반짝이다가 제멋에 스러져가는 게 인생 아니던가. 어쩌면 유흥가로 변한 월미도를 목격했을 때부터 앙가슴 깊숙이 들어와 똬리 틀고 있었는지도 모르겠다.

상준은 왜 연화에게 그 말까지 꺼냈는지—더구나 '솔직히'라는 수사까지 내세워—스스로 의아해하면서도—또는 의아한 척하면서—내친 김에 아무것도 감추지 않겠다는 듯이 고백했다.

"저는 자살을 작심했습니다."

연화는 그 순간 죽은 남편이 스쳐갔다. 연화처럼 스웨덴에 입양된 한국인 남편은 끝내 자신이 버림받았다는 우울증을 이겨내지 못하고 벼룻길을 넘어 바다까지 자동차로 돌진했다. 자살할 무렵에 남편은 보드카에 절어 얼굴이 새카매졌고 눈은 언제나 때꾼했다. 연화는 기억조차 하기 싫어 잊었지만, 아니, 잊으려고 꾹꾹 눌러왔지만, 남편은 자살하기 전날 밤에 연화의 몸을 더듬어왔다. 술에 찌든 남편이 오랜만에 다가서던 몸짓을 연화는 냉정하게 거부했다. 남편의 장례를 치르며, 연화는 그날 자신이 남편의 몸을 거부하지 않았다면, 남편이 죽지 않았을지 모른다는 생각을 떨쳐버릴 수 없어 깊은 죄책감에 빠져들었다. 연화가 그 뒤 접근해온 남자들을 모두 차갑게 거부한 까닭이기도 했다.

"인류가 자신의 삶을 아무리 정당화하더라도, 인생은 모멸스럽고 비루하다는 생각을 떨칠 수 없었습니다."

상준이 말끝을 달 때서야 연화는 사무치던 상념에서 벗어났다. 고개를 조금 돌려 실눈으로 상준을 보았다. 착시효과일까? 때꾼한 눈에 어둠 짙은 얼굴이 들어왔다.

"왜? 왜 그런 생각을 하셨어요?"

연화는 자신도 모르게 목소리가 높아졌다. 상준은 당혹했다.

"지금 그렇다는 게 아닙니다. 너무 걱정을 끼쳐드렸나 봅니다. 이거 참 미안합니다."

상준은 대꾸 없이 자신을 응시하는 연화의 샛별눈에서 분노와 섞인 연민을 읽었다. 그 눈길 앞에 스스로 멋쩍어 고개 돌려 다시 앞을 보면서 이야기를 그만 접을까 생각했다. 하지만 자살 이야기까지 꺼내고 그만두면 연화가 더 걱정할 듯싶어 내처 이어가기로

했다. 압록강을 건너 중국, 일본을 거쳐 미국에 갔지만, 마침내 한국에 들어온 결정적 계기였기에 더 그랬다.

미국 워싱턴에서 상준 가족의 생활은 혜산에 있을 때보다 물질적으로는 풍부했다. 미국의 중산층과 견주면 빈곤선에 겨우 턱걸이한 격이지만, 혜산은 물론 평양의 생활과도 사뭇 달랐다. 비록 드난살이라 하더라도 먹을 것이 널려 있었고 술도 얼마든지 자유롭게 구입할 수 있었다.

하지만 세월이 흐르면서 상준과 선화, 두산의 사이는 가위처럼 벌어져갔다. 상준이 보기에 아내와 아들은 자신들이 이미 구원받았다면서 교회 광신도로 변했다. 상준에게도 어서 예수님을 영접해 믿음을 가지라고 바득바득 애원하다가 언제인가부터 '구원'을 다그치기 일쑤였다. 지어 사탄까지 들먹이는 지경에 이르러 상준은 기가 막혔다. 아내와 아들이 함께 있는 자리에서 어떻게 구원을 받았느냐고 물었다. "예수님의 보혈을 믿고 교회에 나오는 그 순간이 구원"이라고 말할 때 그렇지 않아도 아비를 닮아 부리부리한 두산의 눈은 번득였다. 두 사람이 교회에 몰입하며 은혜와 구원을 사탄과 더불어 이야기해나갈수록 상준은 그에 반비례해 점점 나가지 않게 되었다. 결국 가족 사이에 거리감은 무장 커져갈 수밖에 없었다.

상준이 보기에 선화는, 특히 두산은 주체사상의 위대한 수령에 충성하다가 그 대상을 사부자기 '하나님'으로 바꾼 꼴이었다. 평양을 벗어나서도 제 두 눈으로 세상을 보지 못하고, 아무런 비판의식 없이 '절대자'를 찾아 의지한 채 그 절대자가 만든 체제에 적응해가는 아들이 낯설어 보일 때가 한두 번이 아니었다.

선화나 두산이 보는 현실은 상준과 사뭇 달랐다. 두 사람이 보기에 상준은 평양의 인민학교 교원으로선 모르겠으나 그 이후 혜산 시절부터 지금까지 내내 무능하고 무책임한 가장이었다. 게다가 한낱 '인터넷 중독자'에 지나지 않으면서도 주제넘게 인류의 장래까지 노심초사하는 중늙은이, 과대망상증 질환을 앓고 있는 파리한 병자였다. 1년 전부터는 무슨 깜냥인지 책을 집필하겠다며 아예 가족과 담을 쌓고 있어 풍차로 뛰어드는 돈키호테의 우스개가 겹쳐졌다.

상준이 인터넷으로 한국 상황을 들여다보던 어느 날 저녁, 쌍방 모두 가슴에 꾹꾹 눌러두었던 울뚝밸이 터져 나왔다. 먼저 '안전핀'을 뽑은 것은 선화였다. 몇 번이나 밥 먹으라고 해야 나오겠냐며 짜증내는 선화 소리가 들렸을 때까지는 그러나 아직 괜찮았다. 나름 눈치를 살피느라 아내의 성화에 상준은 서둘러 의자에서 일어났다. 하지만 인터넷에서 찾은 자료가 날아갈까 싶어 엉거주춤 선 채로 갈무리하느라 다소 시간이 걸렸다. 그 순간 아들 두산의 갈라진 목소리가 우렁우렁 들렸다.

"밥 먹으래요! 안 들려요?"

자료를 저장하던 상준의 손이 멈췄다. 저 부아통 터지는 소리가 정녕 아들의 몸에서 나왔는가 싶었다. 두산을 키우며 지금까지 전혀 듣지 못했던 말투였다. 뭔가 머리 꼭뒤까지 뜨겁게 치밀어 오르는 느낌이 들었지만 상준은 가까스로 눌렀다.

상준이 방에서 나왔을 때 아내와 아들은 이미 밥을 먹고 있었다. 이 또한 예전에 없던 풍경이기에 낯설었고 간신히 누른 분노가 다시 꿈틀거렸다. 하지만 상준은 그 또한 용케 참았다.

식탁 의자에 앉은 상준에게 선화도, 두산도 눈을 마주치지 않았다. 오히려 뭔가 참고 있음을 보여주기라도 하듯 꾸역꾸역 먹어댔다. 상준은 자신이 인터넷 공부를 하다가 조금 늦게 나온 것이 그렇게 잘못인가 싶었다. 의자에 앉아 아내와 아들을 번갈아 보는데도, 두 사람은 아랑곳없이 허겁지겁 먹었다.

상준은 식욕이 싹 가셨다. 거세게 노기가 치밀었지만, 이내 온몸으로 차갑게 내려오는 슬픔의 무게가 훨씬 더 컸다. 선화와 두산은 거의 동시에 밥그릇을 비우더니 각각 휑하니 일어나서 자기가 먹은 수저와 그릇을 설거지통에 데꺽데꺽 집어놓고, 제 방으로 들어가며 합창이라도 하듯 쾅하고 방문을 닫았다.

설거지는 본디 상준의 몫이었다. 하지만 상준은 눈앞에서 벌어진 일이 생게망게해 도통 실감이 나지 않았다. 고작 상준이 한 일은 휑뎅그렁한 식탁을 물끄러미 바라보기였다. 가슴은 더 을씨년스러웠다. 뻥 뚫린 심장으로 개마고원 칼바람이 사정없이 휘몰아쳤다.

사랑의 종점일까? 누군가의 말처럼 아내의 반란일까? 아무튼 자신을 바라보는 아내의 못마땅한 심보가 읽혔다. 물론, 그럴 수도 있다. 상준이 가사를 분담한다고 나섰지만 설거지에 그칠 뿐 그리 적극적이지는 않았기 때문이다. 하지만 달리 또 무엇이 있겠는가? 상준은 문제의 핵심이 다른 데 있다고 생각했다. 선화가 더는 자신을 정감 어린 눈길로 보지 않는다는 사실을 오래전부터 느끼고 있었다. 피로감의 증폭이리라고 막연하게 생각해왔다.

기실 이해할 수 있고 이해해야 옳았다. 아내는 미국에서 사실상 가장 최하층의 삶을 살아가고 있지 않은가, 본디 조선화는 조선의 수도 평양에서 누구보다 긍지 높던 처녀 아니었던가, 하여 참으로 아내 앞에 미안해야 마땅하다. 그런 생각이 들면서 상준은 조용히 일어나 자신의 밥그릇에 엉성하게 담긴 밥을 고스란히 보온밥통에 쏟았다. 혹시 술이라도 있을까 냉장고 안을 두리번거렸지만 없었다. 상준이 빈속으로 다시 안방에 들어가자 우두커니 앉아 있던 선화가 말없이 일어나 싸늘하게 나갔다. 상준은 컴퓨터 앞 의자로 다가가 털썩 주저앉았다. 공복의 쓰라림을 토닥이며 오랜만에 일기를 썼다.

며칠 뒤였다. 상준은 선화가 한국의 텔레비전 프로그램을 찾아 시시껄렁한 드라마에 탐닉하는 모습에서 안타까움을 느꼈다. 비록 조국을 떠나 떠돌이 신세가 되었지만 아내가 본디 지니고 있던 총명한 우아함을 잃지 말기를 내심 바라고 있었다. 상준은 아버지의 기록이 담긴 책을 들고 선화에게 다가가 내밀며 드라마 그만 보고 당신도 이 수기를 다시 정독해보라고 부드럽게 권했다.

하지만 아내는 들은 체도 않고 받을 뜻도 없었다. 아예 쳐다보지도 않았다. 상준은 선화에게 '언제까지 이렇게 살 거냐'고 다소 언성을 높였다.

그러자 아내가 획 돌아앉더니 버럭 소리 질렀다.

"언제까지 이렇게 살 거냐고? 그건 내가 할 소리야. 당신 언제까지 이렇게 살 거야?"

"뭐?"

"허구한 날 종일토록 혼자 인터넷만 들여다보고 있잖아!"

상준도 답답해서 목소리가 높아갔다.

"이봐. 나는 세상을 알고 싶어 공부하는 거야. 하지만 당신은 그게 아니잖아!"

그 순간, 두산이 방문을 박차며 나섰다.

"왜 엄마에게 텔레비전 볼 행복마저 빼앗아요?"

아들의 불량한 언사에 아내는 문제의식을 느끼기는커녕 은근히 고소하다는 눈치다. 상준은 황당했지만 애써 침착하게 나무랐다.

"네가 나설 문제가 아냐. 어디서 배운 버릇이니?"

두산의 눈빛이 달라졌다. 아들의 살천스러운 표정에 하마터면 웃음이 터져 나올 뻔했다. 가까스로 참자며 넘겼지만, 인생에 깊은 회의가 밀려오면서 눈물이 갈쌍해왔다. 위벽이 대패로 깎여 나가는 통증이 이어졌다.

그런 일이 불거진 다음날이었다. 미국 시민권을 지닌 동포가 권총을 들고 대학에 들어가 교직원과 학생 7명을 죽인 참사가 일어났다. 이어지는 속보들을 상준은 주시했다. 미국에 오기 전에 상준은 동포 학생이 대학에서 총을 난사해 30명 넘게 죽이고 자살한 사건을 일본 텔레비전을 통해 보았다. 오사카에서 그 뉴스를 볼 때와 달리 워싱턴에 살고 있어서일까. 한국인이 또 학살극을 벌인 사실에 가슴노리가 떨려왔다. 살인자가 한국에서 대학을 다니다 워싱턴으로 이민 왔다는 보도, 미국 사회에 적응을 못했다는 후속 보도, 그가 슈퍼마켓에서 일해왔다는 사실, 다시 대학 공부를 하러 들어갔는데 '왕따'를 당했다는 뉴스 때문에 더 그랬다.

상준은 쓸데없이 망상을 펴는 스스로에 거부감을 느끼면서도 반거들충이가 된 두산을 상상하자 아들의 운명과 살인범이 겹쳐 다가왔다. '계획된 학살'을 끔찍하게 저지른 그는 경찰에 체포된 직후 "후회 없다"고 당차게 내뱉었다.

다시 건밤을 샌 상준은 다음날 저녁에 심호흡을 하고 아들 방으로 들어갔다. 두산이 대뜸 '내 방에 들어오지 말라'고 짜증을 내어 당황했지만 무시하고 다가갔다. '왜 너는 대학에 진학할 생각이 없느냐'고 물었다. 본디 앉아서 상의하는 식으로 이야기 나누려 했지만, 이미 들어올 때 아들의 돌발적 언행으로 상준은 침착성을 잃었다. 두산 또한 시쁘게 대답했다.

"대학요? 제가 어떻게 대학을 가요?"

"왜 못 가니?"

"아버진 맨날 골방에서 인터넷만 하고, 엄마 혼자 버는데 제가 어떻게 학골 갈 수 있겠어요? 정말 답답하네."

된통 불손했지만 삭이고 다시 물었다.

"너, 내가 일을 안 한다고 생각하니?"

"일주일에 이틀만 나가잖아요. 엄마는 맨날 나가신다고요. 저도 그렇고요. 모르셨어요?"

상준은 이틀이 아니라 사흘이라고 이야기하고 싶었지만 그만뒀다. 그게 중요한 건 아니라고 판단했다.

"너 일 안 해도 이제 된다. 조금만 더 아껴 쓰면 엄마와 내가 버는 것으로 충분해. 네가 미국 대학에 진학할 자신만 있으면 길은 얼마든지 있어."

"제가 대학 갈 자신이 없다는 건가요? 아, 이제 제발 그런 잔소리는 집어치워요."

두산의 말이 가슴을 송곳으로 파고 들어와 후볐다.

"잔소리 같니? 우리가 미국으로 온 건 너의 미래를 위해서야!"

딴에는 분이 풀리지 않는지 두산은 고개를 되들고 무람없이 내뱉었다.

"저의 미래요? 어떤 미래? 남의 나라 식민지나 되고 지금도 쪼개져서 서로 싸우는 민족인데, 한국인 하면 창녀를 연상시키는 백인들이 득실거리는데, 어떻게 제 미래가 있다는 거죠? 제가 대학을 간다고 해도 그렇게 졸업해서 제가 이 나라에서 뭘 할 수 있죠?"

"네 처지는 잘 알겠지만, 네가 하기 나름이야. 얼마든지 길을 열어갈 수 있어. 그리고 내가 분명히 말해두지만 제 민족을 비하하는 놈은 용서할 수 없어."

"비하하는 게 아니라 사실이잖아요. 조선민족 정말 한심하잖아요."

상준은 아들의 언행이 지극히 불손해 관자노리에서 핏줄이 풀떡풀떡 뛰었다. 용케 화를 삭이면서 손을 들어 두산의 머리를 가볍게 톡톡 두드렸다.

"이 녀석아. 네가 조선민족에 대해 알면 얼마나 안다고 그 따위로 말해! 겸손해야지."

"어딜 쳐요?"

동시에 두산이 앉은 채 눈을 부라리며 상준의 손목을 잡고 거칠게 말했다. 상준은 괘씸한 생각이 들어 이미 아들에게 손목이 잡힌 채 뺨을 툭 쳤다. 그러자 두산이 벌떡 일어나더니 달려들었다. 두 손으로 상준의 멱살을 잡았다. 까만 눈동자가 흰자에 둘러싸일 만큼 동그랗게 뜬 고리눈은 적대감이 잔뜩 들어 살천스레 번득거렸다.

"내가 아직도 어린애처럼 보여요? 네?"

고래고래 소리치는 아들 두산을 보며 상준은 온몸에서 힘이 솔래솔래 빠져나갔다. 다만 아들을 보호하기 위해 손으로 두산의 광기 어린 눈두덩을 쓰다듬어주었다. 아들이 언젠가—어쩌면 영원히 그런 순간이 안 올지도 모르겠지만—저에게 큰 상처가 될 일을 더는 저지르지 말라는 뜻이었다. 이윽고 멱살을 놓고 집을 나가려는 두산에게 상준은 그래도 말을 걸었다.

"너, 내가 네게 잘못했다고 치자. 그렇더라도 어떻게 아비 멱살을 잡니?"

용서를 해주려는 빌미를 잡기 위해서였다. 그러나 두산은 전혀 아니었다.

"왜요? 속이 다 시원하네요."

그 말을 남기고 문을 열어 나갔다.

상준은 닫힌 문 앞에서 자기도 모르게 무릎이 풀려 주저앉았다. 그 와중에도 흥분해서 집을 나간 아들이 혹시 교통사고라도 당할까 걱정되어 서둘러 문자를 보냈다.

'차 조심 하거라.'

앉은 채 망연자실해 있는 상준의 손전화로 답문이 왔다.

"무례했나 모르겠지만 아버지도 앞으로 행동을 조심하세요."

상준은 아들 두산을 잃었다고 판단했다. 심장 안쪽을 회칼로 얇게 도려내는 통증이 밀려왔다. 톺아보니 상준은 이미 아들과 오래전부터 엇나가고 있었다. 상준이 미국의 의료보험제도가 부실하다고 말했을 때 두산은 "또 그 승냥이 반미 이야기냐"고 항변했다. 상준이 '반미의 문제'가 아니라 사실관계라고 설명하자 아들은 믿지 않는 표정이었다. 미국 대통령 오바마도 그 문제를 해결하려고 나섰다며 상세히 일러주려던 순간, 두산은 말을 잘랐다.

"이제 더는 가르치려고 하지 마요."

두산이 머슴처럼 번 돈으로 명품 옷, 운동화를 사는 데 쏟아붓거나 주경야독할 섞에 귀한 시간들을 프로야구 경기장에서 탕진하고 들어올 때마다 상준은 분노가 치밀었지만 가까스로 참았다. 한때 그럴 수도 있다고 보았다. 영어가 서툴고 돈을 많이 벌지 못한다는 이유로 아비를 깔보나 싶은 생각이 들 때가 적지 않았는데, 그때마다 상준은 두산이 절대 그럴 리 없다며 자신의 속 좁음을 한탄했다.

하지만 아니었다. 그게 맞았다. 상준의 모든 희망이던 두산은 미국적 가치에 물들며 벋가고 있었다. 왜 그때그때 적실한 이야기를 나누지 못하고 방관했는지 가슴이 저몄다. 아이들은 언젠가 아버지의 길을 따라오게 되어 있다는 조선의 옛말을 너무 믿었던 걸까?

아들은 아비를 이미 오래전에 떠났음에도 상준은 너무 늦게 그 사실을 깨달아 무장 처참했다. 첫 사랑 연인에게 실연을 당한들 상준처럼 가슴에 시커먼 피멍이 들지는 않을 터다. 누군가 상준의 위벽을 쉼 없이 생선회칼로 저몄지만 속수무책으로 방어가 불가능했다.

일본에서 미국행을 선택했을 때, 혹 아들이 미국 가치관에 물들어가지 않을까, 얼굴만 한국인이지 미국인으로 둔갑하는 게 아닐까, 한 줄기 바람처럼 우려가 스쳐갔다. 그렇다면 이 모든 것은 결국 자초한 일이라고 상준은 자책했다. 그만 생을 떠나고 싶다는 생각이 문득 문득 깃들기 시작한 것도 그때부터였다.

아비가 아들의 눈빛에서 적의를 느낀다면 인간의 생이란 얼마나 모멸스럽고 비루한가, 인간이란 우연한 진화의 길에 들어섰을 뿐 근본적으로는 한낱 동물이라는 회의가 짙게 밀려왔다. 그 동물이 세상은 왜 존재하는가 따위의 질문에 답할 능력이 있을까? 인간의 뇌로 우주의 진실을 파악하는 게 불가능하다면, 대체 우리의 인생은 어떻게 정당화될 수 있단 말인가?

21

뉴 리버티 호 꼭대기에서 바다를 바라보며 반달 모양으로 둘러앉아 연화의 얼굴을 정면으로 마주하지 않아서일까. 상준은 적잖은 시간 자신의 가슴벽을 긴 손톱으로 마구 할퀴어온 내밀한 고통을 술술 털어놓는 자신이 희한스러웠다.

연화도 상준을 마주 보지 않아 듣기에 부담이 없었다. 시나브로 가시고 있었지만 낮게 깔린 채 떠도는 해미가 밤하늘과 바다를 이어놓아 정면은 저 높은 곳에서 저 깊은 곳까지 검푸른 장막이 쳐진 듯했다. 별빛과 달빛 은은한 그 장막으로 상준의 인생이 극장에서 영화를 보듯이 펼쳐졌다. 자신은 아직 경험하지 못했고 아마 앞으로도 없겠지만 상준의 심경을 조금은 이해할 수 있었다.

"백상준 씨. 자식도 엄연한 타인이에요. 아들을 너무 사랑하는 것도 병이랍니다. 그만 잊고 용서하세요."

"모두 용서했습니다. 이제 제 인생 잘 살면 되는 거라고 생각합니다. 다만……."

"……."

연화는 잠자코 검푸른 장막만 바라보았다.

"다만, 아들이 앞으로 걸어갈 인생이 너무 투명하게 보였습니다. 세상에 빌붙어 살아가라고 낳은 건 아니었단 말입니다. 물론, 빌붙어 산다는 말도 어폐가 있다는 것 잘 압니다. 아들이 행복하게 살아가면 그것으로 만족해야 한다는 진실을 겸손하게 깨우치고 있습니다. 다만, 두산일 잘 키우라는 어머니의 유언까지 그저 잊을 수는 없었습니다."

"그러셨겠죠. 하지만 자식이 성인이 되었다면 제 인생은 제가 책임져야지요. 더는 상준 씨 책임이 아니잖아요. 지금까지 키워준 것만으로 충분해요. 어머니의 유언도 그 아들을 꼭 두산일 두고 한 것은 아니라고 보시면 안 될까요?"

"연화 씨 생각이 깊으십니다. 그렇지 않아도 '아들'과 '아들 세대'를 조금씩 동일시해가고 있습니다. 아직은 그게 잘 안 될 때도 있습니다만……."

"쉽지 않으시겠죠. 더구나 아드님을 자신처럼 사랑하셨으니……. 감히 짐작할 순 없겠지만 가슴이 몹시 아프셨을 것 같네요. 그 고통으로 미국을 떠나신 건가요?"

"그것으로 떠났다기보다는 떠나는 계기가 되었다고 말씀드리고 싶습니다. 아들은 타인이 틀림없고 마땅히 그렇게 대해야 옳지만, 아비 곁을 떠날 때 늠름한 타인이 되어 아름답게 가면 얼마나 좋겠습니까? 아무튼 저는 아들이 아니었다면 전혀 깨닫지 못했을 인생의 새로운 심연을 발견했습니다. 그 심연을 들여다보며 삶을 새롭게 바라보게 되었답니다."

아들로부터 멱살이 잡힌 상준은 바닥 모를 허무감으로 깊이깊이 추락해갔다. 불면증에 시달리며 구차한 인생에 더는 아무런 미련도 남지 않던 어느 날, 그만 세상을 뜨겠다며 혹 동행할 뜻 없느냐고 아내에게 물었다. 선화는 톡 쏘며 발끈했다.

"당신, 미쳤어?"

"나는 당신이 점점 이 더러운 체제에 매몰되어가고 있는 게 안타깝소. 미국 식당에서 노예처럼 살아가는 모습도 더는 보기 어려워. 우리가 이러려고 압록강을 건너온 게 아니었잖아?"

"노예라뇨? 그게 무슨 말이야? 내가 비록 식당에서 일하지만 노예라고 생각한 적 단 한 번도 없어!"

"그렇겠지. 노예가 노예임을 알면 더는 노예가 아니니까. 특히 임금노예는."

"시답지 않은 소리 작작해요. 절대로 나는 노예로 살고 있지 않으니까."

"그래, 그렇다고 쳐. 그래도 당신이 너무 안쓰러워."

"그건 당신 과민반응이지. 난 괜찮아."

"당신이 그 개고생 하는 이유가 뭐야? 두산이 잘 키우자는 거 아닌가?"

"그런데요?"

"그러나 두산일 봐. 당신과 똑같이 지금 하는 일에 만족하고 있잖아. 대학에 가서 더 공부할 생각도 하지 않고. 그렇게 머슴질 한 돈으로는 필요 없는 물건들 마구 사대고 야구경기장 가고 그러잖아. 두산이 나이가 곧 서른이야. 이봐. 우리가 정말 미국에서 아들놈까지 평생 허드렛일 해도 돼?"

"그럼 당신이 대학에 들어가서 공부하게 만들면 되잖아?"

"두산인 그냥 평양보다 더 나은 소비생활에 만족하고 있어. 대학 갈 생각은 않고……. 교회에 미쳐 하나님에게 구원받았다는 따위나 떠들어대느라 내 말을 어디 듣기나 하나?"

"잠깐! 그렇게 이야기하지 마! 교회에 미쳤다니? 응? 하나님의 구원 따위라니? 당신 지옥 가고 싶어?"

"뭐?"

"그런 말은 사탄이나 하는 거야!"

"조선화! 너 예전의 총기는 다 어디 간 거니? 그래 이제는 지아비가 사탄으로 보이니?"

"그만두자. 당신하고 이야기하느니 차라리 개나 소하고 이야기하는 게 낫지. 그런데 그 잘난 당신이 바로 아버지잖아? 당신 말이 옳다면 왜 아들을 설득시키지 못해?"

"그 녀석 내게 하는 짓 봤어? 그놈에게 아버지는 노상 외우듯 하나님이야. 외골수로 머리가 굳어가는 그 녀석을 각성시켜 바른 길로 끌어줄 유일한 게 충격을 주는 거야. 평생 백인 상점에서 머슴질하며 살아서는 안 되겠다는 각성!"

"각성? 그래서 기껏 생각해냈다는 게 겨우 함께 자살하자는 거야?"

아내가 비웃으며 새되게 말했다. 상준의 멱살을 아내마저 잡은 꼴이다. 암담함이 엄습했다. 그랬다. 선화는 아들에게 멱살 잡힌 늙은 아비의 인간적 비애를 아예 모르쇠 했다. 더구나 상준이 얼마나 두산을 사랑했는가를 옆에서 평생 지켜보았으면서도 그랬다.

상준의 가슴에 폭풍이 일었다. 미국에서 굴욕적으로 살아가는 데 만족하는 아내의 살찐 얼굴이 평양에서 처음 보았을 때의 맑은 얼굴과 겹쳐지는 걸 떨쳐버리기라도 하듯이 상준은 윽박질렀다.

"함께 죽든가, 이혼하든가 둘 중 하나만 선택해."

뜻밖에도 아내는 단호했다. 마치 기다렸다는 듯이 인광처럼 새파란 미소를 지으며 눈초리가 축 처진 채 또박또박 답했다.

"좋아. 이혼합시다."

상준은 선화의 말이 믿어지지 않았다. 공연한 자존심, 또는 으름장이라 생각했다. 하지만 아니었다. 아내는 결기를 세우며 냉갈령으로 이혼 절차를 싸목싸목 밟아갔다. 선화는 상준에게 어머니가 피폭당한 뒤 견디기 힘들 때에도 당신은 어떤 위로도 해주지 않았다, 당신은 '컴퓨터 중독자'다, 자기 주제도 모르고 인류 역사를 바꾸는 혁명을 꿈꾸는 횃불잡이 몽상가다, 당장 평양과 워싱턴이 수교할 거라며 앞으로 두산이 할 일이 많아질 거라고 호언했지만 국교는커녕 적대관계만 심화된 현실은 당신이 어떤 화상인가를 웅변해준다, 그럼에도 조금도 뉘우침 없는 당신은 아들의 인생을 망칠 권위주의적 아버지다, 아들에 실망해 자살을 한다는 발상이야말로 당신이 얼마나 자기중심적 인간이고 무책임한 아버지인가를 입증해준다며 더는 당신이라는 인간과 살 수 없다, 시체 치우기 싫으니까 죽으려면 이혼부터 확실히 하고 혼자 죽든가 말든가 마음대로 하라며 차갑고 거세게 몰아세웠다.

선화가 볼을 푸들푸들 떨며 던진 시퍼런 한 마디 한 마디가 상준의 심장을 무수한 바늘로 콕콕 찔러왔다. 수련한 아내 어디에 저런 기세가 숙살고 있었나 싶어 어지럽기도 했다. 상준이 톺아보니 압록강을 건넌 뒤 아내에게 따뜻한 관심을 보이지 않았던 게 사실이었다. 탈북 준비부터 중국 선양을 거쳐 일본 오사카까지 모든 일을 장모가 도맡아 해결한 까닭이기도 했지만, 미국으로 건너온 뒤에도 아내와의 대화보다 인터넷학습과 책에 몰입해왔다. 상준에게 인터넷은 정보와 지식이 한정된 조선에서 보낸 지체된 인생을 벗어나 뒤늦게나마 세상을 학습하는 공부방이었다.

하지만 몇 년째 밤도와 인터넷에만 몰입하는 지아비가 선화의 마음에 들 리 없었다. 물론, 처음에는 상준의 모습이 고상해 보였다. 하지만 선양 영사관과 오사카에 이어 미국에 들어와서도 노상 인터넷 앞에 죽치고 앉아 있는 남편의 모습은 점점 무능의 표상처럼 보여 짜증이 날 수밖에 없었다. 게다가 자신은 가족을 위해 단 1센트라도 아끼고 있는데 상준은 20달러가 넘는 책도 무람없이 구입했다. 그뿐이 아니다. 현실과 동이 닿지도 않은 아낙군수인 주제에 두산에게 훈계한답시고 언제나 희고 곰팡 슨 소리만 늘어놓아 아들은 물론, 자신조차 울화병에 걸릴 것 같았다. 그렇지 않아도 이 책임감 없는 남자와 계속 살아야 할까 고심하던 가운데 '동반자살인가, 이혼인가' 따위의 지각망나니 질문을 남편이라는 화상이 던져왔다. 선화가 곧장 이혼을 작심한 이유다.

상준과 선화의 이혼절차는 복잡할 게 없었다. 아내와 두산은 '난민'을 벗어나고자 미국 영주권을 신청했지만, 그때까지도 상준은 아무런 선택을 않고 있었다.

상준은 모든 걸 훌훌 털고 옷가방과 칫솔만 든 채 빈탈타리로 집을 나왔다. 아니, 사실상 쫓겨났다고 해야 할까. 선화와 두산에게 상준은 미움받이였기에 미련이란 전혀 없었다.

그럼에도 상준은 아내가 평생 미국 중산층들의 시중만 들며 늙어갈 게 뻔하다는 깜냥으로 가슴이 저몄다. 선화는 전혀 문제의식을 느끼지 않는 듯했다. 상준은 아내가 그만큼 사대주의에 매몰된 증거라고 생각했다. 게다가 아내의 성격은 점점 억세졌다. 살기 위해 함께 조국을 떠나온 어머니가 피폭됐기에 더 그랬을 수도 있다.

그런데 아들은……. 아들은…… 대체 왜 저럴까? 본디 인간이란 자기중심적인 이기적 존재일 수밖에 없는 걸까? 상준은 아내와 아들에게 최선을 다했지만, 미국에 온 뒤로부터 선화와 두산의 눈에 자신은 백인남성과 견주어 재단되었다고 판단할 수밖에 없었다. 그랬다. 무시당해 서글픈 게 아니었다. 삶의 희망으로 생각했던 사람, 이 지상에서 가장 믿었던 인간과 자신 사이에 가로놓인 깊이를 전혀 가늠할 수 없는 심연, 그 깊은 단절감이 상준의 등을 슬픔의 늪으로 세차게 떠밀고 있었다.

상준은 길을 찾아 착실하게 걸었는데 이윽고 도착한 곳이 바로 앞에 천 길 낭떠러지라는 생각이 들었다. 그만 길을 접고 싶은 생각이 상준을 기습해 함락시켜갔다. 국가든 종교든 역사든 인류든, 아내든, 무엇보다 아들이든 그 어느 곳, 어느 길에서도 상준은 발견할 수 없었다, 인간으로서 희망을, 심지어 하나의 동물로서 보람까지.

목사가 연민을 느꼈는지 교회 지하에 있는 창고 하나를 임시로 쓰라고 했다. 상준은 어두운 지하에서 기거하며 늙은 나이에 '독립'은 고행임을 절감했다. 동시에 인생이 얼마나 쓰디쓴 여행인가를 체험할 수 있게 해준 아들에게 진심으로 고맙다는 생각이 들었다. 하마터면 인생의 절반만 인식한 채 눈 감았을 터라고 스스로 위안했다. 지하에 살면서 상준은 그때그때 심경을 기록해갔다. 주어진 일이 끝나면 지하에 은둔해 노트북을 끼고 살아가는 상준을 바라보는 목사의 시선에도 경멸이 묻어나기 시작했다.

단출내기로 지내면서 걸어온 길을 톺아볼 때가 부쩍 늘어나 종종 어머니가 그리웠다. "두산이만은 모든 사람이 골고루 잘 사는 아름다운 집을 짓는 그 혁명의 꿈을 잃지 않도록 훌륭하게 키워다오." 유언을 한 어머니가 생전의 올곧은 모습과 함께 생동생동 떠올랐다. 그럴 때마다 어머니는 물론 아버지 앞에 자신의 화상이 더없이 비굴해 보여 무장 부끄러웠다. 할아버지의 피 맺힌 뜻에 관심이 없음은 물론, 숯덩이로 변해가는 아비의 가슴도 전혀 모른 채 미국 자본주의 체제의 가장 밑바닥에서 임금을 받아 소비하는 데 만족하며 살아가는 아들의 존재를 떠올리면 절망이었다. 참을 수 없는 슬픔이 밀려와 상준이 지하에서 홀로 술잔을 기울이다 군드러져 다음날 아침 예배당 청소가 늦었던 어느 일요일, 목사는 상준을 사목실로 부른 뒤 길길이 뛰었다.

"당신 술 마셨어? 그 따위로 살려면 당장 교회에서 나가!"

상준은 말없이 돌아섰다. 등 뒤에서 무책임한 인간이라는 둥, 가족들로부터 버림받을 수밖에 없는 허튼뱅이라는 둥 목사의 악다구니가 들려왔다. 상준은 조금 전 깨끗이 쓸어놓은 예배당을 찾았다. 텅 빈 예배당의 십자가를 마주하자 마음이 가라앉았다. 경건하게 묵상에 잠기다가 문득 일어나 못 박혀 죽은 신에게 작별을 고했다. 이어 사목실을 다시 찾았다.

"목사님 뜻 잘 알겠습니다. 사흘만 말미를 주면, 지하 방에서 짐을 정리해 나가겠습니다."

목사 고리눈이 커지려 할 때 일어났다. 사목실 문을 닫고 교회를 나섰다. 하늘이 잔뜩 흐려 잿빛으로 새무룩했다. 나이아가라 폭포로 가는 관광버스를 탔다. 십자가 앞에서 묵상에 잠겼을 때, 미국에 온 이듬해에 나이아가라 폭포를 처음 보았던 순간이 무슨 까닭인지 생생하게 떠올랐기 때문이다. 그날 가슴속 어딘가에서 죽음

충동이 스치듯 일었던 기억도 살아났다. 어쩌면 지금 여기까지 걸어온 모든 게 아주 오래전, 우주 빅뱅 때부터 예정된 필연일지 모른다는 생각마저 들었다.

관광버스가 캐나다 국경을 넘어 마침내 나이아가라 폭포 앞에 다가섰다. 하늘은 워싱턴보다 더 잿빛으로 끄느름해서 마치 손을 뻗으면 구름이 닿을 만큼 내려와 무겁게만 보였다. 폭포와 다시 마주했을 때, 상준은 강물을 따라난 길을 천천히 걸어갔다. 곧 낭떠러지로 떨어지며 산산이 부서질 운명인데도 폭포로 흘러가는 강물은 자못 평온해 보였다. 멈춰 서서 상준은 강이 흘러가는 풍경을 멀거니 바라보았다. 강물이 떨어지는 폭포에서 피어오르는 안개가 바람을 따라 상준 쪽으로 퍼져왔다. 그 안개, 그 강물에서 상준은 아내를, 그리고 공무도하가를 떠올렸다.

평양에서 아버지가 남긴 기록과 어머니의 편지를 처음 읽은 선화는 "두 분의 사랑이 아름다워요"라고 다소곳이 말했다. 그때 상준은 선화의 말이 고마우면서도 '우리의 사랑도 그 못지않다'고 서운한 듯 말했다. 상준이 그렇게 말한 데는 이유가 있었다.

아내 조선화를 처음 만난 것은 대학 2학년 어느 가을날이었다. 노교수가 출석을 부른 뒤 아무런 말없이 백묵을 꺼내들더니 칠판에 고조선 시대 여인 여옥이 창작한 노래라며 '공무도하가'를 적었다. 이어 이 노래는 어떤 의미가 있는가를 말해보라고 학생들을 둘러보았다. 나이아가라 폭포에서 떨어지는 거대한 물살 소리를 듣고 있었지만, 상준은 젊은 날의 그 강의실, 푸른 칠판과 하얀 글씨, 교수와 학우들의 얼굴, 그 시공간에서 오간 목소리까지 고스란히 기억했다. 젊은 상준은 고등중학교 국어시간에 인상 깊게 배웠던 기억을 밑절미로 사뭇 씩씩하게 말했다.

"저는 이 작품이 남편을 잃은 슬픔을 다루면서도 당시 착취와 억압으로 비참했던 인민들의 처지를 담았다고 생각합니다. 작가가 백수광부와 아내의 죽음을 보고 부른 노래라는 점에서 남의 불행과 슬픔을 나의 아픔으로 여긴 인민들의 고상한 정신세계도 엿볼 수 있습니다. 이 노래가 숱한 사람들 속에서 불리며 주변 나라까지 퍼져간 것도 인민의 처지와 정신세계를 옳게 반영했기 때문이라고 생각합니다."

상준이 발표를 마치자 노교수가 희미한 미소를 지었다.

"좋다. 백상준이 모범적으로 분석했다. 이 노래는 대동강에 투신한 농부의 죽음을 애도한 서정가요다. 백수광부가 이른 새벽에 강물로 들어가 자살하고 곧이어 통곡하며 남편의 뒤를 따라 자살한 아내를 떠올려보라. 이 작품은 고대 노예제 사회에서 하층 인민들이 겪어야 했던 비극을 반영하고 있다. 이 노래에 흐르고 있는 비통한 정서는 당시 힘없고 천대받는 인민들이 겪어야 했던 고통과 불행에 대한 창작자의 울분과 슬픔의 표현이다."

거기까지 설명한 교수는 다시 학생들을 둘러보며 물었다.

"백수광부가 자살을 한 이유를 혹시 다르게 해석해보고 싶은 사람은 이야기해보라."

학생들은 조용했다. 아무도 이야기하지 않아서일까. 교수의 마지막 눈길이 상준에게 다시 꽂혔다. 상준은 부담을 느끼면서도 생각나는 대로 답할 수밖에 없었다.

"하층 인민들이 겪어야 했던 비극을 반영했다고 교수님께서 설명하셨는데 전적으로 옳습니다. 다만 왜 자살했는가를 물으신다면……."

"그래? 뭔가?"

"아무런 희망을 찾을 수 없었기 때문이라고 생각했습니다."

노교수는 팔짱을 낀 채 고개를 주억거리기만 했다. 그때 언제나 맨 앞줄에 조신하게 앉아 있던 1학년 여학생이 손을 번쩍 들었다. 교수가 말해보라는 눈짓을 보내자 이내 또랑또랑한 목소리가 강의실에 울려 퍼졌다.

"하층 인민의 비극을 반영했다는 말씀도 옳고 희망이 없어서라는 해석도 일리가 있습니다. 그런데 저는 백수광부의 자살을 시로 표현한 작가의 의도를 조금 다른 각도에서 생각해보았답니다."

"그게 뭔가?"

"네, 저는 희망이 없는 세상에서 인민을 각성시켜 희망을 만들어보려는 뜻이 이 시에 압축적으로 담겨 있다고 보았어요."

교수가 속마음을 알기 어려운 표정으로 여학생을 한참 내려다보았다. 학생들 사이로 긴장감이 돌며 정적이 흘렀다. 이윽고 교수가 환한 웃음으로 박수를 치고 학우들도 열렬한 인사를 보냈다. 그 여학생이 바로 조선화다. 교수가 박수를 치기 전에 이미 상준은 낭랑한 목소리를 들으며 저 총명한 여자가 바로 나의 운명이라고 확신했다. 상준은 강의가 끝나고 곧장 선화에게 다가가 인사 나누고 싶었지만 숫기 없어 머뭇거리기만 했다.

그 이후 가량가량하고 조개볼 돋보이는 조선화는 상준의 우상이었고, 이듬해 봄 선화의 우산을 빌리면서 사귀기 시작했다. 비가 오면 초목들이 잘 자라듯이 평양에선 비가 내리는 날 사랑이 싹튼다. 비가 예보된 날 남학생들은 짐짓 우산을 들고 가지 않는다. 그러다가 비가 내리면 강의실이 있는 건물 앞에서 서성거리다가 우산을 쓰고 가는 여학생에게 뛰어 들어간다. 대체로 마음에 드는 여학생을 겨냥하기에, 자기 우산에 들어오는 남학생이 없으면 허탈감이나 수치심을 느끼는 여학생도 있다. 물론, 조선화를 노리는 남학생들은 줄 서 있었고, 상준은 다리 때문에 그들보다 빨리 뛰어갈 수는 없었다. 봄비가 처음 내리던 날, 상준은 강의실을 나서는 선화에게 다가가 미리 말했다.

"저, 제가 우산을 안 가져왔단 말입니다. 기숙사까지 우산 씌워 주실 수 있겠습니까?"

선화는 그날 얼굴이 붉어지며 말없이 고개를 까닥했다. 건물 밖에 나섰을 때, 선화의 우산 속으로 뛰어들 채비를 하고 있던 남학생들은 상준과 나란히 서서 우산을 펴는 선화를 보며 저마다 온갖 울상을 그렸다. 졸업을 앞두고 선화가 청혼을 받아들였을 때, 상준은 천하를 얻은 느낌이었다.

상준은 선화가 자신보다 훨씬 똑똑하다고 판단했다. 그렇다면 아들은 또 얼마나 슬기롭고 미쁘게 키우겠는가, 상준은 그 상상만으로도 날아갈 듯 기뻤고 그럴수록 선화가 무장 애틋하게 다가왔다. 선화와의 사랑을 평생 아름답게 키워가겠다고 다짐했다.

세월 앞에 영원한 것은 정녕 없는 걸까? 세월은 정말 많은 것을 폭포처럼 파괴시켰다. 그럼에도 상준은 선화가 적어도 그 순간만은 가슴에 갈무리하고 있으리라 믿었다. 결혼한 첫날밤에 상준이 공무도하가를 배우던 강의실 이야기를 들려주며, 그때 이미 결혼하고 싶었노라고 고백했기 때문이다. 선화가 암암하게라도 기억한다면, 아마도 자신의 죽음을 누구보다 이해할 수 있으리라고 추론했다.

상준은 폭포 쪽으로 되돌아 걸어오며 뜻을 굳혔다. 다만 할 일이 남아 있었다. 고개를 들어 폭포가 내려다보일 술집을 찾았다. 흐린 하늘에 새까만 먹장구름이 빠르게 몰려오며 사위가 어둑어둑해졌다. 폭포 바로 앞에 세워진 호텔의 중간층에서 레스토랑 네온사인이 점화했다. 승강기를 타고 올라갈 때 유리창 밖으로 자신과 곧 하나가 될 폭포가 한눈에 들어왔다.

아직 이른 저녁이어서일까. 손님이 거의 없어 한갓졌다. 폭포가 발밑으로 보이는 통유리창과 잇닿은 테이블에 앉았다. 하얀 천 덮인 탁자에 앉아 상준은 지갑부터 열어보았다. 현찰은 많지 않았지만, 어차피 조금 뒤엔 더는 의미 없을 돈이었다. 그래도 카드는 사용하고 싶지 않았다. 통장에 남은 돈이 얼마 되지 않더라도, 아내와 아들이 나름 요긴하게 쓸 터였다. 현찰에 맞춰 포도주 한 잔과 치즈피자 한 조각을 골랐다. 주문한 술과 피자가 나온 뒤 상준은 잠깐이나마 생애 최고의 호사를 누린다는 생각이 들었다. 지금까지 살아오며 애오라지 자기만을 위해 '거금'을 쓴 게 처음이었다. 붉은 포도주를 한 모금 머금을 때, 통유리 밖으로 번개가 번쩍 하더니 소낙비가 쏟아졌다. 베토벤의 운명 교향곡 들머리와 어금버금한 천둥이 울렸다. 굵은 빗방울들이 유리창 안쪽에 숨어 있는 상준의 뺨을 사정없이 갈기려는 듯이 따다닥 부닥치며 여기저기 손바닥을 그렸다. 상준은 포도주를 한 모금 더 마신 뒤 유서를 써내려갔다.

"백두산에게.

미안하다. 네게 더는 아비의 비루한 모습을 보이고 싶지 않구나.

평생 젊은 날의 꿈을 잃지 않고 올곧게 살아가신 할아버지와 실패한 아버지의 인생을 타산지석 삼아 새로운 길을 열어가기 바란다.

아비로서 오직 하나 너에게 당부하마. 미국 백인들 뒤치다꺼리에 네 인생을 탕진하진 말아다오. 네 안에 깃든 늘품을 모르쇠 하지 말거라."

죽은 다음 아내에게 등기우편물이 도착하도록 할 셈이었다. 발신지는 나이아가라로. 포도주가 핏줄을 타고 발끝으로 내려가는 느낌이 들었다. 상준은 쏟아져 내리는 소낙비를 하늘에서 땅으로 시선을 천천히 옮기며 바라보았다. 성난 빗줄기를 뚫고 하얗게 솟아오르는 물안개를 바라보던 상준의 눈자위로 뜨거운 물기가 스며나왔다. 가슴 벽에서 소리 없는 울음이 솟구쳐 올라왔지만 안간힘으로 삼켰다. 하지만 끝내 눈물 한 줄기가 뜨뜻하게 얼굴을 적셨다. 닦을 생각도 없이 상준은 술잔을 다시 찬찬히 기울이며 폭포 물보라와 섞이는 빗줄기를 따라 하늘을 올려 보았다.

까부랑번개가 곰비임비 번쩍이는 소낙비 아래 붉은 술 비우며 낭만에 젖어서일까? 아니면, 공무도하 노래가 자꾸 맴돌아서일까? 자신이 죽으면 어쩐지 선화도 따라와 죽을 것만 같은 슬픈 예감이 문득 든 뒤엔 그 상념을 지울 수 없었다. 강물이 폭포로 떨어지는 곳을 뚫어지라 바라보며 조선화가 뛰어드는 살풍경을 상상했다.

상준은 도리머리를 힘껏 흔들었다. 붉은 잔을 비우다 말고 상준은 유서를 박박 찢으며 작심했다.

'그래, 굳이 구질구질 유서를 남길 필요까진 없다. 아들은 내가 늘 저를 가르치려만 든다고 대들지 않던가. 말없이, 조용히 생을 떠나자. 녀석이 언젠가 아비의 진실을 찾을 수 있으면 좋고 그렇지 않더라도 도리 없는 일이다. 그냥 최후 순간에 선화에게 아들을 당부

하는 인사만 깨끗하게 전하자.'

통유리를 부숴버릴 기세로 돌진해오던 소낙비가 어느새 잦아들고 있었다. 상준은 잔을 깨끗이 비우고 일어났다. 자리에서 일어나 몸을 돌리는 순간, 통유리창과 기둥 사이에 놓인 작은 문갑에 놓여 있던 탁상전등 불이 켜졌다. 은은한 조명이 바로 아래 성경을 비추었다. 거의 동시에 장모가 떠올랐다. 미국으로 건너올 때 오사카 공항까지 나왔던 장모는 상준에게 성경을 내밀며 당부했다.

"자네, 너무 고지식해서 걱정이네. 교회는 안 나가도 좋으니 이건 받아주게나. 세상 살아가는 게 정말 힘들 때, 헛일 삼아 아무 곳이나 펴들게. 처음 들어오는 문장에서 의미를 찾아보시게. 응? 꼭 그렇게 해야 하네. 알았지?"

쓴웃음 그리며 걸어 나가던 상준은 멈칫 서 있다가 한걸음을 돌려 성경을 집어 들었다. 이어 두 손으로 성경을 폈다. 모두 영문이었다. 처음 눈에 들어온 문장을 읽었다.

"You have received without payment, so give without payment."

영문을 해석하며 새겨보던 상준의 가슴으로 섬광이 일었다. 네가 거저 받았으니 너도 거저 주라? 상준은 성경을 펴든 채 한참 서 있다가 다시 앉았다. 하얀 탁자에 비운 술잔에서 흘러내린 포도주 방울들이 선홍 핏빛으로 번져 있었다. 조금 전 가슴에 스쳐간 섬광을 곰곰 되짚어보았다. 상준은 처음으로 인생을 거저 받았다는 사실을 인식했다. 궁금증에 그 문장 바로 앞으로 눈을 옮겼다.

"Heal the sick, raise the dead, cleanse lepers, drive out demons."

아픈 사람을 치유해주고, 죽은 사람을 일으켜 세우고, 낙인찍힌 사람을 깨끗하게 해주고, 악을 몰아내라? 상준은 마태복음 10장8

절인 두 구절을 다시 모아 읽은 뒤 가만히 스스로에 물어보았다.

'백상준. 너는 지금껏 삶을 통해 상처로 아픈 사람을 치유해준 일 있는가? 정신이 죽은 사람 일으켜 세운 일 있는가? 낙인찍힌 사람에게 낙인을 벗겨준 일 있는가? 악을 몰아내러 나선 일 있는가?'

없었다. 상준은 압록강을 건넌 뒤부터 자신이 오직 아들, 아내만 챙겼을 뿐이라는 깨달음이 퍼뜩 들었다. 평양과 혜산에선 인민학교 교원으로 일했기에 공공 활동을 했다고 굳이 말할 수 있겠지만, 짜장 교원으로서 아픈 아이를 치유해주거나 정신이 죽은 아이를 일으켜 세우거나 그런 일을 했다고 자부할 수는 없었다. 결국 반세기 넘도록 살아오며 인생을 통해 한 일이 겨우 제 가족 챙기기였던가? 그마저 어떤가? 아들과 아내로부터 원망만 듣고 있잖은가? 인민학교 교원으로 한 일조차 주관적 진실과 달리 객관적 사실로는 결국 '김씨 왕조'를 세우는 데 기여한 꼴 아닌가?

상준은 자신이 지금 자살한다면, 지상의 그 누구보다 삶을 경건하게 살다간 아버지와 어머니로부터 거저 받은 선물을 쓰레기통에 버림으로써 두 분을 모욕하는 짓임을, 인생을 거저 얻고는 정작 아무것도 주지 않고 떠나는 굳짜임을, 그러니 지금부터라도 거저 받은 삶을 아무런 대가 없이 다른 이에게 주어야 할 때임을 벼락처럼 깨우쳤다. 동시에 서양 사람들이 왜 그토록 오랜 세월에 걸쳐 성경을 읽어왔는가를 실감했다. 멀쩡한 사람들에게 죄의식을 강요하고 교회를 통해 '구원' 받으라고 부르대는 자들 때문에 자신이 얼마나 예수를 멀리하고 있었는가도 절감했다.

상준은 식당을 천천히 걸어 나와 승강기를 탔다. 창밖은 언제 소낙비가 내렸느냐고 희롱이라도 하듯이 맑게 개었다. 호텔을 나서자 햇살이 내려왔다. 바로 앞 나이아가라 폭포로 다가설 때 일곱 빛깔 눈부시게 영롱한 쌍무지개가 폭포를 감싸 안았다. 상준은 조금 전까지 꼭 넘어가겠다고 다짐했던 폭포 난간에 두 팔꿈치를 기대고 두 손 모아 기도했다.

"조금 전에 죽은 저는 부활했습니다. 제 인생이 선물이었듯이 남은 인생 다른 이들에게 선물로 주겠습니다."

쌍무지개가 큰 미소를 그리며 상준을 굽어보았다. 장엄하게 떨어지는 폭포가 빚어내는 물안개는 상준의 눈빛을 훔치고 하염없이 하늘로 올라갔다. "피가 물처럼 흐르고 눈물이 안개처럼 흐를지라도 민중은 이윽고 승리자가 되리라." 어머니 최진이 목소리가 어디선가 들려왔다. 갑오농민전쟁과 한국전쟁에서 수십, 수백만 명의 피가 폭포처럼 흘렀다는 사실이 떠오른 순간, 상준은 자신이 어머니 최진이와 아버지 이진선으로부터 받은 '선물'을 돌려줄 곳으로 한국을 떠올렸다. 그것은 딱히 민족주의적 감정은 아니었다. 인류의 역사에 조금이라도 기여할 수 있는 통로, 상준이 선택할 수 있는 가장 적실한 곳이 한국일 수밖에 없었다. 조국 조선민주주의인민공화국으로는 돌아갈 곳도 돌아갈 수도 없었지만, 만년까지 쓸쓸했던 아버지가 남긴 글에서 당신이 희망을 건 땅이 바로 또 다른 조국 대한민국이었다는 사실도 새삼 큰 의미로 다가왔다.

'가자, 아버지가 태를 묻은 조국으로. 생물학적 아들만 내 아들로 생각하며 집착해왔던 짐승 수준의 백상준, 동물 백상준을 벗어나자. 인류의 다음 세대가 모두 내 아들 아닌가. 보라. 수십억의 아들과 딸들이 내게 있잖은가. 앞으로 수백억, 수천억에 이르지 않겠는가. 그 후손들에게 내 작은 몸, 기꺼이 선물로 주자.'

폭포로 단절을 이루는 강을 직시하며 상준은 새로운 인생을 다짐했다. 해방감으로 가슴에서 괴어오는 눈물이 피어오르는 안개와 하나가 되었다. 피의 폭포, 눈물의 안개, 환희의 무지개를 바로 앞에 두고 상준은 손전화기에 저장되어 있던 워싱턴의 한국대사관 번호를 눌렀다.

신호가 울리고 곧 누군가 전화를 받았을 때, 상준은 다짜고짜 말했다.

"저는 탈북자로 워싱턴에 온 사람입니다. 지금 자살하려 합니다."

잠시 머뭇거리던 상대가 시큰둥하게 되물었다.

"왜 당신 자살 이야기를 대사관에 합니까? 마음대로 하세요."

상준은 자칫 전화가 끊어질 수도 있다고 판단했다.

"저 시방 장난 전화 거는 게 아닙니다. 지금 나이아가라 폭포에 투신하기 직전입니다. 폭포 소리 들어보겠습니까?"

손전화기를 난간 너머 떨어지는 폭포 쪽으로 내밀었다. 3초 뒤 다시 얼굴로 가져와 또박또박 말했다.

"유감입니다. 대한민국 대사관에 마지막 손길을 내밀었는데 외면당했다는 사실을 포함해 내가 자살하는 이유를 인터넷에 유서로 남기겠습니다. 조금 뒤에는 찾을 수 있을 테니 읽어보시기 바랍니다. 그럼 이만 끊겠습니다. 잘 있으십시오."

대사관 직원은 다급하게 반응했다.

"아, 잠깐, 잠깐만요. 자살하려는 이유, 대체 뭔가요?"

상준은 짐짓 천천히 하지만 힘주어 말했다.

"서울로 가고 싶습니다. 대한민국에서 살고 싶습니다."

대사관 직원은 신원을 확인하겠다며 이름과 탈북 날짜, 미국에 들어온 날짜를 물었다. 곧 신원을 확인한 직원은 "자살이야 우리와 면담한 뒤에 해도 얼마든지 늦지 않다"며 대사관으로 찾아올 수 있겠는지 물었다.

상준은 자신의 요구를 긍정적으로 처리해주겠다고 약속하면, 자살을 유보하고 대사관으로 찾아가겠다고 말했다. 실랑이 끝에 '최선을 다하겠다'는 답을 받아내고, 상준은 이튿날 아침 일찍 홀가분하게 나이아가라 폭포를 떠났다.

긴 시간 버스를 타고 오후에 워싱턴 대사관으로 들어서자 누군가 연락을 했는지 교회 목사도 나왔다. 고리눈이 목사는 마치 상준이 큰 배신이라도 했다는 듯이 혐오스러운 눈길로 쏘아보았다. 상준은 자신을 만무방으로 여기는 목사의 심경을 십분 헤아릴 수 있었기에 개의치 않았다.

상준은 여차하면 자살하겠다는 분위기를 자아내며 자못 결연하게 외쳤다.

"조국 대한민국으로 보내주십시오. 그렇지 않으면 더는 한순간도 살 수 없습니다."

대사관 사람들은 목사를 통해 두루뭉술하게 풀려는 의도가 또렷했다. 하지만 목사는 생각이 달랐다. 이미 교단에서 정리를 했다는 느낌이 들었다. 대사관 담당자에게 말했다.

"저 사람 아내와 아들에게 어제 연락 했는데, 아내는 이미 이혼한 사이이니 자신에게 백상준이라는 인간에 대해선 물어볼 이유도, 자신이 대답할 까닭도 없다고 하더군요."

이어 상준을 바라보고 비아냥거렸다.

"당신과 이혼한 아내가 '한국으로 가기 싫다고 한 것도 당신이고, 미국으로 오자고 한 것도 당신이었고, 자신은 두말없이 당신을 따랐다'는 말을 꼭 전해달라던데?"

상준은 다 사실이라고 선뜻 시인했다. 그런데 미국 와서 아내와 아들은 적응을 잘하고 자신은 그렇지 못해 이혼까지 한 게 아니냐며, 만일 한국으로 보내주지 않으면 당장 대사관을 나가 24시간 안에 반드시 자살한다, 자신은 가족을 모두 잃어 두려울 게 하나도 없는 사람이라고 과장된 몸짓, 과도하게 큰 목소리로 잼처 선언했다. 물론, 아버지의 고향이 있는 대한민국에 가서 여생을 조국에 조금이라도 봉사하고 싶다는 말도 빠트리지 않았다. 대사관에선 발린 소리로 받아들였겠지만, 상준은 진심이었다.

고리눈이 목사는 한참 침묵하더니 상준을 비웃으며 대사관 모든 직원이 들으라는 듯이 큰 소리로 말했다.

"저 사람 아들까지 아버지는 오래전부터 가족에게 무관심했고 이미 우리는 가족도 아니기에 그에게 더 이상 개처럼 끌려 다니지 않겠다고 말하더군요. 저희도 그만 저자의 굴레에서 벗어나고 싶지만, 조국을 위해 저 사람을 책임지려 합니다. 한국에 우리 교단 본부가 있으니까 사고치지 않도록 잘 품어주렵니다. 저 사람 대한민국으로 보내줍시다."

두산이 목사에게 했다는 말, 특히 "더는 그에게 개처럼 끌려 다니지 않겠다"고 한 말이 삼지창으로 상준의 가슴을 쑤시며 박혀왔다. 하지만 애써 초연했다. 자신이 어머니 최진이에게 저지른 불효에 벌을 받는다고 생각했다. 그렇게 아들과 아내 앞에 욕가마리가 마땅하다고 스스로를 잡도리했다. 마침내 상준은 압록강 강변 혜산에서 선양, 오사카, 워싱턴으로 긴 에움길을 걸어 또 다른 조국

한국에 올 수 있었다.

22

연화는 별 총총한 밤하늘을 올려보았다. 무수한 잔별도, 검은 바다도, 그 물살을 가르며 항해하는 뉴 리버티 호도 상준의 슬픈 이야기를 들어서일까. 뒤설레는 파도에 윤슬이 별빛, 달빛으로 깜박깜박 빛났다. 그곳 어딘가에서 '아리랑 아리랑 아라리요' 노래가 들려오는 듯했다.

"푸른 하늘엔 잔별도 많고 이내 가슴엔 수심도 많다던가. 그 아리랑 가사가 실감나네요. 그래서 결국 서울로 오신 거군요."

"네, 출국 날짜는 제가 잡았습니다. 미국에 들어오던 날짜는 오사카 미국영사관이 결정했지만, 마침 6월 15일이 다가오고 있었습니다. 그러니까 2012년, 평양이 강성대국의 대문을 열겠다고 오래전부터 인민들에게 약속해온 해, 하지만 평양이 '김씨 왕조'를 연 그 해, 남북 첫 정상회담이 열린 지 열두 돌을 맞은 날입니다. 서울로 가는 비행기에 올랐단 말입니다."

서울행 여객기에 오를 때 상준은 압록강을 건널 때 버금가는 설렘으로 심장이 도근거리기도 했다. 이러구러 옹근 3년 10개월을 미국에서 보냈으니, 중국 1년 2개월, 일본 1년 6개월을 더하면 결국 조국 압록강을 건널 때 염두에 둔 '또 다른 조국' 한국으로 들어가는 데 옹근 6년 6개월이나 걸린 셈이다.

하지만 상준은 그 시간을 결코 표표하지 않았기에 후회는 없었다. 비록 평양을 떠나 혜산 시절부터 배돌이로 내내 살아왔지만, 세상을 바라보는 자신의 눈이 크게 열렸다는 사실에 보람을 느꼈다. 평생인 44년을 고스란히 주체사상의 틀에 갇혀 '우물 안 개구리'였던 상준은 6년 6개월에 걸친 '인터넷 학습'과 독서로 거듭났다. 서양 자본주의 국가들과 한국의 실상을 속속들이 알 수 있었고, 남쪽에서 스웨덴 모델의 복지국가를 추구하는 흐름이 나타났다는 사실도 파악할 수 있었다.

그렇다고 분단 조국이 통일의 길을 주체적으로 열어야 한다는 신념을 상준이 잃은 것은 아니었다. 그가 버린 것은 주체가 아니라 왕조체제 정당화로 타락한 주체사상일 따름이다.

무엇보다 상준은 세계 자본주의 체제를 끌어가는 미국에서 3년 10개월 내내 주방노동—일본에서 1년 6개월을 포함하면 그가 서비스직 비정규노동자로 일한 것은 5년을 훌쩍 넘는다. 상준은 조선에서 20년 동안 교육노동자로 일했다—을 하며 자본주의 체제를 체감했다.

처음 워싱턴에 도착했을 때 상준은 백악관의 외양과 시민들의 모습에서 '승냥이 소굴'의 선입견이 산산조각 깨져나가는 충격을 받았다. 미국은 파시즘과는 확실히 다른 민주주의 정치체제를 갖추고 있었다. 아마도 그래서가 아니었을까. 아버지 이진선을 비롯해 해방 정국의 민중 또한 미국을 '진보적 민주주의 국가'로 표현했을 만큼 적대하지 않았다. 더구나 상준이 들어온 뒤 미국은 흑인이 대통령에 당선되었다.

하지만 평양에서 대학을 졸업하고 인민학교 교원으로 젊음을 불태웠던 상준은 3년 10개월 동안 미국 자본주의 체제의 바닥을 비정규 노동자로 경험하면서 현실을 직시할 수 있게 되었다. 상준이 교회의 도움을 받아 세입자로 머문 곳은 전형적인 중산층 주거지로 동화 속 마을처럼 아늑했다. 그러나 미국 빈민가는 전혀 생활문화가 달라 범죄율이 높고 치안조차 온전하지 못하다는 사실, 백인 중심의 체제가 확고해 인종차별이 여전히 존재하고 그것은 '흑인 대통령'—굳이 엄밀하게 따지면 그의 어머니는 백인이기에 온새미로 흑인은 아니다—시대에도 달라지지 않는다는 사실을 파악하는 데는 긴 시간이 걸리지 않았다.

상준은 드문드문 교회를 오가면서 미국을 더 잘 알 수 있었다. 기독교가 국교로 공식 선포되지 않았을 뿐, 자동차 세 대 가운데 한 대 꼴로 예수와 신을 찬미하는 스티커를 붙인 나라가 미국이었다. 교회에 나오라는 광고판이 도심 곳곳에 서있고, 목사들은 방송에 출연해 이교도를 무람없이 저주했다.

"이 땅에서 범죄가 늘어나는 이유는 사탄 때문이다."

잔혹한 범죄 현장에 나타난 경찰서장이 텔레비전 카메라 앞에서 언죽번죽 '사탄'에 책임을 돌릴 때 상준은 생게망게했다. 그러고 보니 미국 밖을 바라보는 태도가 사탄 논리의 연장이었다. 자신들과 종교가 다른 나라는 부도덕하고 사악하다고 낙인찍음은 물론, 조지 부시가 대통령 시절 '신의 명령'을 들먹이며 이라크를 침략했듯이 미국식 자본주의 체제를 유지하고 강화하는 데 망설임이 전혀 없는 나라였다.

그래서 조지 부시는 이라크에 대량살상무기가 있다는 거짓 정보를 흘려 거침없이 침략해 들어갈 수 있었고, 오바마는 파키스탄 영토 안으로 미군을 들여보내 빈 라덴을 사살하고 시신을 바다에 던질 수 있었다. 패권 국가이자 자본주의 중심국 미국은 그렇지만 정작 국민연금도, 퇴직금도, 의료보험도 보편화하지 못한 나라다.

톺아보면 지난날 미국은 해방 공간에서 민중의 지지를 받고 있던 조선공산당을 불법화하고 아버지 이진선이 따르던 박헌영에 체포령을 내린 나라였다. 1945년 8월에 조선을 38선으로 분할 점령하자고 소련에 제안함으로써 분단에 원천적 책임이 있는 나라, 38선 이남에 군정을 실시하며 친일파들을 중용한 나라, 무엇보다 아버지를 비롯한 혁명가들은 물론 조선 민중에게 거침없이 총알과 포탄을 퍼부은 나라가 미국이다.

문제는 미국에 맞서 혈투를 벌인 조선민주주의인민공화국이 미국인들도 놀랄 만큼 아름다운 나라를 만들어야 옳았는데 그러지 못한 데 있다. 워싱턴에서 4년 가까이 머무르며 상준은 비정규직 생활을 통해 미국에 비판적 시선을 복원할 수 있었지만, 그와 함께 조선에 대해 부끄러움을 느낄 수밖에 없었다. 특히 3대 세습이 굳어가는 꼴을 뉴스에서 볼 때마다 그랬다.

아무튼 상준은 압록강을 건넌 뒤 중국, 일본을 거쳐 미국 체류를 통해 세상을 바라보는 폭을 크게 넓힐 수 있었다. 아울러 인생을 응시하는 깊이도 달라졌다. 나이아가라 폭포의 강물로 뛰어들기 직전에야 인생이 자신에게 주어진 선물임을, 이제 그 선물을 아낌없이 다른 이에게 주어야 한다는 진실을 깨달았다.

마침내 상준이 대한민국 땅, 서해 영종도 공항에 내렸을 때 일본과 미국에서 상준을 끌어준 교단에 소속된 목사가 비행기 출입문 앞까지 나와 있었다. 그 옆에는 예상대로 국가정보원 요원이 짙은 선글라스를 낀 채 기다리고 있었다. 승무원으로부터 상준의 신원을 확인하는 국정원 요원에게 60대의 손티 있는 목사는 잘 부탁한다고 말했다. 손티 목사는 상준에겐 국정원 조사가 끝나면 교회가 책임질 테니 아무 걱정하지 말라며 에두른 표현이지만 '관리권'을 명토 박았다.

상준은 중앙합동신문센터에서 조사 받으며 당당하게 자신의 통일관을 말했다. 대한민국 정부기관과 언제 또 긴 시간 이야기 나눌 수 있을지 몰라서였다. 기본적인 인적 확인이 끝난 뒤 상준은 오래 생각해왔던 말을 먼저 꺼냈다.

"저의 사상을 의심할 필요는 전혀 없습니다. 탈북을 위장한 간첩은 혹시 아닌지 혐의를 갖는 것은 그쪽의 자유이지만, 공연한 시간 낭비입니다."

국정원 선글라스가 가소롭다는 듯이 차가운 미소를 지었다. 상준은 무시했다.

"저는 조금 전 말씀드린 대로 이진선이라는 애국자의 외둥이 아들입니다. 김정은 체제를 전혀 지지하지 않습니다. 그걸 전제로 말씀드리는데, 통일을 하려면 한국 정부가 더 적극적으로 나서야 합니다."

"이봐, 누가 당신한테 통일관을 듣고 싶다고 했나?"

"안 했습니다. 그런데 제 이야기 금방 끝납니다. 그다음에 묻는 대로 다 따를 테니 제 이야길 조금만 더 들어주시기 바랍니다."

심문관은 어이가 없다는 듯이 검은 안경 가운데 테를 집게손가락으로 올렸다. 상준은 내처 말했다.

"평양을 변화시키려면 지금처럼 봉쇄해서는 안 됩니다. 변화는 소통이 있어야 가능합니다. 그리고 무엇보다 중요한 게 있습니다."

검은 안경에 가렸지만 국정원 요원이 주의를 기울이는 게 느껴졌다. 상준은 힘주어 말을 이었다.

"우리가 미국 전략에 놀아나선 안 됩니다. 물론, 평양이 미국과의 협상에 너무 조급해 불신을 자초한 것도 있습니다. 가령 저는 김정은이 지난봄에 장거리 미사일을 쏘지는 말았어야 옳았다고 생각합니다. 하지만 서울에서 평양만 탓하고 있을 수는 없잖습니까? 지금 한국이 통일을 위해 적극 나서야 할 일이 있습니다. 미국과 이북이 국교를 수립하도록 도와주는 일입니다. 미국에서 대북 인권법을 만들어 시행하고 다시 연장하고 그러는데, 그렇게 해서 될 일이 결코 아닙니다. 제가 미국에서 4년 남짓 살며 확인했는데 미국은 남북통일에 큰 관심 없습니다. 왜 그런지 아십니까? 미국은 지금 이대로도 나쁠 게 없습니다. 자, 생각해보십시오. 이북의 핵무기를 이용해 일본을 자기 쪽으로 확실히 끌어들이고, 핵무기가 위협적이라며 한국에는 한물간 무기를 엄청 비싼 값에 팔아먹고 있잖습니까? 미국이 남북통일에 무슨 관심, 아니 무슨 이익이 당장 있겠습니까? 내가 미국 지도부라고 하더라도 지금을 즐길 겁니다. 만일 미국이 진정으로 이북 사람들의 인권을 걱정한다면, 지금처럼 평양을 압박만 할 게 아니라, 국교부터 수립하고 비핵화 실현에 나서야 옳습니다. 한국은 미국이 그렇게 하도록 요구해야 합니다. 평양과 워싱턴에 각각 상대방 대사관이 들어가고, 경제 교류가 활발하게 이뤄지면 평양도, 조선로동당도 서서히 달라질 수밖에 없습니다."

국정원 심문관은 싱그레 웃으며 듣다가 다소 굳어졌다. 곧이어 지질한 심문이 이어졌다. 그런 생각을 어디서 어떻게 했는지부터 따지기 시작했다. 애써 달을 가리켰는데 달은 보지 않고 손가락만 보는 꼴에 가슴노리가 갑갑해왔다. 상준은 대한민국 국가정보원이 겨우 이 수준이었나 싶어 걱정까지 들었다.

"아까 제가 한 이야기 흘려듣지 마십시오."

"뭐 어째?"

"이 겨레의 내일에 중요한 말입니다. 제발 상부에 보고해주십시오."

"이 새끼 봐라? 오냐오냐 해주니까 수염 뽑는다더니 딱 그 꼴이네. 주제도 모르고 덤비지 마. 너나 나나 그 문제를 논의할 위치에 있지 않아. 알았어?"

심문관은 상준에게 일본과 미국을 거쳐 한국으로 온 과정을 살천스레 반복해 물었다. 상준이 '인터넷 학습'을 거론하자 더 꼬치꼬치 캐물었다. 상준은 팔뚝이 저릴 만큼 자술서를 쓰면서도 최선을 다했다. 자신의 기록이 국정원 어딘가에 남을 테고 누군가는 보지 않을까 싶어서였다.

하지만 정작 국정원 눈깜쟁이는 통일론에 무심했다. 그가 선글라스를 벗고 송곳눈언저리에 살살 웃음 피우며 관심을 둘 때는 충주에 살고 있는 고종 사촌의 재산이 확인된 뒤였다.

상준은 하나원에서 8주 동안 따분한 교육을 받은 뒤 영종도 공항에 마중 나온 목사의 요청에 따라 인천 지역으로 편입되면서, 비로소 주민등록증을 발급받았다. 충주까지 동행한 국정원 심문관은 목사의 교회까지 자동차로 데려다주는 친절을 베풀었다. 그와 충주의 친인척 사이에 어떤 거래가 오간 건 아닐까라는 의심이 한 가닥 들었지만 확인할 수 없고, 구태여 관심을 가질 필요도 없다고 생각했다.

손티 목사는 인천 시내에 있는 제법 큰 교회에서 담임을 맡고 있었다. 상준은 그 교회에 나가며 목사의 주선으로 9월 1일부터 인천과 제주를 오가는 대형여객선에 승선했다. 손티 목사는 상준에게 과시와 경고가 섞인 어조로 말했다.

"백상준 씨도 아마 압록강을 건넌 직후부터 지금까지 다른 이들보다 순탄하게 살아왔다고 스스로 생각할 겁니다. 우리 교단이 그때그때 관여했기 때문에 가능했던 일입니다. 교회로부터 받은 은혜가 크다는 걸 잊지 말았으면 해서 새삼 알려주는 겁니다. 아는지 모르겠지만, 요즘 한국에서 일자리 구하기는 하늘에 별 따기입니다. 상준 씨가 근무할 여객선은 우리 교단과 직접적 연관은 없어요. 굳이 말하자면 사촌뻘인 교단이 운영하는 회사입니다. 월급이 적지만 우리가 곧 다른 일자리를 알아볼 테니 당분간 그쪽에서 일하세요. 단, 함께 일하는 사람들에게 표 나게 하진 말되 가능한 한 사람이라도 더 우리 교회로 데려오도록 노력하세요. 교회 출석도 빠짐없이 하는 거 잊지 말고."

목사가 꼭 그런 뜻으로 말했는지 모르겠지만, 상준은 한 사람이라도 교회에 데려오면 더 좋은 일터를 마련해주겠다는 뜻으로 이해했다.

마침내 첫 승선하는 날, 상준은 자신이 일할 여객선 이름을 보며 이 웅장한 배가 마치 자신을 오래전부터 기다리고 있었던 게 아닐까 싶어 살그래 웃었다.

뉴 리버티.

새로운 자유. 여기서 일하며 아버지의 땅에서 새로운 삶을 힘껏 펼쳐 가겠노라고 상준은 마음을 다잡았다.

이미 신상 정보를 모두 넘겨받아서일까. 뉴 리버티에서 상준에게 주어진 임무는 주방 일이었다. 어머니 최진이로부터 전수받은 엇구뜰한 시래기 된장국 솜씨가 상준을 오사카, 워싱턴에 이어 한국에서도 '구원'해준 셈이다. 상준은 그 또한 자신이 받은 선물이라고 생각했다. 이미 자신의 삶을 아낌없이 조국의 다른 사람들에게 주리라 다짐했기에 더 살손을 붙여 일했고, 여객선에서 같이 일하는 사람들로부터 모두 호평을 받았다.

거처는 교회 주선으로 인천역에서 가까운 연립주택 꼭대기 층에 잡았다. 국정원에서 탈북자에게 주는 돈으로 전세를 얻을 수 있었다. 연립주택 계약을 마치자, 교회는 제주도에서 유학 온 대학생 청년과 함께 살기를 권했다. 상준은 실큼하다가 단호히 거절했다. 교회가 자기를 감시한다는 생각을 아무래도 지울 수 없었기 때문이다. 하지만 내색하진 않고 곡진하게 말했다.

"목사님, 아시다시피 저 이혼까지 하고 왔습니다. 이혼이 얼마나 힘든지 목사님 모르실 겁니다. 가족과 헤어진 마당에, 태어나서 지금까지 살아온 인생 처음으로 저 혼자만의 공간을 가져보고 싶습니다. 죄송합니다."

손티 목사는 이맛살만 잔뜩 찌푸리고 더는 권하지 못했다. 상준의 거처는 낡았지만 그래서 더 정겹게 다가왔다. 큰방 한 칸과 샤워기를 겸한 화장실, 부엌이 전부였다. 허우룩했어도 단출내기 생활에 상준은 흡족했다. 자주적인 공간에서 인터넷으로 세상과 이어질 수 있다면 더 바랄게 없을 터였다. 상준은 낡은 노트북을 펴며 무시로 행복에 젖어들었다. 배를 타고 온 뒤 비번일 때를 비롯해 틈이 날 때는 집 주변 실골목까지 자유롭게 산책했다.

제주와 인천을 오가고 지며리 학습을 하며 나름 분주하게 보내서일까. 시간이 바람처럼 흘렀다. 한국으로 온 지 1년 6개월 지난 어느 겨울, 상준이 승선을 마치고 집에 돌아와 책상 앞에 막 앉았을 때 목사가 중요한 일을 상의할 게 있다며 오후에 사목실로 꼭 찾아오라고 말했다. 상준은 교회 예배를 이미 몇 주째 나가지 않아서일 거라고 짐작했다. 내키지 않았지만 자칫 일터를 잃을 수도 있기에 목사의 잔소리도 참아낼 수밖에 없었다.

그런데 막상 사목실에 들어섰을 때 어쩐 일인지 목사가 따뜻하게 맞아주었다. 곧이어 편지를 내밀며 조선화 씨가 보냈다고 말했다. 목사의 말이 실감나지 않았지만 봉투에 낯익은 선화의 글씨체가 들어온 순간, 반가움에 눈시울마저 적셨다. 혹 조선화가 아들을 데리고 서울로 온다는 이야기일까, 도근거리는 가슴으로 편지를 들고 나가려 하자, 목사가 두 손을 펴서 만류했다. 손티 목사는 정감 어린 목소리로 사목실을 잠깐 비워주겠다며 여기서 읽고 가라 했다. 그 순간, 상준에게 불길한 예감이 들었다. 선화의 건강에 혹 이상이 있는 걸까 싶어 서둘러 편지 봉투를 뜯어 읽었을 때, 상준은 깊디깊은 심해로 끝없이 가라앉는 절망에 사로잡혔다.

편지는 "용서하세요. 당신이 이 편지를 읽을 때는 이미 저는 다른 사람의 아내가 되어 있을 것입니다"로 시작했다. 이혼한 사이였지만 꿈엔들 상상이라도 했던가. 그것도 미국 백인, 게다가 70대라니.

"처음 그로부터 청혼을 받았을 때, 말도 안 되는 소리라고, 나를 모욕하는 말이라고 무시했습니다. 하지만 연이은 청혼에 조금씩 생각이 바뀌는 저를 보며 비참해지더군요. 당신 말이 생각났습니다. 당신은 저에게 '돈의 노예'가 되었다고 했지요. 생각을 정리하려고 당신이 함께 죽고 싶다고 했던 나이아가라 폭포를 찾았습니다. 믿기 어려우시겠지만, 죽고 싶었어요.

두산에게 모든 것을 정리하는 유서를 건밤 새워 써서 전자우편으로 보내고, 세상을 하직하기 위해 아침 일찍 나이아가라를 찾았어요. 그런데 밤새 폭포가 얼어붙어 있더군요. 그래요. 세상에…… 당신이 본 그 장대한 폭포가 얼었더라고요! 얼어붙은 폭포 앞에서 저 또한 얼어붙는 듯했답니다. 제가 잠깐 잊은 하나님의 뜻, 하나님의 계시로 다가오더군요.

두산에게 보낸 전자우편을 서둘러 지우려고 열었습니다. 이미 읽었더군요. '아차' 싶었을 때, 곧바로 두산에게 전화가 왔어요. 울면서 제발 죽지 말라고 고래고래 소리치더군요. 저도 사람들이 보건 말건 눈물을 쏟으며 악을 써서 답했습니다. '그래! 우리 아들! 엄마, 죽지 않을게! 죽지 않고 너에게 돌아갈게!'라고. 저는 그 순간, 두산일 위해서라면 무슨 일이든 하겠다고 하나님께 말씀드렸습니다. 이윽고 나이아가라 폭포를 떠나며 결심했지요. 재혼을.

자, 그러니 이제 저라는 여자는 깨끗이 잊어주십시오. 당신도 서울에서 좋은 여자 만나 행복하게 살아가기를 하나님께 기도하겠습니다."

상준은 헛웃음이 나오려다가 가슴속 짙은 피멍이 난타당하는 통증을 느꼈다. 나이아가라 폭포에서 자신이 죽으면 어쩐지 선화도 따라와 죽을 것만 같았던 기억, 난간에 기대어 아내가 뛰어드는 모습을 상상하며 도리질했던 순간이 사물거렸다.

그런데 그 아내가 겨우 18개월 만에 재혼을 한다니. 그게 가당한 일인가. 상준이 아는 선화는 결코 그런 결혼에 행복할 사람이 아니었다. 조선화는 오사바사하지 않고 자존심 강한 여자였다.

손티 목사가 다시 들어오더니 낙담한 상준 앞에 마주앉았다. 교단을 통해 들은 이야기를 그냥 담담하게 전하겠노라며 위로했다.

"백 씨가 한국으로 떠난 뒤였답니다. 조선화 씨는 식당 일에 더해 휴일에는 인근 백인들 집을 돌아다니며 청소하고 악착스레 돈을 모아갔다고 하네요. 그런 가운데 건강이 좋지 않은 백인이 홀로 사는 저택을 정기적으로 찾아가 돌봐주다가 살뜰한 솜씨에 반한 주인으로부터 청혼을 받았다는 겁니다. 처음에는 한사코 거절했지만."

"그만, 그만하셔도 됩니다. 목사님."

교회를 나서면서 상준은 아내를 빼앗긴 참담함에 사로잡혔다. 그것도 '승냥이 미국'에게 능욕당했다는 생각이 울컥 치밀 때는 살아 있다는 걸 견디기 어려웠다. 상준은 한국의 '소녀시대'나 '강남스타일'이 지구촌 여기저기서 공연되고 마치 그것이 '한국 문화'인 듯 회자될 때마다 참담했다. 어쩌다가 노골적인 성적 동작들이 민족을 대표하는 문화, 한류가 되었단 말인가, 그런 개탄이 들 때마다 조신하게 나이 들어가는 아내 조선화가 더욱 아름다웠던 기억이 새로웠다. 미국식 벌거숭이 문화에 물들지 않고 조선의 미를 지켜간다고 확신했기에 내심 얼마나 뿌듯했던가. 그 아내가 미국 백인과 결혼한다고 선언했다.

기실 나이아가라 폭포 앞에서 아들을 정리하며 가까스로 생을 포기하지 않았을 때, 막연하게 기댔던 사람이 조선화였다. 비록 이혼했지만, 언젠가 선화가 영종도 공항에 내리리라는 기대를 아무런 근거도 없이 상준은 품고 있었다. 선화와의 사랑은 모든 게 우연인 이 행성에서 상준이 유일하게 몸으로 익힌 필연이었다.

하지만 그 마지막 필연, 삶의 최후 끈조차 결국은 환상이었다. 상준은 교회를 나와 어스름에 집으로 돌아가며 목이 말랐다. 하지만 술을 마시기 두려웠다. 그렇다고 평소처럼 저녁을 차려먹을 힘도 없어 연립주택 단지 앞 칼국수 식당으로 들어갔다. 상준이 즐기던 칼국수마저 넘어가지 않았다. 단지 앞 마지막 가게에서 기어이 술을 샀다.

계단을 휘청거리며 올라가 가까스로 문을 열고 식탁 앞에 앉자마자 소주 뚜껑을 돌리고 병째 들이켰다. 꼴깍꼴깍 목젖을 부드럽게 스치는 소주가 참 달다는 사실을 처음 알았다. 그랬다. 인생이란 제아무리 '꽃'으로 장식해도 결국 부조리하고 무익한 노고 아닌가, 그럼에도 공연히 인간들이 마치 무슨 의미라도 있는 듯 채색해온 게 아닌가, 가슴속 어딘가 숨어 있다가 불쑥불쑥 고개를 내밀곤 하던 그런 의문들이 무장 진실로 다가왔다. 인생을 거저 받은 선물이니 거저 주겠다는 '깨달음' 또한 소가 웃을 일 아닌가, 쓰잘머리 없이 삶을 미화했다는 생각이 속절없이 들었다. 온몸으로 퍼져가는 소주가 따뜻했다. 눈물이 쏟아질 만큼 고마웠다.

상준이 깨어난 것은 다음날 정오가 지났을 때였다. 아무것도 없이 빈 소주병 하나만 댕그라니 놓인 식탁 앞 의자에 앉은 채였다. 빈속에 쏟아 붓고 군드러진 탓이다. 식탁 아래로 나뒹굴고 있는 빈 소주병들이 눈에 들어온 순간, 아까부터 요란하게 울리던 전화기 소리가 비로소 귀에 들어왔다. 상준은 저녁출항을 준비하러 이미 배에 올랐어야 할 시간임을 깨닫고 황급하게 집을 나섰다.

숙취로 두통, 위통에 시달리며 간신히 뉴 리버티 호의 주방 일을 마친 다음날, 아침 일찍 일어나 갑판 난간에 기대어 겨울바다를 바라보았다. 아내의 결혼 편지를 떠올리며 씨물대던 상준에게 '이 역겨운 세상, 비루한 삶도 저 검푸른 바다로 뛰어드는 순간, 간단하게 끝난다'는 속삭임이 머릿속을 맴돌았다. 그 선택이야말로 인간으로서 가장 주체적이라는 유혹은 충분히 매력적이었다. 이후의 세상은 얼마나 고요하고 평온할 것인가. 저 초록 바다와 하나가 된다면, 이 모멸스러운 인생살이에서 해방된다면, 파도가 되어 지구 곳곳을 어루만져주며 돌아다니리라 상상했다. 바다에 매혹된 상준은 저 드넓은 자궁으로 뛰어들고 싶었다.

파도의 유혹에 홀린 듯 난간을 잡은 두 손에 힘을 준 순간, 이글이글 불덩이로 떠오르는 붉은 햇살에 새로 반짝이는 파도를 갈아타며 둥둥 다가오는 작은 물체가 눈에 들어왔다. 자살을 결행하는 와중에도 그것이 무엇일까를 헤아리는 자신을 마음껏 비웃으면서도 상준은 그 물체가 배 가까이 밀려올 때까지 허허롭게 바라보고 있었다. 뿌리째 뽑힌 굵은 통나무, 혜산에 살 때 적잖이 본 소나무가 떠올랐다. 어느 해안 벼랑길에 서 있던 해송이 폭풍우로 바다에 떨어졌을까, 아니면 정녕 백두산에서 하늘을 찌르다가 번개라도 맞아 압록강을 타고 시방 여기까지 떠내려 온 걸까. 바다를 표류하며 끝없는 파도들과 사귀느라 둥글둥글 매끄러웠다.

눈을 거두며 고개 돌리던 상준은 뭔가를 의식하고 빠르게 눈길을 되돌렸다. 파도를 타고 어느새 배에서 멀어져가는 통나무 뿌리 쪽에 뚫려 있는 작은 구멍이 시선을 거꾸로 타고 무장 크게 달려왔다. 동시에 평양에서 고등중학교에 입학하고 맞은 어느 봄날의 대동강이 그려졌다.

진달래 꽃 사이로 강이 내려다보이는 솔버덩에 앉았을 때 어머니 최진이가 들려준 이야기가 들려왔다. 마치 대동강이 그날 그곳의 어머니 목소리를 녹음해서 서해 바다 깊숙이 갈무리해두었다가 파도의 하얀 물결로 틀어주는 듯했다.

"상준아. 저 강을 보렴. 쉼 없이 흘러가지?"

"네."

"저 강물이 모두 어디로 흘러갈까?"

"서해로 흘러가요."

"맞아. 대동강 물결을 모두 안으려면 바다 가슴은 얼마나 크겠니?"

"……."

"지구에 있는 모든 땅을 다 합쳐도 바다 절반도 안 된단다."

"인민학교서 배운 기억이 나요."

"그래. 우리 상준이는 그 바다보다 더 넓은 가슴을 지녀야 한다."

상준은 대답 대신 대동강 앞 물결을 밀어내는 뒤 물결들을 물끄러미 바라보았다.

"상준아. 넓은 바다에 살았던 거북이 이야기해줄까?"

"거북이?"

"그래, 옛날 옛적에 바다 깊은 곳에 눈이 멀어 바로 앞에 있는 것도 볼 수 없는 거북이가 살고 있었대. 그 거북이는 백 년에 한 번씩 머리를 바다 위로 내밀었다는구나. 그런데 구멍 있는 나무 하나가 바다에 둥둥 떠다니고 있었대. 거센 파도에 밀려 여기저기 오갔겠지."

상준이 눈 먼 거북과 구멍 난 나무를 상상하고 있을 때 어머니는 조금 목소리를 높여 물었다.

"백 년에 한 번 바다 위로 올라온 눈이 먼 거북이 그 나무 구멍에 목을 기대어 쉴 수 있을까?"

"그럴 수는 없을 것 같은데요? 바다가 땅보다 두 배 이상 넓은데 그 작은 나무를 우연히 어떻게 만나겠어요?"

최진이는 미소를 지어 상준을 바라보았다. 은근하게 바라보다가 상준의 뒷머리를 쓰다듬으며 말했다.

"그래도 언젠가는 구멍에 머리를 집어놓고 쉴 수 있겠지?"

"언젠가는…… 아주 언젠가는 그럴 수도 있겠지만 어렵지 않겠어요?"

상준은 고등중학교에 들어간 자신을 어머니가 아직도 소년으로 여겨 실없는 이야기를 늘어놓는다는 생각에 퉁기듯 반문했다. 하지만 바로 이어진 말에 시큰둥한 마음은 썰물로 사라졌다.

"그런데 거북이가 구멍에 목을 기댈 가능성보다 사람 몸으로 태어나는 확률이 훨씬 낮다고 옛 사람들은 가르쳤어."

"……"

"……"

"옛 사람들은 누구를 말씀하시는 건가요?"

"주체사상 이전에 우리 조선 사람들은 불교 영향을 많이 받았지. 그 불교에서 전해 내려오는 우화란다. 그 이야기를 주고받으며 우리 조선 사람들은 서로 도우며 살아왔지. 때로는 그 폭정과 맞서 싸울 때도 힘을 모았고."

"……"

상준은 그때 주체사상과 다른 사상이 있다는 사실이 신기하게 다가왔다.

"그 뜻이 뭘 거 같니?"

"멋대로 살면 안 된다는 건가요?"

"우리 상준이 슬기롭구나. 오직 한 번인 인생을 귀하게 여기고 깨달음을 구하라는 뜻이지. 상준인 구도자라는 말 알지?"

"진리를 찾는 사람이죠?"

"그래 맞아, 사람으로 태어날 확률을 성찰하면 누구나 자기 인생을 구도자로 살아가게 될 거야. 구도자로 살면 인생은 아무리 고통스럽더라도 즐거운 여행이 된단다."

상준은 그때 어머니의 이야기를 다 이해했다고 생각했지만 아니었다. 구도자로 살아가면 고통스러운 인생도 즐거운 여행이 된다는 말씀이 생의 마지막 순간이 다가와서야 절절하게 다가왔다.

"그리고 진정한 구도자는 자기 삶만 귀하게 여기지 않아."

"그럼요?"

"사람으로 살아가는 게 얼마나 귀한 시간인 줄 깨달았다면, 자연스레 이런 문제가 생기지. 그 소중한 삶을 받은 수많은 사람들을 괴롭히고 못살게 구는 놈들이 있거든. 사람 같지 않은 사람이지."

"그 사람들은 왜 그래요?"

"저만 잘 살려고 그러는 거야. 상준이는 이해가 안 되지? 그런데 세상에는 그런 사람들이 적지 않아. 다른 사람도 자기와 똑같이 소중한 사람이라는 상식, 서로 존중하며 함께 잘 살려는 생각이 아예 없는 자들이야. 다른 사람들 부려먹으면 저는 편하거든. 상준이도 노예, 머슴, 하인 그런 사람 알지?"

"네."

"그래, 그런 거야. 저 혼자 부자 되어 권세를 누리며 우쭐대고 다른 사람들 부려먹는 자들 때문에 많은 사람들이 소중한 인생을 평생 노예로, 머슴으로, 하인으로 살다 죽었어. 지금은 또 노동자로 살고 있고."

"상준이는 저 살려고 다른 사람 부려먹는 사람들 있으면 어떻게 할래?"

"싸울래."

상준은 주먹을 불끈 쥐어 들어올렸다.

"좋았어. 우리 아들답다. 엄마도 싸웠어. 그리고…… 아버지도 싸움에 나선 거야. 그런데 아직 이기지 못했어."

"그런가요?"

"그래, 하지만 상준이와 친구들이 있으니까, 우리가 이기지 못하면 상준이가 싸워 이기겠지. 그렇지?"

"네, 싸워 이길 거예요."

"와~ 우리 하얀 코끼리 최고!"

우아하면서도 열정적인 젊은 얼굴로 선연하게 떠오른 어머니는 그날 상준에게 오랜만에 '하얀 코끼리'라는 말을 썼다. 상준은 신비로움과 더불어 그리움이 사무쳤다. 문득 정신을 차렸을 때 구멍난 통나무는 이미 저 멀리 점으로 가뭇없이 사라지고 있었다.

오랜 세월 망각하고 있었지만 생을 정리하려던 마지막 순간에 불현듯 들려온 그날의 이야기를 다시 새겨보았다. 어머니가 당시 '아버지'라고 한 사람은 양부일까, 생부일까, 어쩌면 모두이겠다는 생각이 들었다.

톺아보니 어머니는 그 뒤 상준이 열다섯 살 생일을 맞았을 때도 '저만 잘 살려고 다른 사람들도 자기와 똑같은 인간이라는 상식을 뭉개는 자들, 서로 존중하며 함께 잘 살려는 생각은 도통 없는 자들, 그들에 맞서 가난하고 힘없는 사람들이 싸울 수 있도록 진실을 알려주는 일, 그것이 교육'이라며 인민학교 교원의 길을 권했다. "인생을 구도하는 사람으로 살며 다음 세대를 웅숭깊은 민중으로 키워내는 일이야말로 혁명이 성공할 수 있는 관건"이라고 힘주어 말했다.

상준은 자신이 인민학교 교원으로서 웅숭깊은 민중을 키워내야 할 섟에 우상숭배를 가르친 그 죄를 아직 씻지 못했다는 사실을 뼈저리게 깨달았다. 그렇다면, 지금 그냥 이렇게 죽어도 될 것인가. 앞으로 지상에 주어진 남은 시간에 이룰 수 있는 무엇이 있지 않겠는가.

청동색 파도를 바라보며 생각에 잠긴 상준의 가슴은 이어지는 물음들로 사품쳤다. '저만 잘 살려고 다른 사람들도 자기와 똑같은 인간이라는 상식을 뭉개는 자들, 서로 존중하며 함께 잘 살려는 생각은 도통 없는 자들'을 지난 세월 살아오며 얼마나 숱하게 보아왔던가. 무엇보다 미국에, 일본에 수북하지 않았던가. 다른 국가, 다른 종교, 다른 인종을 존중은커녕 아예 부정하려는 언행들을 두 눈으로 목격하지 않았던가. 갈라진 조국, 조선과 한국에도 저만 잘 살려는 사람들은 차고 넘쳤다. 어머니가 권했던 인민학교 교원은 당시 상황에서 대학 졸업을 앞둔 젊은 상준이 걸어갈 수 있는 길이었다. 그렇다면 지금은 어느 길을 걸어가야 할까?

고심하던 상준의 눈에 잔잔하게 일렁이던 파도 뒤로 무장 크게 밀려오는 너울이 들어왔다. 마침내 여객선 아래에서 하얗게 부서지는 순간, 상준은 자신이 인터넷으로 우물 안 개구리를 벗어났다면, 다른 사람들도 그럴 수 있다는 생각이 번쩍 들었다. 그렇다면 자신이 선물로 받은 삶, 기적처럼 받은 삶을 함부로 내버릴 일이 아니잖은가. 더구나 아직 인생의 의미를 온새미로 알아차리지도 못하고 있잖은가. 인생이란 본디 의미가 없는데 인간들이 의미를 부질없게 부여할 뿐이라고 단언할 수 있는가. 의미가 없다고 단언하기 이전에 인생에 의미가 있는지 없는지 아직 모른다는 깨달음이 더 근본적이지 않을까. 언제 어디서 죽음이 다가올지 모르지만, 삶의 순간순간 최선을 다해 인생의 의미를 탐색해나가야 옳지 않은가.

옥색 파도가 하얗게 미소 지으며 되들려준 어머니의 음성을 깊이 성찰하던 상준은 어딘가 갇혀 있던 가슴이 탁 트이는 느낌이 들었다. 동시에 자신이 몸 던질 곳은 저 무심한 바다가 아니라 지금 이 순간도 성실하게 살아가는 민중의 바다, 고해임을 깨우쳤다. 그 바다에 몸을 던져 고통 받는 민중이 진실을 파악하는 걸 가로막는 자들과 싸움으로써 모든 사람이 자신의 삶을 꽃피울 수 있는 세상을 조금이라도 앞당긴다면, 바로 그것이 '인생을 구도하는 사람으로 살며 다음 세대를 웅숭깊은 민중으로 키워내라'는 어머니의 가르침이자, 아버지 이진선이 앞서 걸어간 구도의 길, 사랑의 길이라고 판단했다.

초록 바다와 하나 되어, 윤슬 반짝이는 파도로 지구 곳곳을 어루만지며 돌아다니는 즐거움은 지상에서 사랑을 최대한 실천한 뒤에 누려도 충분할 터다. 아니, 그 사랑을 최소한 단 한 사람에게라도 온전히 구현해본 사람만이 윤슬의 기쁨을 만끽할 권리가 있지 않겠는가.

상준은 선실로 돌아와 낡은 가방을 서둘러 열고 아버지의 수기를 꺼내들었다. 힘들 때마다 아버지의 책은 힘을 주어왔다. 세상을 깊이 들여다볼수록 상준은 아버지의 가슴에 무장 깊이 자리했을 절망의 심연을 실감할 수 있었다. 문득 배에서 내리면 아버지의 일기를 연변의 노인으로부터 건네받은 사람을 찾아보고 싶었다. 왜 진작 그에게 연락해 만나보지 않았을까, 스스로 의아하기도 했다. 그의 이름 '한민주'를 검색창에 쳐보았다. 아버지의 수기가 서울에서 출간됐을 때와 달리, 그가 대학에서 젊은이들을 가르치고 있다는 사실도 새롭게 다가왔다.

상준은 한민주를 만나기 전에 생각을 깔끔하게 정리하고 싶었다. 제주에 입항하기 직전, 상준은 선장실을 찾아가 자신이 한라산을 아직 한 번도 오르지 못했다며 정박하자마자 다녀오겠다고 보고했다. 선장은 저녁에 다시 인천으로 배가 떠날 때까지 당신에게 주어진 시간은 최대 10시간이라며 늦지 않는다는 조건으로 허락했다. 선장이 일러준 대로 곧장 택시를 타고 시외버스터미널로 가서 성널오름행 버스를 탔다. 함박눈이 내려 진달래밭 대피소까지 올라가는 길에 제법 눈이 쌓여 있었다. 성널오름 들머리에서 지팡이와 아이젠을 사지 않았다면 다리를 약간 저는 상준은 그날 백록담까지 올라가지 못했을 터다.

오랜 세월 아낙군수로 지낸 탓일까, 눈보라 헤치며 백두산을 등정했던 상준은 한라산에서 자신이 50대라는 사실을 절감했다. 진달래밭 대피소에 12시까지 도착하지 못하면 백록담산행을 통제한다는 안내문을 보며 상준은 앙다물었다. 까마귀 한 마리가 상준을 마치 호위라도 하듯 따라오지 않았다면, 시간을 맞추지 못했을 가능성이 높다.

'산에 나는 까마귀야/ 나를 위해 울지 마라/ 이 몸 비록 죽었지

만/ 혁명정신 살아 있다.'

지쳐가는 가슴에 쾅쾅 울릴 정도로 노래를 암송하며 무거운 발걸음을 재촉했다. 진달래밭 대피소에서 컵라면으로 기운을 차리고 백록담으로 출발했다. 마지막 가파른 계단 길에 오르자 사위로 눈꽃세상이 펼쳐졌다. 이윽고 도착한 백록담은 안개에 가렸지만 얼핏얼핏 신비스러운 몸을 보여주었다.

상준은 백두산 천지에서 백록담까지 조국의 산천은 눈부시게 아름다운데 왜 역사는 비루했을까 새삼 짚어보았다. 왕조시대 왕족과 귀족들이 기득권을 지키고 제 잇속만 챙기려고 민중을 기만하며 억압해온 행태가 21세기 북과 남의 지배세력에게 고스란히 이어지고 있는 것은 아닐까, 그렇다면 앞으로 무엇을 할 것인가, 그 답은 자명해 보였다.

하산하는 길에 상준은 다시 까마귀를 만났다. 고사목 우듬지에서 까악까악 상준에게 노래하던 까마귀가 갑자기 백록담 쪽으로 날아갔다. 그 순간, 상준은 덩실덩실 춤을 추고 싶었다. 어깨가 저절로 들썩들썩할 만큼 가슴속 누군가가 뛰노는 게 느껴졌다.

상준은 아내 선화, 아니 한 여자 선화가 행복하길 기원했다. 또한 사람 두산도 제 인생을 잘 살아가길 염원했다. 두 사람에 자유를 주며 상준 스스로 자유를 얻은 셈이다.

아내와 아들을 모두 비워서일까? 빈 가슴에서 누군가가 암호문을 보내왔다. 가슴속에 여태 꼭꼭 숨어 있다가 태아처럼 발길질하고 있는 그 누군가의 삶, 춤추고 싶어 안달인 그 사람으로 살아가자고 상준은 다짐했다.

고개 돌려보니 설산으로 올라가던 까마귀가 진달래밭 언저리에서 큰 동그라미 그리며 맴돌고 있었다. 상준은 까마귀가 자신을 보고 있다는 반가움에 손을 번쩍 들었다. 천천히 반원을 그으며 인사했다. 잘 있으라고, 한라를 잘 지키라고.

여객선이 다시 인천으로 돌아온 다음날, 상준은 무작정 민주를 찾아갔다. 사전에 검색한 대로 인천역에서 출발해 서울시청역에서 갈아타고 민주가 다니는 대학교에 내렸다. '캠퍼스 지도'에 나온 호수를 지나 그의 연구실을 바로 찾을 수 있었다. 벅차오르는 가슴을 가다듬고 연구실 문을 두드렸다.

연구실 안에선 아무 응답이 없었다. 겨울방학 기간이라 혹시 출근하지 않을 수도 있다는 생각이 퍼뜩 들었다. 아차, 싶었을 때 연구실 문 옆에 걸린 문패가 눈에 들어왔다. 행선지가 '교내'로 표시되어 있었다. 학교 안 어딘가 있다는 뜻이기에 상준은 기꺼이 기다렸다. 언제 또 시간을 내어 찾아올 수 있을지 몰라 더 그랬다. 민주의 연구실이 있는 복도 끝에 창밖으로 호수가 보였다. 혹한으로 얼어붙은 호수는 스산했다.

두 시간쯤 지났을까. 만나길 포기하고 돌아설 때, 백발에 하얀 구레나룻 사내가 복도에 나타났다. 직감으로 한민주라 판단했다. 이미 인터넷에서 그의 사진도 보았지만, 그래도 마지막까지 기다렸다. 그는 자신을 계속 바라보고 있는 상준에게 어색했는지 엷은 미소를 짓더니 스스로 민망한 듯 시선을 복도 바닥에 돌렸다. 이윽고 그가 민주의 연구실 앞에 서서 카드를 꺼내 문을 열었다. 그 순간 상준은 다급히 다가서며 불렀다.

"한민주 교수님."

"누구……신가요?"

"이, 진자 선자 어른 아십니까?"

"아, 이진선 선생님이요. 네, 압니다만."

민주의 얼굴에 다소 긴장이 스쳐가는 순간 상준은 수줍게, 하지만 자랑스럽게 말했다.

"제가 그분 아들 상준입니다."

23

두 사람 사이에 혹시 사랑이 싹트고 있는 걸까.

뉴 리버티 갑판에서 연화가 담요를 여미어 덮어줄 때 나미에게 문득 스며든 궁금증이다. 만일 자신의 직감이 맞으면 어떻게 대처해야 할까 순간 망설였다. 하지만 어렵게 생각하지 말자고 다짐했다.

'모든 사랑은 아름답다.'

그렇게 추스르며 나른함으로 빠져 들었다. 연화는 앉은 채로 고개를 까닥까닥하는 나미 얼굴에 살며시 어깨를 바투 대었다. 연화에 기댄 나미의 숨소리를 새근새근 들으며 상준은 담담하게 이야기를 이어가 마침내 한민주와 만난 순간에 이르렀다. 압록강에서 서해 바다까지 걸어온 길을 고요히 들어준 연화가 고마웠다.

"저 혼자만 너무 떠든 것 같습니다."

"아니어요. 상준 씨 얼굴에 어딘가 그늘이 드리워 보인다 했더니 그런 아픔이 있었군요. 더구나 고통을 훌륭하게 이겨내셨고요. 왜 한 교수가 상준 씨를 통일동산으로 불러들였는지 충분히 짐작되네요."

“그나저나 어느새 밤이 깊었습니다. 저 때문에 잠을 못 주무셔서 어쩝니까.”

“괜찮아요. 그리고 그게 왜 상준 씨 때문인가요? 저희가 들려달라고 해서 전해주신 이야긴데요. 외려 고맙지요. 나미는 이야기해 달라더니 자고 있네요.”

“소소리바람이 제법 매섭습니다. 선실에 들어가셔서 잠깐이라도 주무십시오. 나미도 감기 들겠습니다.”

“그렇죠? 나미 때문이라도 들어가야겠어요. 그럼 상준 씨도 좀 눈 붙이세요.”

연화가 나미를 깨웠다. 나미는 어색하게 눈을 뜨며 부러 기지개를 폈다. 이야기 나누던 어느 순간에 잠이 깨었지만 그냥 눈감고 있었던가보다. 연화는 짐짓 모른 체하며 나미 등을 담요로 감싸고 선실로 걸어갔다. 나미는 선실에 들어서자마자 침대 위로 몸을 던지듯이 눕혔다.

연화는 잠이 오지 않았다. 자식은 타인이라고 제법 젠 체하며 설교했지만, 과연 자신은 나미를 타인이라고 생각하는 걸까? 자신이 없었다. 하지만 엄연한 진실 아닌가. 인생이라는 눈물의 골짜기에 새삼 가슴이 뻐근해왔다. 침대에서 뒤척일 때 선실 창문으로 달빛이 들어와 괴괴했다. 눈은 더 말똥말똥했고, 그럴수록 은은한 달빛 담은 바다에 무장 몰입하고 싶었다. 살그니 일어나 다시 외투를 걸치고 까치발로 선실 문을 열었다.

사위 고요한 갑판으로 나서자 뉴 리버티 호 맨 앞쪽 난간에 두 손 올리고 사뭇 당당하게 바다를 굽어보는 상준이 들어왔다. 그의 건장한 두 어깨에 별빛가루, 달빛가루가 반짝였다.

연화는 가슴이 도근거리는 걸 의식했지만 태연하게 걸어갔다. 발자국 소리가 들릴 법도 한데 바투 다가서도록 상준은 돌아보지 않았다. 상준은 연화와 나눈 대화를 골똘히 짚어보고 있었다. 아니, 정확히 표현하자면 연화를 생각하고 있었다. 갑산 백조봉을 떠나 평양으로 돌아오는 기차 안에서 어머니와 아버지에 깊은 죄의식을 느낀 상준은 그 뒤 지금까지 금욕의 삶을 살아왔다. 10년 가까이 전혀 욕망이 일어나지 않았던 상준의 몸이 연화와의 대화에서 변화의 신호를 보내왔다. 중늙은이가 된 자신의 가슴이 누군가로 설레고 있다는 사실에 상준은 실로 오랜만에 삶의 싱그러움을 느꼈다. 달빛 윤슬도 어떤 설렘으로 반짝이는 걸까 싶던 상준은 문제가 쌍십절에 나눈 정사에 있는 게 아니라, 아버지와 어머니의 뜻을 망각한 데 있지 않을까 조심스레 추론해보았다. 그 순간, 다사로운 연화의 음성이 들렸다.

"달이 참 밝죠?"

연화는 말을 걸어놓고 어딘가 남세스러워 실소를 그렸다. 그런데 상준의 별빛, 달빛 어깨가 모두 꿈틀했다. 돌아보는 상준의 눈빛은 베토벤의 월광이 흘러나오듯 은은하고 감미로웠다.

"왜 주무시지 않고 나오셨습니까. 피곤하실 텐데 괜찮으시겠습니까?"

"잠이 안 오네요. 저는 책 읽으며 밤샐 때도 많아요."

"연화 씨도 그렇습니까? 저는 아까 우리가 나눈 대화를 생각하고 있었습니다. 두 가지 문제점을 발견했습니다."

연화는 저도 몰래 웃음이 나와 손으로 살짝 가리며 말했다.

"아니, 무슨 군사작전 하듯 대화를 분석하고 그러세요. 아무튼 두 가지 문제는 뭔가요?"

활짝 웃는 연화의 입술 사이로 하얀 이가 드러났다. 별일까 달일까. 빛이 반사되어 반짝였다.

"첫째는 제가 연화 씨 이야기를 듣지 못했다는 것, 둘째는 정작 해나갈 사업은 전혀 나누지 못했다는 것입니다. 변명을 늘어놓자면, 한 교수가 저에게 연화 씨 이야기를 대강 들려주어 알고 있습니다."

"그래요? 한 교수도 저를 깊이 알진 못하는데……. 아무튼 그럼 그건 됐고, 두 번째 문제만 남은 건가요?"

"네. 첫째 문제와 이어집니다. 대사관 일을 그만두시고 우리 건물 1층에 카페를 여신다고 들었습니다. 혹시 연화 씨가 저와 함께 일하는 게 한 교수의 강권 때문만은 아니었으면 좋겠습니다."

"아, 아니어요. 한 교수가 품성 좋은 사람이라고 추천은 했지만, 저도 사람 볼 줄 아는 눈은 있답니다."

"고맙습니다. 그런데 후회는 안 하실 겁니다. 제가 오늘 시래기국 끓이는 비법만 자랑했지만, 미국에서 일할 때 원두커피 내리는 것도 배웠고 나름 잘 하니까 걱정은 아껴두시기 바랍니다."

"걱정은요. 저야 든든하죠. 상준 씨처럼 저도 한국에 친구가 없어요. 한 교수가 어떻게 이야기했는지 자세히는 모르겠는데, 아마 카페를 열어 부지런히 운영하면 저나 상준 씨의 생계야 가능하겠지요. 아무렴 이 배에 승선하실 때만큼이야 못하겠어요? 정말이지 한 교수에게 이야기 들었는데 이 배는 선원들을 너무 착취하고 있어요."

"이 배의 선주가 구원파 지도자라고 들었습니다. 구원의 문제는 사실 모든 인간의 약점입니다. 구원이 된다면 저임금은 얼마든지 참을 수 있지 않겠습니까?"

"예수께서 아신다면 당신을 이용해먹는 사람들로 정말이지 괴롭지 않겠어요?"

"그러니까 모른다고 보아야 옳잖습니까?"

상준이 웃으며 받자 연화가 짐짓 진지하게 말했다.

"사실 예수는 주변에서 가장 보잘것없는 사람들을 당신을 섬기듯 사랑하라는 가르침을 주셨는데요. 오늘날 기독교는 예수의 뜻과 어긋난 길로 너무 먼 길을 걸어왔어요. 스웨덴과 비교해 한국 교회는 특히 더 그래요."

"그렇습니까? 사실 연화 씨도 공감하시겠지만 마르크스주의도 마찬가지입니다. 마르크스를 공부할수록 그가 만일 무덤에서 살아나와 오늘날 김정은 체제를 본다면 얼마나 소스라칠까 싶습니다. 바로 그래서 우리가 해야 할 일이 그만큼 더 중요하다고 생각합니다."

"아무튼 우리가 카페로 돈을 벌자는 건 전혀 아니니까 상준 씨 말씀에 공감해요. 다만, 한 교수 기대가 너무 커요."

"연화 씨도 그렇게 느끼셨습니까? 카페는 금·토·일요일만 열고, 월요일부터 목요일까지는 연화 씨가 한국에 들어오기 전에 스웨덴 노동교육협회에서 일했던 경험과 저의 인민학교 교사 경험, 그리고 자기의 교수 경험을 나누며 우리부터 학습하자고 합디다. 그 학습과 토론 자료를 인터넷에 올려 진지를 만들고 범국민소통운동을 벌여 나가자는 걸로 알고 있는데 맞습니까?"

"네, 인터넷 사이트를 진지로 전국 곳곳에서 이미 활동하거나 싹트고 있는 학습모임들을 서로 연결해나가자는 거지요."

"실은 저도 우려 말씀을 전했습니다. 인터넷에 근거한 사회운동은 저마다 개성이 강해서 힘이 잘 모아지지 않을 수 있다고도 말했습니다. 한 교수는 단시일에 승부 내겠다는 욕심만 부리지 않으면 된다며, 천천히 그러나 쉼 없이 일을 해가잡디다. 고목나무 샘이 마침내 한강을 이룬다면서 말입니다."

"단순한 인터넷 활동이야 못 할 것 없겠지요. 문제는 인터넷에서 정보가 넘쳐나는 시대에, 그렇지 않아도 역사의식이나 정치의식에 관심이 없는 사람들에게 우리가 어떻게 다가갈 수 있겠느냐는 거예요. 더구나 한 교수 책을 읽어보니 프랑스혁명이나 러시아혁명에 버금가는 세계사적 혁명을 한국에서 꿈꾸더군요."

"무슨 이야기인지 알겠습니다. 그러니까 민중이 정치와 경제생활에서 실제 주인으로 살아갈 수 있게 주권혁명을 이루자는 한 교수의 구상이 너무 이상적이라는 말씀 아닙니까? 연화 씨 지적 맞습니다. 하지만 그분도 당신의 인생에서 이룰 수 있는 꿈의 수준을 상당히 낮췄다고 생각합니다. 당장 주권혁명을 구현할 수는 없더라도, 그 철학을 단계적으로 실현하는 일은 얼마든지 가능하지 않겠습니까? 지금 경쟁 체제에서 고통 받으며 살아가는 민중이 시방보다 나은 사회가 얼마든지 가능하다는 진실을 알게 되면, 생각이 바뀌리라는 한 교수의 믿음에 저는 공감합니다."

"좋아요. 그러나 세상을 바꾸겠다는 사람들일수록 현실을 냉철하게 직시해야겠지요. 사람들에게 진실을 들려주면 생각이 바뀔 거라는 믿음은 정말이지 인류 역사에서 근거를 찾을 수 없거든요. 어떤 사람들은 진실을 내놓고 조롱하기도 하니까요. 심지어는 진실을 들려주는 사람에게 적대감까지 보여요."

"물론입니다. 그러니까 우리가 손이 아니라 눈으로 접속하고 머리가 아니라 가슴으로 소통해가야 합니다. 우리 인간은 어쩔 수 없이 역사적 조건 속에 살아가고 정치가 틀 지운 사회에서 살아간다는 사실, 따라서 역사적 존재이자 정치적 동물인 인간이 역사와 정치에 무심하다면 그건 인간으로서 자기 부정이라는 진실부터 나눠가야 합니다. 연화 씨, 힘내라고 드리는 말씀인데 인터넷으로 세상을 학습해서 거듭난 가장 전형적인 사람을 제가 알고 있습니다."

"누군데요?"

"비웃지 마시기 바랍니다. 바로 저입니다. 조금 전까지 이야기했지만 마흔 살이 넘도록 오직 주체사상에 젖어 있던 저는 옛말 그대로 우물 안 개구리였습니다. 그런데 어떻습니까? 연화 씨 앞에 마주앉아 있는 저는 그 우물에서 벗어나 있잖습니까? 제 남은 생명을 다른 사람에게, 내가 같이 살고 있는 이 땅의 겨레에게, 더 나은 세상이 가능하다는 걸 보여주는 데 바치겠다고 결심까지 했단 말입니다."

"진실을 알고 싶은 상준 씨의 학습 열정 잘 알아요. 그런데 설마 세상 사람들이 모두 상준 씨 같다고 생각하는 것은 아니겠죠? 그건 착오이거나 오만일 수 있어요. 대부분 사람들은 인생을 즐기려고 해요. 귀국해서 지난 10년 한국인들을 관찰해왔는데 정말 실망 많이 했어요. 경쟁체제를 그대로 받아들이며 그 경쟁에 너도나도 앞장서더군요. 사람을 경쟁이 아니라 연대의 대상으로 보자, 그게 가능한 복지국가를 한국에서도 구현할 수 있다고 아무리 강조해도 금방 잊어버리더군요. 더러는 자신이 정치에 무관심한 걸 마치 자랑처럼 이야기하는 사람들을 만날 때면 솔직히 한없이 멍청해 보였어요. 무엇보다 한국인들 대다수는 다른 이들의 고통에 공감할 수 있는 가슴이 없더군요.

"저는 연화 씨가 그렇게나 용감하신 분인 줄은 미처 몰랐습니다. 어떻게 '한국인들 대다수'라고 단정하십니까? 그게 한국인들만의 문제로 여겨도 됩니까? 스웨덴은 어떤지 모르겠지만 저는 미국에서도, 일본에서도 돈을 숭배하는 자본주의 체제가 소비와 향락을 한껏 부추기며 소비자이기도 한 민중의 눈과 귀를 매스컴으로 가리고 있는 걸 체험했습니다. 다만, 한국은 그들과 견주어 더 천박한 사람들이 교육계와 언론계를 장악하고 있기에 문제가 심각할 따름입니다."

"딴은 한국만의 문제는 아니겠네요."

"아까 연화 씨는 민중이 더 나은 사회가 얼마든지 실현 가능하다는 진실을 알게 되면, 생각이 바뀔 거라는 믿음에 회의하셨는데 저도 그럴 수 있다고 생각합니다. 하지만 말입니다. 과연 자신이 타고 있는 배가 침몰할 수밖에 없다는 진실을 알아도 그저 가만히 있겠습니까?"

"그렇지는 않겠죠."

"옳습니다. 누구든 가만히 있지 않을 겁니다. 지금 타고 있는 배는 곧 침몰할 것이기에 더는 인생을 항해해나갈 수 없다는 진실을 깨달으면, 배를 갈아타야 하는 건 상식, 아니 본능적인 감성 아닙니까? 문제는 그 감성을 누군가가 무디게 해놓았다는 겁니다."

"바로 그래서 공감할 수 있는 가슴이 없다고 말한 거예요."

"네, 저도 말씀 들으며 그렇게 이해했습니다. 그리고 연화 씨가 한국에서 저보다 훨씬 오래 생활하며 절절하게 내린 결론이라고도 생각합니다."

"결론이라기보다는 잠정결론이라고 해두죠. 그리고 저도 한국 생활이 아직 10년도 안 됐어요."

"네, 하지만 연화 씨 성격에 아마도 10년 내내 스톡홀름과 서울을 견주며 고심하셨으리라 짐작됩니다. 그런데 연화 씨, 판단이 잘 서지 않을 때는 아래에서 보라는 말이 있지 않습니까? 민중의 눈으로 판단해봅시다. 세상에 가슴 없는 사람들이 있습니까? 없습니다. 가슴은 누구나 있습니다. 다만, 자기에게 가슴이 있다는 걸 잊었을 뿐입니다. 그래서 그 가슴을 스스로 찾을 수 있는 인터넷 진지를 만들자는 게 한 교수의 생각이잖습니까? 저는 할 수 있다고 생각합니다! 아니, 그렇게 생각하기 이전에 연화 씨나 저 같은 사람이 반드시 해야 할 일입니다. 그게 연화 씨가 귀국한 이유이고, 제가 한국으로 온 이유 아닙니까? 어쩌면 연화 씨에겐 더 중요한 이유가 있을지도 모르겠습니다."

상준은 잠시 뜸을 들였다.

"뭔가요?"

"바로 연화 씨 아버님입니다."

"네?"

"제가 연화 씨 소설을 읽었습니다. 아버님의 수기를 토대로 쓰신 거잖습니까?"

"그런데요?"

"생각해보십시오. 왜 홍기수 선생은 지리산에서 밤도와 보고문과 편지를 쓰셨겠습니까? 은둔해 사시면서도 어떻게 이 나라의 현실을 그토록 정확하게 기록할 수 있었겠습니까? 홍기수 선생 또한 스스로 학습하며 생의 마지막 순간까지 글을 써가신 거잖습니까? 더구나 지금처럼 인터넷이 발달하지 못했을 때 아닙니까?"

"음. 그렇군요."

"연화 씨가 아버지의 진실을 더 많이 알려가고 싶은 그 마음, 우리가 만들어갈 인터넷 진지에 녹여내시면 어떻겠습니까? 물론, 연화 씨도 저도 홍 선생님처럼 학습을 게을리해서는 안 될 겁니다. 연화 씨나 저의 선친은 고립되어 고독했지만 우리는 공동으로 학습하고 토론해나갈 진지를 확보했다는 게 얼마나 다행입니까? 우리부터 현실을 정확히 파악해갑시다. 그래야 그것을 동시대 사람들과 나눌 가치가 있지 않겠습니까? 연화 씨도 대사관에 사표를 낸 것으로 들었고, 저도 이 배를 마지막으로 앞으로는 통일동산에서 일하는 거니까, 남과 북을 가르는 경계에 본때 있게 진지를 만들어 봅시다. 그러니까 이번 바다 여행은 저 거룩한 산, 한라산도 등반하며 나미와 편하게 보내십시오. 우리가 다시 통일동산에서 만날 때는 셋이 함께 새로운 길을 열어갑시다."

"와, 상준 씨 오늘 보니 아버님의 혁명정신을 고스란히 물려받으셨군요."

"거, 비웃지는 마십시오."

"어, 그런 거 전혀 아닌데?"

"제가 좋아하는 시 구절 하나 들려드려도 일 없겠습니까?"

"좋아요. 낭만적인데요?"

"낭만적이진 않습니다. 하지만 제가 잊지 못할 시입니다."

상준은 자세를 가다듬고 굵은 목소리로 비장하게 읊었다.

"누구나 싸울 테면 싸워보자, 벼랑으로만 오너라 싸울 테면 오너라 다 오너라, 아슬아슬한 벼랑 가에 언제나 내가 오뚝 서 있을 테니."

"아, 어머니가 어렸을 때 종종 들려준 시라고 하셨죠?"

"네. 우리 진지가 벼랑 아닙니까? 분단 경계선은 남과 북 모두에게 벼랑이라고 생각합니다."

"어머니가 상준 씨의 '벼랑 진지'를 찾아오신다면, 이렇게 들려주실 거예요. 피가 물처럼 흐르고 눈물이 안개처럼 흐를지라도 민중은 이accept고 승리자가 되리라."

"고맙습니다. 그 시를 기억해주셔서……."

"별말씀을요. 그런 시를 아들에게 들려주던 분에게 같은 여자로서 존경심이 들더군요."

"연화 씨. 사실, 인류가 지금 이 수준까지 오는 데도 얼마나 많은 피와 눈물이 흘렀습니까? 출항할 때부터 내내 따라온 안개가 민중의 눈물이라고 생각하면, 인생을 벼랑에서 새롭게 항해하자는 생각을 새삼 다지게 됩니다."

"안개 보면서 그런 생각도 하셨어요? 다행히 이제 안개는 가뭇없이 사라졌죠? 우리 앞길에 좋은 징조 아닐까요. 힘내세요."

"감사합니다. 더구나 싸워갈 진지가 있잖습니까?"

"참, 상준 씨 거처가 '부르주아 저택'이라고는 이제 생각하지 않는 건가요?"

"물론입니다. 사실 솔직히 말하자면 한 교수나 연화 씨를 뜯떠본 것도 있었습니다. 그래도 그날 이야기 나누면서 제가 경직되어 있었다는 걸 깨달았습니다."

"다행이네요. 사실 한 교수가 예술인마을에 산다는 걸 알게 된 지인들 가운데 뒷공론이 있었어요. 한 교수가 가장 아끼던 후배가 '틈만 나면 민중 타령 하더니 부르주아 속물이었네'라며 도마 위에 올렸다는 말을 누굴 통해 들었다더군요. 그런데요. 노파심일지도 모르겠고, 또 어차피 우리가 한 집에 살 거니까 상준 씨도 명확히 사실관계를 알고 계실 필요는 있을 것 같아요. 한 교수와 제가 공동으로 건축한 비용은 대지 값까지 모두 합쳐서 서울 강남의 작은 아파트 한 채 값도 안 됩니다. 한 교수 이야기로는 마을 회원을 공개모집했는데 미달상태가 오래 지속되었다고 하더군요. 문제는요. 보수적이거나 수구적인 사람들이 강남 아파트나 대저택에 사는 것은 비판하지 않거나 당연하게 보는 사람들까지 한 교수와 제가 도심 아파트 한 채도 안 되는 값으로 통일동산에 지은 집을 놓고 '속물' 운운한다는 거예요."

"그런 일이 있어서 그날 연화 씨가 그렇게 대차게 나섰던 겁니까?"

"제가 대찼어요?"

"아닙니다. 그냥 하는 말입니다. 아무튼 걱정 마십시오. 연화 씨가 말했듯이 통일된 나라 곳곳에서 사람들이 예술 공동체를 꾸려 살아간다면 좋은 일이라는 생각이 들었습니다. 덕분에 통일의 미래를 좀 더 구체적으로 생각해볼 수 있게 되었습니다. 더욱이 한 교수가 건축가에게 설계를 의뢰할 때 제 아버님 수기를 건네주고 '이 책을 주제로 해서 집을 설계해달라'고 주문했다고 들었습니다."

"맞아요. 그런데 어떠세요? 집이 무슨 동굴 같지 않던가요?"

"동굴 말입니까? 그러고 보니 그렇게 볼 수도 있겠습니다. 벼랑에 동굴이면, 정말 요새 같은 진지가 되겠습니다."

"그런가요?"

"우리 거처가 동굴이고 요새이고 진지라면 좋은 일 아니겠습니까? 아무튼 그 설계 이야기를 듣고 더는 망설일 이유가 없다는 생각이 들었습니다. 아버지의 집이잖습니까? 아, 혹이라도 '아버지의 집'이라는 말에 오해 없으시기 바랍니다."

"무슨? 오해 전혀 없어요."

"아버지의 순결한 영혼이 녹아든 집, 제가 어떻게 마다하겠습니까! 감지덕지입니다. 이사를 곧장 결심하고 바로 그날로 부동산중개소에 전셋집을 내놓았습니다. 제 아버님과 어머님이 항일 혁명투쟁에 나설 때부터 꿈은, 연화 씨도 제 아버지 기록을 읽어보셨겠지만, 이 땅의 모든 사람이 고루 잘살 수 있게 아름다운 집을 짓는 것이었습니다. 그 진실을 저에게 다시 상기시켜주어 연화 씨를 그때 이후 늘 고맙게 생각하고 있습니다."

상준이 고개 돌려 연화에게 고마움을 전하는 눈빛은 강렬하게 반짝였고 연화의 눈동자에도 엷은 물기가 올라왔다. 상준은 가슴이 뭉클해 연화의 촉촉한 눈을 뜨겁게 응시했다. 연화를 바라보는 상준의 불타는 시선을 의식해서일까. 연화의 얼굴은 표 날듯 말듯 붉어졌다.

상준은 자신의 눈길을 피해 바다를 바라보는 연화의 옆얼굴 젖은 눈에서 붉은 빛을 보았다. 연화가 바라보는 수평선으로 눈을 돌렸다. 밤하늘이 청색 어스름으로 동살 잡히는가 싶더니 어느새 희붐히 밝아오고 있었다. 흘러가던 구름들이 수평선에서 뻗쳐오는 햇귀를 저마다 담아 붉게 물들였다.

항해하는 뉴 리버티 호의 꼭대기 맨 앞 난간에 나란히 두 손을 짚고 이야기 나누던 두 사람은 자연스럽게 동살 잡히는 곳으로 몸을 돌려 난간에 등을 기대었다. 동살이 얼비치는 바다를 함께 바라보며 상준이 자신 있게 말했다.

"연화 씨. 솔직히 말하면 모르는 게 많습니다. 그런데 제가 미처 알아차리지 못한 삶의 진실, 인생의 의미가 있다는 생각을 지울 수 없습니다. 죽음을 맞기 전까지 공부해나가렵니다. 다만, 반거들충이에 지나지 않으면서도 제가 민중에 확신을 갖는 이유는 근거가 명확합니다. 민중은 돈이나 권력 따위로 가슴이 오염되지는 않았잖습니까?"

"그런가요?"

"물론입니다. 탐욕에서 벗어나 있는 만큼 세상의 진실에 더 가깝게 있고 그만큼 더 투명하게 진실을 파악할 수 있다고 생각합니다. 그러니까 저에게 민중에 대한 믿음은 다름 아닌 인간에 대한 믿음입니다. 죽음을 의식하는 유일한 동물인 사람은 결국 자신의 삶을 의미 있게 만들고자 나설 수밖에 없습니다. 권력이나 돈에 가슴이 물들지 않는 한, 인간은 자신의 인생을 사랑할 수밖에 없는 동물입니다. 물론, 사랑은 쉽지 않다고 생각합니다. 권력이나 돈에 저도 모르게 가슴을 빼앗겨가는 반드레한 사람들이 지천으로 널려 있잖습니까? 그래서 사랑은 예술이라고 생각합니다. 잃어버린 가슴을 되찾아가는 세상, 누구나 자신의 삶을 예술로 창작해가는 세상을 저는 꿈꾸고 있습니다. 민중이 자기 삶을 예술로 만들어갈 때, 그때 비로소 권력과 자본은 아래로부터 통제를 받지 않겠습니까? 모든 인간은 잠재적 예술가라고 연화 씨가 말씀하셨습니다. 저 공감합니다. 연화 씨가 들려준 말 곱새기며 오랜 생각 끝에 내린 저의 결론입니다."

"잃어버린 가슴을 되찾아가는 세상, 누구나 자신의 삶을 예술로 창작해가는 세상, 참 신명나는 꿈이네요. 그러려면 기본적인 생존권은 국가가 보장해주어야겠지요?"

"그렇습니다. 사람으로 태어났으면 누구나 사람답게 살 수 있어야 합니다. 그렇다고 연화 씨가 살았던 스웨덴이 정답은 아니라고 저는 생각합니다. 한국 실정과 다르잖습니까?"

"네. 여러 모로 다르지요. 저도 북유럽이 우리 길이라고 생각하지 않아요. 우리는 우리식으로 길을 열어가야 옳죠. 다만, 스웨덴에서 배울 것은 있다고 봅니다. 자신을 시민으로만 생각하는 한국인들 스스로 자신이 다름 아닌 노동자임을 똑똑히 직시해야겠죠. 그래야 새로운 길을 열어갈 주체가 형성될 수 있으니까요."

"시민과 노동자 사이에 거리감은 따지고 보면 어이없는 일입니다. 시민으로 불리는 대다수가 임금을 받아 생활하는 노동자 아닙니까. 시민이, 아니 노동자가 자신이 노동자임을 모르는 건 누구보다 당사자들에게 비극입니다. 대다수 시민이 노동자이고 노동자가 곧 시민임을 인식하는 과정부터 저는 큰 싸움일 거라고 생각합니다. 우리가 싸움이라고 생각하지 않아도 저들은 이미 싸움을 벌이고 있습니다. 노동자가 자신을 노동자로 의식치 못하게 하거나 시민과 노동자를 대립시켜 분열케 유도하잖습니까? 게다가 인간으로서 행복추구권을 보장하자는 논의를 '인기영합주의'로 매도하는 저들은 학교와 언론을 통해 우리의 일상생활을 지배하고 있습니다. 마치 '왕조체제'를 정당화하는 자들이 인민들의 자주적이고 창조적 의식을 우물에 가두고 있듯이 말입니다."

"동의해요. 제 눈에도 보이니까요. 누구나 자신의 삶을 예술로 창작해가는 세상을 가로막는 세력이 바로 그들이지요. 그들과의 싸움은 우리가 이웃을 사랑하는 방식이겠지요. 이웃은 우리에게 도움을 주는 사람이 아니라 우리의 도움이 필요한 사람이니까요."

"아, 연화 씨도 싸워야 할 저들이 보이시는군요. 그럼 됐습니다. 이번 항해가 끝나면 이제 저들이 일상에서 벌이는 싸움 앞에 더는 당하고만 있지 맙시다. 제 한 몸 위해 다른 사람들을 부려먹으려는 사람들이 지닌 자본과 권력에 맞선 싸움은 정의이고 연화 씨가 말했듯이 사랑 아닙니까? 기꺼이 나섭시다."

상준이 통일동산 '공동의 집' 아니 '공동 동굴'에 합류한 뒤, 짧은 시간들이었지만 이미 영향을 주고받아서일까. 연화와 상준은 진심으로 서로에 공감을 표했다. 연화는 어쩌면 이 '투박한 구도자'를 사랑하게 될 수도 있다는 예감이 스쳐갔다.

그때 갑판 위로 체육복을 입은 여고생이 두 손 올려 기지개 펴며 씨억씨억 올라왔다. 사위를 둘러보다 새벽 놀이 가장 잘 보이는 쪽으로 나비처럼 사푼사푼 날아갔다. 갑판 오른편 난간에 등을 기대고는 곧바로 안주머니에서 수첩과 연필을 꺼내들었다. 긴 생머리의 싱그러운 몸, 그림을 그리는 게 역력했다. 어젯밤 바다 여행과 선상 불꽃놀이에 들떠 늦잠을 잤을 텐데 일찍 일어나 노을을 그리는 데 몰입하는 눈매며 콧날이 앙증스레 귀여웠다.

갑판 맨 앞에 있던 상준과 연화는 누가 먼저랄 것 없이 호기심 어린 눈짓을 주고받았다. 연화가 먼저 다가가고 상준은 바람만바람만 뒤따랐다. 가까이 가자 그림에 열중하면서도 귀엽게 고개 까닥 숙여 인사한다. 연화가 눈 미소로 물었다.

"방해한 건 아니죠?"

"아, 아니어요."

"예술고에서 수학여행 온 거군요?"

"네? 아, 그렇진 않아요. 학교 이름이 단원고등학교이지만, 예술고는 아니어요."

"그래요? 나는 그림을 그리기에 물어본 건데. 그런데 학교 이름이 단원이라고요?"

"아, 네. 모르셨군요. 저는 알고 물어보시나 했어요."

"그럼 학교 이름 단원이 바로 그 한국화를 그린 김홍도?"

"네, 맞아요. 그분이 저희 학교가 있는 안산에 살며 그림을 배웠답니다."

그 순간, 상준과 연화는 신기한 듯 눈을 마주쳤다. 곧 연화의 눈길은 그림으로 돌아갔다.

"그렇군요. 근데 어디 보자, 와, 그림을 정말 잘 그리는데요?"

연화 또한 그림을 배우고 있었기에 다른 이들의 그림을 많이 보아온 터였다. 고등학생이 바다의 해돋이를 담아내는 솜씨에서 단박에 재능을 느낄 수 있었다. 대충 흑백연필로 그린 스케치인데도 잔잔한 바다와 섬, 구름, 엷게 표현한 아침노을이 실감나고 평화로웠다.

"뭘요. 그냥 아름다워 스케치해보는 건데요. 그런데, 음, 좀 제 자랑 같지만, 어렸을 때부터 그런 이야긴 많이 들었어요."

쑥스러워 지은 엷은 미소가 이슬처럼 빛났다. 앵두 입술에선 순수가 묻어났다.

"초등학교 선생님은 나중에 예술고로 진학하라 했고 중학교 3학년 담임선생님도 그러셨어요."

"그런데 왜 안 갔어요?"

그 말에 멈칫하던 여학생은 연화를 잠시 살펴보다가 웃으며 말했다.

"엄마도 예술고 가라는 말씀을 하셨어요. 그런데 학비가 비싸요. 더구나 그림 그리려면 돈이 많이 들어가거든요. 저도 가고 싶었지만, 엄마에겐 가기 싫다고 했어요. 괜찮아요. 미대가 아니더라도 디자인학과 쪽으로 진학하면 되거든요."

연화는 발랄하고 당당하던 여고생이 '그림 그리려면 돈이 많이 들어가거든요'를 말할 때 귀여운 이마에 쓸쓸한 서러움이 스쳐간 모습을 놓치지 않았다. '괜찮아요'라고 상대를 배려하는 모습도 예쁘기만 했다. 연화는 새삼 여기가 스웨덴이 아님을, 청소년이 참으로 자신이 꿈꾸는 일을 할 수 없는 여러 가지 장애가 독버섯처럼 퍼져 있는 사실을 절감했다.

"디자인도 좋은 전공이니까 거기서 능력을 발휘할 수 있을 거예요."

연화는 입에 발린 말을 겨우 덧붙이는 자신이 싫었다. 그럼에도 여학생은 풋풋한 얼굴 그득 환한 미소로 화답했다.

"고맙습니다. 그런데 부부여행 하시나 봐요? 실은 어제부터 제가 흘끔흘끔 보아왔는데 참 잘 어울리세요."

상준과 연화는 다시 마주 보았다. 상준은 당혹스러웠지만 연화는 그렇지 않았다. 웃으며 말했다.

"우리…… 잘 어울려요? 고맙군요. 그나저나 그림 그리는 데 방해만 했죠?"

"아니어요."

"우리 이만 갈게요. 꿈 꼭 이루세요."

"고맙습니다. 두 분도 좋은 시간 보내세요."

연화가 '부부여행인가'를 묻는 학생에게 보인 반응에 상준은 다소 평정을 잃었지만, 정작 연화는 아무렇지도 않은 듯 이미 돌아서서 걸음을 옮겨갔다. 바닷바람이 상쾌하게 코끝을 아렸다. 상준은 연화가 제법 슬겁다고 생각했다. 그때 연화가 작은 목소리로 속삭였다.

"저 귀여운 학생이 예술고 진학을 못 하고 일반고를 지원할 때 어떤 마음이었을까, 그러다가 '단원'의 호가 들어간 학교에 배정받았을 때는 또 어떤 마음이었을까, 궁금하네요."

두 사람이 다시 갑판 맨 앞쪽 난간에 설 때까지 상준은 어색함에서 벗어나지 못한 채 시물시물 머뭇거렸다. 연화가 단원의 그림 이야기로 방향을 조금 틀었다.

"상준 씨, 어때요. 제가 집들이할 때 선물한 그림이 단원 작품인 건 아시죠?"

상준이 반갑게 말을 받았다.

"왜 모르겠습니까? 잘 압니다. 저도 김홍도 선생을 좋아합니다. 평양에 살 때 인민학교에서 단원 그림을 가르친 적도 있습니다. 연화 씨가 주신 그림도 제 방 한가운데에 잘 모셔놓았습니다. 단원 이야기를 바다 위에서 단원고 학생에게 들으니 이거 참 신기합니다."

연화는 미대에서 일반인을 대상으로 개설한 한국화 저녁강좌를 6년째 수강하고 있었다. 한국의 미를 익히고 싶어서다. 사름이 배우고 있다는 사실을 알고 문외한이면서도 과감하게 합류했다. 선인들의 미의식을 공부하며 도저한 흐름을 탐색하던 연화에게 성큼 다가온 화가는 단연 단원이었다.

본디 스웨덴의 기독교 문화에서 자랐지만 한때 머리를 깎은 아버지를 더 알고 싶어 불교의 세계를 나름 더듬어와서일까. 연화는 사름의 제안으로 함께 간 간송미술관의 '도석전 특별전시회'에서 단원이 남긴 작품들과 만나며 조선의 아름다움이 무엇인가를 비로소 헤아릴 수 있었다. 사름도 단원 김홍도의 작품이 가장 마음에 든다고 토로했다. 아무런 기교를 부리지 않고 비움과 탈속의 미학을 구현함으로써 단원이 조선화단에 우뚝 섰다고 극찬했다.

사름은 비움의 미학이 구현된 대표작을 보여주겠다며 연화를 끌어 한 작품 앞에 세웠다. 바다에 피어난 연꽃들 위에 늙은 선승이 고요히 앉아 있는 뒷모습을 보는 순간, 연화는 눈이 시렸다. 달빛일까, 후광일까? 담청으로 차분하게 우려 나온 빛이 노승의 머리를 새맑게 밝혔다. 사름은 작품 이름이 잘못 붙여졌다고 설명했는데 연화도 십분 공감했다. 후세 사람이 붙인 작품 이름 '염불서승도'는 염불을 하며 서쪽 정토로 날아간다는 뜻이다. 실제 작품의 탁월성을 담아내기엔 어림없을 뿐더러 선승이 앉은 곳은 구름으로 볼 수도 있겠지만 파도와 연꽃이 더 어울려 보였다. 매혹된 눈길로 몰입해 있는 연화에게 사름이 소곤소곤 물었다.

"그림에 언어로 이름을 붙이는 건 한계가 있어 보여요. 그런데 만일 단원이 저 작품에 직접 이름을 붙였다면 어떻게 했을까요?"

연화는 다시 그림을 살폈다.

"그냥 제 첫 느낌을 말하자면 '구도자'가 떠오르네요."

"구도자라…… 참 좋은데요. 염불서승보다 훨씬 낫네요."

"어떻게 이름 붙이시겠어요?"

"저는 '깨달음의 길' 또는 '해인삼매'를 생각했어요."

"해인삼매라면……."

"바다에 이는 풍랑을 번뇌로 보거든요. 번뇌를 모두 끊으면 잔잔한 바다에 삼라만상이 모두 비치듯이 과거와 현재, 미래가 모두 명랑하게 나타난다고 하네요. 어쩌면 제목 없이 보아야 할 작품일 수도 있어요."

미술관을 걸어가며 다른 작품들을 감상하던 연화의 발걸음은 '남해관음도' 앞에서 다시 멈췄다. 관음의 얼굴을 가까이 마주했을 때 연화는 숨조차 멎는 듯했다. 둥근 빛을 배경으로 한 관음의 얼굴이 어머니 금연화의 사진 속 얼굴과 '도플갱어'가 떠오를 만큼 똑같았다. 구도의 길에 나선 '선재동자'는 파도치는 바다에 사뿐히 떠 있는 관음 뒤로 수줍게 숨어 있다.

관음이 걸친 옷은 율동이 넘쳐 마치 사품치는 바다가 하얀 포말을 올려 보내는 듯했다. 여기에 달과 파도의 차가운 담청색이 관음의 따뜻한 먹빛 눈과 조화를 이루고 있었다. 연화는 그림을 감상하다가 왼쪽 위에 '연화'라는 글자를 발견했다. 고해, 곧 고통의 바다에 빠지지 않은 채 소년과 함께 남해의 파도에 연꽃으로 서 있는 단원의 관음 그림을 방에 걸어놓고 싶었다.

마지막으로 연화의 눈에 꽂힌 작품은 '앉아서 졸며 바다를 건너는 그림'이라는 뜻의 '좌수도해'였다. 거센 파도 위에 둥둥 떠 있는 버드나무 가지, 너울 치는 바다도 잊은 채 그 위에서 졸고 있는 동자승이 주인공이다. 험한 바다 한가운데, 그것도 나뭇잎 위에서 천연덕스럽게 졸고 있는 동자승은 깜박 눈감았더니 어느새 '고통의 바다'를 다 건너왔노라, 그렇게 이야기하고 싶은 걸까?

연화는 다음날 다시 가서 세 작품의 사본을 구입했다. 사름에게 '염불서승'을 선물하고, '남해관음'과 '좌수도해'는 위 아래로 벽에 걸어두었다. 연화는 '남해관음'을 '동굴'에 걸 때, 한 사람의 소년이라도 고통의 바다에서 구해주겠노라고 서원했다. 관음이 왜 천 개의 눈, 천 개의 손을 지녔는지도, 왜 이 땅의 민중이 오랜 세월에 걸쳐 관세음보살을 애타게 불러왔는지도 짐작할 듯했다.

상준이 통일동산 공동의 집에 합류한 날, 연화는 '좌수도해'를 건네주었다. 공동의 집에 단원 그림을 각각 하나씩 지니는 것도 좋을 성싶었고, 상준과 무슨 까닭인지 그림이 어울린다는 생각도 들었다. 걱센 생김새와 달리 가슴에는 여린 귀염둥이가 숨어 있다고 느껴서일까?

바다에서 밤을 지새워 이야기 나누면서 연화는 실제로 상준이 그림 속 동자처럼 천진스럽고 투박한 구도자로 다가왔다. '남해관음'을 복사하고 상준에게 '좌수도해'를 선물할 때만 하더라도, 곧 바다에서 단둘이 그림을 놓고 이야기 나누리라고는 전혀 예상하지 못했다. 인생은 그렇기에 한 치 앞도 내다볼 수 없다고 선인들이 일러준 듯싶다.

마침 뉴 리버티 호가 서해에서 남해의 경계선으로 접어들고 있었다. 단원이 그린 남해관음이 저 바다에 머무는 걸까, 연화는 새삼 시리도록 맑은 새벽 바다를 둘러보았다. 햇귀가 물비늘에 비치며 금강석을 점점이 심은 듯 영롱했다. 바로 이런 순간이 해인삼매일까 싶기도 했다.

단순한 우연일까. 연화의 그림 설명을 귀 종그리며 듣던 상준이 그 순간 연화에게 말했다.

"간밤에 우리가 과거와 현재, 미래를 이야기했잖습니까? 해인삼매에 몰입했던 것은 아닌가 싶습니다."

연화는 사유의 일치가 운명처럼 다가와 내색하지 않고 상준을 신비롭게 바라만 보았다. 상준은 민망한 듯 말끝을 달았다.

"삼매가 별 거겠습니까. 연화 씨와 제가 과거, 현재, 미래를 모두 명랑하게 바라보았다면 그게 해인삼매 아니겠습니까?"

상준은 연화의 침묵이 부담되었다. '해인삼매'라는 말이 다소 지나쳤다는 생각이 지레 들어 화제를 돌릴 겸 시간을 확인해보았다. 출항이 늦어서인지 배가 놓아간 게 분명했다.

"배가 빨리 왔습니다. 거의 정시에 도착할 것 같습니다. 곧 아침 식사가 시작될 겁니다. 드셔야죠."

"그래야죠. 어느 아침보다 맛있겠는걸요. 먼저 가서 드세요. 나미 깨워 식당으로 갈게요."

붉은 아침놀 바라보던 연화와 상준, 두 싸울아비가 바다에서 돋을볕 맞이하며 민주와 더불어 펴나갈 새로운 싸움을 가슴에 도스르고 있을 때, 민주는 새벽마다 그랬듯이 산책하러 '동굴'을 나섰다.

예술인마을 바로 앞산은 낮은 산이라 부르기도 민망할 만큼 아담하다. 통일전망대가 세워진 오두산 정상과 달리 능선이 가파르지도 않아 민주가 오르내리기 걸맞다. 낮기도 하지만 아무도 올라오지 않는 산이기에 호젓하다. 기암괴석도 구새 먹은 나무도 없는 그 산 능선을 민주가 사랑하는 까닭은 비밀 공간이 있어서다.

능선을 따라 북쪽으로 100미터 정도를 걷다 보면, 한강과 임진강이 만나 흘러가는 장관을 볼 수 있다. 임진강 건너는 북녘 땅. 드맑은 날은 집 모양새까지 볼 수 있다. 사름은 산에 오르기를 버거워해 얕은 동산을 산책하자는데도 손사래를 친다. 그래서 새벽은 민주 홀로 앞산—민주는 그 산을 '두물언덕'이라 이름 붙였다—에 오르고 저녁에는 사름과 함께 마을을 산책했다. 젊은 시절부터 등산도, 낚시도, 헬스도, 골프도 하지 않은 채 60대가 된 민주에게 산책은 유일한 운동이다.

새벽마다 두물언덕을 거닐고 집으로 돌아와 서재에 앉으면 어김없이 두 강이 생동한다. 몸이 예전과 다르다는 느낌이 문득문득 들 때마다 결국 통일을 보지 못하고 눈감으리라는 예감으로 심장이 허전했다. 22세기 후손들이 우리 시대를 살다 간 세대를 어떻게 볼까, 그런 상념에 잠길라치면 먹먹하고 막막해왔다.

민주는 한국인 대다수가 분단의 비극을 짜장 얼마나 알고 있는지, 세기를 바꾸어 이어지고 있는 분단시대의 긴 동굴을 얼마나 깊이 들여다보고 있는지 회의에 젖는 시간이 잦아졌다. 정작 저 자신은 한 몸 쾌락을 좇는 주제에 지나지 않으면서도 아버지의 나라를 '창조적 문화가 없다'며 시들방귀로 여기는 젊은이들을 볼 때면, 자기도 모르게 성화가 치밀어 격정에 휩싸였다.

아버지와 조국에 대한 긍지가 제 민족을 침략한 군대에 충성의 혈서까지 써가며 장교로 복무한 인간으로 대표되는 사실, 그 유일한 이유가 군사쿠데타로 권력을 거머쥔 독재시기에 경제 수치가 성장했다는 사실을 꼽는 데선 민족의 장래를 걱정할 수밖에 없어 울가망했다. 그런데 다름 아닌 자신의 외둥이조차 고래 입속으로 양양히 들어가는 물고기 행렬에 서서 이기적 인생, 기껏해야 제 가족의 향락적 삶을 좇고 있는 풍경을 떠올릴 때마다 헤어나기 어려운 우울에 우물처럼 잠겨갔다.

그렇다고 임진강 건너로 보이는 땅, 저 땅에 건설된 나라, 조선민주주의인민공화국이 과연 아버지가 꿈꾸던 나라일까라는 물음이 깃들면 누가 보고 있을 턱이 없는데도 민주는 저 혼자 도리머리를 흔들었다.

그럴 수는 결단코 없는 일이었다. 친일 지주세력에게 쫓겨 민주지산 그 어느 기슭에서 꽃처럼 어여쁜 신부—그 몸에 자신의 아들이 잉태되어 있다는 진실도 모른 채—를 두고 눈을 감아야 했던 20대의 무명 청년, 아버지의 꿈이 오늘의 김일성·김정일·김정은 체제라면, 그것은 아버지는 물론, 당대를 양심에 충실하게 살았던 모든 사람에 대한 모독이 아닐 수 없다.

기실 그것은 민주의 아버지 문제만은 아니다. 백상준의 아버지 이진선도, 홍연화의 아버지 최천민도 결코 동의할 수 없는 체제 아니던가. 그럼에도 너무 많은 윤똑똑이들이 수많은 이진선과 최천민—당대를 순수하고 정의롭게 살아갔고 바로 그렇기에 불행한 삶을 살거나 목숨을 잃었던 위대한 아버지들—에게 최소한의 예의조차 표하지 않고 있다.

나이가 들어가며 민족의 미래에 비관이 짙어지면서도 민주가 삶을 추스를 수 있었던 이유는 통일동산에 홍기수와 금연화의 딸 연화가 나미와 함께 들어와 있어서였다. 더구나 이진선과 최진이의 아들 상준까지 합류했다. 두 사람은 민주와 열 살 정도 차이가 나지만, 민주의 가슴속에 친구로 들어와 있다.

웅숭깊은 사람을 시기해 으밀아밀 따돌리거나 해코지하기는 왕조시대 사대부들의 야비다리만은 아니다. 대한민국 수구세력 안에만 있는 것도 아님을 민주는 아프게 체험했기에 두 사람과의 우정은 한결 소중했다. 제멋에 겨워 상대를 마구 도마질하거나 뒷공론

하는 모도리 따위가 얼마나 숱한가.

연화와 나미가 상준이 탄 배로 여행을 떠난 집은 죽은 듯 고요했다. 세 사람은 함께 여행을 떠나자고 민주를 '유혹'했다. 한국해양대학과 약속해둔 강연만 없었다면, 결코 벗들의 유혹을 이겨내지 못했을 터다.

새벽 두물언덕에서 내려온 민주는 여행에서 돌아올 벗들을 위해 정원 손질에 나섰다. 전정가위를 들고 3층까지 죽죽 뻗어온 머루나무에 죽은 가지들을 잘라냈다. 언제 보아도 청순한 나미의 얼굴이 떠오르며 기대하라는 선물이 뭘까 은근히 궁금해 하는 자신의 깜냥에 혼자 헛웃음을 지었다. 바로 그 순간, 마른 가지 잡고 있던 집게손가락으로 전정가위 끝날이 깊숙이 파고들었다. 서걱하는 서늘한 느낌에 손가락을 보자 피가 샘솟듯 뿜어져 나왔다. 검붉은 포도주보다 짙었다.

전정가위를 내동댕이치고 베인 곳을 손으로 꽉 누른 채 다급히 들어서자 아침 식탁 차리던 사름이 눈을 호동그라니 뜨며 비명을 질렀다. 상처가 깊어서일까? 사름이 붉은 소독약을 바를 때 민주의 하얀 머리칼이 한 올 한 올 곤두섰다.

24

깊은 바다, 너른 하늘.

그 사이로 간밤에 불어오던 소소리바람은 가뭇없이 사라졌다. 명지바람이 솔솔 불어 윤슬로 반짝이는 봄 햇살은 상큼했다. 초록 파도의 물비늘이 상준의 웅숭깊은 눈길에 화답하듯 연신 고개 숙여 인사했다.

상준은 이 아름다운 4월의 바다에서 아침식사를 마친 연화와 나미에게 커피를 손수 만들어주고 싶었다. 슬그머니 주방으로 '잠입'했다. 커피 잔과 쟁반을 주섬주섬 살뜰히 챙기는 상준에게 늘 살갑던 아주머니가 '나를 두고 어떤 여자에게 정성을 바치느냐'고 웃음 가득한 눈 흘기며 놀렸다. 곰살궂은 정감에 민망한 상준은 어정쩡한 미소로 답했다.

원두를 갈아 커피를 내리고 쟁반에 올리며 이윽고 갑판으로 난 계단을 따라 3층에서 4층, 다시 5층으로 올라가는 내내 상준은 행복했다. 건밤 새우며 연화와 도란도란 나눈 대화가 남루했던 삶에 생기를 불어주어서일까. 아니면 밤안개에 깊숙이 잠겼던 바다가 자못 신비로운 분위기를 자아냈을 수도 있고, 코밑에서 커피 세 잔이 솔솔 피워내는 은은한 향기 때문일 수도 있겠지만, 아무튼 상준은 실로 오랜만에 살아 있다는 사실만으로 상쾌했다.

평화로운 바다 위에서 밤을 밝히며 자신의 모든 걸 털어놓아서인지 상준은 가뿐하고 개운했다. 어쩌면 앞으로 통일동산에서 펼쳐질 인생은 과거와는 전혀 다를 뿐 아니라, 아름다울 수 있다는 낙관마저 밀려왔다.

갑판 바닥이 계단 위로 올라가며 나타났고 멀리 연화의 얼굴이 보였다. 새벽에 연화 이야기 들을 때도 생각했지만, 남해관음 얼굴이 연화의 어머니와 같다면 연화도 틀림없이 어머니를 빼닮았을 터다. 상준이 처음 단원의 '남해관음도'를 마주했을 때, 반달눈 인상이 강해서일까, 홍연화의 생김과 분위기를 두루 느꼈기 때문이다.

아무튼 연화와 바다가 잘 어울린다는 생각에 살그래 웃으며 마지막 계단으로 막 발을 내딛는 순간이었다.

갑자기 배가 크게 기울며 요동쳤다. 상준의 온전한 다리가 계단에 닿지 못하고 허공에서 타원을 그렸다. 그 순간 두 손에 든 쟁반을 의식해 균형을 잡아야 한다는 생각이 들었지만, 곧장 몸의 중심을 잃고 공중제비 했다.

나이 탓일까. 굴러 내리며 몸이 세게 부닥쳐서일까. 상준은 의식을 잃었다. 배가 한 단계 더 기울어 상준의 쓰러진 몸이 다시 구르고 화장실 변기통에서 흘러나온 물이 얼굴에 닿았을 때 깨어났다. 게슴츠레 눈을 뜨면서 처음 마주친 두 손은 뜨거운 커피로 얼룩져 빨갛게 부어올라 있었다. 그런데 아프지 않아 이상하다고 생각한 바로 그 순간, 칼이 마구 쑤시고 들어오는 고통이 다리에서 올라왔다. 그렇지 않아도 소아마비를 앓았던 상준이 가까스로 일어나려고 할 때 커피를 들고 계단을 오르던 기억, 연화의 다사로운 얼굴이 보이던 순간이 옹송옹송 떠올랐다. 그와 동시에 승객들은 나오지 말고 각각 방 안에서 가만히 있으라는 방송이 들렸다. 대체 무슨 일인가 싶어 사방을 둘러보았다. 배가 크게 기울어 있었다.

순간 심장이 서늘해왔다. 두어 달 전인가, 갑판에서 바다를 바라보던 중에 다가온 선장이 한 말이 떠올라서였다.

"백 씨! 바다가 아름다워 보이쇼? 선원 생활 오래하다 보면 달리 보일 거요. 더구나 이 배 뉴 리버티는 알고 보면 가장 위험한 배이거든."

상준의 반응은 처음부터 들을 뜻이 없었다는 듯이 40대 후반의 선장은 자기 말을 마치고 다른 곳으로 옮겨 갔다. 상준은 자신에게 한눈팔지 말고 맡은 일을 잘 하라는 뜻으로만 받아들였다. 그와 어느새 1년 6개월 넘게 일했기에 작별의 인사라도 나누려 했는데, 휴가라며 승선하지 않았다. 그를 대리해서 일흔 살 남짓의 계약직 선장이 항해를 맡았다. 상준은 선장이 '대리'이지만 오히려 40대보다 경험이 풍부할 터이므로 이 상황을 잘 풀어가리라 믿었다.

그럼에도 연화와 나미가 걱정됐다. 상황을 파악하기 위해서라도 갑판으로 나가야 했다. 상준은 이미 기운 계단으로 다리를 질질 끌며 가까스로 근접해 몸을 날렸다. 계단 모서리를 꽉 거머쥔 뒤 애면글면 기어오르다시피 갑판으로 나갔다. 최진이는 소아마비 아들에게 너는 다리가 불편하니 팔 힘이 남보다 더 강해야 한다고 회초리를 들어가며 어렸을 때부터 팔굽혀펴기는 물론, 아령과 역기 따위를 들게 했다. 갑판 위로 간신히 올라설 때 다가오는 헬리콥터를 보았다. 연화와 나미가 손잡고 헬리콥터를 바라보는 풍경에 안도했다.

하지만 일순에 지나지 않았다. 갑판에서 본 배가 예상보다 심각하게 기울어 침몰하고 있는 게 분명했기 때문이다. 더구나 헬리콥터가 구조 활동은 않고 요란한 소리를 내며 맴돌기만 했다. 상준은 소리쳤다.

"연화 씨! 나미 데리고 저 해경 함정으로 옮겨 타요!"

하지만 헬리콥터 소리 때문에 들리지 않은 듯 두 사람 모두 우물쭈물하고 있었다. 상준은 온 힘을 다해 다시 외쳤다.

그 순간 연화가 돌아보았다. 뭐라 말하는지 들리지 않았지만, 연화의 얼굴에 번지는 안도감을 상준은 보았다. 다시 소리쳤다.

"어서요! 옮겨 타요!"

나미가 비스듬한 갑판을 미끄러지듯 내려갔다. 밑에서 기다리던 해경의 도움을 받아 함정으로 옮겨 탔다. 하지만 연화는 내려가지 않았다. 상준에게 돌아섰다. 상준은 나미가 탄 배로 어서 내려가라고 잼처 고함을 질렀다.

기운 갑판 위로 어느새 능숙하게 다가온 연화는 침착했다.

"저는 괜찮아요. 나미가 탔으니 됐고, 참, 상준 씨 수영 못하죠? 상준 씨가 타세요."

"연화 씨 먼저 타십시오."

"저는 수영을 잘해요. 걱정 마시고 얼른 타세요."

"제발 말 좀 들으십시오. 저는 못 갑니다. 저 아래 어린 학생들이 얼마나 많은 줄 아십니까?"

"그런데 정말이지 왜 안 나오나 모르겠어요."

"학생들에게 방에 가만히 있으라는 방송이 나왔습니다."

"네? 그럴 리가요!"

"왜 그러십니까?"

"선장과 선원들은 조금 전에 줄줄이 탈출했어요."

"뭐요? 아니, 이런……."

경험이 풍부해 보이던 선장을 믿고 있었는데 선원들까지 이미 탈출했다니 기가 막혔다. 상준은 조금 전 갑판으로 올라올 때 4층 난간에 저 혼자 흔들리며 걸려 있던 밧줄이 떠올랐다.

"아, 우리가 이럴 게 아닙니다. 내려갑시다."

상준은 마음이 급해 더 절룩거렸다. 그 순간 연화가 상준의 손을 잡아주었다.

"빨리 가요. 아이들이 바로 아래 있나요?"

상준과 연화는 함정에 옮겨 타라는 나미의 외침에 뒤돌아보고 미소를 지었다. 연화가 손을 뻗어 어깨 밖으로 세게 흔들며 '먼저 가라'했다. 상준은 '걱정 마! 먼저 항구에 가 있어' 소리쳤다. 이어 두 사람은 갑판 아래로 서둘러 내려갔다.

기운 계단을 힘겹게 내려가는 순간, 배가 조금 더 쿵하고 기울어 두 사람은 무게중심을 잃고 서로 부닥쳤다. 상준과 연화는 잡은 손을 서로 꽉 끼며 미소 지었지만 더 긴장할 수밖에 없었다. 4층 계단 들머리에 선 상준은 올라오지 않은 채 웅성거리는 학생들에게 소리 질렀다.

"뭣들 하니? 빨리 나와. 배가 위험해!"

하지만 여기저기서 들려오는 학생들 볼멘소리와 마침 그 순간에 바로 위를 지나는 헬리콥터 바람개비 소리에 묻히고 말았다. 기울어진 벽에 기대어 계단을 조금 더 내려가자 공포에 젖은 절규가 여기저기서 한꺼번에 들려왔다.

"이게 뭐야! 왜 수학여행을 와서!"

"진짜 무섭다!"

"아, 살고 싶다."

"여자 친구도 한 번 사귀어보지 못했단 말이야!"

"내가 왜 이렇게 죽어야 해!"

배가 다시 바다로 더 기울어서일까. 누군가 기도하는 소리가 들리더니 곰비임비 이어졌다.

"하나님 죄송합니다. 제발 살려주세요."

"우리 모두 살려주세요. 예수님의 이름으로 기도합니다. 아멘."

"살려주세요! 저 착한 일만 했어요."

기도와 절규, 공포의 한가운데서도 어떤 학생들은 똑똑전화를 꺼내 부모와 형제에게 작별인사를 했다. 사랑한다고.

상준은 울컥해서 아랫입술을 깨물었다. 이대로 저 아이들이 죽게 버려둘 수 없다고 생각했다. 창밖으로 구조대가 보였기에 더 그랬다. 상준은 아까보다 훨씬 큰 소리를 질렀다.

"너희 지금 기도할 때가 아니야! 빨리! 올라와!"

학생 누군가가 항의했다.

"방송에서 가만히 있으라 했단 말이에요."

"방송만 믿을래? 시방 배가 점점 더 기울고 있잖아!"

상준은 선장과 선원들이 대부분 탈출했다는 말은 차마 할 수 없었다.

"아저씨는 누군데요?"

연화는 순간 안타까웠다. 아이들은 착했다. 방송을 믿고 있었던 게다. 둘러보던 아이들 얼굴에서 여드름쟁이도, 덜렁이도 눈에 들어왔다.

"그게 지금 왜 중요하니! 밖을 봐. 배가 침몰하고 있잖아. 자, 여기 밧줄 던진다. 한 명씩 올라와."

연화가 애절하게 소리를 높였다. 상준도 가세했다.

"서둘러! 어서! 가만있으면 모두 죽는다."

상준이 고함치며 사위를 둘러볼 때 3층에 있는 학생들을 끌어올리고 구명조끼를 챙겨주는 젊은 여승무원과 불꽃놀이를 담당한 임시직 청년을 발견했다. 두 사람 모두 혼신의 힘을 다하고 있었다. 상준이 소리쳐 물었다.

"거기에도 학생들 많습니까?"

"네!"

울먹이며 답하는 여승무원의 눈에 눈물이 갈쌍갈쌍했다. 연인 사이인 청년은 울부짖듯 외쳤다.

"선생님들이 밑에 남아계세요. 학생들을 올려 보내고 있는데 바닷물이 차고 있어요!"

상준도 되처 울컥했다. 선장과 승무원들은 이미 도망갔고 바닷물이 차오르는 데도 학생들 옆을 지켜주고 있는 젊은 교사들의 가슴을 헤아릴 수 있었기 때문이다. 상준 자신도 20년을 교사로 살아오지 않았던가.

상준과 젊은 승무원의 대화를 들은 4층 학생들이 마침내 긴급 상황임을 직감해서일까. 밧줄을 잡으려고 나섰다. 상준은 얼굴이 공포심으로 질려가는 학생들에게 긴장을 풀어주기 위해 우스개를 보냈다.

"애들아! 여기 반달눈 미인 보이지? 너희를 구해줄 거야. 빨리 올라오너라."

몇몇 학생들의 얼굴에 미소가 나타났다. 연화는 다급했다.

"여기 밧줄이 하나밖에 없으니까. 뒷줄에 있는 학생들은 눈에 띄는 대로 커튼이라도 찢어! 커튼째 내게 던지든가!"

"빨리 해!"

올라오는 아이들을 상준은 손힘으로 잡아 끌어주고 연화는 올라온 학생들의 구명조끼를 점검해주었다.

"저기 갑판 위로 올라가면 구조선이 왔으니까 얼른 타거라. 배가 더 기울면 바다로 뛰어들고!"

갑판에선 나미 또래의 승무원이 올라온 학생들에게 구조선을 안내해주었다. 학생들을 곰비임비 구하면서 상준과 연화는 무장 힘이

났다. 하지만 현실은 냉정했다. 배가 더 급격히 기울면서 학생들이 있는 곳으로 바닷물이 밀려들어왔다.

"상준 씨!"

연화가 놀라 비명을 질렀다. 상준도 당황했다. 하지만 연화에게 짐짓 우렁우렁 말했다.

"연화 씨, 어서 올라가요. 바로 따라가겠습니다."

"아, 이 아이들을 어떻게 두고 가요."

연화의 선한 두 눈에 눈물이 그렁그렁했다.

"일단 가시라니까요!"

"저는 스킨스쿠버를 오래했어요. 걱정 마세요. 상준 씨야말로 어서 나가세요."

하지만 상준의 가슴도 연화의 심경이었다. 눈앞에 어린 친구들을 버려두고 어떻게 혼자 살겠다고 올라간단 말인가. 연화를 생각해서 그 말을 꺼낼 순 없었다.

학생들은 아까보다 다급하게 밧줄과 '커튼 줄'을 타고 경사진 면을 올라왔다. 갑판에서 월미도 이야기를 나누던 여드름쟁이가 그래도 덜렁이에게 먼저 올라가라고 양보하는 모습이 보였다. 덜렁이가 올라올 때 손을 잡아준 연화는 자신도 모르게 "앞으로 성실하게 살아가렴"이라고 말했다. 덜렁이의 눈에 순간 의아함이 퍼져갔지만, 곧 해경 쪽으로 서둘러 내려갔다. 여드름쟁이가 밧줄을 타고 올라올 때 커튼이 금세라도 찢어질 것 같아 불안했다. 연화는 기도하는 심경으로 지켜보았다. 다급한 연화가 몸을 바닥에 붙이고 손을 내밀어 거의 맞닿으려던 순간, 하얀 천이 쭈욱 찢어져 내렸다.

"아, 안 돼!"

동시에 배가 크게 기울며 바닷물이 해일이라도 일어난 듯이 쏟아졌다.

"연화 씨! 빠져나가요! 따라갈 겁니다!"

바닷물이 상준의 얼굴을 세차게 때렸다. 가슴으로 공포의 거대한 해일이 몰려오며 머릿살이 팽팽히 당겨왔다. 발버둥 치는 학생들을 보는 순간 공포는 사라지고 힘이 솟았지만, 마음과 달리 몸을 움직일 순 없었다.

순식간에 얼굴까지 바닷물이 잠기면서 상준은 절망했다. 그저 허우적거릴 때 바닷물 속에서 연화의 얼굴이 바로 앞에 나타났다. 물속이라 말을 할 순 없었다. 그러나 가슴으로 힘껏 소리쳤다.

사랑한다고…… 연화를…….

연화가 자신을 구하러 바투 다가왔다는 사실에 감동의 물결이 올라와 눈물이 바다로 스며들었다. 동시에 연화의 생명이 위험하다는 판단이 엄습했다. 상준은 반드시 살아야겠다고 가슴을 도슬렀다. 하지만 몸이 말을 듣지 않아 발버둥만 쳤다.

연화는 바닷물이 밀려오기 시작할 때 스킨스쿠버다이빙을 배우며 들었던 강사의 말을 곱새겼다. 사람이 숨을 쉬지 않고 물속에서 머물 수 있는 시간은 30초, 길어야 최대 2분이다. 수영을 못하는 상준을 붙잡자마자 바다 표면까지 온 힘을 다해 올라가야 한다고 계산했다. 바닷물이 끝내 상준과 연화의 얼굴까지 삼켰을 때 상준에게 빠르게 다가가 가슴에 안았다.

상준은 자기도 모르게 두 손으로 깍지를 끼며 연화를 부둥켜안았다. 부드럽고 물컹한 감촉이 얼굴에서 온몸으로 퍼지며 포근했다. 연화를 절대로 놓칠 수 없다는 듯 가슴에 얼굴을 파묻으며 흡

뜬 눈을 감았다.

그 순간 상준의 망막에 지금까지 살아온 주요 길목이 사진들을 이어붙인 동영상처럼 빠르게 나타났다. 마치 '빅뱅'처럼 짧은 순간에 그 모든 순간들이 출몰했다. 더구나 연화의 생각까지 기이하게도 전해져왔다.

연화가 마침내 상준을 안고 솟구쳐 올라가는 순간, 동그랗게 눈뜨고 발버둥치는 여학생이 흐린 물살에서 확연히 나타났다. 그냥 갈 수 없다는 생각으로 멈칫했다. 하지만 본능일까. 이미 연화의 몸은 모르쇠로 올라가고 있었다. 그런데 또 다른 여학생이 바닷물에서 공중제비 하며 눈 부릅뜨고 다가왔다. 그 학생이었다, 조금 전에 예술고를 가지 못했다는.

연화는 한 손을 내밀어 손을 잡아주었다. 이어 또 다른 학생이 바르작거렸다. 할아버지가 고향 월미도 땅을 꼭 찾아달라고 유언했다고 말한, 상준이 이야기 나누고 싶어 했던, 조금 전 커튼이 찢어지며 아래로 떨어진 바로 그 여드름 남학생이다.

연화는 그 손을 잡아줄 수 없었다. 왜 관음이 천 손을 지녔는가를 절감하며 자신의 두 손에 절망했다. 동시에 절박한 이 아이들을 버릴 수 없다는 절실함이 가슴으로 스며들어 절절했다. 바닷물에 잠긴 배 안 여기저기서 학생들의 여린 손과 팔이 가을 산에 가득한 억새처럼 흔들렸다. 가슴에 안긴 상준의 얼굴을 사부자기 내려다보았다. 눈감은 상준이 옴포동이처럼 미소 짓고 있었다. 공감의 표시일까, 저 살려달라는 아이들을 뿌리치며 두 사람만 살겠다고 도망칠 순 없다는.

가만히 있으라는 방송을 믿던 저 아이들은 얼마나 억울할까. 얼마나 외로울까, 가만히 눈이 감기며 지나온 세월이 스쳐갔다.

그 순간, 상준은 아직 의식을 잃지 않고 있었다. 상준은 연화의 가슴에 안길 때 살 수 있겠다고 생각했다. 그런데 그 가슴으로 연화의 마음이 고스란히 상준에게 전해져왔다. 연화가 발버둥치는 아이를 보고 멈칫할 때, 바르작거리며 다가오는 학생들에게 손 내밀 때, 상준은 모두 공감했다.

상준의 감은 눈과 연화의 심장이 바특이 맞닿아서일까. 각각 주마등처럼 스쳐가는 연화와 상준의 회상은 신비롭게도 소통하고 있었다. 이를테면 연화가 꿈결처럼 한강을 떠올렸을 때, 상준의 망막에도 처음 그 강, 아름다운 강을 보았을 때의 감상이 펴져갔다. 상준과 연화 모두에게 주마등 기억의 끝자락은 놀랍게도 아버지와 어머니의 다솜이었다. 젊은 아버지와 어머니의 싱그러운 사랑이 그려졌다. 바로 그 사랑에서 잉태되어서일까.

바다가 무장 차가워 연화의 가슴은 한결 포근했다. 그 가슴에서 상준은 어머니 최진이를 보았다. 상준의 망막에 다가온 마지막 사람은 아버지였다. 이진선이 두 팔을 벌리며 고개를 끄덕였다.

그 순간 연화의 망막에도 홍기수가 나타났다. 지리산 피새영감이 아니었다. 강인하고 이지적인 아버지의 모습을 보자 연화는 푸근한 가슴에 안기고 싶었다. 물살을 헤치고 아버지에게 바특이 다가갔을 때 낯익은 얼굴이 눈부처로 나타났다. 버드나무 가지를 탄 천진한 소년인지, 관음인지, 어머니인지 어금버금했지만 다사로웠다.

이진선의 거룩한 가슴으로 들어가던 상준도 아버지의 먹빛 눈에서 보았다. 연화인지, 관음인지, 파도 위에 잠든 구도자인지 모를 눈부처를. 연화가 본 바로 그 얼굴이다.

하얀 천으로 송골송골 선혈이 돋아났다. 전정가위가 파고들어온 손끝을 누군가 긴 바늘로 쿡쿡 찌르는 듯했다. 한국해양대학 특강을 약속해놓았기에 통일동산을 서둘러 나오고, 고속기차에 오르기까지 바쁘게 손을 놀리느라 피딱지가 채 굳지 못했다. 가만히 손을 무릎에 올려놓고 의자 등받이로 고개를 젖혔을 때 기차 안 천장에 달린 텔레비전 아래로 '긴급뉴스' 자막이 스쳐갔다.

'서해·남해 경계서 수학여행 여객선 침몰, 승객 전원 구조.'

민주는 천만다행이라 여기며 창밖으로 눈 돌렸다. 4월의 산하는 눈 시릴 만큼 곱고 아름다웠다. 어느새 환갑이 넘어 교수 정년을 코앞에 둔 민주는 새삼 회한에 잠겼다. 연두색 청순한 산하와 달리 온통 잿빛인 자신을 짚어보며 괜스레 피 돋은 하얀 붕대를 타박하다가 시나브로 잠이 들었다.

부산역에 내려 해양대학에서 보낸 자동차를 탔다. 학교 이름에 걸맞게 해양대학은 작은 섬 전체를 학교로 만들고 육지와 이어놓았다. 통학 길에 언제나 고요한 바다를 벗할 수 있다면, 세파에 찌든 가슴이 더 넓고 깊어지지 않을까 싶어 부러움마저 일었다. 실제로 강연 앞뒤로 바라본 바다는 눈부신 햇살을 받은 물결들이 저마다 새로 반짝이며 더없이 평화로웠다.

강연을 마치고 민주를 초청한 교수 두 명과 부산역 가까이서 저녁식사를 했다. 내내 똑똑전화를 살피던 교수가 한숨 쉬며 말했다.

"수학여행 배가 침몰했어요. 안산 지역 고등학생들이 많이 죽었네요."

"낮에 기차 안에서 전원 구조됐다는 뉴스자막을 보았는데요?"

"네, 그랬는데 그건 오보였답니다. 나라꼴이 말이 아닙니다."

10대 청소년들의 죽음에 비통하면서도 민주는 자신에게 어떤 일이 벌어졌는가를 전혀 모르고 있었다. 조금 전까지 해양대학에서 '무엇을 할 것인가'를 주제로 특강을 하며, 지금 우리 삶에 무엇이 일어나고 있는가, 또 그 의미가 무엇인가를 탐구하며 살아가야 한다고 내내 역설했으면서도 그랬다.

부산에서 서울로 돌아와 다시 통일동산 집에 들어섰을 때는 막 자정으로 다가서고 있었다. 전등을 켜지 않고 문을 연 아내의 눈가는 청색의 어스름에서도 붉었다. 사름이 아무 말 하지 않았지만, 불길한 늪이 섬뜩하게 엄습했다. 혹시 연화와 상준이 탄 배가 침몰한 여객선이 아닐까 불안감이 빠르게 꼭뒤를 눌러왔다. 그 순간, 흐느끼는 소리로 사름이 전했다.

"그래도…… 나미는 구조됐어요."

민주는 앉은벼락에 인성만성 비틀거렸다. 초침이 자정을 지나고 있었다. 민주는 자신이 '25시'로 접어드는 낯선 느낌에 젖어들었다. 사름은 민주에게 신경안정제를 탄 물잔을 건넸다.

날이 희붐히 밝아질 때 민주는 사름과 집을 나섰다. 목포한국병원으로 나미를 찾아갔다. 이엄이엄 링거주사를 꽂은 채 얼굴을 알아보기 어려울 만큼 눈이 퉁퉁 부어오른 나미를 발견하고 심장이 서늘했다. 의사는 쇼크가 심해 약간의 수면제를 처방했다고 밝혔다. 얼마 뒤 깨어난 나미는 자신이 엄마에게 바다여행을 졸랐다며 울부짖었다. 사름은 침대 베개에 얼굴을 파묻고 들썩이는 나미의 머릿결을 누그럽게 쓰다듬어주었다. 나미는 '엄마가 자신을 해경 함정에 태운 뒤 학생들을 구하러 기울어진 갑판 아래로 내려갔다'며 되처 오열했다. 멀어져가는 함정에서 바라본 엄마의 마지막 얼굴은 다사로운 미소였고, 곧이어 학생들을 구원하러 상준과 내려가는 뒷모습이었다.

민주는 병원 창문 밖으로 평온하게 펼쳐진 바다를 멀거니 바라보았다. 수평선이 부예지면서 연화와 상준의 방에 걸린 '남해관음'과 '좌수도해'의 구도자가 떠올랐다. 관음과 구도자 모두 바다를 건넜다. 고통의 바다를 건너는 자비로운 관음과 천진한 구도자가 마치 이 모든 살매를 예고라도 한 듯이 민주에게 미소 짓고 있었다. 민주는 같은 병원에 입원한 적잖은 학생들로부터 절룩거리는 눈썹 짙은 아저씨와 반달눈 미인 아줌마 덕분에 살아나왔다는 증언을 들었다.

상준과 연화의 주검은 발견되지 않았다. 두 사람은 실종자 명단은 물론, 승선자 명단에도 없었다. 민주는 상준이 마지막 승선으로 후임자와 같이 타서라고 짐작했다. 나미는 연화와 배에 오를 때 틀림없이 승선표 두 장을 건넸다고 했지만, 어쩐 일인지 서류에는 나미 한 사람만 달랑 올라 있었다.

공포영화 소재가 될 장면들은 여기서 그치지 않았다. 폭풍이 불기는커녕 가랑비조차 내리지 않은 잔잔한 바다에서 99분에 걸쳐 서서히 침몰했는데도 300여 명이 수장된 사실, 운항 규제를 풀어달라는 선박자본의 요구를 정부가 받아들여 결국 낡은 일본 배를 수입해 이름만 바꾼 사실, 선박 회사가 그나마 남아 있던 규제조차 지키지 않고 화물 초과선적을 서슴지 않은 사실, 인건비를 아낀다며 비정규직으로 선원들을 고용해 한껏 부려먹어 온 사실이 속속 드러났다.

그럼에도 자본에 신성불가침의 '자유'를 준 현실을 언론이 짐짓 모르쇠 해서일까. 대다수 사람이 무고한 희생에 울분을 토로하면서도 자본의 탐욕으로 참사가 빚어진 진실을 마주하지 못했다. 오히려 자본의 '이윤추구 자유'와 뉴 리버티 호의 비극은 아무 관련이 없다는 억지가 인두겁 쓴 교수, 언론인들로 악머구리 끓듯 요란했다. 그래서일까? 정부는 자본의 무분별한 이윤 추구 행태를 뒤늦게라도 통제할 성에 계속 규제를 줄여가겠다고 언죽번죽 호언했다. 가히 공포영화의 절정이다.

마침 대학이 중간고사 기간을 맞아 상준은 나미와 함께 항구를 지켰다. 실종자 가족들에 섞여 연화와 상준의 주검이 떠오르기만 기다리던 민주는 우울증이 도져왔다. 나라꼴은 물론 주검을 기다리고 있는 자신의 몰골을 참아내기 무장 어려워갔다. 잠 못 이루는 밤이 이어지던 어느 날 민주는 뒤척이다가 일어나 홀로 방파제를 허전거렸다. 먹물 바다 멀리 빛을 보내는 빨간 등대에 이르러선 바장이다가 난간에 손을 얹고 여객선이 침몰한 곳, 상준과 연화가 잠긴 곳을 넋 놓고 바라보았다.

달조차 먹장구름에 갇힌 깊은 밤, 붉은 등대 아래 부서지는 거센 너울의 하얀 울음과 마주한 민주는 신음하듯 늘켰다. 상준은 박헌영을 가까이 돕던 아버지 이진선을 존경했고 그의 뜻을 조금이라도 구현해보려고 남쪽에 왔다. 연화는 스웨덴에서 체험한 복지국가를 아버지 홍기수의 한이 서리서리 맺힌 땅에 실현해보려고 귀국했다. 두 사람과 더불어 새로운 사회를 열어가려는 꿈은 사품치는 파도 포말로 가뭇없이 사라졌다. 탐욕스러운 자본은 자신에게 위협이 될 두 싸울아비가 싸움에 나서기도 전인 비무장 상태일 때 비겁하게 기습했다. 모든 게 끝났다는, 이 땅은 결국 지나온 역사가 그랬듯이 앞으로도 긴 오욕의 역사를 길게 이어가리라는 불길한 늧이 다시 하얗게 엄습해왔다.

팔짱 낀 왼손으로 하얗게 센 구레나룻을 만지작거리던 민주는 먹물 바다로 걸어 들어가고 싶은 유혹에 사로잡혔다. 마침내 민주가 붉은 등대 바로 앞 난간을 두 손으로 잡았을 때, 얼굴로 차가운 물방울 하나가 뚝, 또 하나가 뚝 떨어졌다. 곧이어 봄비가 후두두 쏟아지며 민주의 작은 몸과 바다를 적셨다.

바다에 장대처럼 꽂히는 빗줄기를 바라보던 민주가 작심하고 왼발을 난간 위로 걸친 순간, 어디선가 부르는 소리가 파도에 섞여 들려왔다. 민주는 바다를 둘러보다가 고개를 뒤로 돌렸다. 누군가 손사래 치며 방파제에 어느새 고인 물마 위로 물수제비처럼 첨벙 첨벙 뛰어오고 있었다. 저도 모르게 난간에서 발을 떼고 비감하게 선 민주에게 유령처럼 빠르게 날아왔다. 번개가 번쩍하며 바투 다가오는 얼굴을 비췄다. 나미였다. 바투 온 나미는 울부짖으며 민주의 가슴을 파고들었다. 민주는 두 손을 낡은 외투에 찌른 채 화급히 벌려 채찍비를 가려주었다. 나미는 민주의 등을 두 손으로 감쌌다.

무릇 가슴은 거룩하다. 새로운 뜻과 꿈의 풋풋한 산실이어서 그럴까? 가슴에 얼굴을 묻으면 푸근하고 온몸에 힘이 생긴다. 권력이나 자본에 수걱수걱 머리 조아리는 모도리들은 가슴을 잃은 지 오래지만, 뭇 민초의 그것은 초원처럼 넉넉하고 바다보다 드넓다. 눈물로 일그러진 나미의 얼굴도 미더운 감촉으로 풀려갔다.

빨간 등대 아래 얼마가 지났을까? 우릉우릉 울던 우레가 잠잠해지며 채찍비가 시나브로 긋고 민주의 가슴을 다스하게 적시던 나미의 눈물도 그친 듯했다. 민주는 나미를 감싸던 외투를 풀고 함초롬한 얼굴을 보았다. 연화를 쏙 빼닮은 나미의 샛별눈이 참 착하게 빛났다. 민주는 한 걸음 물러서서 등대에 등을 기대며 청순한 눈매에 애잔한 미소를 건넸다.

등대가 빛을 보내는 검은 바다로 눈길을 돌리며 민주는 천천히 손전화를 꺼냈다. 이진선의 수기와 홍연화의 원고를 정리해준 작가의 전화번호를 찾았다. 그는 남과 북 두 조국에 모두 절망하다가 얼마 전부터는 아예 '술 공화국'으로 '국적'을 옮겨갔다. 그가 염인증에 젖어들었다는 이야길 들었기에 전화 걸기가 민주도 꺼림칙하긴 했다. 더구나 지금은 깊은 밤 아닌가.

때 아닌 민주의 전화를 다행히 술 공화국의 '신민'은 밸 없이 받았다. 홀로 술잔을 벗하고 있었다며 외려 반가운 눈치였지만, 이미 흥건한 목소리로 농쳤다.

"사위가 죄다 잠 든 캄캄한 밤, 형은 뭔 지랄로 접선질이오?"

민주는 최대한 담담하게, 꾹꾹 가슴에 피울음 삼키며 전했다, 상준과 연화의 실종을.